HEYNE
BÜCHER

Von Alistair MacLean
sind als Heyne-Taschenbücher erschienen:

*Die Überlebenden der Kerry Dancer* · Band 01/504
*Jenseits der Grenze* · Band 01/576
*Angst ist der Schlüssel* · Band 01/642
*Eisstation Zebra* · Band 01/685
*Der Satanskäfer* · Band 01/5034
*Souvenirs* · Band 01/5148
*Tödliche Fiesta* · Band 01/5192
*Dem Sieger eine Handvoll Erde* · Band 01/5245
*Die Insel* · Band 01/5280
*Golden Gate* · Band 01/5454
*Circus* · Band 01/5535
*Meerhexe* · Band 01/5657
*Goodbye Kalifornien* · Band 01/5921
*Höllenflug der Airforce 1* · Band 01/6332
*Fluß des Grauens* · Band 01/6515
*Partisanen* · Band 01/6592
*Die Erpressung* · Band 01/6731
*Einsame See* · Band 01/6772
*Das Geheimnis der San Andreas* · Band 01/6916
*Tobendes Meer* · Band 01/7690
*Der Santorin-Schock* · Band 01/7754
*Die Kanonen von Navarone* · Band 01/7983
*Geheimkommando Zenica* · Band 01/8406

ALISTAIR MACLEAN

# AGENTEN STERBEN EINSAM

*Roman*

Aus dem Englischen
von F. G. U. Glass



WILHELM HEYNE VERLAG
MÜNCHEN

HEYNE ALLGEMEINE REIHE
Nr. 01/8828

Titel der Originalausgabe
WHERE EAGLES DARE

Für Geoff und Gina

Dieser Titel erschien bereits in der Allgemeinen Reihe
mit der Band-Nr. 01/956.


Wilhelm Heyne Verlag GmbH & Co. KG, München
Printed in Germany 1993
Umschlagillustration: IfA Bilderteam/Rauh, Taufkirchen
Umschlaggestaltung: Atelier Ingrid Schütz, München
Gesamtherstellung: Ebner Ulm

ISBN 3-453-07123-9

## 1. Kapitel

Das vibrierende Dröhnen der vier großen Maschinen ließ die Zähne aufeinanderklirren und verursachte eine unerträgliche Belastung protestierender Trommelfelle. Smith schätzte, daß die Phonstärke etwa dem Lärm in einer Kesselfabrik entsprach, und zwar einer Kesselfabrik, die ständig mit Überstunden arbeitete. In der engen, mit Instrumenten übersäten Flugkanzel herrschte sibirische Kälte. Wenn er die Wahl hätte, überlegte Smith, würde er sich jederzeit mit Freuden für die sibirische Kesselfabrik entscheiden, ganz gleich, welche Nachteile sie hätte. Auf keinen Fall würde sie herunterfallen oder gegen irgendwelche Bergspitzen rasen, was er hier für durchaus möglich hielt, nachdem er die Lässigkeit, mit der der Pilot ihres Lancaster-Bombers die Maschine flog, beobachtet hatte. Eigentlich konnte es nur noch eine Frage von Minuten sein. Smith wandte das Gesicht von der Dunkelheit der ihn umgebenden Welt ab, in der die Scheibenwischer einen hoffnungslosen Kampf gegen den dicht fallenden Schnee führten, und sah erneut auf den Mann, der vor ihm in dem linken Pilotensitz saß.

Wing Commander (Oberstleutnant der R.A.F.) Cecil Carpenter fühlte sich hier so vollkommen zu Hause wie eine Auster in ihrer Schale. Vor ihm – bequem und im richtigen Leseabstand – hing an einem selbstgefertigten Gestell ein Buch. Was Smith auf dem bunten Umschlag erspähen konnte, war ein blutdurchtränktes Messer, das aus dem Rükken eines offensichtlich unbekleideten Mädchens ragte. Jetzt blätterte er gerade eine Seite um.

»Hervorragend«, meinte er anerkennend. Er paffte genüßlich eine alte Bruyèrepfeife, die den Gestank einer Entlausungsanstalt verbreitete. »Menschenskind, der Bursche kann wirklich schreiben. Ist selbstverständlich verboten, mein kleiner Tremayne« – diese Bemerkung richtete er an den jugendlich-frisch aussehenden Kopiloten, der rechts neben ihm saß –, »dafür müssen Sie erst erwachsen werden.« Hier brach er ab und versuchte durch wedelnde Handbewegungen die Sicht zu verbessern. Er blickte seinen Kopiloten anklagend an. »Flying Officer (Leutnant der R.A.F.) Tremayne, Sie haben ja schon wieder so einen schmerzlich besorgten Gesichtsausdruck.«

»Jawohl, Sir. Ich wollte vielmehr sagen, nein, Sir.«

»Auch so ein Zeichen der Krankheit unserer Zeit«, meinte Carpenter bedauernd. »Den jungen Leuten mangelt so vieles, wie zum Beispiel die Würdigung eines guten Pfeifentabaks oder das Vertrauen in ihre Vorgesetzten.« Er seufzte tief und machte ein Eselsohr an der Stelle, bis zu der er gelesen hatte, klappte das Buch zu und richtete sich in seinem Sitz auf. »Man sollte wirklich annehmen, daß man sich in seiner eigenen Flugkanzel schon ein wenig Frieden und Ruhe leisten könnte.«

Dieser Bemerkung folgte ein Blick auf die Uhr und ein ernstes Stirnrunzeln. »Flying Officer Tremayne, die grobe Vernachlässigung Ihrer Pflichten gefährdet die ganze Mission.«

»Sir?« Tremayne verzog schmerzlich das Gesicht.

»Ich hätte genau vor drei Minuten meinen Kaffee haben sollen.«

»Jawohl, Sir. Sofort, Sir.«

Smith mußte lächeln und richtete sich aus seiner verkrampften Stellung hinter den Sitzen der Piloten auf, verließ die Flugkanzel und ging nach hinten in den Rumpf der Lancaster. Hier, in diesem kalten, scheußlichen Raum, der an ein eisernes Grab erinnerte, wurde der Eindruck an eine sibirische Kesselfabrik noch verstärkt. Der Maschinenlärm war fast nicht zu ertragen, die Kälte noch spürbarer, und an den metallenen Wänden lief das Wasser herunter, was auch nicht gerade dazu beitrug, die Behaglichkeit zu vergrößern. Auch die sechs in den Boden geschraubten Zeltstühle waren nicht dazu angetan. Die Zweckmäßigkeit feierte Triumphe. Jeder Versuch, diese geradezu sadistisch konstruierten Marterinstrumente etwa in den Gefängnissen Seiner Majestät einzuführen, hätte eine Welle nationaler Empörung im Lande ausgelöst.

In diesen sechs Stühlen saßen sechs Männer zusammengekauert, wahrscheinlich, so überlegte Smith, die sechs traurigsten Gestalten, die er jemals gesehen hatte. Wie er selbst trugen diese sechs Männer die Uniform der deutschen Gebirgsjäger. Wie er war jeder mit zwei Fallschirmen ausgerüstet. Alle zitterten vor Kälte, stampften mit den Füßen und versuchten, mit den Armen etwas Wärme in ihre Körper zu schlagen, während Wolken gefrorenen Atems schwer in der eiskalten Luft hingen. Ihnen gegenüber, an der Steuerbordseite des Rumpfes, befand sich ein starkes Eisenkabel, das über die Tür hinauslief. An diesem Kabel waren Sicherheitshaken angebracht, von denen wiederum Kabel zu den zusammengefalteten Fallschirmen führten, die auf einem Haufen unterschiedlichster Bündel lagen, unter denen man nur bei einem, durch die herausragenden Enden von Skiern, feststellen konnte, was es enthielt.

Der ihm am nächsten sitzende Fallschirmspringer, ein dunkler, gedrungener, romanischer Typ, sah bei Smith's Eintritt auf. Noch niemals, so mußte Smith denken, hatte er Edward Carraciola so unglücklich gesehen.

Ein Sergeant, Air-Gunner (Feldwebel und Bordschütze der R.A.F.) trat aus dem Rumpf mit einer dampfenden Kaffeekanne und Emaillebechern ein.

Der Sergeant lächelte. »Kaffee, meine Herren?«

Smith versuchte, seine halbgefrorenen Hände an dem heißen Kaffeebecher zu wärmen. »Wissen Sie, wo wir uns befinden?«

»Selbstverständlich, Sir.« Er deutete auf die kleine Treppe, die zu dem oberen Maschinengewehrgefechtsstand führte. »Kommen Sie doch rasch einmal hierher, Sir, und sehen Sie da rechts hinunter.«

Smith gab seinen Becher einem der Männer, kletterte die Leiter hoch und sah dann durch die Plexiglaskuppel des Gefechtsstandes. Ein paar Sekunden war alles schwarz vor seinen Augen, und dann begann er langsam und ganz tief unten undeutlich etwas durch den Schneesturm zu erkennen. Ein geisterhaftes Lichtermeer. Lichter, die sich langsam zu einem kreuzartigen Muster von erleuchteten Straßen formierten.

»Nun«, er hatte sich seinen Kaffee wieder geholt, »irgend jemand sollte denen da unten Bescheid sagen. Schließlich sollte in ganz Europa absolute Verdunkelung herrschen.«

»Aber doch nicht in der Schweiz, Sir«, erklärte der Sergeant geduldig. »Das da unten ist Basel.«

»Basel?« Smith starrte ihn an. »Basel! Um Himmels willen, dann sind wir ja sechzig bis siebzig Meilen von unserem Kurs abgewichen. Der Flugplan schrieb uns eine Richtung nördlich von Straßburg vor.«

»Jawohl, Sir«, antwortete der Sergeant Air-Gunner vollkommen unberührt. »Der Wing Commander behauptet, daß er Flugpläne einfach nicht lesen kann.« Hier grinste er entschuldigend. »Also, um Ihnen die Wahrheit zu sagen, Sir, das hier ist der von uns bevorzugte Weg nach Vorarlberg. Wir fliegen östlich entlang der Schweizer Grenze und dann von Schaffhausen aus in südlicher Richtung . . .«

»Aber da fliegen wir doch über schweizerischem Hoheitsgebiet!«

»Tatsächlich? Wenn die Nacht klar ist, kann man die Lichter von Zürich erkennen. Man erzählt sich, daß der Wing Commander im Hotel Baur-au-Lac ständig ein Zimmer für sich reserviert habe.«

»Was heißt das?«

»Das heißt, daß er, wenn er die Wahl zwischen einem Kriegsgefangenenlager in Deutschland und der Internierung in der Schweiz hat, genau weiß, auf welcher Seite der Grenze er landen wird . . . Später fliegen wir auf der Schweizer Seite des Bodensees entlang, und bei Lindau geht es nach Osten. Wir steigen dann auf etwa dreitausend Meter, um die Berge gut im Blick zu haben, und von da ist es nur noch ein Katzensprung bis zur Weiß-Spitze.«

»Ich verstehe«, antwortete Smith schwach. »Aber – aber,

protestieren denn die Schweizer nicht dagegen?« fragte Smith, aber der Sergeant hatte sich bereits wieder auf den Weg zur Flugkanzel begeben. Die Lancaster sackte plötzlich nach vorn ab, als sie ein Luftloch durchflog, und Smith hielt sich schnell an dem im Rumpf angebrachten Geländer fest, während Leutnant Morris Schaffer vom American Office of Strategic Services (Amerikanisches Bureau für strategische Planung) und Smith's Stellvertreter laut zu fluchen anfing, als sich der größte Teil seines Kaffees über seinen Oberschenkel ergoß und ihn verbrannte.

»Darauf habe ich gerade noch gewartet«, stieß er bitter hervor. »Für Moral ist in meinem Charakter kein Platz mehr. Ich wünsche mir nichts sehnlicher, als daß wir über der Schweiz notlanden *müßten*. Denken Sie doch nur einmal an alle diese herrlichen Wiener Schnitzel und Apfelstrudel.«

»Sie hätten außerdem die Chance, länger am Leben zu bleiben, mein Freund«, bemerkte Carraciola tiefsinnig. Danach blickte er zu Smith auf und fixierte ihn lange. »Das Ganze ist doch reinster Selbstmord! Was für ein Haufen! Sehen Sie uns doch einmal an.« Er zeigte auf die drei Männer, die links von ihm saßen: Olaf Christiansen, einen flachsblonden Vetter von Leif Ericsson, Lee Thomas, einen kleinen dunklen Mann aus Wales – beide sahen leicht belustigt aus –, und auf Torrance-Smythe, der so gelangweilt und aristokratisch dreinblickte wie ein französischer Graf auf dem Weg zur Guillotine. Ein trauriger Lehrer aus Oxford, der sich sichtlich wünschte, wieder in den sicheren Mauern seiner Universität leben zu können. »Christiansen, Thomas, der alte Smithy und ich – wir sind doch nur ein Haufen einfacher Beamter, kleine Büroangestellte . . .«

»Ich bin darüber informiert, wer Sie alle sind«, meinte Smith noch immer ruhig.

»Dann nehmen Sie doch einmal sich selbst.« In dem Donner der Maschinen war der leise Einwurf völlig untergegangen. »Ein Major des Black-Watch-Regiments (Eliteeinheit der britischen Armee im Afrikakrieg). Ohne Zweifel haben Sie eine fabelhafte Figur als Dudelsackspieler in El Alamein gemacht, aber warum zum Teufel sollen gerade *Sie* uns anführen? Das soll keine Beleidigung sein. Aber die ganze Sache ist genausowenig Ihr Bier wie unseres. Oder nehmen wir doch einmal unseren Leutnant Schaffer hier. Ein fliegender Cowboy . . .«

»Ich hasse Pferde«, warf Schaffer lautstark ein. »Deshalb mußte ich ja auch Montana verlassen.«

»Oder nehmen Sie George hier.« Carraciola zeigte mit dem Daumen auf das letzte Mitglied der Gruppe. George Harrod, ein untersetzter Sergeant der Armee, ein wahres Funkgenie, saß mit völlig resigniertem Gesichtsausdruck da. »Ich bin bereit zu wetten, daß er noch niemals in seinem Leben einen Fallschirmabsprung gemacht hat.«

»Ich habe eine Neuigkeit für Sie«, sagte Harrod ungerührt. »Ich habe in meinem Leben noch nicht ein einziges Mal in einem Flugzeug gesessen.«

Smith sagte freundlich: »Wir waren alles, was der Colonel zusammenkratzen konnte.«

Carraciola gab darauf keine Antwort, und keiner von den anderen sprach ein Wort, aber Smith mußte kein Hellseher sein, um zu wissen, was in ihnen allen jetzt vorging. Sie dachten genau das gleiche, was auch er dachte; wie er dachten sie an einen Vorgang, der einige Stunden zurücklag und der sich einige hundert Meilen von hier ereignet hatte, im Plansaal der königlichen Admiralität in London, wo Vize-Admiral Rolland, offiziell assistierender Direktor für Marine-Planung, aber in Wirklichkeit langjähriger Chef von M.I. 6, der Abteilung für Spionageabwehr des britischen Geheimdienstes, und dessen Stellvertreter Colonel Wyatt-Turner sie ernst und widerstrebend von dem Plan unterrichtet hatten, den sie genauso ernst und widerstrebend als eine Mission bezeichneten, die aus reiner Verzweiflung zustande gekommen war.

»Es tut mir verdammt leid, Freunde, aber die Zeit ist nun mal der wichtigste Faktor«, bei diesen Worten berührte der Dienststock von Wyatt-Turner, einem großen rotgesichtigen Colonel mit dickem Schnurrbart, die Wandkarte von Deutschland und zeigte auf einen Punkt etwas nördlich der ehemaligen österreichischen Landesgrenze und etwas westlich von Garmisch-Partenkirchen. »Unser Mann wurde um zwei Uhr morgens hierhergebracht. Da ist er jetzt. Das ist das Schloß Adlershorst. Glauben Sie mir, ein äußerst zutreffender Name, nur ein Adler kann dort hineinkommen. Schloß Adlershorst ist das gemeinsame Hauptquartier des deutschen Geheimdienstes und der Gestapo für Süddeutschland. Wir müssen unseren Mann dort herausbekommen, ehe er zu reden anfängt.«

»Und er wird reden«, sagte Thomas ernst. »Sie reden alle. Warum haben Sie nur unseren Ratschlag nicht befolgt, Sir? Wir haben es Ihnen doch erst vor zwei Tagen genau erklärt.«

»Das Warum spielt jetzt keine Rolle mehr«, meinte Wyatt-Turner müde. »Jetzt leider nicht mehr. Aber die Tatsache, daß er sprechen wird, spielt eine Rolle. Also müssen wir ihn herausholen. Das heißt, *Sie* müssen ihn herausholen!«

Torrance-Smythe räusperte sich diskret: »Aber dafür haben wir doch Fallschirmjäger, Sir.«

»Haben Sie Angst, Smithy?«

»Selbstverständlich, Sir.«

»Das Schloß Adlershorst ist vollkommen unzugänglich und fast uneinnehmbar. Um es zu stürmen, müßten wir mindestens ein ganzes Fallschirmjägerbataillon einsetzen.«

»Ist ja ganz klar«, meinte Christiansen, »abgesehen davon, daß auch gar keine Zeit dafür vorhanden ist, einen massiven Fallschirmjägerangriff zu planen, spielt das ja sowieso keine Rolle.« Christiansen schien ganz guter Dinge zu sein; offensichtlich gefiel ihm das geplante Unternehmen außerordentlich.

Wyatt-Turner zog es vor, den Zwischenruf zu ignorieren.

»Absolute Geheimhaltung ist unsere einzige Hoffnung«, fuhr er fort, »und Sie, meine Herren, sind – darauf verlasse ich mich – Menschen, von denen ich eine solche absolute Geheimhaltung erwarten kann. Sie sind außerdem alle Experten und zusätzlich noch Experten, was das Überleben hinter feindlichen Linien angeht, wo Sie alle schon längere Zeit zugebracht haben. Major Smith, Leutnant Schaffer und Sergeant Harrod hier in Ausübung ihrer militärischen Dienstpflicht und der Rest von Ihnen – hmhm – bei anderen Pflichten. Dabei . . .«

»Aber das ist doch schon verdammt lange her, Sir«, wurde er von Carraciola unterbrochen, »zumindest was Smithy, Thomas, Christiansen und mich betrifft. Wir sind doch völlig aus der Übung.«

»Dann werden Sie eben ganz schnell wieder fit werden müssen, nicht wahr?« antwortete ihm Wyatt-Turner kühl. »Außerdem, was viel wichtiger ist, ist die Tatsache, daß Sie alle, mit Ausnahme von Major Smith, über eine ausgezeichnete Kenntnis Westeuropas verfügen. Außerdem sprechen Sie alle perfekt Deutsch. Sie werden feststellen müssen, daß Ihre Kenntnisse im Nahkampf – auf der Ebene, auf der Sie eingesetzt werden – heute noch so gültig sind, wie sie es vor fünf Jahren waren. Sie sind alle Männer, die bewiesen haben – und das sagen auch Ihre Personalakten aus –, daß Sie über Findigkeit, Geschicklichkeit und Einfallsreichtum verfügen. Wenn überhaupt jemand eine Chance hat, dann sind Sie es. Bei Ihnen allen handelt es sich selbstverständlich um Freiwillige.«

»Selbstverständlich«, bestätigte Carraciola mit völlig ausdruckslosem Gesicht. Dann sah er Wyatt-Turner scharf an. »Es gibt natürlich auch noch einen anderen Weg, Sir«, hier machte er eine Pause und fuhr dann ruhig fort: »Einen Weg mit einer hundertprozentigen Garantie auf Erfolg.«

»Weder Admiral Rolland noch ich behaupten, unfehlbar zu sein«, sagte Wyatt-Turner langsam. »Sollte uns eine Alternativlösung entgangen sein? Haben Sie die richtige Antwort auf unsere Probleme?«

»Jawohl. Pfeifen Sie sich eine Pfadfinderschwadron von Lancaster-Bombern zusammen. Glauben *Sie*, daß danach noch *irgend jemand* auf Schloß Adlershorst in der Lage sein würde zu reden?«

»Da bin ich nicht Ihrer Meinung«, sagte Admiral Rolland

höflich. Er war ein kleiner, grauhaariger Mann mit einem zerfurchten Gesicht und einer Haltung, die Autorität ausstrahlte. »Nein«, wiederholte er, »ich bin ganz und gar nicht Ihrer Meinung. Ich glaube außerdem, daß Sie die Realität der ganzen Situation, ganz abgesehen von Ihrer totalen Unbarmherzigkeit, falsch einschätzen. Bei dem Gefangenen handelt es sich um Lieutenant General (Generalleutnant, A. d. Ü.) Carnaby, einen Amerikaner. Falls es uns einfallen würde, ihn zu vernichten, so könnte General Eisenhower leicht auf die Idee verfallen, seine ›Zweite Front‹ gegen uns anstatt gegen die Deutschen zu errichten.«

Alle anderen schwiegen. Daraufhin räusperte sich Colonel Wyatt-Turner.

»Das wär's also, meine Herren. Heute abend um zweiundzwanzig Uhr auf dem Flughafen. Keine weiteren Fragen?«

»O doch, verdammt noch einmal, es gibt noch weitere Fragen, wenn der Colonel höflichst entschuldigen wollen, Sir!« Sergeant George Harrod hörte sich nicht nur wütend an, er sah auch so aus. »Worum dreht es sich denn hier überhaupt? Warum ist denn dieser Bursche so verdammt wichtig? Warum zum Teufel sollen wir denn für ihn Kopf und Kragen riskieren . . .«

»Das genügt vollkommen, Sergeant«, die Stimme von Wyatt-Turner klang scharf und befehlend. »Sie wissen alles, was Sie zu wissen brauchen . . .«

»Wenn wir schon jemandem einen Befehl geben, der ihn das Leben kosten kann, Colonel, dann bin ich der Ansicht, hat er auch ein Anrecht darauf zu erfahren, um was es geht«, unterbrach Admiral Rolland höflich, fast entschuldigend. »Alle andern wissen Bescheid. Er sollte auch wissen, worum es sich handelt. Es ist fast zu einfach, Sergeant. General Carnaby ist der Generalkoordinator der Planungsabteilung für eine Übung, die bei uns unter dem Kennwort ›Operation Overlord‹ bekannt ist – es handelt sich dabei um nichts anderes als um die ›Zweite Front‹, das heißt die Invasion des europäischen Kontinents. Man darf ruhig sagen, daß der General mehr über die alliierten Vorbereitungen für den Aufbau dieser ›Zweiten Front‹ weiß als sonst irgendein lebender Mensch.

Er startete in der vergangenen Nacht, um sich mit seinen Kollegen aus dem Nahen Osten und Rußland sowie von der italienischen Front zu treffen, um mit ihnen die endgültigen Pläne für die Invasion in Europa zu koordinieren. Das Zusammentreffen sollte auf Kreta stattfinden – dem einzigen Ort, den die Russen bereit waren zu akzeptieren. Sie verfügen nicht über Flugzeuge, die schnell genug wären, die deutschen Jagdflugzeuge an Geschwindigkeit zu übertreffen. Die britische Mosquito ist dazu in der Lage – aber gestern nacht ist es ihr nicht gelungen. Sie wurde abgeschossen.«

Ein eisiges Schweigen herrschte in dem spärlich eingerichteten Planungssaal. Harrod fuhr sich mit der Hand über die Augen, und dann schüttelte er den Kopf, so – als wollte er etwas loswerden. Als er wieder zu sprechen begann, war alle Auflehnung und alle Wut aus seiner Stimme verschwunden. Die Worte kamen langsam und abgehackt aus seinem Mund.

»Und falls der General redet . . .«

»Er wird reden«, antwortete Rolland. Die Stimme klang weich, war aber dabei vollkommen überzeugend. »Wie Mr. Thomas soeben sehr richtig gesagt hat, sie reden alle. Er kann sich in dieser Situation gar nicht anders helfen. Man gibt ihm eine Mischung von Mescalin und Scopolamin, das genügt völlig.«

»Und dann berichtet er über alle die Pläne für die ›Zweite Front‹«; die Worte hörten sich an, als ob er träumte. »Über wann, wo und wie – um Himmels willen, Sir, das bedeutet ja, daß die ganze Sache abgeblasen werden muß!«

»Genauso ist es. Alles müßte abgeblasen werden. Keine ›Zweite Front‹ mehr in diesem Jahr. Das bedeutet weitere neun Monate Krieg, eine Million Menschenleben unnötig geopfert. Verstehen Sie jetzt die Eile, Sergeant, die verzweifelte Eile der ganzen Angelegenheit?«

»Ich verstehe es, Sir. Jetzt verstehe ich es.« Harrod wandte sich an Wyatt-Turner. »Ich bitte um Entschuldigung, Sir, daß ich vorhin so erregt gesprochen habe. Ich fürchte – nun ja, ich bin ein bißchen gereizt gewesen, Sir.«

»Wir sind alle ein wenig gereizt, Sergeant. Also gut. Um zweiundzwanzig Uhr heute abend auf dem Flugplatz.«

In der Bordkanzel saß Wing Commander Carpenter auf der äußersten Kante seines Sitzes, damit er seinen Kopf an die Rückenlehne legen konnte. Er war noch immer zutiefst zufrieden mit seiner Pfeife, seinem Kaffee und seiner Literatur beschäftigt. Plötzlich richtete sich Tremayne kerzengerade in seinem Sitz auf, starrte einige Sekunden durch die Windschutzscheibe, um sich dann aufgeregt Carpenter zuzuwenden.

»Da unten, das ist Schaffhausen, Sir!«

Carpenter stöhnte und machte sein Buch zu. Dann trank er seinen Kaffee aus und kam unter erneutem Stöhnen im Sessel hoch.

»Fabelhaft!« sagte er bewundernd. »Ich glaube, Sie haben recht.« Dann stellte er die Sprechanlage an.

»Major Smith? Jawohl, noch genau dreißig Minuten, bis es soweit ist.« Er stellte die Anlage wieder ab und wandte sich erneut Tremayne zu. »Prima. Und jetzt südöstlich hinunter zum Bodensee. Und um Himmels willen, bleiben Sie ja auf der Schweizer Seite.«

Smith nahm die Kopfhörer ab und sah die vor ihm sitzenden sechs Männer leicht spöttisch an.

»Das wäre es dann also. Noch eine halbe Stunde. Hoffen wir nur, daß es dort unten ein wenig wärmer ist als hier oben.«

Niemand hatte dazu noch etwas zu sagen. Niemand schien allerdings auch nur irgendwelche Hoffnungen zu hegen. Stumm und bewegungslos starrten sie einander ausdruckslos an, und dann versuchten sie, sich langsam zu erheben. Einer nach dem anderen richtete sich auf steifgefrorenen Beinen auf, um dann langsam und höchst unbeholfen die tauben Hände und den verkrampften Körper so weit zu bringen, kleine Bewegungen durchzuführen, was fast unmöglich schien, und sich auf den Absprung vorzubereiten. Sie halfen einander, die Lasten umzuschnallen, die unter den jetzt aufgehobenen Fallschirmen lagen, und dann begannen sie schwerfällig, sich die weißen, wasserdichten Schneehosen anzuziehen.

»Dann wäre es also wieder mal soweit; es ist Zeit, daß ich etwas für meines Wing Commanders Sold tue, während ihr aufstrebenden Piloten dasitzt und mir mit groß aufgerissenen Mäulern hingerissen zuseht.« Carpenter sah auf seine Uhr. »Es ist jetzt genau zwei Uhr und fünfzehn Minuten. Zeit, daß wir beide die Plätze tauschen.«

Beide Männer öffneten ihre Sicherheitsgurte und wechselten ungelenk ihre Plätze. Mit äußerster Sorgfalt überprüfte Carpenter den richtigen Sitz der Rückenlehne, bis sich sein Körper ganz angepaßt hatte, dann brachte er seinen Fallschirm in eine möglichst bequeme Position, schloß den Sicherheitsgurt und brachte dann an seinem Kopf ein paar Kopfhörer und ein Mikrophon an, das er, nachdem es richtig saß, sofort einschaltete.

»Sergeant Johnson?« Carpenter kümmerte sich niemals um die in der Dienstregel vorgeschriebenen Formulierungen. »Sind Sie wach?«

Hinten in der kleinen und äußerst unbequemen Kanzel des Navigators war Sergeant Johnson nur allzu wach. Er war schon seit Stunden wach. Er saß dort über einen grünlich leuchtenden Radarschirm gebeugt, den seine Augen nur verließen, um sich hier und da eine Information von den Karten, von dem Doppelkompaß, dem Höhenmesser und dem Luftgeschwindigkeitsanzeiger zu holen. Er griff jetzt nach seinem Sprechgerät und schaltete sich ein.

»Ich bin wach, Sir.«

»Wenn Sie uns in die Weiß-Spitze hineinfliegen«, meinte Carpenter drohend, »lasse ich Sie degradieren. Johnson, haben Sie mich verstanden?«

»Das wäre mir aber gar nicht recht, Sir. Nach meiner Berechnung sind wir in genau neun Minuten da, Sir.«

»Endlich sind wir beide einmal einer Meinung. Bei mir

sind es auch genau neun.« Carpenter schaltete wieder ab, machte das rechte Seitenfenster auf und starrte hinaus. Trotz des schwachen Mondlichts war die Sicht gleich Null. Eine graue, undurchsichtige Welt, eine blinde Welt, in der nichts zu erkennen war als die dünnen Streifen sturmgepeitschten Schnees. Er zog den Kopf wieder zurück, bürstete sich den Schnee von seinem enormen Schnurrbart, sah mit Bedauern auf seine Pfeife und steckte sie dann vorsichtig in eine seiner Taschen.

Für Tremayne war das Wegstecken der Pfeife der letzte Beweis, daß der Wing Commander jetzt alles klar zum Anflug auf das gefährliche Ziel machte. Er sagte nicht allzu fröhlich: »Das Ganze ist ein bißchen riskant, nicht wahr, Sir? Ich meine, die Weiß-Spitze in diesem Schneesturm auszumachen?«

»Riskant?« Carpenter hörte sich fast jovial an. »Riskant? Ich verstehe nicht, warum? Schließlich ist sie doch so groß wie ein Berg. Sie *ist* sogar einer! Wir können sie also gar nicht verpassen, mein lieber Junge.«

»Das ist ja genau das, was ich meine, Sir.« Hier machte er eine bedeutsame Pause. »Aber dieses Plateau auf der Weiß-Spitze, auf dem wir sie absetzen sollen, das hat doch nur eine Breite von knapp dreihundert Metern. Darüber ist schierer Felsen, darunter die Klippe. Und diese dynamischen Bergwinde, oder wie Sie sie auch bezeichnen wollen, die wehen doch in völlig unberechenbaren Richtungen. Eine Idee zu weit nach Süden und wir streifen den Berg, eine Idee zu weit nach Norden und die Leute fallen in die verdammt steile Schlucht und brechen sich aller Wahrscheinlichkeit nach das Genick. Knapp dreihundert Meter!«

»Wie hätten Sie's denn gern?« wollte Carpenter freundlich wissen, »vielleicht den Flugplatz von Heathrow (militärischer Flugplatz bei London)? Knapp dreihundert Meter? Was wollen Sie denn noch mehr, mein Junge? Wir könnten diesen alten Kasten hier auf einer Rollbahn landen, die nur ein Zehntel dieser Breite hätte.«

»Jawohl, Sir. Ich habe allerdings immer geglaubt, daß die

Beleuchtung der Rollbahnen eine gewisse Hilfe beim Landen bedeutet, Sir. Immerhin beträgt die Höhe der Weiß-Spitze fast zweitausendfünfhundert Meter und . . .«

Er unterbrach sich, als die Klingel der Sprechanlage zu läuten begann. Carpenter schaltete sich ein.

»Johnson?«

»Jawohl, Sir.« Johnson war noch tiefer über seinen Radarschirm gebeugt, wo die rotierende Suchlinie unmittelbar rechts vom Zentrum des Schirms einen weißen Punkt ausgemacht hatte. »Ich habe sie, Sir. Genau rechts, wo sie zu sein hat.« Er sah vom Schirm fort und kontrollierte den Kompaß. »Kurs Null-neun-drei, Sir.«

»Gut gemacht, Junge.«

Dann sagte er in die Sprechanlage: »Sergeant? Fünf Minuten, dann wird gesprungen.«

»Dann wird gesprungen!« Der Sergeant Air-Gunner wiederholte den Befehl den sieben Männern, die sich in einer Reihe an der Steuerbordseite des Rumpfes aufgestellt hatten. »In genau fünf Minuten.«

Schweigend klippten sie ihre Fallschirmschnallen in das über ihnen befindliche Stahlseil, was von dem Sergeanten jedesmal genau nachgeprüft wurde. Am nächsten der Tür, um als erster zu springen, stand Sergeant Harrod. Hinter ihm Lieutenant Schaffer, der durch seine Erfahrungen im Fallschirmspringen als der Erfahrenste in der Gruppe zu gelten hatte und dessen wenig angenehme Aufgabe darin bestand, auf Harrod aufzupassen. Nach ihm kam Carraciola, dann Smith – als Führer der Gruppe zog er es vor, in ihrer Mitte zu springen –, dann folgten Christiansen, Thomas und Torrance-Smythe. Hinter Torrance-Smythe standen zwei junge Aircraftmen bereit, die Pakete, die an eigenen Fallschirmen angebracht waren und deren Schnallen jetzt ebenfalls an dem Stahlseil festgemacht worden waren, so schnell wie möglich nach dem Absprung des letzten Mannes hinauszuschleudern. Der Sergeant Air-Gunner nahm seine Position an der Tür ein. Jetzt herrschte auf einmal wieder Hochspannung bei allen.

Carpenter sah auf seine Uhr und gab sodann ein doppeltes Klingelzeichen.

Die Klingel schlug über dem Kopf des Sergeanten Air-Gunner an, der bei der Tür im Rumpf stand. Er blickte in die angespannten, erwartungsvollen Gesichter vor sich und nickte.

»Noch zwei Minuten, meine Herren.«

Er öffnete die Tür ein wenig, um festzustellen, ob sie sich auch leicht öffnen ließ. Nachdem die Tür auch nur einen Spalt geöffnet war, verstärkte sich augenblicklich das tiefe Donnern der Maschinen zu einem ohrenbetäubenden Lärm, der aber lange nicht so entmutigend war wie der mit Schnee durchsetzte, eisige Wind, der zur gleichen Zeit hereinfegte. Die Fallschirmspringer tauschten ausdruckslose Blicke untereinander aus, Blicke, die der Sergeant nur allzu gut verstehen konnte, der daraufhin die Tür wieder verschloß und nochmals nickte.

»Ich bin völlig Ihrer Meinung, meine Herren. Bei dem Wetter würde man nicht einmal einen Hund auf die Straße schicken.«

In der Kanzel fuhr Tremayne mit seinen rhythmischen, sich nie verändernden Rundblicken fort: Kompaß, Höhenmesser, Carpenter, Kompaß, Höhenmesser, Carpenter. Aber jetzt schien sein Blick jedesmal eine Idee länger auf Carpenter zu verweilen, wobei er auf ein plötzliches Zeichen zu warten schien, das bedeuten würde, die schwere Lancaster in einem harten Bogen nach Backbord zu ziehen, die einzig mögliche Aktion, die dann noch zu tun übrigblieb. Die linke Hand von Carpenter begann sich zu bewegen, aber sie gab ihm keinerlei Zeichen, die Finger der Hand trommelten leise auf sein Knie. Das, so wurde sich Tremayne plötzlich verwundert bewußt, war wahrscheinlich das größte Zeichen von Erregung, das Carpenter nach außen erkennen ließ.

Zehn Sekunden verstrichen. Fünf. Und nochmals fünf. Tremayne merkte plötzlich, daß ihm selbst in der eisigen Kanzel der Schweiß über das Gesicht strömte. Der Drang, den Bomber nach links wegzuziehen, um dadurch den laut krachenden, alles vernichtenden Aufprall, der nur noch Sekunden auf sich warten lassen konnte, zu verhindern, war fast überwältigend. Er war sich auf einmal seiner Angst bewußt, einer Angst, die nahe an eine alles über Bord werfende Panik herankam, ein Gefühl, das er sich zuvor niemals auch nur hätte vorstellen können, geschweige denn erlebt hatte. Da wurde seine Aufmerksamkeit plötzlich auf etwas anderes gelenkt: Das Trommeln der Finger von Carpenter hatte unvermittelt aufgehört.

Endlich sah Carpenter die Bergspitze. Sie war zwar fast mehr in seiner Einbildung vorhanden als in Wirklichkeit, aber jetzt war sie da. Und dann, ganz langsam, erkannte er, daß es sich dort vorn, rechts von der Flugrichtung, um etwas Kompaktes handelte, das aus dem Nichts materialisierte, und nicht nur um Wunschgedanken. Und dann, ganz plötzlich, hörte sie auf zu wachsen, war sie massig und ohne jeden Zweifel da: die ungebrochene weiße Fläche des fast vertikal aufstrebenden Berges, die in einem Winkel von achtzig Grad zu erkennen war, bis sie in der grauen Dunkelheit darüber verschwand. Carpenter drückte auf die Klingel.

Über der Tür an der Steuerbordseite des Rumpfes leuchtete eine rote Lampe auf. Der Sergeant legte seine Hand auf den Türgriff.

»Noch eine Minute, meine Herren.« Dann riß er die Tür mit einem Ruck sperrangelweit auf und verankerte sie in den Haltern, während ein Miniaturschneesturm in das Innere des Rumpfes eindrang. »Wenn das rote Licht grün wird . . .«

Er vollendete den Satz nicht, erstens weil diese Worte allein schon genügten, und zweitens weil er so laut schreien mußte, um sich gegen den Sturm und das Heulen der Motoren überhaupt durchsetzen zu können, daß jedes überflüssige Wort nur eine unnötige Anstrengung bedeutete.

Niemand sprach. Die unter den Fallschirmspringern ausgetauschten Blicke ließen besser als alle Worte den Gedanken erkennen, der sie beherrschte: Wenn es schon hier drin so zuging, wie zum Teufel würde es dann erst draußen sein? Auf ein Zeichen des Sergeanten stellten sie sich in einer

Reihe vor der offenen Tür auf – an der Spitze Sergeant Harrod. Sein Gesicht sah aus wie das eines christlichen Märtyrers, der im Begriff steht, seinem ersten und letzten Löwen in der Arena zu begegnen.

Wie eine große schwarze Flugeidechse aus grauer Vorzeit donnerte die Lancaster durch den peitschenden Schnee an der glatten, steil abfallenden Seite der Weiß-Spitze vorbei. Die massive, eisverkrustete, steinerne Wand schien wirklich ganz nah zu sein.

Die Lippen von Sergeant Harrod waren nicht trocken, aber der Grund dafür war lediglich, daß das Hauptgewicht des horizontal eindringenden Schneesturms, der in den Rumpf brandete, zuerst auf ihn traf. Er stand im Rumpf und hielt sich mit beiden Händen am Türrahmen fest, um vom Sturm nicht umgeworfen zu werden. In seinem Gesicht zeigte sich keine Furcht, lediglich eine eigenartige, ergebene Resignation. Sein Blick ging nach links, und wie hypnotisiert starrte er auf einen Punkt, von dem er annahm, daß die Flügelspitze jede Sekunde dagegen und damit an die Wand der Weiß-Spitze stoßen würde.

Noch immer brannte im Inneren des Rumpfes das rote Licht. Die Hand des Sergeanten fiel mit einer ermutigenden Geste auf seine Schulter. Harrod brauchte etwa eine halbe Sekunde, bevor er den Blick von der Felswand lösen konnte. Dann trat er einen halben Schritt zurück. Er griff nach oben und nahm die Hand sehr bestimmt von seiner Schulter.

»Nur nicht schubsen, Kamerad.« Er mußte brüllen, um sich verständlich zu machen. »Wenn ich nun schon mal Selbstmord verüben muß, dann möchte ich es auf althergebrachte Weise tun. Von eigener Hand.« Sprach's und nahm wieder seine Position in der offenen Tür ein.

Etwa im gleichen Augenblick sah Carpenter noch einmal kurz aus dem Seitenfenster und gab das Signal, auf das Tremayne so flehentlich die ganze Zeit gewartet hatte, eine kleine, nach links schwenkende Handbewegung. Schnell zog Tremayne den schweren Bomber in eine Linkskurve und hielt sofort wieder genauen Kurs geradeaus.

Langsam fiel die Bergwand zurück. Dieses fast die Bergseite berührende Manöver war weder eine Bravourleistung noch ein gefährlicher Leichtsinn von seiten des Wing Commanders gewesen. Carpenter hatte so lediglich den schon vorher festgelegten Kurs über das schmale Plateau einhalten können. Noch einmal, nun zum allerletztenmal, streckte er den Kopf hinaus, während die linke Hand ganz langsam – unendlich langsam, wie es Tremayne vorkam – nach dem Knopf tastete, der sich oben in der Kanzel befand, ihn endlich fand, eine Pause machte und ihn dann drückte.

Sergeant Harrod, dessen Kopf nach hinten geneigt war, sah, wie das rote Licht verschwand und das grüne aufleuchtete. Er senkte den Kopf, schloß die Augen, und indem er die Arme weit ausbreitete, stürzte er sich hinaus in den Schnee und die Dunkelheit. Es war nicht gerade ein sehr geübter Start, denn statt richtig zu springen, hatte er mehr oder weniger einfach einen Schritt vorwärts gemacht und pendelte noch in der Luft hin und her, als sich sein Fallschirm bereits zu öffnen begann. Schaffer war der nächste, und er sprang klar und sauber, Füße und Knie angezogen, dann kam Carraciola, gefolgt von Smith.

Smith sah nach unten, und seine Lippen preßten sich aufeinander. Kaum zu erkennen unter ihm, in dem Grau der Umgebung, sah er Harrod wie ein großes Pendel in der Luft hin und her schwingen. Die Leinen seines Fallschirms hatten sich bereits übel verknotet, und durch seine unbeholfenen Versuche, sie zu entwirren, verknoteten sie sich nur noch mehr. Seine linken Leinen waren zu weit nach unten gezogen, und so strömte Luft aus der einen Seite des Fallschirms, und er sackte nach links ab, noch immer wild schlingernd, schneller als Smith jemals einen Mann mit Fallschirm hatte absacken sehen. Smith starrte der sich immer schneller entfernenden Gestalt nach und hoffte nur, daß Harrod nicht etwa über das Plateau hinausgetragen und in den Abgrund stürzen würde.

Mit verbissenem Gesicht starrte er jetzt nach oben, um zu sehen, wie die anderen abgekommen waren. Gott sei Dank, da war nichts zu befürchten, Christiansen, Thomas und Smithy waren alle da, so dicht beieinander, daß man das Gefühl hatte, einander berühren zu können, alle kamen ganz normal herunter.

In dem Augenblick, als der letzte der Fallschirmspringer, Torrance-Smythe, abgesprungen war, eilte der Sergeant Air-Gunner zum hinteren Ende des Rumpfes. Eiligst räumte er eine Kiste weg und zog eine Zeltplane fort. Er bückte sich und half einer zusammengekauerten Gestalt auf die Beine. Sie entpuppte sich als ein Mädchen, verhältnismäßig klein, mit großen dunklen Augen und feinen Zügen. Man hätte annehmen sollen, daß die Figur darunter genauso zart sein würde wie das Gesicht, aber die war in dicke Kleider verpackt, über die ein Schneeanzug gezogen war. Über dem Schneeanzug hatte sie einen Fallschirm umgeschnallt. Vor lauter Kälte war sie völlig unbeweglich und verkrampft, aber der Sergeant hatte seine Befehle auszuführen.

»Los, kommen Sie, Miß Ellison.« Er faßte sie um die Hüften und geleitete sie, so schnell es ging, zur noch immer offenen Tür. »Wir haben keine Sekunde zu verlieren.«

Halb trug und halb führte er sie zum Absprung, wo ein Aircraftman gerade den vorletzten Gepäckfallschirm durch die Tür hinauswarf. Der Sergeant klippte den Fallschirm an das Stahlseil. Mary Ellison wandte sich ihm halb zu, als ob sie ihm noch etwas sagen wollte, dann drehte sie sich abrupt um und schwang sich hinaus in die Finsternis. Unmittelbar nach ihr folgte der letzte Gepäckfallschirm.

## *2. Kapitel*

Smith griff mit beiden Händen soweit wie möglich nach oben in die Fallschirmfangleinen, zog sich ruckartig an ihnen hoch und landete mit vorschriftsmäßig angezogenen Knien und geschlossenen Beinen auf der etwa einen halben Meter tiefen Schneedecke. Der Wind begann an seinem Fallschirm zu reißen. Er öffnete den Nothaken, um sich von dem Fallschirm zu lösen, der sofort in sich zusammenfiel. Er zog ihn zu sich heran, rollte ihn zusammen und drückte ihn so tief wie nur möglich unter die Schneedecke, wobei er den Pakken, den er gerade von seinen Schultern abgeworfen hatte, als zusätzliches Gewicht benutzte.

Hier unten auf der Erde – falls man bereit ist, die zweieinhalbtausend Meter der Weiß-Spitze mit dem Begriff ›unten‹ zu bezeichnen – war der Schneefall geringer im Vergleich zu dem Schneesturm beim Sprung aus der Lancaster, aber selbst hier war die Sichtbehinderung beinahe so groß wie dort oben, denn der Wind wehte mit einer Stärke von mindestens zwanzig Knoten und hielt den trockenen Pulverschnee ununterbrochen in Bewegung. Smith versuchte, durch eine Wendung von dreihundertsechzig Grad seinen Horizont zu erkunden, aber es war nichts zu sehen, auch keine andere Person.

Mit den nur schlecht gehorchenden, halberfrorenen Händen zog er unbeholfen eine Taschenlampe und eine Trillerpfeife aus seiner Uniformjacke. Indem er sich abwechselnd nach Osten und Westen wandte, blies er und gab gleichzeitig mit der Stablampe ein kurzes Lichtsignal. Die ersten beiden, die bei ihm eintrafen, waren Thomas und Schaffer, und nach zwei Minuten waren sie alle beisammen, alle, mit Ausnahme von Sergeant Harrod.

»Packen Sie Ihre Fallschirme dort zusammen, und beschweren Sie sie«, befahl Smith. »Graben Sie sie so tief wie möglich ein. Hat jemand von Ihnen Sergeant Harrod gesehen?« Allgemeines Kopfschütteln. »Niemand?«

»Das letzte, was ich von ihm sah«, antwortete Schaffer, »war, daß er wie ein Zerstörer auf hoher See an mir vorbeischaukelte.«

»Das habe ich auch noch mitbekommen«, nickte Smith. »Seine Fangleinen waren verheddert.«

»Ein Korkenzieher war nichts dagegen. Aber meiner Meinung nach bestand keine Gefahr, daß der Fallschirm zusammenfallen würde. Dazu war die Strecke zu kurz. Wir landeten fast zur gleichen Zeit, und erst hier unten habe ich ihn aus den Augen verloren.«

»Haben Sie eine Idee, wo er gelandet sein kann?«

»So ungefähr. Dem ist schon nichts passiert, Major. Höchstens ein verstauchter Knöchel oder eine kleine Beule am Kopf. Nichts Schlimmes.«

»Nehmen Sie alle Ihre Stablampen«, sagte Smith kurz. »Schwärmen Sie aus, und suchen Sie ihn.«

Mit zwei Mann zu seiner Linken und drei zu seiner Rechten, so verteilt, daß einer den anderen noch im Bereich des Lichtkegels hatte, begann Smith die Schneedecke abzusuchen, wobei der Strahl der Lampen den Schnee weithin beleuchtete. Falls er so optimistisch war wie Schaffer, so war jedenfalls davon nichts in seinem Gesicht zu erkennen. Es hatte einen starren und grimmigen Ausdruck. Ungefähr drei Minuten verstrichen, dann kam ein kurzer Ruf von rechts. Smith rannte los.

Es war Carraciola, der gerufen hatte und der jetzt neben einem vom Wind bloßgelegten, nackten Felsen stand, wobei seine Lampe von ihm weg nach unten leuchtete. Hinter dem Felsen fiel der Boden etwa zwei Meter ab. Unten war eine Einbuchtung zu sehen. In seiner weißen Tiefe lag halbverdeckt, alle Glieder von sich gestreckt, Sergeant Harrod. Die Fußspitzen berührten fast den Felsen. Das Gesicht war dem Himmel zugewandt, die Augen starrten in den fallenden Schnee.

Jetzt waren sie alle an der Stelle angekommen und blickten auf den bewegungslosen Mann nieder. Smith sprang in die Einbuchtung und ließ sich auf die Knie fallen. Er schob einen Arm unter Harrods Schultern und versuchte, ihn aufzurichten. Harrods Kopf fiel zurück wie der einer kaputten Puppe. Smith legte ihn wieder in den Schnee und fühlte nach seinem Puls. Noch immer kniend, richtete er sich auf, wartete einen Augenblick mit gesenktem Kopf und kam dann schwerfällig wieder auf die Beine.

»Tot?« fragte Carraciola.

»Er ist tot. Er hat sich das Genick gebrochen.« Das Gesicht von Smith war ausdruckslos. »Er muß sich in den Leinen verfangen haben und dann falsch aufgekommen sein.«

»Das kann passieren«, meinte Schaffer. »Ich habe es schon erlebt.« Und nach einer längeren Pause: »Soll ich das Funkgerät übernehmen, Sir?«

Smith nickte. Schaffer sprang herunter, ging in die Knie und begann nach der Schnalle zu suchen, die das Sprechfunkgerät an Harrods Rücken festhielt.

Smith warf ein: »Verzeihung, so geht das nicht. Er hat einen Schlüssel an einer Kette um den Hals unter der Uniformjacke. Der paßte in das Schloß, das sich unter der Brustschnalle befindet.«

Schaffer fand den Schlüssel, und nach einigen Schwierigkeiten konnte er die Schnalle öffnen, dann löste er die Riemen, die über den Schultern des Toten lagen, und endlich gelang es ihm, das Funkgerät freizubekommen.

»Beerdigen wir ihn, Major?« fragte Carraciola.

»Das ist nicht notwendig.« Smith schüttelte den Kopf und wies mit einer Stablampe auf den fallenden Schnee. »Er wird innerhalb einer Stunde beerdigt sein. Wir wollen uns auf die Suche nach unseren Ausrüstungsgegenständen machen.«

»Also, um Himmels willen, verlieren Sie jetzt nur nicht den Halt!« rief Thomas beschwörend.

Er warf einen letzten unheilvollen Blick über die Schulter und begann dann, sich über den schwarzen Rand des Abgrunds zu schieben. Schaffer und Christiansen stützten je ein Fußgelenk von ihm, und sie wiederum waren in gleicher Weise mit den anderen verankert. Soweit der Schein der Lampe reichte, die Thomas hielt, zeichnete sich eine steile Linie nach unten ab, schwarze nackte Felsen, die einzigen sichtbaren Spalten waren durch Eis völlig blockiert, sonst war nirgendwo eine Möglichkeit, sich festzuhalten.

»Ich habe genug gesehen«, rief er über die Schulter. Sie zogen ihn zurück, und er wand sich vorsichtig an ihnen vorbei bis zu dem Berg von Ausrüstungsgegenständen, ehe er sich wieder ganz aufrichtete. Er klopfte auf den Sack mit den Skiern, die oben herausragten.

»Sehr nützlich«, sagte er mürrisch, »wirklich, für dieses Vorhaben einfach ganz großartig geeignet.«

»Ist es wirklich so steil?« fragte Smith.

»Senkrecht. Spiegelglatt und kein Boden zu sehen. Für wie tief halten Sie den Abgrund, Major?«

»Woher soll ich das wissen?« Smith zuckte die Achseln. »Wir befinden uns hier in einer Höhe von etwa zweieinhalbtausend Metern. Karten geben für diese Höhenlagen niemals Einzelheiten an. Holt mal das Nylonseil her.«

Das richtige Paket wurde gefunden und das Nylonseil ausgepackt, dreihundert Meter, die in einem Leinenbeutel sauber aufgerollt dalagen, direkt vom Fabrikanten. Es war nicht viel dicker als eine Wäscheleine, aber der Stahlkern bewirkte eine außergewöhnliche Widerstandsfähigkeit. Jeder Meter dieses Seils war, bevor es die Fabrik verlassen hatte, Zerreißproben unterworfen worden, um die Belastungsfähigkeit zu erproben – bis zum endgültigen Zerreißen war allerdings noch ein großer Sicherheitskoeffizient einkalkuliert. Smith band an einem Ende einen Hammer fest, und während ihn zwei Mann absicherten, ließ er die Leine langsam über den Vorsprung hinuntergleiten, wobei er Meter für Meter losließ, um so die Tiefe abmessen zu können. Mehrfach verfing sich der Hammer an einem unsichtbaren Hindernis, aber stets gelang es Smith, ihn durch Hinundherschlenkern des Seils wieder freizubekommen. Schließlich ging es nicht mehr weiter, und trotz aller Anstrengungen von Smith blieb es so.

»Na also.« Smith trat vom Abgrund zurück. »Der Hammer scheint am Ziel zu sein.«

»Und wenn es ein Irrtum ist, was dann?« fragte Christiansen. »Wenn sich das Ding nur auf einem winzigen Felsvorsprung befindet, Hunderte von Metern unter sich nichts?«

»Ich werde Sie davon in Kenntnis setzen«, sagte Smith kurz.

»Sie haben die Tiefe doch gemessen«, sagte Carraciola, »wie tief ist es denn?«

»Etwa sechzig Meter.«

»Dann haben wir ja noch zweihundertundvierzig Meter übrig, was?« grinste Thomas. »Nun, die werden wir dringend dazu benötigen, um die Garnison von Schloß Adlershorst damit zu fesseln.«

Niemand fand das komisch. Smith sagte: »Ich brauche einen großen U-Haken und zwei Feldsprechfunkgeräte.«

Fünf Meter von dem Felsvorsprung entfernt schaufelten sie den Schnee fort und schlugen den U-Haken fest in den nackten Felsen. Smith machte eine Doppelschleife an einem Ende des Seils und ließ seine Beine durch die beiden Schlaufen gleiten. Dann öffnete er sein Koppel, zog es unter dem Seil durch, um es dann wieder fest zu schließen, und hängte sich das eine Funkgerät um den Hals. Danach wurde das Seil durch den Haken gezogen, und drei Mann, mit dem Rücken zum Felsen, wickelten es fest um ihre Hände, um so das Gewicht auszubalancieren. Schaffer stand bereit, das andere Sprechgerät in der Hand.

Smith kontrollierte noch, ob sich am Klippenrand vielleicht scharfe Ecken befanden, und ließ sich dann vorsichtig über den Rand gleiten, nachdem er das Signal gegeben hatte, ihn langsam hinunterzulassen. Der Abstieg selbst war einfach. Wie Thomas berichtet hatte, handelte es sich um eine senkrechte Wand, und so war seine Hauptaufgabe, sich von dem Felsen abzustoßen, während die Männer über ihm langsam das Seil herunterließen. Nur einmal, als er einen Vorsprung passieren mußte, schwang er wild in der Luft herum, aber schon zehn Sekunden später hatte er den Kontakt zu der Wand wiederhergestellt. Das hieß eigentlich, Bergsteigen leichtgemacht, dachte Smith. Oder, so konstatierte er, es schien zumindest leicht zu sein, vielleicht weil er nicht sehen konnte, was er da tief unter sich vorfinden würde.

Seine Füße fuhren durch eineinhalb Meter Schnee und standen auf festem Boden. Er schwenkte seine Lampe im Halbkreis von Klippenwand zu Klippenwand. Falls es sich um ein Felsenriff handelte, dann war es gewiß ein sehr großes, denn so weit seine Augen und der Strahl der Lampe reichten, schien es sich um ein glattes Plateau zu handeln, das nach einer Seite leicht abfiel. Die Klippenwand selbst war glatt und ungebrochen mit Ausnahme einer kleinen Felsrinne, die knapp einen Meter breit zu sein schien und sich ganz in der Nähe der Stelle befand, wo er aufgekommen war. Er stieg aus der Doppelschleife des Seils und stellte das Sprechgerät an.

»Alles soweit o. k. Seil hochziehen. Erst die Ausrüstungsgegenstände und dann die Leute.«

Das Seil verschwand nach oben in der Dunkelheit. Innerhalb von fünf Minuten waren alle Sachen in zwei Ladungen heruntergelassen worden. Kurz danach tauchte Christiansen auf.

»Was soll denn das ganze Gerede über Bergsteigerei?« fragte er fröhlich. »Das hier hätte sogar meine Großmutter geschafft.«

»Dann hätten wir vielleicht lieber Ihre Großmutter mitnehmen sollen«, antwortete Smith trocken, »wir sind schließlich noch nicht unten. Nehmen Sie Ihre Lampe, und finden Sie heraus, wie groß dieses Riff ist und wie es von hier am besten weiter nach unten geht, aber sehen Sie sich um Himmels willen vor, daß Sie nicht über irgendeinen Vorsprung abstürzen.«

Christiansen grinste und machte sich auf den Weg. Das Leben gehörte den Lebendigen, und Christiansen machte den Eindruck eines Menschen, der sich seines Lebens ganz außerordentlich freute. Während er sich auf Erkundungsgang befand, kamen alle anderen herunter, bis nur noch Schaffer übrigblieb. Seine klagende Stimme ließ sich durch das Sprechgerät vernehmen.

»Und wie soll ich jetzt hier herunterkommen? Sechzig Meter Hand über Hand? Eine erfrorene Hand über die andere erfrorene Hand und sechzig Meter an einem Strick dieser Größe? Sie machen besser da unten ein bißchen Platz. Daran hätte schließlich auch noch jemand denken sollen.«

»Jemand hat daran gedacht«, sagte Smith geduldig. »Überzeugen Sie sich, daß das Seil noch immer durch den Haken läuft, und dann werfen Sie den Rest des Seils über die Klippe.«

»Es gibt doch immer noch eine Antwort auf jedes Problem«, ließ sich Schaffer erleichtert hören.

Sie hatten ihn gerade heruntergeholt, als Christiansen zurückkam.

»Sieht gar nicht so übel aus«, berichtete er, »dort vor uns befindet sich eine weitere Klippe – etwa zwanzig Meter entfernt –, die sich nach Osten schwingt. Zumindest glaube ich, daß es sich um eine Klippe handelt. Ich habe nicht genau herausgefunden wie tief oder wie steil. Schließlich bin ich verheiratet. Aber das Plateau hier fällt nach Westen ab. Es macht den Eindruck, als ob es da noch eine ganze Strecke weitergeht. Dort stehen auch ein paar Bäume, ich bin an ihnen etwa zweihundert Meter weit entlanggegangen.«

»Bäume? In dieser Höhe?«

»Na ja, nicht gerade geeignet für die Masten eines großen Segelschiffes. Buschkiefern. Sie genügen, um etwas Schutz zu bieten, und reichen als Versteck aus.«

»Das hört sich ganz ordentlich an«, nickte Smith, »wir werden dort biwakieren.«

»So bald schon?« Der überraschte Ton von Schaffer ließ erkennen, daß er von dieser Idee nicht gerade sehr viel hielt. »Sollten wir nicht versuchen, noch im Schutz der Nacht soweit wie möglich den Berg hinunterzukommen, Major?«

»Das ist nicht notwendig. Wenn wir bei Tagesanbruch aufbrechen, werden wir noch vor Morgengrauen weit unterhalb der allgemeinen Baumgrenze sein.«

»Ich stimme Schaffer zu«, meinte Carraciola vernünftig. »Versuchen wir doch jetzt, soweit wie nur möglich zu kommen. Was sagst du dazu, Olaf?« Die letzten Worte sprach er zu Christiansen gewandt.

»Es ist völlig unwichtig, was Christiansen dazu sagt.« Die Stimme von Smith war leise, aber so kalt wie der Berg. »Oder was Sie denken, Carraciola. Wir halten hier keine

Konferenz am runden Tisch ab, sondern es handelt sich um eine militärische Operation. Bei militärischen Operationen gibt es Führer. Ob es Ihnen paßt oder nicht, Admiral Rolland hat mich mit der Führung beauftragt. Wir bleiben heute nacht hier. Jetzt schaffen Sie die Sachen hinüber.«

Die fünf Männer sahen einander einen Augenblick lang prüfend an, dann bückten sie sich, um die Sachen aufzuheben. Es gab keine weitere Diskussion mehr, wer hier das Kommando führte. »Sollen wir sofort die Zelte aufrichten, Boß?« fragte Schaffer.

»Jawohl.« Für Schaffer, so überlegte sich Smith, bedeutet das Wort ›Boß‹ wahrscheinlich erheblich mehr an Respekt, als es die Bezeichnung ›Major‹ oder ›Sir‹ taten. »Dann heißes Essen, heißen Kaffee, und danach versuchen wir, London über Funk zu erreichen. Wir wollen nur hoffen, daß es klappt. Christiansen, holen Sie das Seil herunter. Wenn es hell wird, wollen wir doch nicht etwa irgend jemandem, der vom Schloß Adlershorst aus die Gegend mit dem Fernglas absucht, Anlaß für einen Herzinfarkt geben.«

Christiansen nickte und begann, das Seil einzuholen. Als das freie Ende sich gerade zu lösen begann, stieß Smith einen Schrei aus, sprang auf Christiansen zu und fiel ihm in den Arm. Christiansen hielt erschrocken inne und blickte sich um.

»Verdammt noch mal!« Smith wischte sich mit dem Handrücken über die Stirn. »Das war knapp!«

»Was ist denn los?« fragte Schaffer schnell.

»Los, zwei von euch, hebt mich hoch, bevor das verdammte Seil herunterkommt.«

Sofort wurde er von zwei Mann hochgehoben, und es gelang ihm, das lose hängende Ende des Seils zu fassen. Dann ließen sie ihn wieder herunter, er griff nach dem Seilende und verknotete es sorgfältig mit dem anderen Ende.

»Wenn Sie jetzt *endlich* bereit wären, uns zu sagen, was das alles soll«, meinte Torrance-Smythe höflich.

»Das Funkgerät.« Smith stieß einen erleichterten Seufzer aus. »Es gibt nur eine Liste mit den Sende- und Empfangsfrequenzen, den Rufzeichen und dem Code. Aus Sicherheitsgründen. Und diese Liste befindet sich in einer Geheimtasche der Uniformjacke von Sergeant Harrod.«

»Haben Sie etwas dagegen, wenn ich mir ebenfalls den Schweiß abwische, Boß?« fragte Schaffer.

»Wenn es Ihnen recht ist, dann gehe ich los und hole das Zeug«, bot sich Christiansen an.

»Danke. Aber das war mein Fehler, und ich werde die Sachen holen. Außerdem bin ich der einzige von Ihnen, der wirklich Übung im Bergsteigen hat – wenigstens muß ich das nach den Informationen von Colonel Wyatt-Turner annehmen –, und ich fürchte, daß Sie es weit unangenehmer fänden, den Aufstieg zu machen, als die Strecke abzusteigen. Aber immer mit der Ruhe. Erst wird gegessen.«

»Also, wenn Sie in Zukunft nicht besser kochen, Smithy«, sagte Schaffer zu Torrance-Smythe, »dann müssen Sie damit rechnen, fristlos entlassen zu werden.« Er kratzte seinen Metallteller aus und schüttelte sich. »Nur meine Erziehung verhindert es, daß ich Ihnen sage, woran mich dieses Zeug erinnert hat.«

»Das ist doch schließlich nicht mein Fehler«, beschwerte sich Torrance-Smythe, »die haben uns die falschen Büchsenöffner eingepackt.« Er rührte in dem undefinierbaren Gulasch, das in einem Topf auf dem Butangasofen stand, und blickte erwartungsvoll auf die Männer, die sich im Halbkreis in dem schwach erleuchteten Zelt zusammengesetzt hatten. »Noch jemand ohne?«

»Ich finde das gar nicht so komisch«, meinte Schaffer mit gespieltem Ernst.

»Warten Sie ab, bis Sie Bekanntschaft mit seinem Kaffee machen müssen«, sagte Smith trocken, »dann werden Sie sich fragen, worüber Sie sich bis jetzt eigentlich beschwert haben.« Er stand auf, streckte den Kopf aus dem Zelt, um nach dem Wetter zu sehen, und wandte sich dann nach den Männern um: »Es kann eine Stunde dauern. Allerdings, wenn es da oben stärker geschneit haben sollte . . .«

Die sitzenden Männer wurden plötzlich ernst und nickten. Falls es da oben mehr geschneit hatte, würde es für Smith äußerst schwierig sein, Sergeant Harrod wiederzufinden; mindestens konnte die Suche eine ganze Menge Zeit in Anspruch nehmen.

»Es ist eine schlimme Nacht«, meinte Schaffer. »Ich werde mitkommen und Ihnen beim Suchen helfen.«

»Danke. Nicht nötig. Ich bringe mich da schon selber hinauf und auch herunter. Ein Seil durch einen Haken ist zwar kein Fahrstuhl, doch es wird seinen Zweck erfüllen, und zwei Mann sind bei einer solchen Arbeit nicht besser als einer. Aber ich werde Ihnen sagen, was Sie tun können.« Er verließ das Zelt und kehrte nach kurzer Zeit mit dem Funkgerät in der Hand zurück, das er vor Schaffer hinstellte. »Ich habe keine Lust, da hinaufzuklettern und das Codebuch zu holen, um hinterher feststellen zu müssen, daß irgendein vernagelter Idiot in der Zwischenzeit über das Ding da gestolpert ist und es einen Herzanfall bekommen hat. Sie haften mir mit Ihrem Leben dafür, daß dem Gerät nichts passiert, Lieutenant Schaffer.«

»Aye, aye, Sir«, antwortete Schaffer feierlich.

Nachdem er einen Hammer und noch ein paar Ersatzhaken an seinem Koppel befestigt hatte, sicherte sich Smith, wie schon zuvor, mit einer Doppelschlaufe und dem Gurt am Seil ab, dann griff er nach dem losen Ende der Leine und zog sich hinauf. Die Behauptung, die Smith den anderen gegenüber aufgestellt hatte, es handle sich hier um eine bergsteigerische Höchstleistung, schien kaum gerechtfertigt, denn was an Geschicklichkeit gefordert wurde, war minimal. Nur an die physischen Kräfte wurden erhebliche Forderungen gestellt. Den größten Teil ging er, die Knie durchgedrückt, an der steilen Wand hoch. Da er jedoch auf dem Weg zum Klippenrand keine Möglichkeit hatte, eine Stütze für seine Arme zu finden, mußte er zweimal auf der Strecke innehalten und sich durch das lose Ende des Seils einen Ruhepunkt verschaffen, um so eine Pause einzulegen und zu warten, bis seine schmerzenden Schultern und Unterarmmuskeln wieder genügend Kraft gesammelt hatten, um weiterzumachen. Als er sich dann endlich, total erschöpft, über den Rand hinaufgezogen hatte, atmete er keuchend und schwitzte. Er hatte nicht mit der vernichtenden Wirkung gerechnet, die die große Höhe auf einen Menschen ausübt, der nicht daran gewöhnt ist.

Smith ließ sich in den Schnee fallen und wartete, bis Atmung und Puls wieder halbwegs normal waren – soweit sie in zweitausendfünfhundert Meter Höhe normal sein können –, dann stand er auf und inspizierte noch einmal den Haken, durch den das Nylonseil lief. Er schien fest genug verankert zu sein, aber er versetzte ihm noch ein paar Schläge mit dem Hammer, ehe er aus seiner Schlaufe herausschlüpfte und das Ende des Seils am Haken festband, wobei er einen Knoten machte und das Seil so weit einholte, daß es am Haken festgeknotet war.

Dann entfernte er sich ein paar Meter vom Abgrund, schaufelte den Schnee weg und schlug einen der mitgebrachten Haken ein. Er probierte mit seiner Hand aus, ob er leicht wieder herauszubrechen war, und stellte zufrieden fest, daß es funktionierte. Daraufhin versetzte er ihm nochmals einen leichten Hammerschlag und zog das freie Stück des Seils hindurch, das an dem ersten Haken fest verankert war. Dann ging er los, das leicht ansteigende Plateau hinauf, und pfiff dabei die ›Lorelei‹ vor sich hin. Hierbei handelte es sich – und Smith wäre der erste gewesen, der das zugegeben hätte – keineswegs um wohlklingende Töne, aber die Melodie war jedenfalls zu erkennen. Eine Gestalt tauchte plötzlich aus der Nacht auf und lief auf ihn zu, wobei sie in dem tiefen Schnee stolperte und hin und her rutschte. Es war Mary Ellison. Sie kam etwa einen Meter vor ihm abrupt zum Stehen und stemmte die Hände in die Seiten.

»Na!« Er konnte hören, wie ihre Zähne vor Kälte aufeinanderschlugen. »Du hast dir ja ganz schön Zeit gelassen!«

»Ich habe keine Minute vergeudet«, antwortete Smith,

sich verteidigend. »Ich mußte zuerst einmal etwas Heißes essen und Kaffee trinken.«

»Was mußtest du? – Du Biest, du selbstsüchtiges Biest!« Sie machte einen schnellen Schritt auf ihn zu und schlang ihre Arme um seinen Nacken. »Ich hasse dich!«

»Ich weiß«, er zog einen Handschuh aus und streichelte zärtlich ihre Wange. »Du bist ja eiskalt.«

»Du bist eiskalt, sagt er! Natürlich bin ich eiskalt! Ich bin in dem Bomber beinahe gestorben. Warum konntest du denn nicht wenigstens für ein paar Wärmflaschen sorgen – oder für einen elektrisch geheizten Anzug – oder irgend so etwas? Ich dachte, du liebst mich!?«

»Ich kann nichts gegen deine Gedanken tun«, sagte Smith freundlich und klopfte ihr zart auf den Rücken. »Wo hast du dein Zeug?«

»Fünfzig Meter von hier. Und höre endlich damit auf, mich so onkelhaft zu beklopfen.«

»Was sind denn das bloß für Ausdrücke«, rügte Smith. »Also los, holen wir deine Sachen.«

Sie stapften weiter nach oben durch den tiefen Schnee, wobei Mary seinen Arm festhielt. Dann fragte sie neugierig: »Sag mal, was für eine Entschuldigung ist dir denn eingefallen, daß du noch mal hier heraufgeklettert bist? Daß du einen Manschettenknopf verloren hast?«

»Es gab leider einen echten Grund, abgesehen von dir, daß ich noch einmal hierher zurückkehren mußte, obwohl ich eine ziemliche Schau abzog, als ich so tat, es vergessen zu haben. Und dann wäre es um ein Haar zu spät gewesen. Ich muß das Buch mit den Chiffrierschlüsseln aus der Uniformjacke von Sergeant Harrod holen.«

»Hat er – hat er es verloren? Hat er es fallen lassen? Wie – wie konnte er nur eine so sträfliche Fahrlässigkeit begehen?« Sie hielt verwirrt inne. »Aber es ist doch angekettet . . .«

»Es ist noch immer in der Uniformjacke«, sagte Smith traurig. »Er liegt hier oben, tot.«

»Tot?« Sie machte eine Pause und packte ihn bei den Armen. Nach einigen Sekunden wiederholte sie: »Er ist tot!

Dieser – dieser nette Mann. Ich hörte, wie er sagte, daß er noch niemals vorher mit dem Fallschirm abgesprungen sei. Hat er eine schlechte Landung gemacht?«

»Es sieht so aus.«

Ohne weiterzusprechen fanden sie den Rucksack, und Smith trug ihn zum Klippenrand zurück. Mary fragte: »Und jetzt? Das Chiffrierbuch?«

»Warten wir einen Augenblick. Ich möchte das Seil hier beobachten.«

»Warum denn das Seil?«

»Warum denn nicht?«

»Erzähle es mir nur nicht«, meinte Mary ergeben. »Ich bin ja nur ein kleines Mädchen. Ich nehme an, du weißt, was du da machst.«

»Bei Gott, ich wünschte auch, daß ich das wüßte«, sagte Smith gefühlvoll.

Sie warteten schweigend neben dem Rucksack. Beide starrten hingebungsvoll auf das Seil, als ob ein Nylonseil in zweitausendfünfhundert Meter Höhe eine besondere Bedeutung hätte, die sonstigen Nylonseilen verwehrt ist. Zweimal bemühte sich Smith, eine Zigarette anzuzünden, und zweimal wurde sein Versuch durch den stiebenden Schnee zunichte gemacht. Die Minuten verstrichen, drei, vielleicht auch vier. Sie hatten eher den Eindruck, als ob es sich um dreißig oder vierzig handelte. Plötzlich merkte Smith, daß das Mädchen neben ihm heftig zu zittern anfing – er nahm an, daß sie ihre Zähne fest zusammengepreßt hatte, um das Aufeinanderschlagen zu verhindern –, und er mußte feststellen, daß in der Zwischenzeit seine ganze linke Seite, mit der er das Mädchen gegen Wind und Schnee zu schützen versuchte, schon fast taub geworden war. Er richtete sich auf, um ein paar Schritte zu gehen, als das Seil mit einem Ruck gespannt wurde und der Haken, den er weiter oben eingeschlagen hatte, herausfiel. Die Schleife des Seils lief schnell weiter nach unten, an dem zweiten Haken vorbei, und zwar so lange, bis sie durch die Verankerung am ersten Haken gestoppt wurde. Welche Kraft auch immer an dem

Seil zog, sie wurde verstärkt, bis die Nylonleine sich in den Pulverschnee eingegraben hatte. Smith ging auf das Seil zu, um den Druck am anderen Ende festzustellen, erst vorsichtig und behutsam und dann mit aller ihm zur Verfügung stehenden Kraft. Das Seil war straff gespannt und blieb es. Aber der Haken hielt.

»Was – aber was um Himmels willen«, begann Mary, dann unterbrach sie sich, ihre Stimme war unbewußt zu einem fast unhörbaren Flüstern abgesunken.

»Charmant, charmant«, murmelte Smith. »Das erinnert ein wenig an Rocky Graziano – nur umgekehrt –, findest du nicht auch?«

»Was?« Mary war aufgesprungen, ihre Lippen hatten sich geöffnet, und ihre Augen wurden ganz groß. »Was hast du da eben gesagt, John?«

»Rocky Graziano. Der hat einmal ein Buch geschrieben mit dem Titel ›Jemand da oben mag mich‹ (›Someone up there likes me‹). Nun, jemand da unten mag mich nicht. Überrascht dich das?«

»Aber wenn – wenn der Haken nicht gehalten hätte, dann wären wir doch niemals wieder dort hinuntergekommen!« An dem Zittern in ihrer Stimme war nicht nur die Kälte schuld.

»Ich muß zugeben, daß es einen ziemlichen Sprung bedeuten würde«, gab Smith zu.

Er nahm sie beim Arm, und sie gingen los. Es hatte wieder stärker zu schneien begonnen, und selbst mit ihren Stablampen könnten sie höchstens zwei Meter weit sehen, aber mit dem herausragenden Felsen als Orientierungshilfe brauchte Smith nicht länger als zwei Minuten, um Sergeant Harrod zu finden, einen mittlerweile schon undefinierbaren Klumpen, der in dem Schneeloch lag. Smith fegte die weiße Decke weg, öffnete die Uniformjacke des Toten und holte das Chiffrierbuch hervor. Die Kette, an der es befestigt war, war um Harrods Hals geschlungen. Sorgfältig machte er die Jacke seiner Gebirgsjägeruniform zu.

Jetzt kam die Aufgabe, Sergeant Harrod umzudrehen.

Smith hatte sich das schon unerfreulich vorgestellt, und so war es auch; er hatte nicht geglaubt, daß es unmöglich sein würde, und das war es auch nicht – aber beinahe. Die Anstrengung überwältigte ihn fast, der Tote war steif wie ein Brett und genau in der Stellung, in der es gefallen war, steif gefroren: mit ausgebreiteten Armen. Zum zweitenmal in dieser Nacht konnte Smith fühlen, wie sich auf seinem Gesicht Schweiß mit schmelzendem Schnee vermischte. Aber nach und nach schaffte er es, Harrod umzudrehen, wobei jetzt der rechte Arm anklagend in den schneeschweren Himmel wies. Smith kniete nieder und untersuchte im Schein seiner Lampe eingehend den Hinterkopf des Toten.

»Was hast du vor?« fragte Mary. »Was suchst du denn?« Wieder flüsterte sie.

»Er hat sich das Genick gebrochen. Ich möchte jetzt nur noch herausfinden, *wie* er es sich gebrochen hat.« Er sah zu dem Mädchen auf. »Du mußt nicht zuschauen.«

»Keine Sorge.« Sie wandte sich ab. »Ich habe nicht die Absicht, hinzusehen.«

Nicht nur der Mann, auch seine ganze Kleidung war bereits steif gefroren. Die Kapuze, die Harrods Kopf bedeckte, krachte und splitterte in den behandschuhten Händen von Smith, als er sie herunterzog, um so Hinterkopf und Nacken freizulegen. Endlich, gleich unter dem Kragen des Schneeumhangs, fand Smith, wonach er gesucht hatte. Eine rote Stelle, wo die Haut geplatzt war. Er richtete sich auf, faßte den Toten bei den Knöcheln und zog ihn etwa einen Meter weit fort.

»Was nun?« Sie konnte einfach nicht anders. Mary beobachtete ihn mit widerwilliger und entsetzter Faszination. »Wonach suchst du denn jetzt?«

»Nach einem Stein«, antwortete Smith kurz. In seiner Stimme war plötzlich eine große Kälte, von der Mary zwar wußte, daß sie sich nicht gegen sie richtete, die aber trotzdem weitere Fragen verbot.

Smith säuberte die Stelle, wo der Kopf von Harrod gelegen hatte, im Umkreis von einem knappen Meter. Mit Händen und Augen prüfte er die Stelle mit äußerster Gründlichkeit, um sich dann langsam aufzurichten und Mary am Arm fortzuziehen. Nach ein paar Schritten zögerte er, hielt an und ging wieder zu dem Toten zurück, um ihn nochmals umzudrehen, so daß sein rechter Arm nicht mehr in den Himmel ragte.

Als sie etwa den halben Weg zum Klippenrand zurückgelegt hatten, sagte Smith unvermittelt:

»Irgend etwas hat Harrod gegen den unteren Teil des Genicks geschlagen. Ich dachte erst an ein Stück Felsen. Aber dort, wo er lag, gab es keinen Felsen – nur Torfboden.«

»Aber in der Nähe waren doch Felssplitter.«

»Du brichst dir doch nicht dein Genick an ein paar Felssplittern in der Nähe, stehst wieder auf und springst in eine Schneewehe. Selbst wenn er über den Felsen in das Loch gerollt sein sollte, hätte er niemals mit seinem Kopf zweieinhalb Meter von dem Felsen entfernt liegen können. Er ist von irgendeinem harten metallischen Gegenstand getroffen worden, entweder einem Revolvergriff oder dem Heft eines Schlagmessers. Die Haut ist aufgeplatzt, aber es sind keine Schrammen zu sehen, denn unmittelbar danach wurde ihm das Genick gebrochen, als er bewußtlos war. Wir sollten denken, daß es sich um einen Unfall handelte. Es muß auf dem Felsen passiert sein – in dem Schnee, der Harrod umgab, waren keinerlei Spuren zu sehen –, es muß geschehen sein, während er aufrecht stand. Ein Schlag gegen den Nakken, ein kurzes Herumreißen des Kopfes, und dann fiel er oder wurde über den Felsen in den Schnee gestoßen. Stein hat einen wunderbaren Vorteil«, endete Smith bitter, »er hinterläßt keine Fußspuren.«

Mary blieb stehen und starrte ihn an.

»Bist du dir darüber im klaren, was du da eben gesagt hast?« Sie sah seinen erstaunten Blick, ergriff seinen Arm und fuhr schnell fort: »Nein, ich meine, was das für die Zukunft bedeutet? Entschuldige. Bitte entschuldige, selbstverständlich weißt du das, John, ich – ich habe Angst. Selbst in den langen Monaten in Italien mit dir – nun, du weißt schon, da war nie so etwas wie das . . .« Sie unterbrach sich, um gleich fortzufahren. »Könnte es nicht – ich meine, könnte es nicht vielleicht doch eine andere Erklärung dafür geben?«

»Soll er sich vielleicht selbst in den Nacken geschlagen haben?«

Smith schätzte, daß er sich etwa fünfzehn Meter oberhalb des Fußes der Klippe befand. Er wickelte sich das freie Ende des Seils um sein linkes Bein und hielt es mit dem rechten fest, dann zog er sich mit den Zähnen den rechten Handschuh aus und steckte ihn in seine Uniformjacke. Nun zog er die Lugerpistole heraus und entsicherte sie. Erst dann setzte er seinen Abstieg fort, wobei er die Geschwindigkeit mit der linken, behandschuhten Hand regulierte. Die Vermutung lag nahe, daß, wer immer versucht hatte, das Seil hinunterzuzerren, jetzt dort unten darauf warten würde, seinen Plan auf andere Weise auszuführen.

Aber unten befand sich kein Empfangskomitee, wenigstens nicht an der Stelle, an der er herunterkam. Schnell ließ er seine Taschenlampe kreisen. Hier unten war niemand und nichts, und die Fußspuren, die derjenige notgedrungen hinterlassen haben mußte, hatte der Pulverschnee, der in der Zwischenzeit gefallen war, längst verwischt. Die Pistole in der einen, die Stablampe in der anderen Hand, so ging er etwa dreißig Meter an der Klippe entlang, machte von dort aus einen Bogen und kam danach wieder zum Klippenrand zurück. Der Seilzieher hatte offensichtlich Diskretion für die erste Attentäterpflicht gehalten. Smith ging wieder zum Seil zurück und zog zweimal kurz daran. Innerhalb von zwei Minuten hatte er Marys Rucksack heruntergeholt, und nur wenige Minuten später folgte Mary selbst. Sobald sie aus der Doppelschlinge getreten war, löste Smith den Knoten, zog das Seil herunter und rollte es zusammen. Seine Hände waren mittlerweile so gefühllos und erfroren, daß er für diese Arbeit fast fünfzehn Minuten brauchte.

Nachdem er sich das Seil umgehängt und den Rucksack

über die andere Schulter geworfen hatte, führte Smith Mary zu dem Spalt an der Klippenseite.

»Schlag das Zelt nicht auf«, sagte Smith. »Roll es nur auseinander, lege deinen Schlafsack auf die eine Hälfte, krieche hinein und deck dich dann mit der anderen Hälfte des Zeltes zu. Nach etwa einer halben Stunde wirst du von Pulverschnee bedeckt sein. Der Schnee wird dich nicht nur wärmen, er wird dich auch davor bewahren, von eventuellen Schlafwandlern heimgesucht zu werden. Ich komme morgen früh noch vorbei, ehe wir von hier weitergehen.«

Er drehte sich um und ging, hielt noch einmal an und schaute sich nach ihr um. Mary stand noch immer dort, wo er sie verlassen hatte, und sah ihm nach. Sie ließ weder die Schultern besonders fallen, noch war ein besonderer Ausdruck in ihrem Gesicht wahrzunehmen, aber trotz allem machte sie einen seltsam wehrlosen, einsamen und verlorenen Eindruck. Smith zögerte einen Augenblick, dann ging er zu ihr zurück und rollte ihr Zelt und ihren Schlafsack auf, wartete, bis sie hineingekrochen war, machte den Reißverschluß des Schlafsacks wieder zu und wickelte den anderen Teil des Zelts um sie. Sie lächelte ihn an. Er befestigte das Kopfteil des Schlafsacks, zog eine Zeltecke darüber und verließ sie. Alles, ohne auch nur ein Wort zu sprechen.

Es war leicht für ihn, sein eigenes Zelt auszumachen, denn durch die Zeltwand drang ein Lichtschein. Smith schlug sich den Schnee von den Kleidern, bückte sich und trat ein. Christiansen, Thomas und Carraciola lagen in ihren Schlafsäcken und schliefen oder gaben vor zu schlafen. Torrance-Smythe war damit beschäftigt, den Vorrat an plastischem Sprengstoff, Zündern, Sprengköpfen und Granaten zu kontrollieren, während Schaffer in einem Taschenbuch – einem deutschen natürlich – las und eine Zigarette – eine deutsche natürlich – rauchte und getreulich das Funkgerät bewachte. Er legte das Buch fort und sah zu Smith auf.

»Okay?«

»Okay.« Smith zog das Chiffrierbuch aus seiner Uniformjacke. »Es tut mir leid, daß es so lange gedauert hat, aber ich hatte zwischendurch schon beinahe die Hoffnung aufgegeben, Harrod wiederzufinden. Da oben schneit es wie verrückt.«

»Wir haben ausgemacht, abwechselnd Wache zu schieben«, erklärte Schaffer. »Jeder immer eine halbe Stunde. In etwa drei Stunden wird es hell!«

Smith wandte sich dem Studium von Harrods Chiffrierbuch zu. Nach etwa zehn Minuten hatte er die notwendigen Anrufzeichen und die Wellenfrequenzen auswendig gelernt. Dann begann er eine chiffrierte Nachricht aufzuschreiben. Noch ehe er damit fertig war, hatte sich Schaffer in seinem Schlafsack verkrochen, so daß jetzt nur noch Torrance-Smythe wach war. Smith faltete die Nachricht zusammen und steckte sie in eine Tasche, stand auf, nahm das Funkgerät an sich und ergriff außerdem noch eine Gummimatte, um es vor Schnee zu schützen.

»Ich gehe kurz ins Freie«, sagte er zu Torrance-Smythe. »Der Empfang unter Bäumen ist immer besonders schlecht. Und außerdem will ich die Leute nicht aufwecken. Es wird nicht lange dauern.«

Nachdem er draußen zweimal seine Richtung geändert und sich zweihundert Meter vom Zelt entfernt hatte, kniete sich Smith hin – wobei er den Rücken und die Gummimatte dem noch immer herumtanzenden Schnee zuwandte. Er zog die fünf Meter lange Antenne heraus und setzte, nachdem er das Gerät vorher auf eine bestimmte Wellenlänge eingestellt hatte, eine Kurbel an. Nachdem er sie bereits viermal herumgedreht hatte, bekam er beim fünftenmal schon ein Resultat. Irgend jemand mußte den Funkverkehr tatsächlich genau überwachen.

»Hier ist Danny Boy«, tönte es aus dem knarrenden Lautsprecher. Das Signal kam nur sehr schwach durch und setzte manchmal aus, aber es war gerade noch wahrnehmbar. »Danny Boy antwortet Ihnen. Kommen.«

Smith sprach jetzt in das kleine Handmikrophon. »Hier

spricht Broadsword (Breitschwert). Kann ich bitte Vater Machree oder Mutter Machree sprechen? Ende. Bitte kommen.«

»Tut mir leid. Die sind nicht da. Ende. Kommen.«

»Codemeldung«, sagte Smith. »Ende. Kommen.«

»Fertig.«

Smith holte das Stück Papier aus seiner Tasche und leuchtete mit seiner Lampe darauf. Das Geschriebene bestand aus zwei Zeilen wild durcheinandergewürfelter Buchstaben, und darunter stand der Klartext, der lautete: »SICHER GELANDET – HARROD TOT – WETTER GUT – NÄCHSTER FUNKSPRUCH UM 8.00 UHR ZU ERWARTEN.« Smith verlas die entsprechenden Chiffrierbuchstaben und sagte abschließend: »Sehen Sie zu, daß diese Nachricht um 7.00 Uhr zu Vater Machree gelangt. Unbedingt!«

Torrance-Smythe sah auf, als Smith zurückkam.

»Schon wieder da?« Seine Stimme klang überrascht. »Sind Sie durchgekommen?«

»Völlig unmöglich«, entgegnete Smith unwirsch. »Zu viele Berge um uns herum.«

Smith befreite sich von seinen Stiefeln und dem Schneeanzug, kletterte in seinen Schlafsack und zog das Funkgerät in seine Nähe.

»Es wird höchste Zeit, daß Sie sich etwas Schlaf gönnen. Mein Sprengstoffspezialist nützt mir gar nichts, wenn er nicht dazu in der Lage ist, einen Sprengkopf von einem Türgriff zu unterscheiden. Also los. Legen Sie sich hin. Ich werde die Wache übernehmen.«

»Aber wir hatten doch ausgemacht . . .«

»Streit, immer nur Streit«, stöhnte Smith. »Befehlsverweigerungen, wohin ich auch sehe.« Er lächelte. »Aber ganz ehrlich, Smithy, ich bin hellwach. Ich weiß ganz genau, daß ich heute nacht nicht schlafen kann.«

## 3. Kapitel

Dunstig und grau kündigte sich der neue Tag an. Smith und seine Leute hatten das Lager abgebrochen. Das Zelt und die Schlafsäcke waren bereits weggepackt worden, und die Kochutensilien – nachdem sie noch dazu gedient hatten, ein äußerst primitives Frühstück zu servieren, das kaum diese Bezeichnung verdient hatte – verschwanden in den Brotbeuteln.

»Wir werden in genau zehn Minuten aufbrechen«, ordnete er an. »Damit müßten wir mehr als genug Zeit haben, noch vor Sonnenaufgang die Baumgrenze zu erreichen. Immer unter der Voraussetzung, daß wir keine weiteren Klippen vorfinden. Ich bin gleich wieder zurück. Die Sicht wird langsam besser, und ich glaube, daß ich mich mal ein wenig am Abgrund umsehe. Mit etwas Glück kann ich vielleicht feststellen, wo wir am besten hinunterkommen können.«

»Und wenn Sie kein Glück haben?« fragte Carraciola säuerlich.

»Dann bleiben uns immer noch unsere dreihundert Meter Nylonseil«, antwortete Smith kurz.

Er streifte seinen Schneeanzug über und ging auf das Kliff zu. Sobald er sich hinter dem Gürtel der Krüppelkiefern und dadurch außer Sichtweite des Lagerplatzes befand, änderte er seine Richtung und lief, so schnell er konnte, bergauf.

Unter einem hochgehobenen Zipfel der völlig zugeschneiten Pläne blinzelte ein Auge hervor, als Mary Ellison das Herannahen von Schritten hörte, die im frischen Schnee knirschten. Dann ertönten die ersten gepfiffenen Takte einer angedeuteten ›Lorelei‹. Mary öffnete den Schlafsack und setzte sich auf. Smith beugte sich über sie.

»Doch nicht schon jetzt!« begehrte sie auf.

»Doch, jetzt. Also los. Hoch mit dir!«

»Ich habe keine Sekunde geschlafen.«

»Ich auch nicht. Statt dessen habe ich die ganze Zeit das

verdammte Funkgerät bewacht – und außerdem aufgepaßt, daß nicht etwa ein Schlafwandler aus Versehen einen Spaziergang in diese Richtung unternahm.«

»Du bist wach geblieben. Das hast du für mich getan?«

»Ich bin wach geblieben. Wir hauen jetzt ab. In genau fünf Minuten starten wir. Laß dein Zelt und deinen Rucksack hier, du wirst beides nicht mehr brauchen. Nimm nur etwas zu essen und zu trinken mit, sonst nichts. Und, um Himmels willen, komm nicht in unsere Nähe!« Er sah auf seine Uhr. »Wir werden um sieben Uhr anhalten. Laß uns die Zeit vergleichen. Also genau um sieben Uhr. Und renn dann bloß nicht in uns hinein.«

»Sag mal, wofür hältst du mich eigentlich?« Aber Smith sagte es ihr nicht. Er war schon wieder fort.

Etwa dreihundert Meter tiefer die Weiß-Spitze hinunter konnte man die Bäume schon als solche bezeichnen. Mächtige Koniferen, die zwanzig bis fünfundzwanzig Meter hoch in den Himmel ragten. In einen klaren Himmel, denn es hatte zu schneien aufgehört. Der Morgen war angebrochen.

Der Hang der Weiß-Spitze war noch immer gefährlich steil und führte halsbrecherisch nach unten. Smith und seine fünf Männer gingen im Gänsemarsch hintereinander. Er selbst an der Spitze. Der Abstieg war mit ständigem Rutschen und Stolpern verbunden, aber zumindest, fand Smith, bremste der weiche Schnee die Stürze, und diese Art der Fortbewegung war bei weitem dem halsbrecherischen Trapezakt über steile Klippen an einer herumschlitternden dünnen Wäscheleine vorzuziehen.

In einer Entfernung von zweihundert Metern folgte ihnen Mary Ellison, bemüht, in den Spuren der Männer zu gehen. Sie stolperte und fiel nur sehr selten, da sie, im Gegensatz zu den Männern, kein das Gleichgewicht beeinträchtigendes Gepäck auf dem Rücken mit sich herumschleppen mußte. Sie sah zum zwanzigstenmal auf ihre Armbanduhr: Es war genau zwanzig Minuten vor sieben.

Etwas später, und bei weitem öfter als zum zwanzigstenmal, sah Smith ebenfalls kontrollierend auf seine Uhr. Es war jetzt genau sieben Uhr. Die Morgendämmerung hatte dem hellen Tageslicht Platz gemacht, das durch die von ihrer Schneelast tief gebeugten Äste der Koniferen fiel. Smith hielt an und hob den Arm, bis die anderen bei ihm angelangt waren.

»Wir müssen jetzt etwa die Hälfte des Abstiegs hinter uns haben.« Er nahm den schweren Packen, den er auf dem Rükken trug, ab und stellte ihn mit einem erleichterten Seufzer in den Schnee. »Ich würde vorschlagen, daß wir uns jetzt ein wenig die Umgebung ansehen.«

Nachdem sie alle ihr Gepäck abgelegt hatten, schwärmten sie nach rechts aus. Schon nach wenigen Minuten begann der Nadelwald lichter zu werden, und auf ein Handsignal von Smith ließen sich alle in den Schnee fallen und robbten auf allen vieren die letzten paar Meter weiter bis zum Waldrand. Smith hatte ein Fernrohr in der Hand. Sowohl Christiansen als auch Thomas hatten Ferngläser umgehängt. Zeiss-Ferngläser. Admiral Rolland wollte keinerlei Risiko eingehen. Hinter den letzten Bäumen verwehrte ihnen eine Schneewehe den Blick in das unter ihnen liegende Tal. Von Kopf bis Fuß in ihre weißen Tarnanzüge eingehüllt, legten sie die letzten Meter auf dem Bauch rutschend zurück.

Vor ihnen lag eine Landschaft von atemberaubender Schönheit. Das Tal hatte die Form einer Schüssel. Nach Norden hin offen, im Osten und Westen durch steil aufragende Felsen und im Süden durch die massive Weiß-Spitze begrenzt.

Ein Bild von vollendeter Schönheit. Mit dreitausendzweihundertundsiebzig Metern Höhe war die Weiß-Spitze der zweithöchste Berg Deutschlands. Sie stieg wie eine zweite Eiger-Nordwand, fast bedrohlich, empor. Ihre blendende Weiße wurde durch die Morgensonne noch unterstrichen, deren Strahlen die herrlichen Konturen scharf gegen das jetzt wolkenlose Blau des Himmels abzeichneten. Ganz oben, in der Nähe der zackigen Spitze, konnte man eine schwarze Linie erkennen, das Plateau, auf dem Smith und seine Leute während der Nacht gelandet waren, und kurz darunter nahmen die Männer einen sehr viel größeren Felsvorsprung wahr; die Stelle, wo sie die Nacht verbracht hatten.

Direkt gegenüber der Stelle, wo sie jetzt lagen, und fast auf gleicher Höhe, thronte Schloß Adlershorst. Welch treffender Name! Eine uneinnehmbare Festung, ein unerreichbarer Punkt zwischen Bergen und Himmel.

Genau an der Stelle, wo die Steilhänge der Weiß-Spitze sich in nördlicher Richtung der Talspitze zuneigten, befand sich etwas, was man nur als geologische Groteske bezeichnen kann, man nannte es den ›Vulkanpfropfen‹, eine etwa siebzig Meter steil abfallende Felsplatte, die in der grellen Sonne glänzte. Darauf war Schloß Adlershorst errichtet worden. Die nördliche, westliche und östliche Seite dieses ›Vulkanpfropfens‹ bestand aus glatten, senkrechten Felswänden, Felsen, die scheinbar nahtlos mit dem Schloß verschmolzen. Nach Süden hin verband eine steil abfallende Kammlinie den ›Vulkanpfropfen‹ mit den Felsen der Weiß-Spitze.

Das Schloß hatte man um die Mitte des neunzehnten Jahrhunderts auf den ausdrücklichen Befehl eines der verrückteren bayerischen Könige errichtet, der unter einer beachtlichen Anzahl von Wahnvorstellungen litt, von denen Größenwahn nicht die kleinste war. Aber Wahnvorstellungen oder nicht, er bewies, wie man es oft bei solchen Typen findet – und zwar sehr zur Bestürzung und Verwunderung seiner angeblich normaleren Mitmenschen –, außerordentlichen Geschmack. Und so paßte das Schloß genau in das Tal, so wie das Tal zum Schloß paßte. Irgendeine andere Umgebung wäre einfach unvorstellbar gewesen.

Schloß Adlershorst war quadratisch angelegt, mit einem großen Innenhof. Es besaß Türme, befestigte Wälle und Schießscharten. Was ganz besonders ins Auge stach, waren zwei vollkommene Rundtürme, der im Osten etwas höher als der im Westen, von dem aus man das Tal in nördlicher Richtung überschauen konnte. An den südlichen Ecken befanden sich ebenfalls zwei zwar kleinere, aber noch immer imposante Türme, gegen die Weiß-Spitze gerichtet. Smith, der sich in einer etwas höheren Position als das Schloß befand, konnte von dort aus gerade in die Mitte des offenen Hofes blicken. Zwei hohe Eisentore im Hintergrund schlossen ihn. Die Sonne stand noch nicht hoch genug, um mit ihren Strahlen das Schloß selbst zu erreichen, aber trotzdem glänzten und glitzerten seine weißen Mauern so, als ob sie aus schimmerndem Marmor wären.

Unterhalb der Befestigungen, an der steilen Nordmauer des Schlosses, fiel das Tal senkrecht zum Blausee ab, der sich, umgeben von schönen Kiefern und leuchtend blau wie ein Juwel, mit dem Grün der Bäume, dem weiß schimmernden Schnee und dem funkelnden, helleren Blau des darüberliegenden Himmels in atemberaubender Harmonie zusammenfand. Ein Bild von unbeschreiblicher Lieblichkeit, dachte Smith bewundernd. Angesichts einer vollkommenen und getreuen Farbreproduktion dieser Szene hätte jedermann laut ›Schwindel‹ ausgerufen.

Von ihrem Beobachtungspunkt aus konnten sie erkennen, daß der Gürtel des Kiefernwaldes, in dem sie sich versteckt hatten, sich fast bis ganz an den See hinunterzog. Das bedeutete, daß es ohne besondere Schwierigkeit möglich sein würde, beinahe den ganzen Weg bis zum Ufer unbemerkt zurückzulegen. Auf der anderen – der östlichen – Seite des Tals lief ein fast paralleler Waldgürtel. Vom See aus stiegen diese beiden Kieferngürtel langsam und gleichmäßig weiter nach Süden an, wobei man den Eindruck von zwei großen gebogenen Hörnern hatte, die sich oben an der ersten Klippe der Weiß-Spitze beinah berührten.

Am schmalen Ende des Sees lag ein kleines Dorf. In der Hauptsache schien es aus einer einzigen breiten Straße zu bestehen, die etwa zweihundert Meter lang war, einer Eisenbahnstation, den beiden unvermeidlichen Kirchen – jede auf ihrem unvermeidlichen kleinen Hügel –, und dann gab es da noch eine kleine Anzahl von Häusern, die dünn verstreut zu beiden Seiten des Dorfes an den Hängen klebten. Vom südlichen Ortsausgang schlängelte sich eine Straße an der anderen Talseite entlang, bis sie auf den steilen Anstieg zur Südfront des Schlosses stieß. Danach führte sie weiter in einer

Anzahl von Haarnadelkurven, deren letzte vor den großen Toren endete, die sich vor dem Hof an der hinteren Seite des Schlosses erhoben. Zu diesem Zeitpunkt war die Straße völlig vom Schnee verweht. Die einzige Verbindung zum Schloß bildete die Drahtseilbahn. Zwei starke Kabel, die über zwei Stützpfeiler liefen, führten vom Dorf direkt zum Schloß hinauf. Während die Männer beobachteten, sahen sie eine Kabine, die sich gerade auf dem letzten Teil ihrer Fahrt zum Schloß befand. Etwa dreißig Meter vor den schimmernden Schloßmauern schien sie fast senkrecht in die Höhe zu steigen.

Am Blausee, etwa eine Meile hinter dem Dorf, standen in gleichmäßigen Abständen Baracken, in rechtwinkligen Blocks zusammengefaßt. Das sah verdammt nach einem Militärlager aus.

»Mich laust der Affe!« Mit fast körperlicher Willensanstrengung gelang es Schaffer, sich von dem Anblick loszureißen, und Smith las Verwunderung in seinen Augen. »Ist das alles Wirklichkeit, Boß?«

Es war keine Frage, die eine Antwort verlangte. Schaffer hatte die Gefühle aller ziemlich genau ausgedrückt, und es gab nichts, was irgendeiner von ihnen hätte hinzufügen können. Also lagen sie schweigend im Schnee und beobachteten atemlos, wie die Kabine der Drahtseilbahn im Zeitlupentempo die letzten fünfzehn Meter zum Schloß hinaufstieg. Es sah fast so aus, als würde sie es niemals schaffen, und Smith konnte die Spannung fast greifen, mit der seine Kameraden die kleine Kabine auf ihrem Weg nach oben verfolgten. Und dann hatte sie es schließlich doch noch geschafft und verschwand unter dem Dach der oberen Station am westlichen Ende des Schlosses und aus ihrer Sicht. Der Druck wich, und Schaffer räusperte sich.

»Boß«, sagte er mißtrauisch, »es gibt da ein paar Kleinigkeiten, die mir aufgefallen sind und die, so möchte ich sagen, einer Erklärung bedürfen. Erstens: Wenn ich richtig gesehen habe, dann ist das dort unten bei dem guten alten See ein militärisches Barackenlager.«

»Sie haben richtig gesehen. Das dort unten, bei dem guten alten See, ist ein militärisches Barackenlager. Und ich möchte noch hinzufügen, daß es sich dabei um kein gewöhnliches Militärlager handelt. Das ist das Hauptquartier für die Ausbildung der Gebirgsbataillone des Alpenkorps der deutschen Wehrmacht.«

»Ach, du liebe Güte! Das Alpenkorps! Wenn ich das geahnt hätte, wäre ich niemals mitgekommen! Das Alpenkorps! Warum hat niemand Mama Schaffers Liebling Bescheid gesagt?«

»Ich nahm an, daß Sie das wußten«, antwortete Smith sanft. »Warum, glauben Sie, tragen wir diese Uniformen und nicht die deutscher Matrosen oder die vom Roten Kreuz?«

Schaffer öffnete seinen Schneetarnanzug und betrachtete seine Gebirgsjägeruniform so eingehend, als sähe er sie zum erstenmal. Dann zog er den Reißverschluß wieder hoch. Dann meinte er vorsichtig. »Wollen Sie damit sagen, daß wir uns so mir nichts, dir nichts unter die deutschen Truppen mischen werden?« Er machte eine Pause und starrte mit weitaufgerissenen Augen den lächelnd nickenden Smith an. Endlich fuhr er völlig fassungslos fort: »Aber – aber wir müssen doch sofort als Fremde erkannt werden!«

»Truppen, die zu spezieller Ausbildung abkommandiert werden, wechseln unaufhörlich«, erläuterte Smith ungerührt. »Was bedeuten da schon sechs neue Gesichter unter etwa sechshundert anderen?«

»Das ist ja entsetzlich«, sagte Schaffer düster.

»Und was ist Ihr zweiter Punkt?«

»Ach ja. Mein zweiter Punkt. Es handelt sich um die Winzigkeit des lieben Schlosses. Wir haben leider unseren Hubschrauber vergessen, oder? Wie kommen wir denn da hinein?«

»Eine gute Frage«, gab Smith zu, »darüber müssen wir uns Gedanken machen. Aber eins muß ich Ihnen sagen: Wenn es dem Colonel Wyatt-Turner gelungen ist, bis in das Oberkommando der Wehrmacht einzudringen und, was noch wichtiger ist, auch wieder von dort zurückzukehren, dann sollte es sich bei dieser Sache hier um eine Kleinigkeit handeln.«

»*Was* hat der fertiggebracht?« stieß Schaffer ungläubig hervor.

»Wußten Sie denn das nicht?«

»Wie sollte ich?« fragte Schaffer irritiert. »Schließlich habe ich den Kerl ja gestern zum erstenmal gesehen.«

»Er verbrachte die Zeit von 1940 bis 1943 in Deutschland, und davon diente er eine gewisse Zeit in der deutschen Wehrmacht. Endete beim Oberkommando der Wehrmacht in Berlin. Er soll Hitler ganz gut kennengelernt haben.«

»Ist es denn die Möglichkeit.« Schaffer machte eine längere Pause und kam schließlich zu folgendem Schluß: »Der Kerl«, meinte er nachdenklich, »muß absolut verrückt sein.«

»Schon möglich. Aber wenn *er* es geschafft hat, dann können wir es auch. Wir werden schon einen Weg finden. Gehen wir erst einmal wieder unter den Bäumen in Deckung.«

Sie robbten zurück, alle, außer Christiansen, den sie mit dem Fernrohr von Smith als Wachtposten zurückließen. Nachdem sie sich ein Befehlslager errichtet und Kaffee gekocht hatten, gab Smith bekannt, daß er versuchen wolle, erneut Verbindung mit London aufzunehmen.

Er packte den Sender vorsichtig aus und setzte sich ein wenig abseits von den anderen auf einen Rucksack. Der Hebel, der die Funkverbindung herstellte, befand sich an der linken Seite des Gerätes, die am weitesten von den umhersitzenden Männern entfernt war. Smith schaltete ihn laut und vernehmlich ein, dann drehte er die Rufkurbel mit seiner linken Hand. Schon bei der ersten Umdrehung schaltete er das Gerät von ›Ein‹ auf ›Aus‹, woraufhin nur noch ein leeres Pfeifen zu vernehmen war. Smith drehte mißmutig und in regelmäßigen Abständen weiter an der Kurbel, wobei er von Zeit zu Zeit minutiöse Adjustierungen an den Kontrollen vornahm, dann gab er es endlich auf, setzte sich zurecht und schüttelte mißbilligend den Kopf.

»Hier unter den vielen Bäumen schaffen Sie das nie«, bemerkte Torrance-Smythe.

»Daran wird es wohl liegen«, stimmte Smith zu. »Ich werde es mal auf der anderen Seite des Waldes versuchen. Vielleicht habe ich dort mehr Glück.«

Er warf sich den Sender über die Schulter und stapfte los, wobei er direkt auf die andere Seite des Kieferngürtels zuschritt. Als er annahm, daß er sich außer Sichtweite der Männer im Lager befand, drehte er sich noch einmal kurz um, um sicher zu sein. Sie waren nicht mehr zu sehen. Jetzt änderte er seinen Kurs um neunzig Grad nach links und ging bergauf, bis er auf die Spuren traf, die er und seine Leute beim Heruntergehen hinterlassen hatten. Er folgte ihnen weiter nach oben, wobei er ganz leise die ›Lorelei‹ vor sich hin pfiff. Als Mary aus ihrem Versteck hinter einer umgestürzten Kiefer auftauchte, verstummte er.

»Hallo, Darling«, rief sie strahlend.

»Also jetzt mal ein bißchen langsam mit den ›Darlings‹«, dämpfte Smith ihren Überschwang. »Es ist genau acht Uhr, und Vater Machree erwartet mich. Und sprich bitte um Himmels willen nicht laut!«

Er setzte sich auf den umgefallenen Baum, machte sein Gerät fertig und bekam sofort nach der ersten Drehung der Kurbel den gewünschten Kontakt. Die Verbindung mit London war zwar noch immer sehr leise, aber etwas klarer als in den frühen Morgenstunden.

»Vater Machree wartet auf Sie«, ertönte es aus dem Lautsprecher. »Warten Sie, warten Sie.«

Smith lauschte angestrengt, und dann erklang die unverwechselbare Stimme von Admiral Rolland.

»Bitte, Ihren Standort, Broadsword.«

Smith blickte noch einmal auf das Stück Papier, das er in der Hand hielt und auf dem der Text sowohl in Code als auch im Klartext aufgeschrieben war. Die Nachricht lautete: WALD WESTLICH SCHLOSS – ABSTIEG HEUTE ABEND. Smith verlas die entsprechenden Code-Buchstaben.

Es trat eine kurze Pause ein – wahrscheinlich ließ sich Rolland in dieser Zeit die Meldung entschlüsseln –, dann vernahm er wieder seine Stimme.

»Verstanden. Fahren Sie fort. Ist Harrod durch Unfall gestorben?«

»Nein. Ende.«

»Durch Feindeinwirkung? Ende.«

»Nein. Wie ist der Wetterbericht? Ende.«

»Wird schlechter. Frische Winde, später starke. Schnee. Ende.«

Smith sah zweifelnd zu dem wolkenlosen Himmel auf. Aber, so sagte er sich, Rolland würde ihm doch wohl kaum einen falschen Wetterbericht durchgeben. Dann fuhr er fort: »Zeitpunkt für den nächsten Bericht ungewiß. Können Sie in Reichweite bleiben? Ende.«

»Bleibe hier im Hauptquartier, bis die Mission vollendet ist«, antwortete Rolland. »Viel Glück und auf Wiedersehen.«

Smith stellte den Sender ab und wandte sich nachdenklich an Mary: »Die Art, wie er ›auf Wiedersehen‹ gesagt hat, will mir ganz und gar nicht gefallen.«

In der Funkzentrale der Admiralität in Whitehall saßen Admiral Rolland und Colonel Wyatt-Turner neben dem Funker, der den gewaltigen Sender bediente. Jetzt blickten sie einander mit ernsten Gesichtern an.

»Das heißt also, daß der arme Teufel ermordet worden ist«, stellte Wyatt-Turner fest.

»Ein ziemlich hoher Preis, nur um die Bestätigung zu erhalten, daß wir recht hatten«, meinte Rolland finster. »Wie Sie sagen, ein armer Teufel. In dem Augenblick, in dem wir ihm den Sender übergaben, haben wir praktisch sein Todesurteil ausgesprochen. Ich bin gespannt, wer der nächste sein wird. Vielleicht Smith selbst?«

»Nein, nicht Smith.« Wyatt-Turner schüttelte voller Überzeugung den Kopf. »Es gibt Menschen mit einem sechsten Sinn. Smith hat einen siebenten, achten und neunten und außerdem noch ein eingebautes Radargerät für Gefahrenmomente. Smith wird in allen Situationen, die ich mir vorstellen kann, überleben. Schließlich habe ich ihn nicht willkürlich aus dem Telefonbuch herausgesucht, Sir. Er ist der beste Agent in Europa.«

»Außer Ihnen! Aber vergessen Sie nicht, Colonel, dort unten könnten Umstände eintreten, die nicht einmal Sie voraussehen können.«

»Jawohl, das stimmt.« Er schaute Rolland gerade ins Gesicht. »Was für eine Chance geben Sie ihm denn, Sir?«

»Chance?« Rollands Augen wurden trübe und blicklos. »Was für eine Chance? Er hat keine.«

Ganz ähnliche Gedanken beschäftigten Smith, während er sich eine Zigarette ansteckte und dabei das Mädchen an seiner Seite betrachtete.

Er fragte Mary: »Hast du schon einen Blick auf das Schloß geworfen?«

»Ein fantastischer Bau. Wie um Gottes willen sollen wir da jemals General Carnaby herausholen?«

»Ganz einfach. Wir werden heute nacht dort hinaufmarschieren, reingehen und ihn mitnehmen.«

Mary starrte ihn ungläubig an und wartete darauf, daß er noch etwas hinzufügen würde. Aber es kam nichts. Endlich sagte sie. »Ist das alles?«

»Das ist alles.«

»Der Einfall eines wahren Genies. Es muß dich ziemliche Zeit gekostet haben, diesen genialen Plan auszuarbeiten.« Als er noch immer nicht antwortete, fuhr sie betont sarkastisch fort: »Zu Beginn dürfte es selbstverständlich keinerlei Schwierigkeiten geben, dort eingelassen zu werden. Du gehst ganz einfach hinauf und klopfst an das Hauptportal.«

»Mehr oder weniger. Das Tor – oder ein Fenster – öffnet sich, ich lächle dir zu, sage danke schön und gehe hindurch.«

»Du tust was?«

»Ich lächle und sage danke schön. Selbst in Kriegszeiten gibt es keine Entschuldigung für Unhöflichkeiten . . .«

»Bitte!« Sie war mittlerweile völlig atemlos vor Erregung. »Wenn du schon nicht vernünftig reden kannst . . .«

»Du wirst mir das Tor öffnen«, erklärte Smith geduldig.

»Bist du ganz sicher, daß du noch normal bist?«

»In Deutschland herrscht bei den Stäben augenblicklich großer Mangel an Arbeitskräften. Schloß Adlershorst ist in dieser Hinsicht keine Ausnahme. Du bist genau der Typ, den sie suchen: intelligent, hübsch, du kannst kochen, saubermachen und Oberst Kramer seine Knöpfe annähen . . .«

»Wer ist Oberst Kramer?« Sowohl ihr Ton als auch ihr Gesicht drückten vollkommene Verwirrung aus.

»Der stellvertretende Chef des deutschen Geheimdienstes.«

Mary sagte voller Überzeugung: »Du mußt verrückt sein.«

»Wenn ich das nicht wäre, hätte ich niemals diese Sache angenommen.« Er sah prüfend auf seine Uhr. »Ich bin schon zu lange fort, und ich fürchte, daß sie mißtrauisch werden. Wir starten um siebzehn Uhr. Genau um siebzehn Uhr. Unten im Dorf befindet sich auf der östlichen Seite der Hauptstraße ein Gasthaus mit dem passenden Namen ›Zum Wilden Hirsch‹. Merk's dir gut: ›Zum Wilden Hirsch‹. Wir wollen schließlich nicht, daß du im falschen Laden landest. Dahinter befindet sich ein Schuppen, der als Bierkeller benutzt wird. Er ist stets verschlossen, aber heute abend wird ein Schlüssel im Türschloß stecken. Ich treffe dich dort genau um zwanzig Uhr.«

Lieutenant Schaffer lag lang ausgestreckt und fast ganz unter Schnee begraben, halb verborgen hinter dem Baumstumpf einer Kiefer, das Fernrohr am Auge. Er fuhr herum, als er das leise schleifende Geräusch hinter sich vernahm, und sah Smith durch den Schnee auf sich zurobben.

»Können Sie denn nicht anklopfen oder so was?« knurrte Schaffer.

»Tut mir leid. Die Jungens haben mir gesagt, daß Sie mir etwas zeigen wollen.«

»Stimmt.« Schaffer reichte Smith das Fernrohr hinüber. »Nun schauen Sie sich das mal an! Ich könnte mir vorstellen, daß Sie das interessiert.«

Smith nahm das Fernrohr und stellte es für sich passend ein.

»Etwas tiefer«, wies ihn Schaffer an, »ganz unten am Felsen.«

Smith suchte mit dem Fernrohr die Seite von Schloß Adlershorst bis herunter zum Felsen ab und verharrte an den schneebedeckten Abhängen am Fuße des Felsens. Dann schwenkte er das Fernrohr leicht hin und her und erkannte zwei patrouillierende Soldaten mit Maschinenpistolen und vier Hunde, die sich nicht an der Leine befanden.

»Verdammter Mist«, entfuhr es Smith, »jetzt weiß ich, was Sie meinen.«

»Das sind Dobermänner, Boß.«

»Daß es sich nicht um Spielzeughunde handelt, ist mir ebenfalls klar«, versetzte Smith. Er bewegte das Fernrohr etwas weiter nach oben. An einer etwas höher gelegenen Stelle des Felsens hielt er plötzlich inne.

»Scheinwerfer auch noch?« fügte er leise hinzu.

Noch einmal ließ er das Fernrohr nach unten gleiten, an den patrouillierenden Soldaten und ihren Hunden vorbei, bis ein Stacheldrahtzaun im Blickfeld auftauchte, der sich um das ganze Gelände des ›Vulkanpfropfens‹ zu erstrecken schien.

»Und ein hübscher kleiner Zaun.«

»Zäune«, so erklärte Schaffer überlegen, »sind dazu da, durchschnitten oder überklettert zu werden.«

»Wenn Sie versuchen sollten, den dort zu durchschneiden oder zu überklettern, mein Junge, dann werden Sie sich in Null Komma nichts in ein Stück gargekochten Fleisches verwandeln. Das ist eine Standardausführung mit einer Spannung von zweitausenddreihundert Volt, einphasig, Wechselstrom. Die wird bei den besten elektrischen Stühlen verwendet.«

Schaffer wiegte bedächtig den Kopf hin und her. »Es ist doch erstaunlich, wie weit manche Menschen zu gehen bereit sind, um ihr Privatleben zu beschützen.«

»Stacheldraht, Scheinwerfer und Dobermänner«, faßte Smith zusammen. »Ich glaube nicht, daß diese Kombination uns aufhalten kann, was meinen Sie, Lieutenant?«

»Natürlich nicht. Uns aufhalten? Ganz bestimmt nicht!« Er machte eine kurze Pause und stieß dann hervor: »Wie in Gottes Namen stellen Sie sich eigentlich vor . . .«

»Das werden wir entscheiden, wenn es soweit ist«, winkte Smith ab.

»Sie wollen damit sagen, daß *Sie* es entscheiden werden«, meinte Schaffer aufbegehrend. »Sie lassen sich wirklich nicht in die Karten schauen, was?«

»Nur weil ich mir einfach noch zu jung zum Sterben bin.«

»Aber warum ausgerechnet ich, um Gottes willen?« fragte Schaffer nach einer langen Pause. »Warum hat man mich für diesen Job ausgesucht? Diese Arbeit fällt so gar nicht in mein Interessengebiet, Major.«

»Keine blasse Ahnung«, gab Smith zu, »und wenn ich länger darüber nachdenke, warum hat man dann mich ausgesucht?«

Schaffer war gerade damit beschäftigt, ihm einen langen und betont ungläubigen Blick zuzuwerfen, als er plötzlich zusammenzuckte und seine Augen zum Himmel wandte, und zwar in die Richtung, aus der unzweifelhaft das knatternde Geräusch eines Hubschraubermotors zu vernehmen war. Beide Männer hatten es gleichzeitig erkannt. Die Maschine kam von Norden, überflog den Blausee und flog direkt auf sie zu. Es war ein großer, schwerer Militärhubschrauber, und selbst aus dieser Entfernung konnte man die Hakenkreuzmarkierungen klar ausmachen. Schaffer begann sich in Richtung Kiefernwald zurückzuziehen.

»Schaffer macht sich dünne«, erklärte er eilig. »Die Bluthunde sind bereits auf unserer Fährte.«

»Das glaube ich nicht«, widersprach Smith. »Bleiben Sie, wo Sie sind, und bedecken Sie sich völlig mit Ihrem Schneetarnanzug.«

Schnell zogen sie sich ihre Kapuzen über die Köpfe, bis nur noch ihre Augen und das Fernrohr von Smith, das zum Teil im Schnee verborgen war, hervorlugten. Auf eine Entfernung von dreißig Metern in jeder Richtung, einschließlich von oben, mußten sie nun völlig unsichtbar sein.

Der Hubschrauber stieg das Tal hinauf, wobei er immer noch Kurs auf die Stelle hielt, wo die beiden Männer versteckt lagen. Als er nur noch etwa hundert Meter von ihnen entfernt war, begann sogar Smith sich zu fragen, ob durch irgendeinen unglücklichen Umstand der Feind vielleicht doch von ihrer Anwesenheit wußte oder etwas ahnte. Dann, ganz plötzlich, als sich der Hubschrauber fast direkt über ihnen befand, drehte er scharf nach links ab und senkte sich über dem Innenhof des Schlosses, schien einen Augenblick in der Luft stillzustehen und ging dann langsam nieder. Verstohlen wischte sich Smith den Schweiß von der Stirn und sah dann sofort wieder durch sein Fernrohr.

Der Hubschrauber war gelandet. Der Propeller stoppte, und eine Treppe wurde ausgefahren, über die ein Mann hinunterkletterte. Nach den Rangabzeichen auf seiner Uniform handelte es sich, so entschied Smith, um einen sehr hohen Offizier. Und dann wurde ihm auf einmal klar, welchen hohen Offizier er da vor sich hatte. Sein Gesicht drückte gespannte Erregung aus, als er das Fernrohr an Schaffer übergab. »Sehen Sie sich den mal ganz genau an«, empfahl er.

Schaffer betrachtete den Mann eingehend und senkte das Fernrohr erst, als der Gegenstand des Interesses durch eine Tür verschwand. »Ist das ein Freund von Ihnen, Boß?«

»Ich kenne ihn. Es ist Generalfeldmarschall Julius Rosemeyer. Der Stabschef des Oberkommandos der Wehrmacht.«

»Mein allererster Generalfeldmarschall, und ausgerechnet da habe ich mein teleskopisches Gewehr nicht dabei«, bedauerte Schaffer. »Ich möchte nur gerne wissen, was ›Seine Hoheit‹ da wollen?«

»Das gleiche wie wir«, antwortete Smith kurz.

»General Carnaby?«

»Wenn man an den alliierten Generalkoordinator für die Planung einer ›Zweiten Front‹ ein paar diesbezügliche Fragen stellen möchte, schickt man ja schließlich keinen wachhabenden Unteroffizier, um die Vernehmung vornehmen zu lassen.«

»Sie glauben doch nicht etwa, daß der Kerl gekommen ist, um den alten Carnaby abzutransportieren?« fragte Schaffer besorgt.

»Da habe ich keine Sorge. Die Gestapo händigt niemals ihre Gefangenen aus. Und in diesem Land tut die Wehrmacht das, was die Gestapo sagt.«

»Sonst . . .?«

»Sonst . . .! Hauen Sie jetzt ab . . . hinten gibt es noch etwas von dem Zeug, was fälschlicherweise unter der Bezeichnung ›Kaffee‹ läuft. Schicken Sie mir in einer Stunde jemand, der mich ablöst.«

Der von Admiral Rolland verkündete Wetterbericht erwies sich als absolut zutreffend. Während die endlosen, eiskalten Stunden langsam vorbeischlichen, wurde das Wetter immer schlechter. Zur Mittagszeit war die Sonne bereits verschwunden, und ein frischer Wind begann aus östlicher Richtung aufzukommen. Am frühen Nachmittag begann es von einem dunkelgrauen Himmel zu schneien, erst langsam und dann immer heftiger, als der Ostwind zunahm und immer kälter blies. Eine schlimme Nacht war zu erwarten, konstatierte Smith. Aber gerade eine solche Nacht, bei der die Sicht fast gleich Null war und die alle Menschen in ihren Unterkünften festhielt, war genau das, was sie brauchten: Es wäre einigermaßen unmöglich gewesen, im warmen, freundlichen Schein eines hellen Mondes an Schloß Adlershorst heranzukommen. Smith sah auf seine Uhr.

»Es wird Zeit, daß wir losgehen.« Er richtete sich mühsam auf und bearbeitete seinen Körper mit den Armen, um den Blutkreislauf anzuregen. »Holen Sie bitte Thomas her.«

Die Rucksäcke und anderen Gepäckstücke wurden geschultert. Thomas, der inzwischen die Beobachtung übernommen hatte, erschien mit Smith's Fernrohr in der Hand. In seiner Stimmung war nichts mehr von seiner üblichen Fröhlichkeit übriggeblieben, und das lag nicht nur daran, daß er während der vergangenen Stunde Wind und Schnee wehrlos ausgeliefert gewesen war.

»Funktioniert das verdammte Funkgerät jetzt endlich?« fragte er Smith.

»Hoffnungslos! Sechs Versuche, sechs Versager. Warum?«

»Ich werde Ihnen sagen, warum«, sagte Thomas bitter. »Gerade in diesem Augenblick ist ein Zug vollbesetzt mit Truppen eingetroffen. Das ist alles.«

»Na, ausgezeichnet«, meinte Smith gleichmütig, »die alten Truppen werden glauben, daß wir zu den neuen gehören, und die neuen werden uns für die alten halten. Das trifft sich doch großartig.«

Der Bahnhof des Dorfes – zugleich die Endstation – bot mit seinen zwei Gleisen einen reichlich armseligen Anblick. Überall Rost und Verwahrlosung, die notwendigsten Einrichtungen von trostloser Zweckmäßigkeit. Das Ganze machte einen seltsam hoffnungslosen und doch erwartungsvollen Eindruck, als ob der Bahnhof darauf wartete, daß irgend jemand käme, der ihm den Gnadenstoß versetzte. Die Atmosphäre war deprimierend. Von heftigem Wind geschüttelt und unter dem Schnee fast begraben, der im Licht der matten, hin und her schwingenden Glühbirnen dicht und lautlos zu Boden sank, machte der Ort einen von Gott und den Menschen verlassenen Eindruck. Genau das, was Smith für sein Vorhaben brauchte.

Schnell führte er seine fünf mit Schneetarnanzügen bekleideten Männer über die Schienen in den dürftigen Schutz des Bahnhofsgebäudes. Schweigend gingen sie an dem geschlossenen Bücherstand, der Frachtannahme und dem Kartenschalter vorbei, drückten sich schnell in den dahinterliegenden Schatten und hielten an. Smith stellte den Sender auf den Boden, schüttelte den Rucksack von den Schultern, zog den Tarnanzug aus und schlenderte gemächlich die Schienen entlang – die sparsamen Bayern hielten offensichtlich einen Bahnsteig für übertriebenen Luxus. Er blieb vor einer Tür neben einer verriegelten Luke stehen, über der ein Schild mit der Aufschrift *GEPÄCKANNAHME* zu lesen war. Er versuchte die Tür zu öffnen, fand sie aber verschlossen. Rasch sah er sich um, ob er auch nicht beobachtet wurde, dann bückte er sich, richtete den Strahl seiner winzigen Taschenlampe auf das Schlüsselloch, fischte aus der Hosentasche ein Bund eigenartig geformter Schlüssel, und Sekunden später schwang die Tür auf. Er stieß einen leisen Pfiff aus, und fast augenblicklich waren die anderen bei ihm. Sie traten an ihm vorbei ins Innere des Raumes, wobei sie noch im Gehen ihr Gepäck abwarfen. Schaffer traf als letzter ein, stoppte einen Augenblick und sah auf das Schild über der Luke.

»Mein Gott«, schüttelte er seinen Kopf, »die Gepäckaufbewahrung!«

»Was denn sonst?« fragte Smith mit voller Berechtigung. Er forderte Schaffer auf, sich zu beeilen, machte hinter ihm die Tür zu und schloß ab. Während er seine Taschenlampe so abschirmte, daß lediglich ein fingerbreiter Strahl von ihr zu sehen war, ging er an den Gepäckregalen vorbei bis zum hinteren Ende des Raumes, wo sich ein Erkerfenster befand. Ein ganz normales Schiebefenster. Er untersuchte es eingehend, wobei er darauf achtete, daß kein Lichtstrahl auf die Scheibe fiel, der auf der dahinterliegenden Straße zu sehen gewesen wäre. Dann wandte er seine Aufmerksamkeit der hölzernen Verschalung zu, die sich neben dem Fenster befand. Mit einem Feldmesser löste er ein Brett, worauf eine doppelte Leitung zum Vorschein kam, die senkrecht an der Wand hinauflief. Er entflocht die Kabel und schnitt jedes einzelne durch, dann befestigte er die Leiste wieder und versuchte, die untere Hälfte des Fensters zu öffnen. Sie ließ sich leicht auf und ab bewegen.

»Eine sehr interessante Darbietung«, sinnierte Schaffer, »aber wozu soll das alles gut sein?«

»Manchmal ist es nicht ratsam, durch die Eingangstür hereinzukommen. Oder auch hinauszugehen . . .«

»Er hat seine Jugend als Herumtreiber und Einbrecher verbracht«, konstatierte Schaffer traurig. »Woher wußten Sie denn, daß sich hier eine Alarmanlage befinden würde?«

»Selbst auf einem so kleinen Bahnhof wie diesem werden

bei der Gepäckaufbewahrung von Zeit zu Zeit Wertsachen abgegeben«, erklärte Smith geduldig, »aber hier gibt es nicht Tag und Nacht einen Aufpasser. Aller Wahrscheinlichkeit nach dürften Stationsvorsteher, Kartenverkäufer, Gepäckträger, Kontrolleur und Gepäckaufseher lediglich aus einer Person bestehen. Deshalb wird dieser Raum verschlossen. Es hat aber wenig Sinn, vorn die Tür abzuschließen, wenn der eventuelle Dieb ohne weiteres durch das Hinterfenster einsteigen kann. Deshalb hat es entweder ein Eisengitter oder eine Alarmanlage. Hier ist kein Gitter – nur ein provisorisches Brett. War doch klar.«

»Für *Sie* vielleicht«, fauchte Carraciola gereizt. »Ich muß schon sagen, alle diese – nun ja – phänomenalen Kenntnisse von Dietrichen und Alarmanlagen! Sagten Sie nicht, daß Ihr Regiment die ›Black Watch‹ sei?« (schottisches Elite-Infanterieregiment).

»Ja, das stimmt.«

»Es scheint, daß man in diesen schottischen Regimentern eine ziemlich seltsame Ausbildung erhält. Äußerst seltsam.«

»Gründlich war das Wort, das Sie suchten«, berichtigte Smith freundlich, »so, und nun wollen wir alle mal einen Drink zu uns nehmen.«

»Ja, das ist eine glänzende Idee«, sagte Carraciola bedächtig. »Erinnern Sie mich bitte daran, daß ich meinen in einem Zug austrinke, sonst wette ich mit Ihnen, daß ich nie mehr dazu kommen werde, ihn in diesem Leben zu Ende zu trinken.«

»Es wäre wirklich eine Schande, gutes Bier verkommen zu lassen«, stimmte Smith zu. Er wartete, bis auch der letzte Mann den Raum verlassen hatte, verschloß die Tür hinter sich und war wieder bei ihnen, als sie gerade das Gebäude direkt unter dem Bahnhofsschild verließen. Keiner von ihnen trug jetzt noch einen Rucksack oder Tarnanzug. Alle waren sie in der Uniform von Gebirgsjägern, Smith in der eines Majors, Schaffer als Oberleutnant und die vier anderen als Feldwebel. Von Bügelfalten war weit und breit nichts mehr zu sehen, und außerdem, wie schon Sergeant Harrod sehr richtig festgestellt hatte, konnte man sie beim besten Willen nicht für Maßarbeit halten. Aber auf einer Dorfstraße oder in einer überfüllten Kneipe dürften sie kaum auffallen. Zumindest hegte Smith diese Hoffnung.

Vor den Männern lag die typische Hauptstraße eines typischen Dorfes in den Hochalpen. Die Gebäude zu beiden Seiten der Straße, solide und rustikale viereckige Bauernhäuser, sahen so aus, als ob sie bis jetzt schon vielen bitteren bayerischen Wintern getrotzt hätten und vorhätten, auch noch in Zukunft viele zu überstehen. Fast alles Holzhäuser im oberbayerischen Stil – mit weit geschwungenen Dachrinnen und Balkonen rings um den ganzen Bau. Ein paar von ihnen waren offensichtlich jüngeren Datums, mit Schindeldächern, großen doppelten Fenstern und fantasievollen schmiedeeisernen Gittern. Aber die meisten duckten sich alt und niedrig am Straßenrand, die Mauern mit roh behauenem Holz verkleidet, schwere Deckenbalken traten an den Seiten heraus.

Es gab keine Straßenbeleuchtung, aber trotzdem sprach kein Anzeichen dafür, daß Verdunkelung angeordnet worden war. Das Licht hinter den Fenstern, an denen die Vorhänge nicht zugezogen waren, malte helle Rechtecke in den Schnee. Weit hinten, am Ende der Straße, sahen die Männer durch die tanzenden Flocken einen Kranz von strahlenden Lichtern, der frei in der Luft zu hängen schien. Instinktiv hielt Smith an und starrte auf die ferne Erscheinung. Auch seine Leute blieben unvermittelt stehen. Ebenso unerreichbar wie der Mond schien das Flackern von Schloß Adlershorst herüber. Lange konnten sich die Männer nicht von dem Anblick losreißen. Kein Wort fiel. Als sie schließlich aus der Trance erwachten, setzten sie in schweigender Übereinstimmung ihren Weg fort. Ihre Stiefel knirschten in dem frisch gefallenen Schnee, ihren Atem trieben sie in eisigen Wolken vor sich her.

Die Hauptstraße – die einzige Straße – lag ausgestorben da. In einer so bitterkalten Nacht hätte es wohl kaum anders sein können. Aber wenn auch die Straße leer war, das Dorf war es keineswegs: Man hörte Lachen, Singen und ein wildes Durcheinander von Stimmen in der Nachtluft. Die dicht hintereinander geparkten Militärlastwagen auf der einen Straßenseite gaben Aufschluß darüber, wer da lachte und sang. Schließlich gab es für die während ihrer Ausbildung hier festsitzenden Truppen, die in den Baracken am Blausee einquartiert waren, nur eine einzige Möglichkeit, sich zu vergnügen und zu entspannen, nämlich die Gasthäuser und Weinstuben im Dorf. Es war deshalb nicht verwunderlich, daß diese bis unters Dach voller Gebirgsjäger waren, die zu den am besten ausgebildeten Kampftruppen in Europa zählten.

Schaffer sagte bittend: »Mir ist jetzt eigentlich gar nicht mehr nach einem Drink zumute, Boß.«

»Unsinn«, widersprach Smith ermutigend, »Sie scheuen sich nur vor der Aussicht, ein paar Fremde zu treffen.« Er blieb vor einem Gasthaus stehen, das sich ›Zu den drei Königen‹ nannte. »Das sieht ganz gut aus. Warten Sie einen Augenblick.«

Er stieg die paar Stufen hinauf, öffnete die Tür und warf einen Blick hinein. Unten auf der Straße sahen die übrigen fünf einander an, skeptisch und doch erwartungsvoll. Schrammelmusik, eindringlich die Erinnerung an eine glücklichere Zeit wachrufend, drang aus der offenen Tür. Der Gesichtsausdruck der Männer veränderte sich nicht. Es gab sicherlich einen Ort und einen Zeitpunkt, wo Schrammelmusik am Platze war, aber ganz bestimmt nicht hier und jetzt.

Smith schüttelte den Kopf, schloß die Tür und gesellte sich wieder zu seinen Leuten zurück.

»Gerammelt voll«, berichtete er. »Nicht einmal mehr Stehplätze zu haben.« Er deutete auf ein schräg gegenüberliegendes Gasthaus, den ›Eichenhof‹, ein kleines, niedriges, leicht verwahrlostes Holzhaus, das nicht allzu vertrauenerweckend aussah. »Wollen einmal sehen, wie es dort aussieht.«

Aber der ›Eichenhof‹ war offensichtlich auch nicht das richtige. Bedauernd, aber bestimmt machte Smith wieder kehrt.

»Überfüllt«, gab er bekannt. »Außerdem ein viel zu

schmieriger Laden und unmöglich für Offiziere und Unteroffiziere der Wehrmacht. Aber hier, der nächste Laden sieht schon etwas einladender aus, finden Sie nicht auch?«

Das tiefe Schweigen, das ihm antwortete, zeigte, daß die anderen nichts dergleichen fanden, und abgesehen davon, daß diese dritte ›Weinstube‹ größer war als die vorhergehenden, die Smith begutachtet hatte, sah sie genau wie die anderen aus. Sie nannte sich ›Zum Wilden Hirsch‹, und auf dem Schild über dem Eingang prangte, in Holz geschnitzt, der König der Tiere höchstpersönlich.

Smith ging die sechs Stufen zur Eingangstür hinauf und öffnete sie. Er zuckte zusammen, als der Lärm unvermittelt über seine Trommelfelle herfiel. Die beiden letzten Etablissements, die er angesehen hatte, waren weiß Gott schon laut genug gewesen, aber im Vergleich zu diesem Laden hier erschienen sie nachträglich Smith als Stätten wahrhaft kirchlicher Stille. Zur ohrenbetäubenden Begleitung von entschieden zu vielen nicht gerade sonderlich gut gestimmten Akkordeons schien, nach der Lautstärke zu schließen, ein ganzes Regiment von Gebirgsjägern sein Bestes in ›Lilli Marlen‹ hineinzulegen. Smith blickte sich nach seinen Leuten um, nickte und ging hinein.

Während die anderen langsam folgten, blieb Schaffer in der Tür stehen, als Christiansen seinen Arm ergriff und ihn verwundert fragte: »Hält er das etwa für leer?«

Schaffer mußte einräumen: »In den anderen Läden müssen demnach mindestens sechs übereinander gelegen haben.«

## 4. Kapitel

Im Weinhaus ›Zum Wilden Hirsch‹ lagen die Leute zwar nicht gerade sechsfach übereinander, aber wenn die zur Musik schunkelnde Menge die Horizontale der Vertikalen vorgezogen hätte, wäre diese Vorstellung gar nicht einmal so abwegig gewesen. Noch nie, so stellte Smith fest, hatte er so viele Menschen in einem einzigen Lokal gesehen. Es mußten hier mindestens vierhundert Personen zusammengepfercht sein. Um solche Massen unterzubringen, war schon ein Raum von ungewöhnlichen Ausmaßen nötig. Der hier war überdimensional, außerdem uralt.

Der schwere Kiefernholzfußboden bog sich, die Wände bogen sich, und die schweren rauchgeschwärzten Balken an der Decke machten den Eindruck, als würden sie jeden Augenblick herunterstürzen. In der Mitte des Raumes stand ein riesiger Ofen, der mit Holz geheizt wurde und so vollgestopft war, daß sein gußeiserner Deckel dunkelrot glühte. Unmittelbar unterhalb dieses Deckels führten zwei etwa sieben Meter lange Rohre, die einen Durchmesser von etwa 25 Zentimetern hatten, in entgegengesetzten Richtungen durch den Raum – eine zwar primitive, aber außerordentlich zweckmäßige Form einer Art Zentralheizung. Die Sitzbänke, in Form von Boxen angeordnet, waren aus Eiche, von Alter, Rauch und unbekannten Besuchern vergangener Jahrhunderte geschwärzt. Außerdem standen etwa zwanzig große, rohe Holztische herum, deren Tischplatten mindestens acht Zentimeter dick waren, mit dazu passenden robusten Stühlen. Die hintere Wand wurde von einer stabilen Eichentheke eingenommen, an deren einem Ende sich eine Kaffeemaschine befand. Hinter der Theke führte eine Schwingtür hinaus, vermutlich zur Küche. Die trübe Beleuchtung lieferten Petroleumlampen, die von der Decke hingen und seit Generationen eingebrannte und verrußte Löcher in den Deckenbalken hinterlassen hatten.

Smith musterte die Leute im Lokal. Es war die typische Kundschaft, die man in einem Dorf hoch oben in den Alpen erwarten konnte, in dessen unmittelbarer Nähe sich ein Militärlager befand. In einer Ecke saß eine Gruppe von Einheimischen, Männer, hochgewachsen, hakennasig, mit wettergegerbten Gesichtern. Fast alle trugen kunstvoll bestickte Trachtenjanker und Tirolerhüte. Sie sprachen wenig und tranken langsam vor sich hin, ebenso wie eine andere

Gruppe von etwa einem Dutzend unauffälliger Zivilisten, die ab und zu an ihren Schnapsgläsern nippten und nicht so aussahen, als ob sie aus dem Dorf stammten. Ungefähr neunzig Prozent der Gäste waren Angehörige des Alpenkorps, einige saßen, die meisten standen, und alle sangen lauthals ›Lilli Marlen‹. Die meisten schwenkten dazu ihre mit Zinndeckeln versehenen Steingutkrüge in der Luft herum. Sie waren sich überhaupt nicht bewußt, daß in diesem Augenblick sehnsüchtiger Sentimentalität der größte Teil ihres Bieres auf den Uniformen ihrer umherstehenden und -sitzenden Kameraden landete. Auf dem Boden sah es aus, als wäre gerade ein mittelschwerer Regenguß niedergegangen.

Hinter der Theke stand ein etwa zweieinhalb Zentner schwerer Riese mit ausdruckslosem Mondgesicht, wahrscheinlich der Wirt, verschiedene Bedienungen waren damit beschäftigt, frisch gefüllte Bierkrüge auf ihre Tabletts zu stellen. Andere gingen im Raum umher und sammelten leere Bierkrüge ein oder servierten neue. Eine von ihnen kam jetzt in seine Richtung, und Smith blickte ihr entgegen.

Es wäre auch erstaunlich gewesen, wenn er sie nicht bemerkt hätte. Es wäre eine Überraschung gewesen, wenn nicht jeder anwesende Mann auf sie aufmerksam geworden wäre. Aber es gab keine Überraschung ... Sie hätte ohne Frage bei einem Wettbewerb den Titel der ›Miß Europa‹ gewonnen. Zugegeben, ihr lächelndes Gesicht war ein wenig leer, aber was hier fehlte, vergaß man rasch, wenn man das übrige betrachtete. Sie trug ein hübsches, buntes Dirndl. Ihre Taille konnte man mit zwei Händen umspannen, und die obere Hälfte ihrer Stundenglas-Figur wurde nur mühsam von der tiefausgeschnittenen Trachtenbluse zusammengehalten. Ein Brennpunkt aller begehrlichen Blicke und für den Besitzer des Lokals ein Vermögen wert. Von den anwesenden Soldaten wurde sie zum Teil mehr als nur bewundert, und zum Schutz vor den Handgreiflichen hätte sie eigentlich ein Panzerhemd tragen müssen. Smith überlegte sich, daß sie gewiß ständig überall grün und blau war. Sie kam auf

Smith zu, strich ihr blondes Haar zurück und lächelte. Die Geste war genauso provozierend wie ihr Lächeln.

»Kann ich Ihnen behilflich sein, mein Herr?«

»Danke, ja, dunkles Bier«, sagte Smith höflich, »sechs Maß.«

»Mit Vergnügen, mein Herr.« Wieder folgte das herausfordernde Lächeln, diesmal von einem halb abschätzenden, halb sehnsüchtigen Blick aus ihren kornblumenblauen Augen begleitet, dann drehte sie sich um und ging, soweit man ihre Art der Fortbewegung als Gehen bezeichnen konnte. Schaffer starrte ihr mit leicht einfältigem Gesicht nach und packte Smith am Arm.

»*Jetzt* weiß ich endlich, warum ich Montana verlassen habe, Boß«, seine Stimme klang beinahe so benommen, wie er aussah, »es war also doch nicht nur wegen der Pferde.«

»Wollen Sie sich gefälligst auf Ihre Aufgabe konzentrieren, Lieutenant!« Smith schaute nachdenklich hinter dem Mädchen her, rieb sich das Kinn und sagte dann langsam: »Kellnerinnen wissen meist mehr über das, was in ihrer Umgebung vorgeht, als jeder Polizeichef – und die hier sieht so aus, als ob sie noch erheblich mehr wüßte als alle anderen. Ja, ich werde das mal erledigen.«

»Was wollen Sie erledigen?« fragte Schaffer, Verdacht schöpfend.

»Ich werde mich mal ein bißchen um sie kümmern.«

»Aber ich habe sie zuerst gesehen«, maulte Schaffer.

»Der zweite Tanz gehört Ihnen«, versprach Smith. Die Leichtfertigkeit, mit der er dies sagte, wurde durch den kühlen Ausdruck, mit dem seine beobachtenden Augen unablässig den Raum durchstreiften, Lügen gestraft. »Wenn alle ihr Bier haben, wandern Sie ein bißchen herum. Sehen Sie zu, ob Sie irgend etwas über General Carnaby oder Generalfeldmarschall Rosemeyer herausbekommen können.«

Er entdeckte einen leeren Stuhl an einem Ecktisch, ging hinüber und ließ sich nieder, wobei er einem am Tisch sitzenden Hauptmann, der mit bereits verglasten Augen eine väterliche Unterhaltung mit zwei Lieutenants führte, höflich zulächelte. Der Hauptmann nahm von seiner Anwesenheit nur ganz beiläufig Notiz und, soweit Smith feststellen konnte, zeigte auch sonst niemand der Anwesenden das geringste Interesse an ihm oder an seinen Kameraden. Die Akkordeonkapelle beendete ihr Stück mehr oder weniger auf dem gleichen Ton, und abrupt brach auch das Singen von ›Lili Marlen‹ endlich ab. Ein paar Sekunden lang herrschte so etwas wie Stille im Raum, wobei sich die vierhundert Soldaten wohl einen Augenblick an die vor der Kaserne unter der Laterne stehende Lilli Marlen erinnerten, dann brach, wie auf Kommando, ein wildes Stimmengewirr los – vierhundert Soldaten, die vor sich noch ein nicht ausgetrunkenes Bier hatten, konnten nicht lange sentimental bleiben.

Smith's Blick fiel auf die Kellnerin, die mit den sechs Maßkrügen auf einem Tablett zurückkam. Sie schlängelte sich an den Herumstehenden vorbei, wobei sie sich mit geübter freier Hand der zudringlichen Griffe ihrer Verehrer zu erwehren wußte. Sie reichte die Krüge Smith's Leuten, die sich sofort, aber unauffällig, unter die anderen mischten und in verschiedenen Richtungen durch den Raum schlenderten. Dann sah sich das Mädchen nach Smith um, entdeckte ihn, lächelte herzlich, trat auf seinen Tisch zu und stellte den letzten Maßkrug vor ihn hin. Noch ehe sie sich wieder aufrichten konnte, hatte Smith seinen Arm um ihre Hüfte gelegt und sie auf seinen Schoß gezogen. Der Hauptmann der Gebirgsjäger unterbrach sein Gespräch, musterte ihn mißbilligend, öffnete den Mund, sah Smith's abweisenden Blick, machte den Mund zu und beschäftigte sich wieder mit seinen beiden Lieutenants. Smith wandte sich dem Mädchen zu, drückte sie an sich, tätschelte ihr Knie und lächelte sie mit einem, wie er hoffte, gewinnenden Lächeln an.

»Und wie könntest du denn wohl heißen, meine kleine Alpenrose?« Seine Stimme klang wie die eines Mannes, der schon einiges getrunken hatte.

»Heidi.« Sie versuchte, sich von ihm freizumachen, strengte sich jedoch nicht zu sehr an. »Bitte, Herr Major, ich bin im Dienst.«

»Der wichtigste Dienst ist der am Vaterlandsverteidiger«, verkündete Smith laut, während er Heidi eisern festhielt, um jedem Fluchtversuch ihrerseits zuvorzukommen. Dann nahm er einen kräftigen Schluck und flüsterte, ohne den Krug zu senken. »Soll ich dir vielleicht ein Lied vorsingen?«

»Was denn für ein Lied?« fragte Heidi ergeben, »ich höre sowieso schon ununterbrochen das Gegröle hier.«

»Ich kann besser pfeifen als singen. Hör mal zu!« Er pfiff ganz leise die ersten paar Takte der ›Lorelei‹. »Gefällt dir das?«

Einen Augenblick versteifte sich Heidis Körper, aber sofort hatte sie sich wieder in der Gewalt.

Sie lächelte kokett: »Das war sehr schön, Herr Major, und ich bin überzeugt, daß Sie auch über eine sehr gute Singstimme verfügen.«

Smith stellte seinen Maßkrug etwas unsicher und mit ziemlichem Lärm auf den Tisch zurück, was ihm erneut mißbilligende Blicke von der anderen Seite des Tisches einbrachte, dann wischte er sich mit dem Handrücken den Bierschaum von den Lippen. Heidi lächelte ihn weiter an, aber ihre Augen waren nicht daran beteiligt.

Smith sagte hinter der vorgehaltenen Hand: »Wer sind die Männer dort hinten? Die Zivilisten? *Nicht* umdrehen?«

»Gestapo«, sie versuchte erneut, sich von ihm freizumachen, »oben vom Schloß.«

»Einer von ihnen kann Lippen lesen«, Smith hatte bereits wieder den Maßkrug vor dem Gesicht, »ich kenne mich aus. Sie beobachten uns. In ihrem Zimmer. In fünf Minuten. Jetzt hauen Sie mir kräftig eine herunter.«

Heidi starrte ihn verblüfft an, und dann stieß sie einen spitzen Schrei aus, als er sie grob in den verlängerten Rükken kniff. Sie bog sich zurück, ihre rechte Hand schnellte hoch, und mit aller Kraft schlug sie ihm ins Gesicht. Der Knall schnitt wie ein Messer durch die Gespräche. Die Stimmen wurden leiser, Bierkrüge, gerade zum Trinken angesetzt, wurden wieder hingestellt, und aller Augen richteten sich auf den Punkt, wo die Unruhe entstanden war. Jetzt hatte Smith genau, was er wollte; die uneingeschränkte Aufmerksamkeit aller Soldaten. Niemand, der etwas zu verbergen hatte, würde es riskieren, derartig aufzufallen.

Heidi hatte sich endlich von ihm freigemacht und stand jetzt vor ihm. Vorsichtig rieb sie ihre immer noch schmerzende Kehrseite, nahm dann den Geldschein, den er schon vorher auf den Tisch gelegt hatte, und rauschte hocherhobenen Hauptes davon. Smith, dessen wutverzerrtes Gesicht sich auf einer Seite langsam rötete, stand auf, um den Tisch zu verlassen, blieb aber stehen, als sich ihm der Gebirgsjägerhauptmann in den Weg stellte. Ein schmucker, schlanker, junger Kerl, so wie sie in der Hitlerjugend herangebildet wurden, peinlich korrekt und übergenau. Im Augenblick aber hatte er offensichtlich schon ein wenig zuviel Bier getrunken. In den blutunterlaufenen Augen war ein Schimmer zu erkennen, der auf die nicht unübliche Kombination von Überheblichkeit und Rechthaberei schließen ließ.

»Ihr Verhalten ist dem eines Offiziers der deutschen Wehrmacht unwürdig«, sagte er laut.

Smith antwortete nicht sofort. Die Wut verschwand von seinem Gesicht und machte einer penetranten Ausdruckslosigkeit Platz. Er starrte, ohne mit der Wimper zu zucken, so lange in die Augen des Hauptmanns, bis dieser den Blick senkte. Als er zu sprechen begann, war seine Stimme so leise, daß sie nicht einmal am Nebentisch zu hören war.

»Für Sie immer noch *Herr* Major, verstanden, junger Mann?« Der Ton war so eisig wie die Augen, »Major Bernd Himmler. Vielleicht haben Sie schon von mir gehört?«

Er machte eine bedeutsame Pause, und der junge Hauptmann schien sichtlich unter seinem Blick zusammenzuschrumpfen. Schließlich war Heinrich Himmler als Reichsführer der SS auch gleichzeitig Chef der Gestapo und als solcher einer der gefürchtetsten Männer in ganz Deutschland. Smith konnte ein Verwandter von Himmler sein, vielleicht sogar sein Sohn.

»Sie melden sich morgen früh Punkt acht Uhr bei mir«, sagte Smith kurz. Er ließ ihn stehen, ohne auf eine Antwort zu warten. Plötzlich völlig ernüchtert, nickte der Hauptmann der Gebirgsjäger nur wortlos und sank erschöpft auf seinen Stuhl zurück. Als sich Smith dem Ausgang zuwandte, begannen die Gespräche langsam wieder in Gang zu kommen. Für Soldaten auf einem solchen Außenposten war das Betrinken schließlich die einzige Unterhaltung. Derartige Zwischenfälle wurden ebenso schnell vergessen, wie sie geschahen.

Auf seinem Weg zur Tür hielt Smith kurz bei Schaffer an und sagte: »Nun, ich würde sagen, das ist schiefgegangen.«

»Sie hätten sich vielleicht auch etwas anderes ausdenken können«, fand Schaffer und fuhr dann neugierig fort: »Was haben Sie denn zu ihm gesagt? Ich meine, zu dem jungen Gebirgsjägerhauptmann?«

»Ich gab ihm zu verstehen, daß ich Himmlers Sohn sei.«

»Vom Gestapo-Boß?« fragte Schaffer ungläubig, »Junge, Junge, da haben Sie aber etwas riskiert.«

»Ich durfte gar nichts riskieren«, sagte Smith kurz. »Ich gehe jetzt und schaue mal zum ›Eichenhof‹ hinüber. Vielleicht habe ich dort mehr Glück. Bin in zehn Minuten wieder zurück, vielleicht auch schon eher.«

Er ließ Schaffer stehen, der ihm unsicher nachsah, bedeutete Carraciola, der gerade auf ihn zukommen wollte, mit einer Handbewegung, zu bleiben, wo er war, und ging nach draußen. Nach ein paar Schritten hielt er an und versicherte sich kurz, daß niemand außer ihm auf der verschneiten Straße zu sehen war. Nirgendwo eine Menschenseele. Er drehte sich um und huschte einen schmalen Weg entlang, der parallel zur Seitenfront vom ›Wilden Hirsch‹ verlief. Dort hinten stand eine kleine Holzhütte. Smith sah sich noch einmal nach einem eventuellen Beobachter um und öffnete leise die Tür. ›Acht Uhr‹, sagte er in die Dunkelheit hinein, ›los, komm raus.‹

Kleider raschelten, und Mary tauchte aus dem Dunkel auf: Sie schüttelte sich vor Kälte, ihr Gesicht war bereits blau gefroren. Smith antwortete nicht auf ihren fragenden Blick, sondern nahm schweigend ihren Arm und führte sie schnell zum Hintereingang des Gasthauses. Hier betraten sie einen kleinen Gang, der nur schwach von einer Öllampe beleuchtet wurde, durchquerten ihn, kletterten eine Stiege hinauf, gingen wieder einen Gang entlang und hielten vor der zweiten Tür rechts. Schnell traten sie ein. Smith schloß die Tür hinter sich.

Es war ein kleines, einfach möbliertes Zimmer, aber nach den Chintzdecken und Toilettenartikeln auf der Frisierkommode zu schließen ganz offensichtlich der Raum eines weiblichen Wesens. Mary setzte sich auf das Bett und schlang die Arme um ihren Körper, um so wenigstens wieder etwas Wärme in sich zu verspüren. Dann sah sie Smith ohne jede Bewunderung an.

»Ich kann nur hoffen, daß dir dein kleines Spielchen Spaß macht«, sagte sie bitter. »Auf jeden Fall scheinst du dich ja hier recht gut auszukennen!«

»Reiner Instinkt«, erklärte Smith. Er beugte sich über die schwach brennende Petroleumlampe, die neben dem Bett stand, und drehte die Flamme etwas höher. Dann schaute er sich kurz im Zimmer um und fand einen ramponierten alten Lederkoffer in einer Ecke, den er auf das Bett legte und öffnete. Frauenkleider kamen zum Vorschein. Er stellte Mary auf die Füße und befahl: »Trödle nicht. Zieh dich aus. Ich meine damit alles, was du anhast. Auch das letzte bißchen. Und dann zieh dir das Zeug hier über. Du wirst alles finden, was du brauchst.«

Mary starrte ihn an.

»Diese Kleider? Warum in aller Welt muß ich . . .«

»*Frage* nicht! Los jetzt!«

»Also los«, seufzte sie ergeben, »würdest du vielleicht die Freundlichkeit haben, dich wenigstens umzudrehen?«

»Keine Sorge«, meinte Smith erschöpft, »ich habe meine Gedanken im Augenblick wirklich woanders.« Er trat ans Fenster und lugte verstohlen durch einen Spalt der Chintzvorhänge. Dann fuhr er Mary an: »Nun mach schon, beeil dich. Du kommst angeblich mit dem Bus von Steingaden, der in zwanzig Minuten eintrifft. Du wirst diesen Koffer tragen, in dem sich der Rest deiner Kleider befindet. Dein Name ist Maria Schenk, du bist aus Düsseldorf und die Kusine einer Kellnerin, die hier arbeitet. Du hast Tuberkulose gehabt, mußtest deshalb deine Arbeit in der Fabrik aufgeben und aus Gesundheitsgründen in die Berge. Deshalb hat dir deine Kusine diesen neuen Job auf Schloß Adlershorst verschafft. Du besitzt Papiere, eine Reisegenehmigung, Zeugnisse und Briefe in korrekt von der Post abgestempelten Umschlägen, die das alles beweisen. Sie befinden sich in der Handtasche im Koffer. Hast du das alles mitbekommen?«

»Ich . . . ich glaube schon«, stammelte sie unsicher, »aber, wenn du mir nur sagen würdest . . .«

»Um Himmels willen!« sagte Smith ungeduldig. »Denke an die Zeit, Mädchen, an die Zeit! Hast du jetzt begriffen oder nicht?«

»Maria Schenk, Tuberkulose, Düsseldorf, Fabrik, Kusine hier, Steingaden . . . ja, ich hab's.« Sie schlüpfte in ein geripptes, blaues Wollkleid, strich es glatt und stellte verwundert fest: »Das paßt mir ja vorzüglich! Man könnte annehmen, daß es eigens für mich gemacht worden ist!«

»Es *ist* auch für dich angefertigt worden.« Smith drehte sich um, um sie zu betrachten. »90-65-90 oder so ähnlich. Wir – hmhmhm – sind in deine Wohnung eingebrochen und haben uns ein Kleid von dir ausgeborgt, um es als Modell zu benutzen. Wir sind eben schon sehr gründlich.«

»Ihr seid in meine Wohnung eingebrochen?« wiederholte sie sehr langsam.

»Also hör doch mal, du willst doch schließlich nicht wie ein Flüchtling herumlaufen, der sich auf dem Flohmarkt eingekleidet hat«, beschwichtigte Smith. Er musterte sie bewundernd. »Das steht dir aber wirklich prächtig.«

»Ich würde so gerne auch mal was für dich tun«, sagte sie herzlich. In ihren Augen spiegelten sich Verblüffung und völliges Nichtbegreifen. »Aber . . . aber, es muß doch Wochen gedauert haben, um diese Kleider anfertigen zu lassen – und dann auch noch die Papiere!«

»Allerdings«, gab Smith zu. »Unsere Fälscherabteilung hat

sich mit deinen Papieren ganz besondere Mühe gegeben. Mußte sie auch, wenn wir dich in die Höhle des Löwen hineinschmuggeln wollen!«

»*Wochen*!« Mary begriff noch immer nicht. »Wochen! Aber die Maschine mit General Carnaby ist doch erst gestern früh abgeschossen worden.« Sie starrte ihn an, wobei in ihrem Gesicht Verwirrung, Anklage und nackte Wut wechselten. »Ihr *wußtet*, daß sie abgeschossen worden würde!«

»Zum erstenmal hast du richtig getippt, mein Schatz«, feixte Smith. Er gab ihr einen liebevollen Klaps. »Wir haben die ganze Sache organisiert.«

»Laß das«, schnappte sie und fuhr dann vorsichtig, aber immer noch wütend fort. »Die Maschine *ist* doch wirklich abgeschossen worden!«

»Aber sicher. Das Flugzeug machte eine Notlandung auf dem Flugplatz des Hauptquartiers der Bayerischen Gebirgsrettungsfliegerstaffel, nahe einem Ort namens Oberhausen, ungefähr zehn Kilometer von hier entfernt. Von dort werden wir übrigens auch zurückfliegen.«

»Zurückfliegen ...« Sie unterbrach sich, sah ihn lange staunend an und schüttelte dann verzweifelt den Kopf. »Aber ... aber, ich hörte doch, wie du im Flugzeug zu den Männern gesagt hast, daß sich im Falle eines Mißerfolges alle trennen würden und jeder für sich versuchen sollte, durchzukommen, um sich dann, wenn alles gutginge, wieder in Frauenfeld hinter der Schweizer Landesgrenze zu treffen.«

»Hast du das wirklich gehört?« Smith's Stimme verriet kaum Interesse. »Ich bin langsam schon ganz durcheinander. Egal, der Mosquitojäger ist in Oberhausen notgelandet, die Maschine war voller Maschinengewehreinschläge. Die Einschüsse waren zwar von britischen MGs, aber was soll's, Einschuß bleibt Einschuß.«

»Und ihr seid bereit, das Leben eines amerikanischen Generals zu opfern ... und alle die Pläne für die ›Zweite Front‹ ...«

»Deswegen habe ich es ja so eilig, dich ins Schloß Adlerhorst hineinzuschleusen.« Smith räusperte sich: »Nicht, bevor sie alle Geheimnisse aus ihm herausgequetscht haben, aber auf jeden Fall noch bevor sie herausfinden, daß er in Wirklichkeit gar kein amerikanischer General *ist* und nicht mehr über die ›Zweite Front‹ weiß als ich über die Rückseite des Mondes.«

»Was denn! Das ist ein Falscher?«

»Er heißt Jones«, nickte Smith. »Cartwright Jones. Ein amerikanischer Schauspieler. Als Schauspieler gehört er in die zweite Klasse, aber als Double für General Carnaby ist er absolut der größte.«

In ihrem Gesicht stand fassungsloser Schrecken.

»Ihr riskiert das Leben eines Unschuldigen . . .«

»Er wird dafür fabelhaft bezahlt«, unterbrach sie Smith, »fünfundzwanzigtausend Dollar für einen einmaligen Auftritt. Das ist der Höhepunkt seiner Karriere.«

In diesem Augenblick klopfte es leise zweimal. Eine gleitende Bewegung und Smith hatte eine Pistole in der Hand, eine automatische Mauser, entsichert und den Finger am Abzug. Noch eine gleitende Bewegung und er war an der Tür, die er mit einem Ruck aufriß. Smith steckte die Waffe wieder an ihren Platz. Heidi trat ein und verschloß die Tür hinter sich.

»Nun, liebes Kusinchen, jetzt seid ihr ja endlich vereint«, ließ sich Smith vernehmen, »Mary – vielmehr Maria – und Heidi. Ich bin schon weg.«

»Du gehst?« fragte Mary benommen, »aber . . . aber, was soll *ich* denn jetzt machen?«

»Das wird dir Heidi schon sagen.«

Mary betrachtete etwas unsicher das andere Mädchen. »Heidi?«

»Heidi. Unsere beste Geheimagentin in Bayern seit 1941.«

»Unsere beste . . .« Mary schüttelte langsam den Kopf, »ich kann es einfach nicht glauben!«

»Niemand könnte das.« Smith betrachtete Heidis einladende körperliche Vorzüge voller Bewunderung. »Junge, Junge, was für eine Verkleidung!«

Behutsam öffnete Smith die Hintertür des Gasthauses, trat schnell nach draußen und verharrte regungslos in der fast vollkommenen Dunkelheit, bis sich seine Augen an den Lichtwechsel gewöhnt hatten. Er stellte fest, daß es seit seinem ersten Betreten des ›Wilden Hirschen‹ noch stärker zu schneien begonnen und auch der Wind in der Zwischenzeit zugenommen hatte. Beißend schnitt er ihm ins Gesicht.

Nachdem er sich überzeugt hatte, daß niemand ihn beobachtete, wandte sich Smith nach links, machte zwei Schritte und verschluckte gerade noch einen Fluch, als er über ein unsichtbares Hindernis stolperte und der Länge nach in den Schnee fiel. Er überschlug sich dreimal, sicherheitshalber, falls irgend jemand in der Nähe mit einem Messer oder einem Revolver in der Hand herumstand und vielleicht die Absicht hatte, davon Gebrauch zu machen. Dann kam er mit katzenhafter Geschwindigkeit wieder auf die Beine und hielt auch schon die Mauser in der einen und die Stablampe in der anderen Hand. Er machte die Lampe an und drehte sich gleichzeitig um die eigene Achse. Er war allein.

Allein, bis auf die zusammengekrümmte Gestalt, über die er gestolpert war. Ein Gebirgsjägerfeldwebel, der mit dem Gesicht nach unten im Schnee lag; merkwürdig entspannt und so still, wie nur Tote daliegen.

Smith bückte sich und rollte den Körper zur Seite, wobei ein großer, roter Fleck im Schnee sichtbar wurde. Kurz richtete er seine Lampe auf die Uniformjacke und sah, daß eine klaffende Wunde die Vorderseite über und über mit Blut befleckt hatte. Jetzt wanderte der Lichtstrahl weiter zum Gesicht des Toten. Für diesen Gelehrten würde es nie mehr die Stille eines Studierzimmers in einer Universität geben, dachte Smith in einer plötzlichen Aufwallung, keinen Honig mehr in seinem Tee, und es ist alles meine Schuld, ich kann es noch jetzt in seinem Gesicht sehen. Die schon stumpfen Augen von Torrance-Smythe starrten ihn verständnislos und ein wenig vorwurfsvoll an.

Smith richtete sich auf, sein Gesicht war ruhig, ja fast entrückt. Mit seiner Taschenlampe suchte er die unmittelbare

Umgebung ab. Er sah keine Anzeichen eines Kampfes, aber es mußte ein Kampf stattgefunden haben, denn an der Uniformjacke fehlten einige Knöpfe, und der hohe Kragen war aufgerissen. Smith war nicht leicht gestorben. Noch immer die Taschenlampe in der Hand, ging Smith langsam zu der Einmündung des schmalen Weges und hielt an. Hier fand er ein wildes Durcheinander von Fußspuren, dunkle blutverschmierte Stellen im zertrampelten Schnee und schwarze Flecke an den blanken Holzteilen der Wände des Gasthauses, gegen die die Männer gestoßen sein mußten – er stand am Schauplatz des Kampfes. Smith machte die Taschenlampe aus und ließ sie und die Mauserpistole wieder in ihren Verstecken verschwinden, dann trat er auf die Hauptstraße hinaus. Auf der einen Seite befand sich der ›Wilde Hirsch‹, aus dem man bereits wieder lautes Singen hören konnte, auf der anderen eine hellerleuchtete Telefonzelle vor einem Postamt. In der Telefonzelle stand eine uniformierte Gestalt, die ein lebhaftes Gespräch zu führen schien. Ein Soldat, den Smith noch nie gesehen hatte. Die Straße selbst war menschenleer.

Schaffer lehnte bequem an der Theke – nach außen hin ein Bild vollkommener und sorgloser Zufriedenheit. Aber sein Gesicht strafte diesen Eindruck Lügen. Grimm und Schrekken standen darin, und er zerbröselte mit grausamer Genugtuung eine Zigarette zwischen seinen Fingern.

»Smithy!« Schaffers Stimme war ein leises, aber böses Flüstern. »Ausgerechnet er! Sind Sie ganz sicher, Boß?«

»Leider ja.« Smith's Gesichtsausdruck war noch immer seltsam ausdruckslos, beinahe so, als ob er keiner Gefühlsregung mehr fähig wäre. »Sie sagen, daß er, etwa drei Minuten, nachdem ich gegangen war, in großer Eile hinauslief. Er war also nicht hinter mir her. Wer ist sonst noch weggegangen?«

»Keine Ahnung.« Schaffer zerbrach die Zigarette in der Mitte und ließ sie zu Boden fallen. »Die Kneipe ist gerammelt voll, und außerdem gibt es noch einen anderen Eingang. Ich *kann* es einfach nicht glauben. Warum der alte Smithy? Warum gerade Torrance-Smythe. Er war bei weitem nicht der cleverste von uns allen.«

»Darum ist er ja jetzt auch tot«, sagte Smith finster. »Also, jetzt hören Sie mal genau zu. Es ist höchste Zeit, daß Sie erfahren, was hier gespielt wird.«

Schaffer sah ihn fest an: »Das kann man wohl sagen!«

Smith begann ganz leise und in fließendem Deutsch auf ihn einzureden, wobei er sorgfältig darauf achtete, daß sein Rücken den Gestapo-Offizieren am anderen Ende der Theke zugewandt blieb. Etwa eine oder zwei Minuten später sah er, wie Heidi durch die Schwingtür hinter der Theke in das Lokal zurückkehrte, und ignorierte sie, so wie sie ihn. Fast unmittelbar danach wurde das ohrenbetäubende Stimmengewirr leiser, um schließlich ganz zu verstummen. Auch er schwieg daraufhin und folgte den Blicken von Hunderten von Soldaten, die auf die Eingangstür gerichtet waren.

Es gab einen Grund für diese plötzliche Ruhe, sogar einen sehr guten Grund, dachte Smith, vor allem für Soldaten, die lange Zeit von allen weiblichen Wesen fast völlig abgeschlossen waren. Mary Ellison stand in einem Regenmantel, dessen Gürtel ihre Taille betonte, einem Schal um den Kopf und einem abgenutzten Koffer in der Hand, im Eingang. Die Stille war jetzt fast hörbar. Frauen stellen zu jedem Zeitpunkt in einem hochgelegenen Alpengasthof eine Seltenheit dar, Frauen ohne Begleitung sind sogar noch seltener dort anzutreffen, und eine schöne, junge Frau allein kann man sich dort gar nicht vorstellen. Einige Augenblicke stand Mary etwas unsicher herum, so, als ob sie sich nicht darüber im klaren war, ob sie willkommen sei, oder als ob sie nicht wußte, was sie tun sollte. Dann stellte sie ihren Koffer hin, und ihr Gesicht hellte sich auf, als sie Heidi erblickte. Sie begann vor Freude zu strahlen. Völlig unsachlich dachte Smith: Marlene Dietrich im ›Blauen Engel‹. Mit dem Gesicht und der Figur und einem solchen schauspielerischen Talent würden ihr in Hollywood ohne weiteres alle Türen offenstehen ... Durch das Schweigen liefen die beiden Mädchen aufeinander zu und fielen einander um den Hals.

»Maria, meine liebe Maria!« Als Smith die Rührung in Heidis Stimme wahrnahm, mußte er sich insgeheim verbessern: Hier gingen Hollywood *zwei* große Komödiantinnen verloren. »Bist du also endlich doch noch gekommen!«

»Nach all den Jahren.« Mary umarmte Heidi aufs neue und küßte sie. »Es ist so gut, dich endlich wiederzusehen, meine liebe Kusine! Ach, Heidi! Es ist wunderbar, einfach wunderbar! *Selbstverständlich* bin ich gekommen. Warum auch nicht?«

»Nun ja!« Heidi gab sich keine Mühe, ihre Stimme leiser klingen zu lassen, als sie sich vielsagend im Raum umsah. »Weißt du, das hier ist ein ziemlich ungehobelter Verein. Du solltest eigentlich immer eine Pistole bei dir tragen. Weißt du, wie die sich hier nennen, das ›Jägerbataillon‹. Die Bezeichnung paßt in jeder Beziehung auf sie!«

Die Soldaten wieherten vor Lachen, und bald erfüllte wieder der übliche Lärm den Raum. Arm in Arm gingen Heidi und Mary auf die kleine Gruppe von Zivilisten zu, die jetzt am hinteren Ende der Theke stand. Sie blieben vor einem Mann in der Mitte stehen, einem dunklen, sehnigen, intelligent aussehenden Mann, der eine außerordentliche Härte ausstrahlte, und Heidi stellte ihm Maria vor.

»Maria, das hier ist Hauptmann von Schlettersdorff. Er – hmhm –, er ist im Schloß Adlerhorst stationiert. Herr Hauptmann, meine Kusine, Maria Schenk.«

Von Schlettersdorff verbeugte sich leicht.

»Sie haben wirklich Glück mit Ihren Kusinen, Heidi. Wir haben Sie zwar erwartet, Fräulein Schenk«, er lächelte, »aber nicht jemanden, der so schön ist wie Sie.«

Mary lächelte ihn ebenfalls an, aber ihr Gesicht drückte Verwirrung aus: »Sie haben mich erwartet ...«

»Er hat dich erwartet«, bestätigte Heidi trocken, »es gehört zu den Aufgaben des Herrn Hauptmann, genau zu wissen, was hier los ist.«

»Nun machen Sie doch die Sache nicht so mysteriös, Heidi. Sie werden Fräulein Schenk noch erschrecken.« Er sah kurz auf seine Uhr. »Die nächste Seilbahn geht in genau zehn Minuten. Wenn Sie gestatten, möchte ich die junge Dame gerne selbst begleiten . . .«

»Zuerst einmal kommt die junge Dame zu mir nach oben auf mein Zimmer«, sagte Heidi bestimmt, »um sich etwas frisch zu machen und auf einen Kaffee mit Kognak. Sehen Sie denn nicht, daß die Arme halb erfroren ist?«

»Ich glaube tatsächlich, daß ich die Zähne klappern höre«, lächelte von Schlettersdorff, »zuerst dachte ich schon, es wären meine eigenen. Also gut, nehmen wir eben die Seilbahn nach dieser.«

»Und ich werde sie begleiten«, ließ sich Heidi vernehmen.

»Sie, alle beide?« Von Schlettersdorff schüttelte den Kopf und lächelte erneut. Von Schlettersdorff schien immer zu lächeln. »Das ist heute meine Glücksnacht.«

»Zeugnisse, Reisegenehmigung, Ausweispapiere und Briefe haben Sie«, zählte Heidi auf. Dann fischte sie aus ihrem Dekolleté einige Papiere heraus und übergab sie Mary, die ihr gegenüber auf dem Bett in ihrem Zimmer saß. »Der Plan des Schlosses und Instruktionen. Machen Sie jetzt schön Ihre Schularbeiten, und geben Sie mir dann die Papiere zurück. Ich nehme sie besser mit nach oben. Es kann immerhin sein, daß man Sie durchsucht . . . der Haufen da oben traut niemandem über den Weg. Und trinken Sie den Schnaps aus . . ., das erste, was von Schlettersdorff machen wird, ist, ihren Atem zu testen. Nur so, um zu kontrollieren. Er prüft einfach alles nach. Er ist der mißtrauischste von allen.«

»Er machte auf mich einen äußerst angenehmen Eindruck«, sagte Mary sanft.

»Er ist ein äußerst unangenehmer Gestapo-Offizier«, korrigierte Heidi trocken.

Als Heidi an die Theke zurückkehrte, saßen Carraciola, Thomas und Christiansen mit Smith und Schaffer zusammen. Alle fünf schienen völlig sorglos zu sein und sich beim Trinken gemütlich zu unterhalten, aber der leise und dringende Ton ihrer Stimmen war Beweis genug dafür, daß sie sehr wohl Sorgen hatten. Oder, besser gesagt, einige von ihnen.

»Also weiß keiner von Ihnen, wo der alte Smithy steckt?« fragte Smith ruhig. »Hat ihn niemand fortgehen sehen? Wo zum Teufel kann er denn nur hingegangen sein?«

Er bekam auf seine Fragen keine Antwort, aber das Achselzucken und die besorgten Stirnfalten waren Antwort genug. Christansen schlug vor: »Soll ich mal losgehen und nachsehen?«

»Besser nicht«, meinte Smith, »ich fürchte, es ist jetzt einfach zu spät, noch irgendwo herumzusuchen.«

In diesem Moment wurden beide Eingangstüren vom ›Wilden Hirsch‹ aufgerissen, und durch jede Tür kamen im Laufschritt je ein halbes Dutzend Soldaten. Alle hatten sie Maschinenpistolen schußbereit in den Händen. Sie verteilten sich an den Wänden des Lokals und warteten, die Waffen in Brusthöhe, die Finger am Abzug, die Augen sehr ruhig, sehr wachsam.

»Na denn«, murmelte Christiansen, »jedenfalls war es ein schöner Krieg.«

Die plötzliche und absolute Stille wurde eher unterstrichen als unterbrochen durch die kräftigen Schritte auf dem Holzfußboden, mit denen ein Oberst der Wehrmacht den Raum betrat und eiskalt um sich blickte. Der hünenhafte Besitzer des Lokals kam eiligst hinter seiner Theke hervor, wobei er über einige Stühle stolperte. Auf seinem Kürbisgesicht waren ganz klar und unmißverständlich Besorgnis und Furcht zu lesen.

»Der Herr Oberst Weissner!« Man brauchte kein besonders feines Gehör zu besitzen, um das Zittern in seiner Stimme zu erkennen, »was um Himmels willen . . .«

»Es hat nichts mit Ihnen zu tun, mein Herr.« Die Worte des Obersten klangen beruhigend, was man allerdings von dem Ton, in dem sie gesprochen wurden, nicht gerade behaupten konnte. »Sie beherbergen nur leider ein paar Staatsfeinde hier.«

»Staatsfeinde?« In Sekundenschnelle wechselte die Gesichtsfarbe des Wirtes von Purpurrot zu Aschgrau, das Zittern in seiner Stimme verstärkte sich. »Wie bitte? Ich? Ich, Josef Wartmann . . .«

»Lassen wir das.« Der Oberst brachte ihn durch eine Handbewegung zum Schweigen. »Wir suchen vier oder fünf Fahnenflüchtige des Alpenkorps, die aus dem Militärgefängnis in Stuttgart ausgebrochen sind. Bei ihrer Flucht haben sie zwei Offiziere und einen wachhabenden Feldwebel ermordet. Man weiß, daß sie in diese Gegend geflüchtet sind.«

Smith nickte und flüsterte Schaffer ins Ohr: »Sehr gut. Wirklich sehr gut gemacht.«

»Also dann«, fuhr Oberst Weissner hart fort: »Wenn sie sich hier befinden sollten, werden wir sie schnell erwischen. Die rangältesten Offiziere der Abteilungen dreizehn, vierzehn und fünfzehn bitte vortreten.« Er wartete, bis zwei Majore und ein Hauptmann vor ihm strammstanden. »Kennen Sie alle Ihre Offiziere und Mannschaften vom Ansehen her?«

Die drei Offiziere nickten.

»Gut, ich wünsche, daß Sie . . .«

»Gar nicht nötig, Herr Oberst.« Heidi war hinter der Theke hervorgekommen und stand jetzt vor Oberst Weissner, die Hände artig hinter dem Rücken gefaltet. »Ich kenne den Mann, den Sie suchen. Den Anführer.«

»Aha!« Oberst Weissner lächelte, »das ist doch die liebe . . .«

»Heidi, Herr Oberst. Ich habe Sie schon des öfteren oben auf Schloß Adlershorst bedienen dürfen.«

Oberst Weissner verbeugte sich galant. »Als ob man so etwas je vergessen könnte.«

»Der da ist es!« Ihr Gesicht drückte eine Mischung von ehrlicher Empörung und Pflichterfüllung aus, und sie deutete dramatisch mit ihrem Zeigefinger auf Smith. »Der dort ist es, Herr Oberst. Er . . . er hat mich gekniffen!«

»Meine liebe Heidi!« Oberst Weissner lächelte nachsichtig, »wenn wir jeden Mann verhaften würden, der jemals Ihnen gegenüber dieses Bedürfnis empfunden hat, dann . . .«

»Aber nicht nur das, Herr Oberst, sondern er hat mich auch noch gefragt, ob ich etwas wüßte oder gehört hätte über einen Mann namens General Kannabie . . . ja, ich glaube, so hieß er.«

»General Carnaby!« Oberst Weissner hörte unvermittelt auf zu lächeln. Er warf einen prüfenden Blick auf Smith und befahl dem Wachkommando, ihn festzunehmen, dann wandte er sich noch einmal an Heidi. »Und was haben Sie ihm gesagt?«

»Herr Oberst!« Heidi wurde ganz steif vor Empörung, »ich hoffe doch, als eine gute Deutsche zu gelten. *Und* ich bin sehr dankbar für meine Arbeit auf Schloß Adlershorst.« Sie drehte sich halb um und deutete durch den Raum: »Herr Hauptmann von Schlettersdorff wird sicher für mich bürgen.«

»Nicht nötig. Wir werden Ihnen das nicht vergessen, mein liebes Kind.« Er streichelte fast liebevoll ihre Wange, um sich dann Smith zuzuwenden, wobei seine vorher kühle Stimme unter den Gefrierpunkt sank: »Wer sind Ihre Komplizen, mein Herr? Raus mit der Sprache, und zwar sofort!«

»Sofort? Aber mein lieber Herr Oberst!« Der Blick, den er Heidi zuwarf, war so eisig wie die Stimme des Obersten. »Doch nicht sofort. Immer schön der Reihe nach. Erst einmal dreißig Silberlinge für sie, dann kommen wir dran.«

»Sie reden wie ein Narr«, sagte Oberst Weissner verächtlich, »Heidi ist eine echte Patriotin.«

»Davon bin ich überzeugt«, versetzte Smith bitter.

Zu Tode erschrocken starrte Mary durch das kleine Fenster von Heidis jetzt dunklem Zimmer, als Smith und die vier anderen durch die Vordertür des ›Wilden Hirschen‹ traten und unter schwerer Bewachung die Straße hinuntermarschierten, wo mehrere Stabswagen auf der anderen Straßenseite geparkt waren. Grob und gekonnt wurden sie in zwei Wagen gestoßen, deren Motoren sofort starteten, und in weniger als einer Minute waren beide Autos um eine Kurve verschwunden. Fast eine Minute lang stand Mary regungslos, die Augen weit aufgerissen, dann zog sie den Vorhang zu und drehte sich um.

Flüsternd fragte sie: »Wie konnte das passieren?«

Heidi zündete die Petroleumlampe an.

»Ich kann es mir nicht vorstellen.« Sie zuckte mit den Schultern, »irgend jemand muß Oberst Weissner einen Tip gegeben haben. Aber der direkte Verrat geht auf mein Konto.«

Mary starrte sie verständnislos an: »Sie ... Sie ...«

»Es wäre sowieso nur noch eine Frage von Minuten gewesen, und man hätte sie entdeckt. Sie waren alle fremd hier. Aber dadurch stehen wir jetzt besser da. Ich und Sie ... wir beide sind jetzt über jeden Verdacht erhaben.«

»Über jeden Verdacht erhaben?« Mary sah sie ungläubig an und fuhr dann wütend fort: »Aber, jetzt hat es doch gar keinen Zweck mehr, weiterzumachen!«

»Wirklich nicht?« fragte Heidi nachdenklich, »irgendwie tut mir Oberst Weissner mehr leid als unser Major Smith. Ist der liebe Major nicht ein Mann, der stets einen Ausweg weiß? Oder haben mich unsere Auftraggeber in Whitehall schamlos betrogen? Als sie mich benachrichtigten, daß er käme, sagten sie mir, ich brauche mir keine Sorgen zu machen, ich könnte ihm blind vertrauen. Ein Mann mit unbegrenzten Möglichkeiten – dies waren die genauen Worte, die Whitehall benutzte –, der auch noch mit den schwierigsten Situationen fertig wird und immer einen Ausweg findet. Ich gebe zu, daß die Leute eine eigenartige Art haben, Dinge zu formulieren. Aber ich muß sagen, daß ich ihm bereits vollkommen vertraue. Sie etwa nicht?«

Sie bekam keine Antwort. Mary blickte zu Boden, ihre Augen glänzten. Heidi berührte ihren Arm: »Lieben Sie ihn so sehr?«

Mary nickte schweigend.

»Und liebt er Sie?«

»Das weiß ich nicht. Ich weiß es wirklich nicht. Er ist eben schon zu lange in diesem Geschäft ... selbst wenn er es wüßte«, sagte sie bitter, »würde er es wahrscheinlich sogar vor sich selbst verheimlichen.«

Heidi sah sie eine ganze Weile an, schüttelte den Kopf und meinte: »Die hätten Sie niemals herschicken dürfen. Wie können Sie nur hoffen, daß ...«, sie unterbrach sich, schüttelte nochmals den Kopf und fuhr fort: »Jetzt ist es auf jeden Fall zu spät. Also los, kommen Sie. Wir dürfen Hauptmann von Schlettersdorff nicht warten lassen.«

»Aber ... aber, wenn er nicht kommt? Wenn es ihm nicht gelingt zu fliehen ... und *wie* soll er denn fliehen können?« Sie deutete verzweifelt auf die Papiere, die vor ihr auf dem Bett lagen: »Die werden doch als allererstes morgen früh diese gefälschten Zeugnisse in Düsseldorf überprüfen.«

Ohne jeden Pathos sagte Heidi: »Ich bin überzeugt, daß er *Sie* bestimmt nicht enttäuschen wird, Mary.«

»Nein«, stimmte Mary wehmütig zu, »das glaube ich allerdings auch nicht.«

Der große schwere Mercedes-Stabswagen fuhr die schneebedeckte Straße am Blausee entlang, die Scheibenwischer konnten die dicken Schneeflocken, die im Licht der starken Scheinwerfer wie ein dichter grauer Vorhang aussahen, kaum bewältigen. Es war ein sehr teurer und äußerst komfortabler Wagen, aber weder Schaffer, der vorn saß, noch Smith hinten im Fond waren in der Lage, physisch oder psychisch diesen Komfort zu würdigen. Vor ihren geistigen Augen schwebte die Aussicht auf ein Erschießungskommando und das Wissen, daß ihre Mission bereits beendet war, bevor sie überhaupt begonnen hatte. Was das körperliche Wohlbefinden betraf, so waren sie in die Mitte der Sitze eingezwängt, Schaffer saß zwischen dem Fahrer und einem Wachtposten, Smith zwischen Oberst Weissner und einem weiteren Posten. Sowohl Smith wie Schaffer verspürten außerdem leichte Schmerzen in den Rippen, denn die Träger der Maschinenpistolen drückten die Kolben recht unsanft in ihre Seiten und schienen sich dabei gar nichts zu denken, sondern diese Behandlungsweise für ganz normal zu halten.

Smith vermutete, daß sie sich jetzt etwa auf halbem Weg zwischen dem Dorf und dem Militärlager befanden. Noch etwa dreißig Sekunden und sie würden durch die Tore des Lagers fahren. Noch dreißig Sekunden. Auf keinen Fall mehr.

»Halten Sie an!« Smith's Stimme war kalt, autoritär und hatte einen gefährlichen Unterton. »Sofort, haben Sie mich verstanden? Ich muß nachdenken.«

Oberst Weissner schrak auf, wandte ihm das Gesicht zu und starrte ihn an. Smith ignorierte ihn völlig. Seine Züge verrieten äußerste Konzentration, die zusammengekniffenen Lippen zeigten eine nur mühsam unterdrückte Wut, er trug die Miene eines Mannes zur Schau, für den der Gedanke, daß einer seiner Befehle nicht sofort und ohne Widerrede befolgt wurde, einfach undenkbar war. Es war gewiß nicht der Gesichtsausdruck eines Mannes, der gerade festgenommen worden war und dem sicheren Tod entgegenging. Weissner zögerte, aber nur einen kurzen Moment. Dann gab er dem Fahrer einen Befehl, und der Wagen verlangsamte seine Geschwindigkeit.

»Sie Dummkopf! Sie verdammter Idiot!« Smith's Stimme vibrierte vor Wut und war dabei doch ruhig und bösartig, obgleich nur Weissner sie hören konnte. »Wahrscheinlich haben Sie jetzt alles ruiniert, und eins kann ich Ihnen nur sagen, Weissner, wenn Ihnen das geglückt ist, dann gnade Ihnen Gott! Und eins garantiere ich Ihnen, Ihren Posten sind Sie dann morgen los!«

Der Wagen fuhr an den Straßenrand und hielt an. Der ihnen vorausfahrende Wagen war bereits in der Dunkelheit verschwunden. Weissner sagte mit kaum verhaltener Erregung in der Stimme: »Wovon zum Teufel reden Sie denn eigentlich?«

»Sie wußten über diesen amerikanischen General Bescheid, diesen Carnaby?« Smith's Augen, jetzt zu schmalen

Schlitzen verengt, und die wütend gefletschten Zähne befanden sich unmittelbar vor Weissner. »Woher?« Er spuckte ihm das Wort förmlich ins Gesicht.

»Ich war gestern abend zum Essen auf Schloß Adlershorst eingeladen. Ich . . .«

Smith sah ihn völlig verdutzt an.

»Und Oberst Paul Kramer hat es Ihnen erzählt? Er hat tatsächlich mit Ihnen über ihn gesprochen?« Weissner nickte wortlos. »Der Chef des Stabes von Admiral Canaris! Und jetzt weiß es bereits alle Welt. Bei Gott, da werden einige Köpfe rollen.« Smith preßte die Handflächen gegen die Augen, dann ließ er die Hände in den Schoß fallen und schüttelte unsagbar müde den Kopf. »Das ist zuviel, sogar für mich.« Er holte seinen Wehrpaß hervor und gab ihn Weissner, der ihn im zitternden Strahl der Taschenlampe betrachtete. »Sofort ins Lager! Ich muß unbedingt sofort mit Berlin Verbindung aufnehmen. Mein Onkel wird wissen, was zu tun ist.«

»Ihr Onkel?« Weissner konnte nur mit Mühe den Blick von dem Wehrpaß lösen, den er in der Hand hielt, und seine Stimme zitterte ein wenig: »*Heinrich* Himmler?«

»Na, wer denn sonst?« schnarrte Smith, »der Weihnachtsmann?« Er senkte seine Stimme zu einem leisen Murmeln: »Ich nehme an, Herr Oberst Weissner, daß Sie bis jetzt noch nicht den Vorzug hatten, ihn kennenzulernen.« Er sah Weissner lange nachdenklich und ohne das geringste Mitleid an, dann drehte er sich um und gab dem Fahrer einen unsanften Stoß in den Rücken: »Los jetzt, zum Lager, Mann – und beeilen Sie sich gefälligst.«

Der Wagen setzte sich wieder in Bewegung. Was immer auch der Neffe des gefürchteten Heinrich Himmler, dem Chef der Gestapo, sagen mochte, war für den Fahrer ein Befehl.

Smith wandte sich jetzt an den Wachtposten, der neben ihm saß, und sagte: »Nehmen Sie gefälligst Ihre verdammte Knarre da weg!«

Wütend griff er nach der Maschinenpistole. Der Wachtposten, der ebenfalls bereits von Himmler gehört hatte, ließ sofort die Waffe los. Eine Sekunde später wand er sich vor Schmerzen, als ihm der Kolben der Schmeisser in den Magen gestoßen wurde, und eine weitere Sekunde später saß Oberst Weissner gegen das Fenster seines Mercedes gedrückt, während der Lauf der MP sich hinter sein rechtes Ohr bohrte.

Smith warnte: »Falls Ihre Leute auf komische Ideen kommen sollten, sind Sie ein toter Mann.«

»Okay«, ertönte es gelassen von Schaffers Platz. »Ich habe bereits ihre Waffen.«

»Anhalten«, befahl Smith.

Der Wagen hielt an. Durch die Windschutzscheibe konnte Smith die Lichter der Baracke erkennen, in der die Lagerwache untergebracht war, sie war nicht mehr als zweihundert Meter entfernt. Er gab Weissner mit dem Lauf der Maschinenpistole einen Stoß.

»Raus!«

Weissners Gesicht war voll verhaltener Wut, aber er war ein zu erfahrener Soldat, um nicht zu wissen, wann er aufgeben mußte. Er stieg aus.

»Drei Schritte vom Wagen weg«, schnauzte Smith, »mit dem Gesicht in den Schnee und die Hände hinter dem Kopf gefaltet. Schaffer, halten Sie mit der Pistole Ihren Wachtposten in Schach. Los, neben Ihren General.« Damit setzte Smith die Schmeisser an das Genick des Fahrers.

Zwanzig Sekunden später waren sie schon wieder unterwegs, Schaffer saß hinter dem Lenkrad. Die drei Männer ließen sie mit dem Gesicht im Schnee liegen, während sich der vierte, der Bewacher von Smith, noch immer vor Schmerzen wand.

»Eine stolze Leistung, junger Herr Himmler«, grinste Schaffer anerkennend.

»Soviel Glück werde ich nie mehr in meinem Leben haben«, antwortete Smith nüchtern. »Fahren Sie langsam ins Lager hinein. Wir wollen nicht, daß die Wache mißtrauisch wird.«

Mit einer Geschwindigkeit zwischen dreißig und fünfunddreißig Stundenkilometern passierten sie das Haupttor und danach noch ein zweites Tor, ohne dabei, soviel Smith feststellen konnte, irgendwelches Aufsehen zu erregen. Direkt hinter dem Mercedesstern war auf dem Kühler der persönliche Stander des Lagerkommandanten angebracht, und es war mit Sicherheit anzunehmen, daß niemand es wagen würde, das Kommen und Gehen des Herrn Oberst Weissner zu kontrollieren.

Nach dem zweiten Tor führte die Straße etwa einen Kilometer schnurgerade nach Norden, zur Linken eine steil abfallende Klippe, die im Wasser des Blausees endete, zur Rechten eine Reihe von Fichten. Hinter den Fichten erhoben sich steile Felsen, die sich im Schnee und in der Dunkelheit verloren.

Nach diesem einen Kilometer gerader Straße kam plötzlich eine scharfe Rechtskurve, und es ging am Ufer des Blausees entlang. Die gefährliche Biegung wäre, da sie durch einen weißen Zaun abgesichert war, normalerweise auch bei Nacht gut zu sehen gewesen, aber in diesem Schneetreiben konnte man nichts erkennen. Schaffer bremste vor der Kurve. Er runzelte nachdenklich die Stirn und trat noch einmal sehr energisch auf die Bremse, wobei er Smith ansah.

»Eine ganz ausgezeichnete Idee!« Jetzt war es an Smith, Anerkennung auszusprechen. »Mit der Zeit machen wir aus Ihnen noch einen ganz brauchbaren Agenten.«

Der Mercedes hielt. Smith sammelte die Maschinenpistolen und Revolver, die sie Weissner und seinen Leuten abgenommen hatten, ein und stieg aus. Schaffer kurbelte sein Fenster herunter, löste die Handbremse, legte einen Gang ein und sprang aus dem Wagen, als er anrollte. Die rechte Hand durch das offene Fenster am Lenkrad, ging Schaffer jetzt neben dem Wagen her, bis dieser immer schneller wurde und er nebenherrennen mußte. Zwanzig Meter vor dem Abgrund nahm er an dem Mercedes noch eine Steuerkorrektur vor und zog den Handgashebel voll heraus. Während der große Wagen davonschoß, hechtete er zur Seite.

Der weiße Lattenzaun bedeutete kein Hindernis. Mit einem Krachen, das durch den Lärm des lauten Motors fast völlig übertönt wurde, raste der Mercedes durch den Zaun, als ob dieser aus Pappe wäre, auf den Klippenrand zu und verschwand.

Smith und Schaffer rannten zu einem Stück des Zaunes, das stehengeblieben war, und kamen gerade noch rechtzeitig, um zu beobachten, wie der Wagen mit brennenden Scheinwerfern die Seeoberfläche berührte. Dann gab es einen eigenartigen dumpfen Laut, ein Mittelding zwischen einer Explosion und entferntem Gewehrfeuer. Ein hoher Wasserstrahl schoß phosphoreszierend bis fast in halbe Klippenhöhe. Nachdem er als Sprühregen niedergegangen war, konnten die Männer durch das Licht unter der Wasseroberfläche den Weg des sinkenden Wagens genau verfolgen: Die Scheinwerfer brannten noch immer. Smith und Schaffer sahen einander an, und dann nahm Smith nachdenklich sein Käppi ab und ließ es über die Klippe segeln. Der starke Wind trieb es wieder gegen den Felsen zurück, aber es landete, mit der Innenseite nach oben, schließlich genau dort auf dem noch gurgelnden und schwach beleuchteten Wasser, wo der Mercedes versunken war. Dann ging das Licht aus.

»Na, wenn schon?« Schaffer zog sich am Zaun hoch und zuckte mit den Schultern. »Es war schließlich nicht unser Wagen. Und jetzt zurück ins Dorf, oder?«

»Nicht, wenn Ihnen Ihr Leben lieb ist«, antwortete Smith mit Nachdruck, »ich meine das wörtlich. Kommen Sie. Hier entlang.«

Nachdem sie ihre gerade erbeuteten Waffen aufgesammelt hatten, rannten sie so schnell wie möglich um die Ecke und weiter in der Richtung, in der sie mit dem Wagen gefahren waren. Sie hatten ungefähr siebzig Meter zurückgelegt, als sie hinter sich den Motorenlärm von Autos vernahmen und sahen, wie verschiedene hin und her zuckende Scheinwerfer den zersplitterten Zaun ableuchteten. In Sekundenschnelle waren Smith und Schaffer von der Straße herunter und unter den Kiefern versteckt. Dann schlichen sie langsam wieder zurück, in Richtung auf einen Stabswagen und zwei gepanzerte Fahrzeuge, die jetzt nebeneinander bei dem zerbrochenen Zaun standen.

»Ja, das wäre es dann wohl, Herr Oberst.« Ein Gebirgsjägerfeldwebel spähte vorsichtig über den Rand der Klippe. »Die sind zu schnell gefahren und haben die Kurve oder den Zaun zu spät gesehen ... oder vielleicht haben sie überhaupt nichts gesehen. Der Blausee ist hier über einhundert Meter tief, Herr Oberst. Die sind erledigt.«

## *5. Kapitel*

Die Kabine der Drahtseilbahn hob sich langsam von der unteren Station und begann ihren langen Aufstieg zum Schloß Adlershorst. Ein gefährlicher Aufstieg, dachte Mary, gefährlich und eigentlich unmöglich. Als sie durch das vordere Fenster blickte, konnte sie gerade noch die Umrisse des ersten Mastes durch den dünnen Treibschnee erkennen. Der zweite und der dritte Mast waren nicht mehr zu sehen, aber die Lichtquelle, die irgendwo ganz oben ab und zu sichtbar wurde, zeigte klar genug, wohin der Weg führte. Bis jetzt sind Menschen auf diese Weise da hinaufgekommen, also werden wir es wohl aller Wahrscheinlichkeit nach auch schaffen, sagte sich Mary sarkastisch. Bei ihrem gegenwärtigen Gemütszustand war es ihr sowieso ziemlich egal, wie diese Reise enden würde.

Die außen feuerrot angestrichene Kabine hatte Platz für zwölf Personen und war innen gut beleuchtet. Es gab keine Sitzplätze, nur Haltegriffe an beiden Seiten, deren Notwendigkeit sich sehr bald erwies. Der Wind begann sich zu einem regelrechten Sturm auszuwachsen, und die Kabine schaukelte bereits wenige Sekunden nach dem Start von der schützenden Bodenstation beängstigend hin und her.

Abgesehen von zwei Soldaten und einem Zivilisten befanden sich von Schlettersdorff, Mary und Heidi, die jetzt einen schweren Wollmantel und eine Kosakenfellmütze trug, an Bord. Von Schlettersdorff, der sich mit einer Hand an einem Griff festhielt, hatte seinen freien Arm um Marys Schultern gelegt. Er drückte sie ermutigend und lächelte auf sie herunter.

»Haben Sie Angst?« fragte er.

»Nein.« Und sie hatte auch wirklich keine Angst, denn ihr Gefühl reichte nicht einmal mehr dafür aus. Aber selbst von einer verzweifelten Agentin wurde erwartet, daß sie sich ihrer Ausbildung entsprechend benahm. »Nein, ich habe keine Angst, ich sterbe nur beinahe vor Furcht. Ich bin jetzt schon seekrank. Kann . . . kann denn das Kabel nicht reißen?«

»Auf keinen Fall«, versicherte von Schlettersdorff überzeugt, »halten Sie sich nur gut bei mir fest, dann wird Ihnen schon nichts passieren.«

»Das gleiche hat er auch zu mir immer gesagt«, warf Heidi kalt dazwischen.

»Aber Fräulein Heidi«, erklärte von Schlettersdorff geduldig. »Ich bin zwar ohne Zweifel weit über den Durchschnitt begabt, aber selbst ich habe es bis jetzt noch nicht zu einem dritten Arm gebracht. Und Gäste haben nun einmal Vorrang.«

Eine brennende Zigarette in der hohlen Hand versteckt, lehnte Schaffer an einem Telegrafenmast und starrte angestrengt und nachdenklich in eine bestimmte Richtung. Es gab gute Gründe, sowohl für die versteckte Zigarette als auch für den nachdenklichen Gesichtsausdruck. Weniger als hundert Meter von der Stelle entfernt, wo er jetzt stand, nämlich am Rande des Fichtenwaldes neben der Uferstraße, hatte er Wachtposten entdeckt, die in unmittelbarer Nähe der Baracken im Licht der trüben Lampen patrouillierten. Hinter ihnen sah man undeutlich die Umrisse der Mannschaftsbaracken.

Schaffer wechselte das Standbein und blickte nach oben.

Es hatte fast zu schneien aufgehört, und der Mond drohte jeden Augenblick herauszukommen. Ohne Schwierigkeit konnte er Smith erkennen, der, die Beine um den untersten Querbalken geschlungen, an dem Mast klebte.

Er arbeitete fieberhaft mit einem Messer, einem extra für derartige Aufgaben entwickelten Messer, das unter anderen technischen Finessen auch über eine eingebaute Drahtschere verfügte. Vorsichtig und methodisch setzte er sie an. Durch acht aufeinanderfolgende Schnitte fielen nacheinander acht Kabel zu Boden. Smith klappte das Messer zusammen und steckte es ein, löste seine Beine von dem Querbalken, schlang die Arme um den Mast und glitt zu Boden. Er grinste Schaffer an.

»Jede Kleinigkeit hilft«, meinte er.

»Das wird sie wohl eine Weile aufhalten«, stimmte Schaffer zu. Und wieder einmal rafften sie ihre Waffen zusammen und machten sich in östlicher Richtung davon. Sie verschwanden in dem Fichtenwald, der bis an die hintere Grenze des Lagers heranreichte.

Beinahe wurden Smith und Schaffer von dem plötzlich auftauchenden Mond überrascht. Sie hatten gerade die Eisenbahnschienen überquert und schlichen auf die Gepäckaufbewahrung des Bahnhofs zu. Aber glücklicherweise befanden sie sich noch im Schatten des überhängenden Daches vom Bahnhofsgebäude. Sie drückten sich in die schützende Dunkelheit zurück und spähten die Gleise entlang in Richtung auf die hydraulischen Puffer am Ende der Strecke. Ganz klar und so scharf wie bei Tageslicht zeichnete sich eine leuchtendrote Kabine der Drahtseilbahn, die sich der Talstation näherte, gegen den weißen Schnee ab, während eine andere die letzten paar Meter ihres Weges nach oben zurücklegte, und darüber glänzte die Festung im weichen Licht des Mondes.

»Das ist günstig«, meinte Schaffer bitter, »das ist wirklich ganz besonders günstig.«

»Es sind immer noch genug Wolken am Himmel«, beruhigte ihn Smith. Er beugte sich zum Schloß der Gepäckaufbewahrung hinunter und öffnete es mit Hilfe eines Dietrichs. Schaffer folgte ihm nach drinnen und zog die Tür hinter sich zu.

Smith entdeckte ihre Rucksäcke, schnitt ein Stück von dem Nylonseil ab und band es sich um die Hüften, danach stopfte er einige Handgranaten und plastischen Sprengstoff in eine Segeltuchtasche. Als Schaffer sich räusperte, hob er den Kopf.

»Boß?« Er warf einen besorgten Blick aus dem Fenster.

»Hm?«

»Boß, sind Sie sich darüber im klaren, daß Oberst Weissner wahrscheinlich mittlerweile alles über dieses Versteck weiß? Ich meine, könnte es nicht sein, daß wir hier sehr bald Gesellschaft bekommen?«

»Möglich«, gab Smith zu. »Ich wäre sogar sehr überrascht, wenn wir keine bekämen. Aus diesem Grund habe ich ja auch die Handgranaten und den Sprengstoff nur aus Ihrem und meinem Rucksack herausgenommen und nur ein winziges Stück von dem Nylonseil abgeschnitten. Es ist immerhin eine sehr große Spule – und niemand weiß, was sich in unseren Rucksäcken befindet. Infolgedessen wird kaum etwas vermißt werden.«

»Ja, aber das Funkgerät . . .«

»Falls wir versuchen wollen, von hier zu senden, müssen wir damit rechnen, mittendrin erwischt zu werden. Wenn wir den Sender mitnehmen und sie merken, daß er weg ist, wissen sie, daß der Wagen im Blausee leer ist. Ist es das, was Sie sagen wollten?«

»Mehr oder weniger.«

»Also, dann schließen wir eben einen Kompromiß. Wir nehmen ihn mit, aber, nachdem wir von einem sicheren Platz aus gesendet haben, bringen wir ihn zurück.«

»Was meinen Sie mit sicherem Platz?« fragte Schaffer anklagend. Sein dunkles männliches Gesicht sah unglücklich aus. »In ganz Bayern gibt es keinen ›sicheren Platz‹!«

»Oh, da bin ich anderer Meinung. Ich kenne einen, und der ist nicht mehr als zwanzig Meter von hier entfernt. Dort werden sie uns im Traum nicht vermuten.« Er warf Schaffer seinen Bund mit den Dietrichen zu. »Waren Sie schon jemals auf einer bayerischen Damentoilette?«

Schaffer fing die Schlüssel auf, starrte Smith schweigend an, schüttelte den Kopf und ging. Schnell bewegte er sich, seine Taschenlampe nur ab und zu benutzend, an den Geleisen entlang. Endlich fand sein Lichtstrahl eine Tür, auf der die Inschrift DAMEN prangte.

Schaffer besah sich die Tür, verzog die Lippen, zuckte mit den Schultern und begann, das Schloß zu bearbeiten.

Ganz langsam und mit scheinbar letzter Kraft quälte sich die Kabine der Drahtseilbahn die letzten Meter hinauf und schwenkte unter das Dach der oberen Station auf Schloß Adlershorst ein. Ächzend kam sie zum Halten, die Vordertür wurde geöffnet, und die Fahrgäste stiegen aus. Von der Station aus – sie lag im unteren Teil des Nordwestflügels der Festung – gingen sie durch einen steil ansteigenden, acht Meter langen Tunnel, der an beiden Enden schwere eiserne Tore hatte, an denen Posten aufgestellt waren. Nachdem sie das obere passiert hatten, kamen sie in den Schloßhof. Hier sicherten schwere Eisenstangen und schwerbewaffnete Posten, bei denen sich Dobermänner befanden, den Eingang. Der Innenhof selbst wurde durch das Licht, das durch vielleicht ein Dutzend vorhangloser Fenster fiel, hell erleuchtet. In der Mitte des Hofes stand der Hubschrauber, der heute früh den Generalfeldmarschall Rosemeyer hergebracht hatte. Unter einer schweren Zeltplane – die eigentlich nicht nötig gewesen wäre, da es momentan nicht schneite – war eine Gestalt in einem Overall zu erkennen, wahrscheinlich der Pilot des Hubschraubers, der sich im Schein einer Arbeitslampe an der Maschine zu schaffen machte.

Mary wandte sich an von Schlettersdorff, dessen Arm noch immer um ihre Schultern lag, und lächelte schüchtern.

»So viele Soldaten. So viele Männer – und sicher nur ganz wenige Frauen. Was soll ich denn machen, wenn ich vor den zügellosen Kerlen fliehen will?«

»Ganz einfach.« Von Schlettersdorff, das mußte Mary widerwillig zugeben, hatte wirklich eine ganz besonders charmante Art zu lächeln. »Dann springen Sie einfach aus Ihrem Schlafzimmerfenster. Hundert Meter abwärts, und schon haben Sie es geschafft. Dann sind Sie frei!«

Die Damentoilette auf dem Bahnhof war ein höchst uninteressanter Ort, kärglich möbliert, mit einer Holzbank, einigen Stühlen und einem roh zusammengezimmerten Tisch auf einem ausgetretenen Holzfußboden. Selbst die Spartaner hätten angesichts solcher Armseligkeit die Nasen gerümpft. Diese innenarchitektonische Grausamkeit fand ihresgleichen höchstens noch in England. In einem schwarzen Emailleofen hauchte ein Feuer sein Leben aus.

Smith saß am Tisch, das Funkgerät vor sich, und zog im Schein seiner Stablampe immer wieder das Codebuch zu Rate. Dabei kritzelte er eilig auf ein Stück Papier. Dann überprüfte er nochmals, was er geschrieben hatte, richtete sich auf und übergab das Buch an Schaffer.

»Verbrennen Sie es. Seite für Seite.«

»Seite für Seite? Alles?« Überraschung zeichnete sich in seinem dunklen Gesicht ab. »Brauchen Sie es denn nicht mehr?«

Smith schüttelte den Kopf und begann die Kurbel des Senders zu drehen.

Den Planungsraum von Whitehall erwärmte ein weit besseres Feuer. Lange Fichtenscheite knackten im Kamin, und die Flammen loderten. Die beiden Männer, die sich am Kamin gegenüber saßen, waren auch längst nicht so angespannt wie die zwei, die derzeit vor einem sterbenden Feuer in den bayerischen Alpen saßen. Admiral Rolland und Colonel Wyatt-Turner dösten mit geschlossenen Augen vor sich hin. Aber im selben Augenblick, als das von ihnen lange erwartete Rufzeichen durch einen Lautsprecher ertönte, der sich an dem großen Sendegerät im Raum befand, waren beide in Bruchteilen von Sekunden ganz wach und saßen kerzengerade da. Der zivile Bedienstete am Gerät sah zu ihnen herüber, sie blickten einander an und stemmten sich aus ihren tiefen Lehnstühlen hoch.

»Broadsword ruft Danny Boy.« Die Stimme aus dem Lautsprecher war leise, aber klar verständlich. »Broadsword ruft Danny Boy. Können Sie mich hören? Ende.«

Der zivile Funker sagte in sein Mikrophon: »Wir hören Sie. Ende.«

»Code. Fertig? Ende.«

»Fertig. Ende.«

Rolland und Wyatt-Turner spähten jetzt beide über die Schulter des Funkers. Ihre Augen fixierten seinen Kugelschreiber, der sofort begann, die verworrenen und sinnlosen Buchstaben der Code-Nachricht augenblicklich zu entschlüsseln. Sie lautete: TORRANCE-SMYTHE ERMORDET – THOMAS, CHRISTIANSEN UND CARRACIOLA GEFANGENGENOMMEN!

Wie auf Kommando hoben Rolland und Wyatt-Turner den Kopf und sahen einander an. Ihre Gesichter drückten grimmigen Schrecken aus. Wieder wandten sie sich dem rasenden Kugelschreiber zu. Die Nachricht ging weiter:

FEIND GLAUBT SCHAFFER UND MICH TOT – EINDRINGEN INNERHALB NÄCHSTER STUNDE – TRANSPORT BITTE IN NEUNUNDNEUNZIG MINUTEN – ENDE.

Admiral Rolland ergriff das Mikrophon, das der Funker bis dahin festgehalten hatte:

»Broadsword! Broadsword! Wissen Sie, wer hier spricht, Broadsword?«

»Ich weiß, wer dort spricht, Sir. Ende.«

»Sie . . . müssen . . . scherzen . . . Sir . . .« Die Worte kamen langsam, jedes für sich. »Ende.«

»Sie haben mich gehört.« Rollands Stimme war beinahe genauso langsam und klar. »Sie haben mich *verstanden.* Das war ein Befehl, Broadsword.«

»Mary ist bereits im Schloß. Ende und aus.«

Das Gerät war tot.

»Er hat abgeschaltet, Sir«, sagte der Funker leise.

»Er hat abgeschaltet«, wiederholte Admiral Rolland mechanisch, »mein Gott, er hat abgeschaltet.«

Oberst Wyatt-Turner wandte sich ab und ließ sich schwer in seinen Sessel beim Kamin fallen. Der große und kräftige Mann schien auf einmal zusammengeschrumpft zu sein. Er blickte finster hoch, als sich Admiral Rolland ihm gegenübersetzte.

»Es ist alles nur meine Schuld«, die Stimme des Colonel war kaum wahrnehmbar, »alles meine Schuld.«

»Wir haben getan, was wir mußten. Es ist alles *unsere* Schuld, Colonel. Es war meine Idee.« Er starrte ins Feuer. »Und jetzt auch noch das – zu allem anderen.«

»Das ist unser schlimmster Tag«, gab Wyatt-Turner schwermütig zu, »unser allerschlimmster Tag. Vielleicht bin ich zu alt.«

»Vielleicht sind wir alle zu alt.« Mit seinem rechten Zeigefinger begann Rolland an den Fingern der linken Hand aufzuzählen: »Erstens, Portsmouth: Im Hauptquartier des Oberkommandierenden wird die geheime Alarmvorrichtung ausgelöst. Nichts verschwindet oder wird vermißt.«

»Nichts wird gestohlen«, stimmte ihm Wyatt-Turner bedrückt zu, »aber die Sicherheitsemulsionsplatten zeigen, daß Fotokopien angefertigt worden sind.«

»Zweitens, Southampton: Dort fehlen plötzlich die Duplikate für den Einsatz der Landungsschiffe. Drittens, Plymouth: Die im Marinehauptquartier installierte Datenverarbeitungsmaschine ist gestört. Wir haben keine Ahnung, was das alles bedeuten soll.«

»Wir können es vermuten.«

»Wir können es vermuten. Viertens, Dover: Ein Teil der Hafenkarten von Mulberry wird vermißt. Ein Versehen? Unvorsichtigkeit? Wir werden es nie herausbekommen. Fünftens: Im Hauptquartier von General Bradley verschwindet ein Wachsergeant. Das kann alles mögliche bedeuten. Dort finden schließlich alle Truppenbewegungen für die Invasion statt.«

»Und zu guter Letzt: Sieben Geheimberichte heute aus

Frankreich, Belgien und den Niederlanden. Vier davon offensichtlich falsch, bei den drei anderen haben wir keine Möglichkeit zur Überprüfung.«

Einen endlosen Augenblick lang herrschte niedergeschlagene Stille, die endlich von Wyatt-Turner gebrochen wurde.

»Wenn es jemals einen Zweifel gegeben hat, dann gibt es jetzt jedenfalls keinen mehr.« Er sprach in die Flammen, ohne sie jedoch wirklich wahrzunehmen. »Die Deutschen haben sich überall bei uns eingeschmuggelt – und von uns ist fast niemand auf dem Kontinent. Und jetzt auch das noch – ich meine, Smith und seine Leute.«

»Smith und seine Leute«, kam das Echo von Rolland, »Smith und seine Leute, die können wir restlos abschreiben.«

Admiral Rolland drückte auf einen Knopf und befahl: »Bringen Sie mir meinen Wagen!« Er stand auf. »Kommen Sie mit, Colonel? Ich meine zum Flugplatz?«

»Und noch ein ganzes Stück weiter. Ihre Erlaubnis vorausgesetzt, Sir.«

»Wir haben uns schon darüber unterhalten«, meinte Admiral Rolland achselzuckend, »ich kann absolut verstehen, wie Ihnen zumute ist. Bringen Sie sich um, wenn Sie unbedingt müssen.«

»Ich habe durchaus nicht die Absicht«, widersprach Wyatt-Turner und ging auf einen Schrank zu, dem er eine Maschinenpistole entnahm, dann wandte er sich zu Rolland und lächelte: »Wir könnten ja vielleicht auf Widerstand stoßen, Sir.«

»Das könnten wir allerdings.« Auf dem Gesicht des Admirals lag kein Antwortlächeln.

»Also, Sie haben gehört, was der Mann gesagt hat.« Smith stellte das Funkgerät ab, schob die Antenne zusammen und blickte dabei zu Schaffer hinüber. »Wir können uns jetzt zurückziehen.«

»Zurückziehen? Jetzt noch?« Schaffer bebte vor Zorn. »Sind Sie sich denn nicht darüber im klaren, daß die da oben, wenn wir das tun, den Schwindel mit Mary in spätestens zwölf Stunden aufgedeckt haben?« Er machte eine bedeutsame Pause, um sicher zu sein, daß Smith ihm auch wirklich zuhörte. »Und wenn die das erst mal heraushaben, dann dauert es keine zehn Minuten mehr, bis sie auf Heidi kommen.«

Sie brachten das Funkgerät zurück, verschlossen den Gepäckaufbewahrungsraum und waren gerade auf dem Weg zum Bahnhofsausgang, als der Motorenlärm eines Lastwagens und Sirenengeheul sie alarmiert stoppen ließ. Sie drückten sich gegen eine Mauer, als die Scheinwerfer des Lastwagens den Bahnhofseingang anstrahlten. Das erste der schweren Fahrzeuge kam ungefähr zehn Meter von ihnen entfernt schlitternd zum Halten.

Schaffer sah Smith an: »Ich glaube, wir verduften lieber, was?«

»Kluges Kind! Los, hinter die Schalterhalle.«

Die Männer rannten die Gleise entlang und tauchten im tiefen Schatten hinter der Schalterhalle unter. Ein Feldwebel – der gleiche, der auch die Durchsuchung des Fichtenwaldes am Blausee organisiert hatte – stürmte, von vier Soldaten gefolgt, durch den Bahnhofseingang in Richtung Gepäckaufbewahrung. Er hieb mit der Hand auf die Türklinke, und als sie nicht nachgab, drehte er seine Maschinenpistole um und hämmerte mit dem Kolben auf sie ein, aber ohne Erfolg. Kurzerhand drehte er die Maschinenpistole wieder herum und schoß das Türschloß in Stücke. Mit einer Stablampe bewaffnet, verschwand er im Inneren des Raumes. Nach kurzer Zeit erschien er wieder.

»Sagen Sie dem Herrn Hauptmann, daß sie nicht gelogen haben. Das Zeug von den Engländern ist hier!« Einer der Soldaten rannte los, um Meldung zu machen, und der Feldwebel sagte zu den drei anderen Soldaten: »Vorwärts, schafft das Zeug hier raus, und verladet es.«

»Da gehen sie hin, meine letzten Baumwollsocken«, murmelte Schaffer traurig, als ihre Rucksäcke abtransportiert wurden, »ganz zu schweigen von meiner Zahnbürste und . . .«

Er unterbrach sich, als Smith ihn am Arm packte. Der Feldwebel hatte den Mann angehalten, der gerade das Sprechfunkgerät aus dem Gepäckaufbewahrungsraum hinaustragen wollte, und es ihm abgenommen. Er legte seine Hand auf den Sender, und plötzlich zuckte er zusammen. Er stand genau unter einer der Lampen auf dem Bahnsteig, und man konnte klar erkennen, wie sein Gesichtsausdruck von Verwirrung zu Ungläubigkeit wechselte und schließlich starr vor Entsetzen wurde.

»Herr Hauptmann!« schrie der Feldwebel, »Herr Hauptmann!«

Ein Offizier kam durch den Eingang des Bahnhofs angelaufen.

»Das Funkgerät, Herr Hauptmann! Es ist warm, beinahe heiß! Es muß noch innerhalb der letzten fünf Minuten benutzt worden sein.«

»Innerhalb der letzten fünf Minuten? Unmöglich!« Er schaute den Feldwebel nachdenklich an, »es sei denn . . .«

»Jawohl, Herr Hauptmann, es sei denn . . .«

»Sofort den Bahnhof umstellen«, befahl der Offizier, »jeden einzelnen Raum durchsuchen.«

»Mein Gott«, stöhnte Schaffer, »warum können sie uns denn nicht endlich in Ruhe lassen?«

»Schnell«, sagte Smith leise. Er zog Schaffer am Ärmel durch die Dunkelheit zur Damentoilette hinüber. Vorsichtig, damit sein Schlüsselbund ihn nicht durch Klappern verraten konnte, öffnete Smith innerhalb von Sekunden die Tür. Sie traten blitzschnell ein und schlossen sofort hinter sich wieder zu.

»Das wird sich wirklich nicht sehr gut in meinem Nachruf machen«, ließ sich Schaffer bedauernd vernehmen, aber hinter den so leicht dahingesprochenen Worten spürte man doch die enorme Anspannung, unter der er stand.

»Wie meinen Sie das?«

»Gab sein Leben für sein Vaterland auf einer Damentoilette in Oberbayern . . .« Er schüttelte sich. »Was sagt unser Freund da draußen?«

»Wenn Sie endlich die Klappe halten, können wir es vielleicht verstehen.«

»Und wenn ich gesagt habe, jeden Raum und alles, dann meine ich auch wirklich den letzten Winkel!« Der Hauptmann brüllte seine Befehle in bester Kasernenhofmanier. »Wenn eine Tür verschlossen sein sollte, brecht sie auf. Und wenn sie sich nicht aufbrechen läßt, dann schießt das Schloß kaputt. Und wenn ihr nicht die Absicht habt, innerhalb der nächsten fünf Minuten zu sterben, dann vergeßt bei eurer Durchsuchung nicht, daß diese Burschen brutal und außerordentlich gefährlich sind und außer den gestohlenen Schmeissers sicher auch noch eigene Waffen haben. Versucht nicht etwa, sie gefangenzunehmen. Sobald einer in Sicht kommt, wird geschossen, und zwar scharf! Verstanden?«

»Haben Sie das gehört?« fragte Smith.

»Ich fürchte, ja.« Es klickte unerträglich laut, als Schaffer seine Maschinenpistole entsicherte.

Lauschend standen die beiden regungslos in der Dunkelheit. Stimmen schwirrten durcheinander, Gewehrkolben donnerten auf Holz, Türen barsten splitternd, ab und zu bellte eine Maschinenpistole, wo ein Schloß allen anderen Mitteln widerstanden hatte. Die Geräusche des Durchsuchungskommandos kamen immer näher.

»Langsam wird's brenzlig«, murmelte Schaffer.

Das war offensichtlich eine optimistische Untertreibung, denn er hatte den Satz gerade beendet, als draußen eine unsichtbare Hand wild an der Klinke zu rütteln begann. Smith und Schaffer postierten sich in schweigendem Einverständnis links und rechts neben dem Eingang.

Das Rütteln an der Tür hörte auf. Unmittelbar darauf erzitterte sie unter einem schweren Schlag, der sie fast aus den Angeln hob. Der nächste Angriff ließ das Holz rund um das Schloß splittern. Noch zwei weitere solcher Hiebe, dachte Smith, dann ist die Tür offen. Noch zwei weitere Schläge.

Aber es erfolgten keine weiteren Schläge mehr ...

»Gott im Himmel, Hans!« Verwunderung und Empörung

lagen in der Stimme. »Sag mal, was denkst du dir eigentlich? Kannst du denn nicht *lesen*?«

»Ob ich was . . .?« Die zweite Stimme brach unvermittelt ab, und als sie schließlich fortfuhr, klang sie zugleich trotzig und kleinlaut: »*Damen*! Mein Gott! *Damen*!« Eine kurze Pause. »Hans, wenn du so viele Jahre an der Ostfront gewesen wärest wie ich . . .« Die Stimme wurde undeutlich, als die Soldaten weitergingen.

»Gott segne unsere gemeinsame angelsächsische Abstammung«, murmelte Schaffer inbrünstig.

»Wovon sprechen Sie eigentlich?« wollte Smith wissen. Er hatte gerade den Griff vom Abzug seiner Maschinenpistole gelockert und bemerkte, daß seine Handflächen schweißnaß waren.

»Vom Sinn für Schicklichkeit am falschen Platz«, erklärte Schaffer.

»Da bin ich aber ganz anderer Meinung als Sie, mein Lieber. Meiner Ansicht nach handelte es sich eher um einen hochentwickelten Selbsterhaltungstrieb«, widersprach Smith. »Hätten *Sie* vielleicht Lust, nach ein paar Killern wie uns zu suchen, immer mit der wenig verlockenden Aussicht vor Augen, von einer MP-Salve durchsiebt zu werden, noch bevor man den Feind richtig gesehen hat? Versetzen Sie sich doch einmal in die Lage der Gegner, was glauben Sie, wie es denen zumute ist? Wie wäre es denn Ihnen zumute?«

»Ziemlich mulmig, wahrscheinlich«, gab Schaffer lässig zu.

»Genau! Infolgedessen ergreifen sie jede einigermaßen vertretbare Gelegenheit, ihre Nachforschungen zu beschränken.«

»Also, was machen wir jetzt, Boß«, Mutlosigkeit hatte Schaffer gepackt, »mir ist gar nicht mehr zum Scherzen zumute.«

»Wir inszenieren ein Ablenkungsmanöver. Hier sind die Nachschlüssel – der da paßt. Stecken Sie ihn ins Türschloß, bereit aufzuschließen. Wir werden uns mächtig beeilen müssen ... Männer von diesem Kaliber lassen sich nicht lange an der Nase herumführen.«

Er griff in seinen Brotbeutel und holte eine Handgranate heraus. Damit ging er zum Waschraum und tastete sich in völliger Dunkelheit zu der Stelle, wo er das Fenster vermutete. Endlich fand er es durch einen winzigen Lichtschimmer. Er drückte seine Nase gegen die Scheibe, konnte aber, da es sich, wie bei Toiletten üblich, um undurchsichtiges Glas handelte, nichts erkennen. Leise fluchend suchte er den Riegel und öffnete ganz vorsichtig das Fenster. Mit allergrößter Behutsamkeit schob er langsam, Zentimeter um Zentimeter, seinen Kopf aus dem Fenster.

Niemand schoß ihm den Kopf ab. Es befanden sich zwar bewaffnete und einsatzbereite Soldaten in der Nähe, aber sie schauten nicht in seine Richtung: Es waren fünf, sie standen in einem Halbkreis etwa fünfzehn Meter vom Bahnhofseingang entfernt, und die Läufe ihrer Maschinenpistolen zeigten auf eben diesen Eingang. Sie warten darauf, daß die Kaninchen den Bau verlassen, dachte Smith.

Was ihn aber viel mehr interessierte, war der leere Lastwagen, der nur ein paar Meter von seinem Fenster entfernt parkte: Den eingeschalteten Scheinwerfern verdankte er es, daß er das Fenster gefunden hatte. In der Hoffnung, daß es sich um eines der üblichen Militärfahrzeuge handelte, entsicherte Smith seine Handgranate, zählte bis drei, warf sie unter die Hinterräder des Wagens und ging hinter der Wand des Waschraumes in Deckung.

Die Explosionen der Handgranate und des Benzintanks erfolgten so kurz hintereinander, daß sie wie eine einzige klangen. Es regnete Glassplitter, als das Fenster zerbarst, und Smiths Trommelfelle drohten bei der doppelten Belastung durch den Krach der Detonation und die Druckwelle, die sie ausgelöst hatte, zu platzen. Er verlor keine Zeit damit, das Ausmaß des Schadens, den er angerichtet hatte, festzustellen, weniger, weil er so schnell wie möglich von hier verschwinden mußte, sondern in erster Linie, weil allein schon das Hinausstrecken des Kopfes dazu geführt hätte, ihn auf zwar sehr dekorative, aber höchst unangenehme Weise als lebende Fackel ins Jenseits zu befördern: Die Überreste des Lastwagens standen in Flammen, und der Wind trieb die sprühenden Funken bereits durch das zerbrochene Fenster in den Waschraum. Auf allen vieren kroch er, so schnell er konnte. Schaffer hatte die Tür bereits aufgesperrt und einen Spalt geöffnet, als Smith auftauchte. Er wandte sich nach ihm um.

»In die Berge, Boß?« fragte er.

»In die Berge.«

Wie nicht anders zu erwarten, waren Schalterhalle und Gleise im Augenblick menschenleer: Wenn einer nicht zum Explosionsort gerannt wäre, hätte das ja bedeutet, daß er den Zwischenfall mit einem Fluchtversuch oder Widerstand der gejagten Männer in Verbindung gebracht hätte. Wie auch immer, Smith war mit dem Resultat seines Ablenkungsmanövers restlos zufrieden.

Er hastete, dicht gefolgt von Schaffer, die Gleise entlang und rannte weiter, bis sie sich im Schutz der Häuser befanden, die im östlichen Teil des Dorfes am Abhang verstreut lagen. Erst dann hielten sie keuchend an und blickten zurück.

Der Bahnhof brannte, zwar noch nicht lichterloh, aber immerhin schossen an einigen Stellen bereits zwei bis drei Meter hohe Flammen empor, und schwarze Rauchwolken stiegen zum nächtlichen Himmel auf. Offensichtlich hatte das Feuer schon zu weit um sich gegriffen, um noch gelöscht werden zu können.

Schaffer meinte: »Das wird sie nicht gerade besonders fröhlich stimmen.«

»Kaum anzunehmen.«

»Was ich damit sagen wollte, ist, daß sie jetzt erst recht hinter uns her sein werden, und zwar mit allen ihnen zur Verfügung stehenden Mitteln. Oben auf Schloß Adlershorst haben sie Dobermänner, und bestimmt gibt es auch unten im Lager welche. Die brauchen sie jetzt nur zum Bahnhof hinüberzubringen, an unseren Sachen schnüffeln zu lassen und einmal mit ihnen um das Bahnhofsgelände herumzumarschieren. Dann haben die Viecher unseren Geruch in der Spürnase, und das wär's dann. Smith und Schaffer werden in Stücke gerissen. Ich bin gern bereit, es mit einem ganzen Haufen von Gebirgsjägern aufzunehmen, aber bei Dobermännern passe ich, Boß.«

»Ich hatte immer gedacht, daß Sie sich lediglich vor Pferden fürchten«, entgegnete Smith freundlich.

»Pferde, Dobermänner, wie immer Sie es nennen wollen, vor denen habe ich Angst. Einfach vor allem, was vier Beine hat.« Er blickte unbehaglich auf den brennenden Bahnhof. »Aus mir wäre ein verdammt schlechter Tierarzt geworden.«

»Keine Sorge, mein Lieber«, beruhigte ihn Smith, »wir werden uns hier nicht lange genug aufhalten, um irgendwelche von Ihren vierbeinigen Freunden an Sie heranzulassen.«

»Bestimmt nicht?« Schaffer blickte ihn mißtrauisch an.

»Das Schloß«, erinnerte ihn Smith geduldig, »das war der Grund, weswegen wir hergekommen sind! Wissen Sie noch?«

»Ich hab's nicht vergessen.« Die Flammen loderten inzwischen fünfzehn Meter hoch in den schwarzen Himmel. »Ist Ihnen bewußt, daß Sie da unten einen tadellosen Bahnhof völlig ruiniert haben, Boß?«

»Um Ihnen mit Ihren eigenen Worten zu antworten«, entgegnete ihm Smith, »schließlich ist es nicht unser Bahnhof. Kommen Sie. Wir müssen noch ein Telefonat führen, und dann wollen wir mal sehen, was für ein Empfang uns auf Schloß Adlershorst erwartet.«

Mary Ellison erlebte gerade in diesem Augenblick, wie man auf Schloß Adlershorst empfangen wurde. In ihrem Fall nicht allzu freundlich. Sie stand jetzt zwischen von Schlettersdorff und Heidi und besah sich die große Halle des Schlosses. Steinerne Mauern, steinerner Fliesenboden, dunkle Eichendecke. Am hinteren Ende der Halle öffnete sich eine Tür, und ein Mädchen kam auf sie zu. Sie strahlte Arroganz und absolute Autorität aus, ihr Gang war nicht weiblich, sondern militärisch exakt.

Trotzdem – ein sehr schönes Mädchen, mußte Mary insgeheim zugeben, üppig, blond, blauäugig und schön. Sie hätte ohne weiteres ein Pin-up-Girl des Dritten Reiches sein können. Im Augenblick strahlten die blauen Augen allerdings außerordentliche Kälte aus.

»Guten Abend, Anne-Marie«, sagte von Schlettersdorff. In seiner Stimme lag keine Herzlichkeit. »Das hier ist das neue Mädchen, Fräulein Maria Schenk. Maria, darf ich Ihnen die Sekretärin von Oberst Schenk vorstellen. Ihr untersteht das gesamte weibliche Personal.«

»Sie haben sich ja ganz schön Zeit gelassen, hierherzukommen, was, Schenk?« Falls sie so etwas wie eine weiche, fröhliche, einschmeichelnde Stimme besaß, machte sie davon jedenfalls keinen Gebrauch. Sie wandte sich Heidi zu und sah sie eisig von oben bis unten an. »Und was wollen *Sie* hier? Lediglich, weil wir Ihnen gestatten, hier oben zu bedienen, wenn der Herr Oberst Gäste hat . . .«

»Heidi ist die Cousine von Fräulein Schenk«, unterbrach sie von Schlettersdorff brüsk. »*Und* sie hat außerdem meine Genehmigung, hier zu sein.« Der kalte Hinweis, daß sich Anne-Marie gefälligst auf ihre eigenen Kompetenzen beschränken sollte, war unmißverständlich.

Sie starrte ihn an, versuchte aber nicht, ihren Kopf durchzusetzen. Das würden auch nur sehr wenige Personen gewagt haben. Von Schlettersdorff war kein Mensch, der sich etwas gefallen ließ.

»Hier herein, Schenk!« Anne-Marie deutete auf eine Seitentür. »Ich habe einige Fragen an Sie.«

Mary sah zuerst Heidi und dann von Schlettersdorff an, der die Achseln zuckte und sagte: »Die üblichen Routinefragen, mein Fräulein. Ich fürchte, Sie müssen sich fügen.«

Mary ging vor Anne-Marie durch die Tür, die hinter den beiden schwer ins Schloß fiel. Heidi und von Schlettersdorff sahen einander an. Heidi preßte ihre Lippen fest aufeinander, und die Temperatur ihres Blickes entsprach in etwa der, die kurz vorher die Augen Anne-Maries hatte wie Gletscher erscheinen lassen. Von Schlettersdorff zuckte hilflos mit den Schultern und hob entschuldigend die Hände.

Bereits nach einer halben Minute wurden die Gründe für von Schlettersdorffs ratlose Geste klar. Durch die Tür vernahm man erst eine energische Stimme, dann das Geräusch eines kurzen Handgemenges und unmittelbar darauf einen schmerzhaften Aufschrei. Von Schlettersdorff wechselte einen letzten resignierten Blick mit Heidi und drehte sich um, als er hinter sich schwere Schritte hörte. Ein Mann mittleren Alters kam auf die beiden zu. Sein bulliger Körper steckte in Zivilkleidung. Wind und Wetter hatten tiefe Furchen in sein Gesicht gegraben. Aber obwohl er keine Uniform trug, konnte man ihn für nichts anderes halten als für einen Offizier. Die schweren, von blauroten Äderchen durchzogenen Wangen, der Stiernacken, das ganz kurz geschnittene Haar und die durchdringenden stahlblauen Augen machten ihn fast zur Karikatur eines preußischen Ulanenoffiziers aus dem Ersten Weltkrieg. Daß es sich bei ihm jedoch keineswegs um ein Fossil handelte, wenngleich er vielleicht auch so aussehen mochte, wurde allein schon durch die respektvolle Art und Weise klar, in der ihn Hauptmann von Schlettersdorff ansprach.

»Guten Abend, Herr Oberst.«

»Guten Abend, Schlettersdorff, guten Abend, mein Fräulein«, er hatte eine unerwartet sanfte und höfliche Stimme, »warten Sie auf etwas Bestimmtes?«

Ehe noch einer von ihnen antworten konnte, öffnete sich die Tür, Anne-Marie und Mary traten ein, das heißt, bei Mary hatte man eher den Eindruck, als wäre sie in die Halle gestoßen worden. Anne-Maries Gesicht war leicht gerötet, und ihr Atem ging stoßweise, aber ansonsten war sie ganz ihr schönes arisches Selbst. Marys Kleider waren in Unordnung, und sie hatte offensichtlich geweint: Ihre Wangen zeigten noch Spuren von Tränen.

»So, mit *der* werden wir keinen Ärger mehr haben«, ließ

sich Anne-Marie befriedigt vernehmen. Erst jetzt sah sie Oberst Kramer, und ihr Ton veränderte sich sofort: »Ich habe ein neues Mitglied unseres Stabes untersucht, Herr Oberst.«

»In altbewährter Manier, wie ich sehe«, bemerkte Oberst Kramer trocken und schüttelte dabei den Kopf. »Wann werden Sie endlich lernen, daß anständige junge Damen es nicht gern haben, wenn sie gewaltsam durchsucht werden und ihre Unterwäsche daraufhin geprüft wird, ob sie in der Picadilly- oder Gorkistraße angefertigt worden ist?«

»Sicherheitsvorschriften«, verteidigte sich Anne-Marie.

»Jaja.« Oberst Kramers Stimme klang jetzt ärgerlich. »Aber man kann es auch anders machen.« Er wandte sich ungeduldig ab. Schließlich war die Einstellung weiblichen Personals kein Problem, mit dem sich der stellvertretende Chef des deutschen Geheimdienstes abzugeben pflegte. Während Heidi Mary beim Ordnen ihrer Kleider half, wandte sich der Oberst an von Schlettersdorff: »Im Dorf war wohl heute abend allerhand los, wie?«

»Nichts, was uns direkt betrifft«, von Schlettersdorff zuckte die Achseln, »nur ein paar Deserteure.«

Kramer lächelte.

»Das hat Oberst Weissner auf mein Anraten hin verbreitet. Ich glaube nämlich, daß unsere Freunde britische Agenten sind.«

»Wie bitte?«

»Ich würde mich nicht wundern, wenn sie hinter General Carnaby her sind«, warf Kramer ungerührt hin. »Beruhigen Sie sich, Schlettersdorff, die Sache ist vorbei. Drei von ihnen werden innerhalb der nächsten Stunde hierher zur Vernehmung gebracht. Ich möchte, daß Sie später dabei sind. Sie werden es sicherlich höchst unterhaltsam und – na, sagen wir – lehrreich finden.«

»Es waren aber fünf im ganzen, Herr Oberst. Ich habe sie selbst gesehen, als sie im ›Wilden Hirsch‹ aufgespürt und gefangengenommen wurden.«

»Es *waren* fünf«, berichtigte ihn Kramer, »jetzt nicht mehr.

Zwei von ihnen – der Anführer und noch ein anderer – liegen unten im Blausee. Sie hatten sich einen Wagen gestohlen und sind damit über die Klippen gestürzt.«

Anne-Marie und Mary standen mit dem Rücken zu den Männern. Mary, noch immer damit beschäftigt, ihr Kleid wieder glattzustreichen, richtete sich langsam auf. Entsetzen malte sich auf ihrem Gesicht. Anne-Marie drehte sich um, sah ihre merkwürdig erstarrte Haltung und ging neugierig auf sie zu, als Heidi ihr zuvorkam, Marys Arm ergriff und schnell sagte: »Meine Cousine sieht schlecht aus. Kann ich sie auf ihr Zimmer bringen?«

»In Ordnung«, Anne-Marie machte eine kurze entlassende Handbewegung, »nehmen Sie das, das Sie sonst immer benutzen, wenn Sie hier sind.«

Es war ein kahler, spartanischer Raum mit einem Linoleumfußboden, einem eisernen Bett, das aufgedeckt war, einem Stuhl, einem winzigen Tisch und einem Wandschrank. Sonst nichts. Heidi verschloß die Tür hinter ihnen.

»Haben Sie das gehört?« sagte Mary ausdruckslos. Ihre Züge waren genauso leblos wie ihre Stimme.

»Ja, natürlich habe ich es gehört . . . aber ich glaube es einfach nicht.«

»Warum sollten sie denn lügen?«

»*Sie* glauben es«, Heidis Ton war ungeduldig, fast grob, »es wird jetzt langsam Zeit, daß Sie aufhören zu lieben und statt dessen zu denken anfangen. Ein Typ wie unser Major Smith fährt nicht mit einem Wagen über Klippen in einen See.«

»Das sagen Sie so einfach, Heidi.«

»Soll das heißen, daß wir aufgeben? *Ich* glaube daran, daß er lebt. Und falls er lebt, und wenn er hierherkommt, wollen Sie ihm dann helfen oder nicht? Wissen Sie, was ihm im letzteren Fall passiert?« Mary gab keine Antwort, sondern sah nur mit leeren Augen in Heidis Gesicht. »Dann ist er ein toter Mann! Ein toter Mann, und zwar nur deshalb, weil er sich nicht auf Sie verlassen konnte! Glauben *Sie,* daß er *Sie* im Stich lassen würde?«

Mary schüttelte abwesend den Kopf.

»Na also«, fuhr Heidi rauh fort. Sie griff erst unter ihren Rock und dann in ihren Ausschnitt und brachte so nach und nach sieben Gegenstände zum Vorschein, die sie auf dem Tisch ausbreitete. »Da hätten wir ja alles beieinander: eine Lilliput 0,21 Automatik, zwei Reservemagazine, ein Seil und ein Gewicht, um es zu beschweren, den Plan des Schlosses und die Anweisungen.« Sie ging auf eine Ecke des Zimmers zu, löste unter dem Linoleum eine lose Bodenplanke, legte die Gegenstände hinein und deckte die Planke wieder darüber. »Da sind die Sachen sicher aufgehoben.«

»Sie *wußten*, daß die Planke lose war?« sagte sie langsam.

»Muß ich ja wohl. Schließlich habe ich sie selbst vor vierzehn Tagen losgemacht.«

»Sie ... Sie wußten über das alles schon so lange Bescheid?«

»Was dachten Sie denn?« Heidi lächelte. »Alles Gute, liebe Cousine.«

Mary sank, nachdem Heidi gegangen war, auf ihr Bett und saß vielleicht zehn Minuten lang regungslos da, dann stand sie müde auf und trat ans Fenster. Im Dorf sah sie einen Flammenschein.

Sie öffnete es und beugte sich äußerst vorsichtig hinaus. Selbst für einen Menschen, der so verzweifelt war wie sie, bestand keinerlei Versuchung, sich zu weit hinauszulehnen: Die steilen Mauern des Schlosses und die sich daran anschließenden Steilhänge führten über einhundert Meter direkt in die Tiefe. Ein leichtes Schwindelgefühl befiel sie.

Etwas unterhalb, zu ihrer Linken, verließ gerade eine Kabine die Station. Heidi, die damit zu Tale fuhr, beugte sich aus einem halbgeöffneten Fenster heraus und winkte Mary hoffnungsvoll zu, aber deren Augen hatten sich bereits wieder mit Tränen gefüllt und sahen es nicht. Sie schloß das Fenster und wandte sich ab. Dann warf sie sich auf ihr Bett und dachte über John Smith nach. Ob er wohl lebte, oder ob er tot war? Und dann fiel ihr wieder das Feuer unten im Tal ein. Was das bloß bedeutete?

Smith und Schaffer waren hinter den Häusern, Läden und Weinstuben an der östlichen Seite der Straße herumgegangen, wobei sie sich so weit als möglich im schützenden Schatten hielten. Diese Vorsichtsmaßnahme, erkannte Smith schließlich, war zum größten Teil überflüssig, denn die Hauptattraktion in dieser Nacht war für alle Leute im Dorf der lichterloh brennende Bahnhof.

Sie kamen jetzt zu einem der wenigen aus Stein gebauten Häuser im Dorf, einem langgestreckten, scheunenartigen Gebäude mit großen Doppeltüren an der Rückseite. Der Hof davor sah wie ein Autofriedhof aus. Etwa ein halbes Dutzend alter Fahrzeuge lagen dort herum, die meisten ohne Reifen, einige verrostete Motoren und Dutzende von nutzlosen Einzelteilen, Karosseriestücken und ein kleiner Berg von leeren Ölfässern. Vorsichtig stiegen sie über die in der Gegend verstreuten Sachen, um zu den Türen zu gelangen.

Smith benutzte mit Erfolg seinen Dietrich, und innerhalb von fünfzehn Sekunden waren sie drin. Hinter sich sperrten sie sofort wieder ab. Das Licht ihrer Stablampe geisterte durch den Raum.

Auf der einen Seite der großen Garage standen Drehbänke und Werkzeuge verschiedener Art, im übrigen sahen sie sich einem heillosen Durcheinander verschiedener Wagentypen, meistens älterer Bauart, gegenüber. Was jedoch sofort Smith's besondere Aufmerksamkeit erregte, war ein großer gelber Bus, der direkt vor den beiden Türen parkte. Ein typischer Alpenpostomnibus mit einem langen Überhang, eigens konstruiert für Serpentinen-Strecken: Die Hinterräder waren fast bis zur Mitte des Wagens vorgesetzt. Eine weitere Besonderheit, ebenfalls typisch für alpine Omnibusse: ein großer, vor dem Kühler montierter, abgeschrägter Schneepflug. Smith sah Schaffer an.

»Das sieht doch vielversprechend aus, was?«

»Wenn ich schon genug Optimismus aufgebracht habe, daran zu glauben, daß wir jemals wieder lebend hierher zurückkommen«, antwortete Schaffer unwirsch, »dann kann ich das auch vielversprechend finden. Sie wußten darüber Bescheid?«

»Na, hören Sie mal, was glauben Sie denn, was ich bin? Ein Omnibushellseher? Selbstverständlich wußte ich darüber Bescheid.«

Smith kletterte auf den Fahrersitz. Der Zündschlüssel steckte. Smith startete den Wagen und sah, daß die Benzinuhr einen halbvollen Tank anzeigte. Dann suchte er den Lichtschalter. Die Scheinwerfer funktionierten. Der Motor sprang sofort an und lief ruhig. Sofort schaltete Smith ihn wieder ab. Schaffer hatte alles mit großem Interesse verfolgt.

»Ich hoffe nur, Sie sind darüber informiert, daß für das Fahren von Postfahrzeugen ein Spezialführerschein benötigt wird, Boß?«

»Ich muß irgendwo einen haben. Legen Sie die Hälfte des Sprengstoffes hinten in den Omnibus. Und beeilen Sie sich! Heidi kann schon in der nächsten Kabine der Drahtseilbahn sein.«

Smith kletterte wieder vom Fahrersitz herunter und ging zum Garagentor. Nachdem er beide Flügel oben und unten entriegelt hatte, begann er langsam dagegenzudrücken. Sie gaben etwa fünf Zentimeter nach und ließen sich nicht weiter öffnen.

»Vorhängeschloß«, erklärte Smith lakonisch.

Schaffer betrachtete den massiven Schneepflug, der sich vor dem Omnibus befand, und schüttelte fast bedauernd den Kopf.

»Armes altes Vorhängeschloß!«

Es hatte aufgehört zu schneien, aber dafür war der Westwind erheblich stärker geworden. Beißende Kälte herrschte.

Eine Kabine der Drahtseilbahn glitt langsam zu Tal. Sie war jetzt vielleicht noch etwa einhundert Meter von der unteren Station entfernt. Wild schaukelte sie im Sturm hin und her. Aber als sie sich dem Ende ihrer Fahrt näherte, wurden die Schwankungen schwächer und hörten schließlich völlig auf, als die Kabine in die Talstation einfuhr.

Mit einem Ruck hielt sie an. Heidi, die der einzige Passagier gewesen war, stieg aus: Es war nur zu verständlich, daß sie ziemlich blaß aussah. Sie ging die Treppe hinter der Station hinunter und blieb plötzlich wie angewurzelt stehen, als sie die gepfiffenen Anfangstakte der ›Lorelei‹ hörte. Sie wirbelte herum und näherte sich zwei weißgekleideten Gestalten, die sich in unmittelbarer Nähe der Talstation zusammengekauert hatten.

»Typen wie Major Smith fahren eben *nicht* mit gestohlenen Militärautos über Klippen in den See«, sagte sie ruhig. Ganz unvermittelt trat sie dicht an die Männer heran und gab jedem einen Kuß auf die Wange. »Aber ich muß zugeben, daß ich mir doch ein wenig Sorgen um Sie beide gemacht habe. Mary glaubt, daß es Sie beide erwischt hat.«

»Nun, Weissner glaubt es leider nicht«, antwortete Smith, »der Wagen ist ohne uns über die Klippen in den See gefahren. Sie sind hinter uns her.«

»Das wundert mich nicht«, murmelte sie, »oder ist Ihnen bis jetzt die Größe des Feuers noch nicht aufgefallen?« Nach einer kurzen Pause fuhr sie nüchtern fort: »Das sind nicht die einzigen, die es auf Sie abgesehen haben. Kramer weiß, daß Sie britische Agenten sind, die General Carnaby rausholen sollen.«

»Schau, schau«, nachdenklich schüttelte Smith den Kopf, »ich würde nur zu gern wissen, welches kleine Vögelein das in das Ohr des werten Herrn Obersten gezwitschert hat. Es muß schon eine ziemlich weittragende Stimme gehabt haben, was?«

»Wovon *reden* Sie eigentlich?«

»Nichts. Es ist gar nicht so wichtig.«

»Es ist gar nicht so wichtig! Aber *begreifen* Sie denn nicht?« Ihre Stimme klang verzweifelt und drängend: »Die *wissen* – oder werden es jeden Augenblick herausfinden –, daß Sie beide noch am Leben sind. Sie *wissen*, wer Sie sind. Sie werden Sie dort oben erwarten.«

»Aber, meine liebe Heidi, Sie übersehen dabei ein paar Kleinigkeiten«, warf Schaffer ein, »was die da oben *nicht* wissen, ist, daß *wir* wissen, daß *sie* uns erwarten. Das ist zumindest meine ganz bescheidene Meinung.«

»Machen Sie sich doch nichts vor, Lieutenant. Und noch etwas, was Sie nicht wissen: Ihre drei Freunde können jetzt jeden Augenblick im Schloß ankommen. Zur Vernehmung!«

»Zur Vernehmung?« fragte Smith.

»Ich nehme nicht an, daß es sich um eine Einladung zum Tee handelt«, gab Heidi eisig zurück.

»Das paßt ja großartig«, sagte Smith und nickte, »wir werden mit ihnen nach oben fahren.«

»In der gleichen Kabine?« Die Worte stellten zwar Smith's Geisteszustand nicht in Frage, aber Heidis Ton und Gesichtsausdruck ließen keinen Zweifel über ihren diesbezüglichen Verdacht.

»Nicht in der gleichen Kabine, aber mit!« Smith sah auf seine Uhr. »Der Postomnibus in der Garage von Sulz. Seien Sie in genau achtzig Minuten dort. Und, ach ja! – bitte, bringen Sie ein paar Kisten leere Flaschen mit.«

»Ein paar leere Kisten mit ... ach ja, schon gut«, jetzt schüttelte sie mit voller Überzeugung den Kopf, »ihr seid ja beide verrückt.«

»Das wird mit jedem Wort, das er spricht, immer deutlicher«, stimmte Schaffer zu und fuhr dann, plötzlich ernst werdend, fort, »mein Schatz, schicken Sie ein Stoßgebet für uns zum Himmel, und falls Ihnen kein passendes einfallen sollte, dann drücken Sie uns beiden wenigstens ganz fest die Daumen.«

»Bitte, kommen Sie lebendig zurück«, antwortete sie. In ihrer Stimme schwang ein verräterisches Zittern mit. Sie zögerte einen Augenblick, sagte aber nichts mehr, wandte sich ab und ging schnell davon. Schaffer sah ihr bewundernd nach.

»Da geht die zukünftige Mrs. Schaffer«, gab er bekannt, »ein wenig empfindlich und kurz angebunden, mag sein«, er dachte nach, »eigentlich komisch, aber ich hatte den Eindruck, daß sie dem Weinen nahe war, jetzt eben ganz zum Schluß.«

»Ich könnte mir vorstellen, daß Sie auch ganz schön empfindlich, kurz angebunden und den Tränen nahe wären, wenn Sie das durchgemacht hätten, was dieses Mädchen die letzten zweieinhalb Jahre hat über sich ergehen lassen müssen«, gab Smith grob zurück.

»Vielleicht wäre sie etwas weniger empfindlich und weinerlich, wenn sie ein bißchen darüber informiert wäre, was hier eigentlich gespielt wird.«

»Ich habe einfach nicht die Zeit, alles jedem hier genau zu erklären.«

»Puh! Könnten Sie das bitte noch einmal sagen? ›Der Verwirrende‹, Boß, das ist der richtige Name für Sie.«

»Schon möglich«, wieder sah Smith auf seine Uhr, »ich wünschte bei Gott, daß die sich etwas beeilen würden.«

»Das ist jetzt Ihre Sache, Boß«, Schaffer machte eine Pause, »wenn wir ... ich meine, falls wir ... es schaffen, von hier wieder fortzukommen, kommt sie dann mit?«

»Kommt wer dann mit?«

»Na, Heidi natürlich!«

»Selbstverständlich! Falls wir es schaffen ... und wir können es nur mit Hilfe von Mary schaffen, und schließlich ist Mary dank Heidi dort oben ...«

»Sagen Sie kein Wort mehr«, unterbrach ihn Schaffer. Er starrte noch immer hinter der langsam entschwindenden Gestalt her. »Sie wird die Sensation im Savoy Grill sein«, sagte er träumerisch.

## *6. Kapitel*

Die Sekunden krochen träge dahin und wurden zu Minuten. Fünfzehn quälende, tödliche Minuten. Glänzender Mondschein und absolute Finsternis lösten einander ununterbrochen ab, während die massigen, schwarzen Wolkenfelder über das Tal hinwegzogen. Schaffer und Smith warteten schweigend, jeder mit seinen eigenen Gedanken beschäftigt.

Mit heulender Sirene und aufgeblendeten Scheinwerfern brausten zwei große Dienstwagen der Gebirgsjäger die Dorfstraße entlang, und zwar gerade in einem Augenblick, als der Mond wieder einmal durch das schwarze Wolkengewirr brach und das ganze Tal in silbriges Licht tauchte. Smith und Schaffer blickten zu der zusätzlichen Lichtquelle auf und dann einander an. Wortlos schlichen sie ein Stück weiter zurück und drückten sich noch tiefer in den Schatten an der Westseite der Talstation. Das metallische Klicken, das sie durch das Entsichern ihrer Maschinenpistolen verursachten, kam ihnen unnatürlich laut vor.

Fast im gleichen Augenblick, als die beiden schweren Wagen bei der Treppe, die zur Talstation heraufführte, anhielten, erloschen mit dem Abschalten der Motoren die Scheinwerfer, und die Sirenen verstummten. Soldaten sprangen aus den Wagen und hasteten hintereinander die Treppe hinauf. Alles in allem zwölf Personen, zählte Smith, ein Offizier, acht Wachmannschaften und Carraciola, Thomas und Christiansen. Alle acht Bewacher hatten ihre Maschinenpistolen im Anschlag, eine an sich völlig überflüssige Vorsichtsmaßnahme, da die Hände der drei Gefangenen auf den Rücken gefesselt waren. Das bedeutete, daß die Waffen weniger die Gefangenen bedrohen, sondern vielmehr einen eventuellen Befreiungsversuch durch Smith und Schaffer vereiteln sollten.

Mittlerweile war auch der letzte der zwölf Männer im Inneren der Talstation verschwunden. Smith berührte Schaffers Arm. Sie warfen sich ihre Maschinenpistolen über die Schultern und kletterten schnell, aber leise auf das eisgedeckte und steil abfallende Dach. Dort krochen sie vorsichtig und mit großer Schwierigkeit weiter aufwärts und nach vorn bis zur Kante, unter der die Kabine erscheinen mußte, wenn sie ihre lange Reise zum Schloß hinauf antrat. Smith war sich bewußt, daß sie sich in einer außerordentlichen exponierten Lage befanden: Schneetarnanzüge oder nicht, jeder zufällig Vorbeikommende brauchte nur nach oben zu sehen, um sie zu entdecken. Glücklicherweise erschien kein zufällig Vorbeikommender. Die kostenlose Unterhaltung durch den noch immer brennenden Bahnhof hatte alle Aufmerksamkeit auf sich gezogen. Und dann, als die Kabine sich in Bewegung setzte, verschwand der Mond endlich wieder hinter den Wolken.

Angespannt warteten sie, bis die Spitze der Kabine hervorkam, schwangen ihre Beine über das Dach und warteten, bis das Führungsseil unter ihnen auftauchte und die Rollen vorbei waren. Dann griffen sie nach unten und ließen sich vom Führungsseil mitziehen. Sie hielten sich einen Augenblick daran fest, um sich vorsichtig hinunterzulassen, bis ihre Füße das Dach der Kabine berührten.

Mary ging leise den nur schwach beleuchteten, von Steinmauern umgebenen Gang entlang, wobei sie die Türen zählte, an denen sie vorbeikam. Vor der fünften hielt sie an und lauschte. Dann bückte sie sich, um durch das Schlüsselloch zu sehen, klopfte leise und wartete auf eine Antwort. Es kam keine. Sie klopfte nochmals, diesmal etwas stärker, mit dem gleichen Resultat. Sie versuchte, die Tür zu öffnen, und fand sie verschlossen. Aus ihrer kleinen Handtasche holte sie einen Schlüsselbund mit Dietrichen hervor. Als die Tür schließlich nachgab, ging sie schnell hinein, schloß sie hinter sich und machte Licht.

Der Raum war erheblich besser eingerichtet als der, den man ihr zugewiesen hatte, allerdings befand sich auch in ihm das übliche eiserne Bettgestell. Auf dem Boden aber lag ein Teppich, ein paar Sessel standen herum, über einem Stuhl hing die Uniformjacke eines Oberleutnants, außerdem waren noch ein großer Kleiderschrank und eine Kommode im Zimmer, auf deren Glasplatte ein Uniformgürtel mit Pistolentasche, eine Maschinenpistole und ein Feldstecher lagen.

Mary sperrte die Tür ab, zog ihren Dietrich aus dem Schloß, ging durch das Zimmer und öffnete die untere Hälfte des Fensters, um hinunterzusehen. Sie stellte fest, daß sie sich direkt oberhalb der Station der Drahtseilbahn befand; sie konnte ein sehr steil abfallendes Dach erkennen, dessen obere Hälfte in die Schloßmauer eingebaut war. Sie zog ihren Kopf wieder zurück und holte aus ihrer Handtasche die Seilrolle, an deren Ende ein schwerer Bolzen angebracht worden war, und legte sie auf das Bett. Dann nahm sie den Feldstecher und postierte sich neben dem Fenster. Sie zitterte in dem eisigen Nachtwind. Nachdem sie den Feldstecher richtig eingestellt hatte, verfolgte sie damit den Weg der Führungsleine abwärts. Und dann hatte sie sie: Ohne jeden Zweifel, das waren die noch undeutlichen, schwarzen Umrisse der Kabine, die sich jetzt etwa in der Mitte zwischen der Bodenstation und dem Schloß befand und in dem starken Wind beängstigend hin und her schaukelte.

Smith und Schaffer lagen flach ausgestreckt auf dem Dach und hielten sich mit steifgefrorenen Fingern verzweifelt an der Klammer fest, über der die Räder in dem Führungskabel liefen. Es war ihre einzige Möglichkeit, denn auf dem von einer dicken, festen Eisschicht bedeckten Dach gab es nirgendwo einen Halt für ihre Füße, und sie wären unweigerlich abgerutscht. Ihre Körper wurden durch das wilde Schaukeln der Kabine unter ihnen hilflos herumgeworfen. Schon allein die Strapaze, die es bedeutete, sich hier oben zu halten, war schlimmer, als selbst Smith es befürchtet hatte. Und dabei stand ihnen das Schlimmste noch bevor.

Schaffer drehte seinen Kopf und sah nach unten. Der Anblick, der sich ihm bot, machte ihn schwindlig und ängstigte ihn. Das ganze Tal unter ihm schien in einem Winkel von fünfundvierzig Grad hin und her zu pendeln. Eine Sekunde sah er die Fichten, die es im Westen begrenzten, und dann rutschte es an ihm vorüber, und Sekunden später sah er die in der östlichen Richtung liegenden Fichten. Nun versuchte er, nach oben zu schauen, aber das war auch nicht besser. Dort flogen die Lichter von Schloß Adlershorst genauso schwindelerregend durcheinander. Er hatte den Eindruck, als ob er sich zur gleichen Zeit auf einer Berg-und-Tal-Bahn, einer riesigen Schiffschaukel und einem Riesenrad befand.

»Glauben Sie noch immer, daß das Pferd das fürchterlichste Transportmittel auf der Welt ist?« fragte Smith, dessen Lippen sich gerade in der Nähe von Schaffers Ohr befanden.

»Ach, hätte ich doch nur einen Sattel und Steigbügel«, jammerte Schaffer und stieß dann verzweifelt hervor: »O Gott, nein! Nicht schon wieder!«

Erneut und ohne jede Warnung war der Mond wieder durch die Wolken getreten und überflutete die beiden Männer mit seinem fahlen, kalten Licht. Sie paßten den richtigen Augenblick ab, wo der Druck auf ihre Arme am meisten nachließ, und zogen sich die Schneemützen, soweit es ging, über die Gesichter, dabei bemüht, sich noch flacher auf das Kabinendach zu drücken.

Auf Schloß Adlershorst beobachteten zwei Menschen die wilde Fahrt der Kabine, die im hellen Mondlicht deutlich zu sehen war. Mary konnte durch ihren Feldstecher ganz klar die zwei Umrisse der Gestalten erkennen, die auf dem Kabinendach klebten. Etwa eine halbe Minute ließ sie den Feldstecher auf ihnen ruhen, dann ließ sie ihn langsam sinken und drehte sich um. Ihre Augen waren weit aufgerissen, fast starr, und ihr Gesicht ausdruckslos. Etwa zwanzig Meter über ihr patrouillierte ein Wachtposten mit umgehängter Maschinenpistole auf der oberen Schloßmauer und starrte auf die sich nähernde Kabine. Aber er starrte nicht lange. Trotz dicker Pelzstiefel, einer Pelzmütze und einem Fellmuff schüttelte er sich noch vor Kälte. Dies war keine Nacht für müßige Beobachtungen. Interesselos wandte er sich ab und nahm erneut seinen Patrouillengang auf.

Interesselosigkeit war etwas, das man den Männern auf dem Dach der Kabine durchaus nicht nachsagen konnte. Sie befand sich jetzt auf dem letzten Abschnitt ihrer Reise. Es war das Stück zwischen dem letzten Mast und der oberen Station. In Kürze würde es ums Ganze gehen. In etwa einer Minute, rechnete Smith sich aus, konnten sie beide mit zerschmetterten Knochen und höchstwahrscheinlich tot auf den Felsen, etwa hundert Meter weiter unten, liegen.

Er drehte den Kopf so, daß er nach oben blicken konnte. Der kalte Mond stand noch immer klar sichtbar zwischen zwei Wolkenbänken, aber bald würde er wieder hinter der einen Wolkenwand verschwinden. Die Schloßmauern und die obere Station am Fuß der Mauer schienen sich genau senkrecht über seinem Kopf zu befinden. Die Kabine stieg jetzt bei diesem letzten Abschnitt so kerzengerade auf, daß der ›vulkanische Pfropfen‹ nicht mehr als fünf Meter entfernt zu sein schien. Sein Blick glitt daran hinunter, bis er an seinem Ende angekommen war. Die dort unten patrouillierenden Wachtposten mit ihren Dobermännern sahen jetzt nicht größer als Wanzen aus.

»Der paßt zu ihr, finden Sie nicht auch?« sagte Schaffer plötzlich. Sein Gesicht war verzerrt vor Anstrengung und Verzweiflung. »Wirklich ein hübscher Name.«

»Wovon reden Sie eigentlich?« wollte Smith wissen.

»Heidi.«

»O mein Gott!« Smith starrte gebannt auf die sich schnell nähernde obere Station, »ihr wirklicher Name ist Ethel.«

»Das hätten Sie mir wirklich nicht zu sagen brauchen.« Schaffer bemühte sich, beleidigt zu klingen, brachte es aber nicht ganz fertig. Dann folgte er Smith's Blick und sagte nach längerer Pause sehr langsam: »Himmel, sehen Sie sich bloß mal an, wie steil das Dach dort oben ist!«

»Das habe ich mir schon lange angesehen.« Smith zog sein Messer aus der Scheide und griff, als er bei einem besonders heftigen Schaukeln beinah den Halt verlor, ganz schnell wieder nach der Klammer. Jetzt hielt nur eine Hand sein ganzes Gewicht. »Holen Sie Ihr Messer heraus. Und um Himmels willen, verlieren Sie es nicht.«

Der Mond verschwand, wie erwartet, hinter einer schwarzen Wolkenwand, und das Tal war wieder in tiefe Dunkelheit getaucht. Langsam und vorsichtig näherte sich die Kabine ihrem Bestimmungsort, und das Hinundherschwingen ließ etwas nach. Smith und Schaffer bewegten sich langsam zum hinteren Ende des Daches. Etwas wackelig, aber schnell, richteten sie sich auf und ergriffen das Führungskabel mit den freien Händen, während ihre Füße versuchten, irgendeinen Halt auf der heimtückischen Eisplatte zu finden.

Der vordere Teil der Kabine verschwand in der Einfahrt. Einen Augenblick später folgten die Räder und die Klammer. Smith sprang hoch und nach vorn und warf sich der Länge nach auf das Dach. Dabei hieb er mit seinem rechten Arm mit voller Kraft nach unten, die Klinge seines Messers durchstieß die Eiskruste und bohrte sich tief in die hölzerne Decke des Daches. In weniger als einer Sekunde landete Schaffer direkt neben ihm, wobei der Einstich seines Messers zur gleichen Zeit erfolgte.

Seine Klinge brach genau am Griff ab. Schaffer öffnete die Hand, ließ den nutzlosen Griff sausen und versuchte verzweifelt, sich am Eis festzuhalten. Seine Nägel kratzten vergeblich über das verkrustete Eis. Er fuhr mit seiner linken Hand zum Mund, riß blitzschnell den Handschuh mit den Zähnen herunter und grub mit aller Kraft, die ihm noch geblieben war, seine Fingernägel in das Eis. Er begann jetzt ganz langsam abzurutschen. Seine Füße fanden keinen Halt mehr, und er wußte, daß er über das Dach hinausrutschen würde ... und er wußte auch, daß das erste, was seinen Fall aufhielt, die Steinwüste dort unten, hundert Meter tiefer wäre, am Fuß des ›vulkanischen Pfropfens‹.

Smith war bei seinem Sprung ziemlich die Luft ausgegangen. Es vergingen einige Sekunden, ehe ihm klar wurde, daß Schaffer nicht da war, wo er eigentlich hätte sein müssen ... nämlich auf dem Dach neben ihm liegend. Er drehte sich um und blickte gerade in das verzweifelte und hoffnungslose Gesicht Schaffers, das einer weißen Maske glich. Er hatte den vagen Eindruck, noch acht Fingernägel zu sehen, die sich in das Eis krallten, während der Körper unaufhaltsam immer weiter zum unteren Teil des Daches hinrutschte. Blitzschnell sauste seine linke Hand hinunter und umklammerte das rechte Handgelenk von Schaffer mit einer Kraft, die diesen, selbst unter diesen ungewöhnlichen Umständen, vor Schmerz aufheulen ließ.

Einige Sekunden lagen sie so da, alle viere von sich gestreckt, bewegungslos, auf dem steilen Dach. Ihrer beider Leben hing jetzt davon ab, ob die dünne Klinge von Smith, die sich in das Dach gegraben hatte, die Belastung aushalten würde. Dann begann Schaffer, durch Smiths linken Arm gezogen, sich Zentimeter um Zentimeter wieder nach oben zu schieben. Dreißig Sekunden später war er wieder auf gleicher Höhe mit Smith.

»Das hier ist ein Messer und kein Eispickel«, sagte Smith heiser, »es hält diese Belastung nicht mehr lange aus. Haben Sie noch ein anderes Messer?«

Schaffer schüttelte den Kopf. Es war ihm im Augenblick unmöglich, zu reden.

»Einen Haken?«

Wieder das gleiche Kopfschütteln.

»Ihre Stablampe?«

Schaffer nickte, griff mit seiner linken Hand in seinen Schneetarnanzug, und es gelang ihm mit Mühe, die Stablampe herauszubekommen.

»Schrauben Sie sie unten auf«, befahl Smith, »werfen Sie den Verschluß weg und die Batterien auch.« Schaffer brachte seine linke Hand an die Stelle, wo seine rechte von Smith eisern festgehalten wurde, entfernte die Kapsel und warf sie mitsamt den Batterien fort. Dann bog er die Rundung etwas nach außen und begann, den Zylinder in das Eis zu bohren, langsam und immer tiefer. Smith ließ jetzt seine rechte Hand vorsichtig los. Schaffer blieb dort liegen, wo er war. Smith lächelte und sagte: »Versuchen Sie jetzt, mich zu halten.«

Schaffer ergriff das linke Handgelenk von Smith. Vorsichtig, immer bereit, mit der rechten Hand zuzugreifen, ließ Smith jetzt den Griff seines Messers los. Schaffers Stablampe hielt die Belastung aus. Behutsam zu Anfang und dann mit zunehmender Zuversicht begann Smith nun mit seinem scharfen Messer ein Loch in die Eisdecke zu graben, bis er ein Stück des Holzdaches freigemacht und jetzt einen sicheren Haltegriff hatte. Nun gab er sein Messer an Schaffer weiter. Dann wand er sich mühsam aus seinem Schneetarnanzug, wickelte einen Teil des Seiles ab, das er vorher um seine Hüften geschlungen hatte, und verknotete das lose Ende mit Schaffers Gürtel. Dann sagte er: »Mit dem Messer und der Stablampe zusammen, glauben Sie, daß Sie es schaffen werden?«

»Ob ich es schaffen werde?« Schaffer prüfte sowohl das Messer wie die Lampe und lächelte, ein etwas gequältes Lächeln, sein erstes seit langer Zeit. »Nach dem, was ich gerade durchgemacht habe . . . haben Sie schon jemals einen Affen an einer Kokospalme hochklettern sehen?«

Etwa zwanzig Meter über ihren Köpfen trat Mary vom Fenster weg und legte den Feldstecher wieder auf die Kommode. Ihre Hände zitterten, und das Metall des Fernglases klapperte wie Kastagnetten auf der Glasplatte. Dann kehrte sie zum Fenster zurück und begann, die beschwerte Leine herunterzulassen.

Smith erreichte den letzten Meter des abfallenden Daches, als sein Seil zu Ende war. Er ergriff Schaffers Hand und richtete sich auf dem flachen, hinteren Teil des Daches auf. Sofort begann er, den Rest des Seiles von der Hüfte zu wickeln. Trotz der eisigen Kälte, die viel Grade unter Null betrug, wischte sich Schaffer den Schweiß von der Stirn.

»Mann, o Mann!« Nochmals fuhr er sich über die Brauen. »Falls ich Ihnen vielleicht auch einen Gefallen tun kann, ich meine, wenn Sie mal kein Geld für den Bus haben . . .«

Smith grinste und klopfte ihm auf die Schulter, dann griff er nach oben ins Dunkle und fand auch bald das beschwerte Ende der Leine, mit dem er sofort sein Nylonseil verknotete. Er zog zweimal kurz daran, und das Seil begann in der Höhe zu verschwinden, als Mary es durch das Fenster hereinzog. Smith wartete, bis ihm zwei kurze Rucke an der Leine verkündeten, daß sie oben fest verankert war. Sofort fing er an, sich hochzuziehen.

Als er gerade den halben Weg bis zum Fenster zurückgelegt hatte, kam der Mond hervor. In der Gebirgsjägeruniform zeichnete sich seine Silhouette ganz klar gegen das glänzende Weiß der Schloßmauer ab. Er blieb bewegungslos an seinem Seil hängen und wagte nicht einmal den Versuch, nach oben oder nach unten zu schauen, da er befürchten mußte, daß selbst die allerkleinste Bewegung ihn hätte verraten können.

Acht Meter unter ihm blickte Schaffer vorsichtig über die Dachkante der Seilbahnstation. Die Wachtposten patrouillierten noch immer mit ihren Hunden in dem Gebiet am Fußende des ›Vulkanpfropfens‹. Falls auch nur irgendeiner von ihnen zufällig nach oben sehen sollte, war die Entdekkung von Smith unvermeidlich. Einem plötzlichem Impuls folgend, blickte Schaffer nach oben und erstarrte augenblicklich selbst zu einer leblosen Figur. Der obere Wachtposten hatte augenscheinlich seinen Rundgang beendet, stand jetzt, die Hände auf die Mauer gestützt, und starrte hinunter ins Tal. Vielleicht betrachtete er die langsam verlöschenden Flammen des vollkommen ausgebrannten Bahnhofs. Sollte er seine Blickrichtung nur um ein paar Grad ändern, dann wäre alles aus. Ganz langsam holte Schaffer jetzt seine Lugerpistole hervor, auf deren Lauf ein langer durchlöcherter Schalldämpfer aufgeschraubt war, und legte sie in bester Polizeimanier über seinen linken Unterarm. Er zweifelte nicht daran, daß er den Wachtposten mit einem Schuß töten könnte, es handelte sich nur darum, wann er es tun sollte, und hierbei galt es, alle Möglichkeiten abzuwägen. Wenn er wartete, bis der Wachtposten ihn entdeckt hatte, würde er wahrscheinlich einen Warnruf ausstoßen oder hinter der Mauer in Deckung gehen, noch ehe Schaffer Gelegenheit hatte zu schießen. Wenn er die Wache vorher töten würde, entfielen zwar diese beiden Möglichkeiten, aber in diesem Fall bestand die Gefahr, daß der Wachtposten vornüber über die Mauer fiel. Zuerst würde er auf das Dach der Station der Drahtseilbahn stürzen und von dort weiter nach unten ins Tal, und zwar ganz in die Nähe der patrouillierenden Posten und ihrer Hunde. Eine weitere Möglichkeit, entschied Schaffer, aber höchst unwahrscheinlich: Der Rückschlag des Geschosses konnte ihn auch nach hinten werfen. Schaffer hatte noch niemals in seinem Leben auf einen ahnungslosen Menschen geschossen, aber jetzt traf er Anstalten, es zu tun. Er zielte auf die linke Brustseite des Wachtpostens, und sein Finger krümmte sich um den Abzug.

Der Mond verschwand hinter einer Wolke.

Sehr langsam und steif ließ Schaffer seine Waffe sinken. Und wieder einmal wischte er sich den Schweiß von der Stirn. Er hatte das ungewisse Gefühl, daß das noch nicht das letztemal in dieser Nacht war.

Smith hatte mittlerweile das Ziel erreicht, kletterte über das Fensterbrett, zog zweimal am Strick – das Zeichen für Schaffer, mit dem Hochklettern zu beginnen – und stieg ins Zimmer. Hier war es fast dunkel. Er konnte gerade noch die Umrisse des eisernen Bettgestells erkennen, das als Verankerungsstütze für das Seil zum Fenster geschoben war, als sich zwei Arme um seinen Nacken schlossen, ihn festhielten und jemand unzusammenhängende Worte in sein Ohr zu stammeln begann.

»Langsam, langsam«, protestierte Smith. Er atmete immer noch mühsam und rang nach Luft, aber trotzdem brachte er noch genügend Energie auf, um sich zu ihr herunterzubeugen und sie zu küssen. »Das ist ein schwerer Verstoß gegen die Dienstvorschriften. Aber ich werde diesmal davon absehen, Sie zur Meldung zu bringen.«

Sie umklammerte ihn noch immer, allerdings jetzt schweigend, als Lieutenant Schaffer auftauchte, sich erschöpft über das Fensterbrett zog und auf dem eisernen Bettgestell zusammensank. Sein Atem ging pfeifend, und er machte den Eindruck eines schwer leidenden Mannes.

»Gibt es denn in diesem Saftladen hier keine Fahrstühle?« beschwerte er sich. Um diese paar Worte herauszubekommen, mußte er zweimal Luft holen.

»Wohl ein bißchen aus der Übung, was?« fragte Smith ohne Mitleid. Er ging zur Tür, machte das Licht an und blitzschnell wieder aus. »Verdammt! Hol schnell das Seil heraus! Und dann die Vorhänge zu.«

»Genauso müssen früher Galeerensträflinge behandelt worden sein«, ließ sich Schaffer vernehmen. Aber innerhalb von zehn Sekunden hatte er das Seil eingeholt und die Vorhänge zugezogen. Smith schob in der Zwischenzeit das Bett wieder an seinen Platz. Schaffer stopfte das Seil in den Rucksack, in dem sich außer ihren Schneetarnanzügen und den Maschinenpistolen auch noch einige Handgranaten und plastisches Sprengmaterial befanden. Er war gerade dabei, den Rucksack zuzuschnüren, als man hörte, wie ein Schlüssel von draußen ins Schloß gesteckt wurde.

Smith deutete Mary mit einer Handbewegung an, stehenzubleiben, während er sich schnell hinter die Tür stellte. Schaffer war, trotz seiner völligen Erschöpfung, mit der Schnelligkeit und Lautlosigkeit einer Katze hinter dem Bett verschwunden. Die Tür öffnete sich, und ein junger Oberleutnant trat in das Zimmer. Als er Mary erblickte, die sich erschrocken die Hand vor den Mund hielt, blieb er stehen. Seine Züge zeigten Erstaunen, ein Erstaunen, das sich sogleich in ein erwartendes Lächeln verwandelte, als er durch die geöffnete Tür weiter in das Zimmer ging. Smith's erhobener Arm schlug mit voller Kraft zu, und der junge Offizier stürzte zu Boden wie ein gefällter Baum.

Während Smith die Pläne des Schlosses, die ihm Mary gegeben hatte, aufmerksam studierte, fesselte Schaffer den Oberleutnant mit einem Stück Nylonseil, knebelte ihn mit Isolierband und verstaute ihn dann, als Paket verschnürt, im unteren Teil des Schrankes. Um ganz sicherzugehen, stellte er auch noch das Bett vor die Schranktür.

»Von mir aus kann es losgehen, Boß.«

»Sofort. Ich weiß, wo wir hinmüssen. Erst nach links, die Treppe hinunter und dann die dritte Tür links. Der goldene Empfangssaal. Dort hält Herr Oberst Kramer Hof. Alles perfekt, inklusive Chorgestühl.«

»Was ist denn ein Chorgestühl?« fragte Schaffer.

»Ein Gestühl für den Chor. Die nächste Tür rechter Hand

bringt uns in den Ostflügel, dort geht es wieder abwärts. Dann die zweite Tür links. Dort ist die Telefonzentrale.«

»Aber warum denn dahin?« fragte Schaffer, »wir haben doch schon die Leitungen unterbrochen.«

»Aber nicht die, die vom Schloß direkt ins Lager führen. Wollen Sie, daß ein ganzes Gebirgsjägerregiment hier heraufbeordert wird?« Er wandte sich an Mary: »Steht der Hubschrauber noch auf dem Hof?«

»Als ich ankam, war er noch da.«

»Der Hubschrauber?« wunderte sich Schaffer. »Was sollen die denn schon mit der kleinen Motte anfangen?«

»Das kann ich Ihnen ganz genau sagen. Sie könnten diese kleine Motte zum Beispiel benützen, um Carnaby damit von hier wegzuschaffen – es *könnte* immerhin sein, daß sie nervös werden, wenn sie herausbekommen, daß wir uns hier herumtreiben ... oder sie könnten den Hubschrauber einsetzen, um unsere Flucht zu vereiteln.«

»*Falls* wir jemals fortkommen.«

»Das steht nicht zur Debatte. Wie gut verstehen Sie sich darauf, einen Hubschrauber einsatzunfähig zu machen, Lieutenant Schaffer? Aus Ihrer Personalakte konnte ich entnehmen, daß Sie, ehe man sich auch der allerletzten Elemente in den Staaten erinnerte und Sie einzog, angeblich ein äußerst vielversprechender Rennfahrer und fähiger Mechaniker gewesen sein sollen.«

»Ich habe mich freiwillig gemeldet«, berichtigte Schaffer würdevoll. »Was meine Fähigkeiten betrifft, so bin ich mir nicht ganz sicher, aber wenn Sie mir einen vier Pfund schweren Hammer in die Hand drücken, bin ich gern bereit, Ihnen zu versprechen, alles, vom Traktor bis zum Fahrrad, fahruntüchtig zu machen.«

»Und wie sieht es ohne den Vierpfünder aus? Wir haben hier nämlich nicht gerade eine Tagung der Kesselmacher.«

»Man hat mir nachgesagt, daß ich manchmal auch mit so etwas wie Finesse arbeite.«

Smith wandte sich an Mary: »Von wo aus können wir denn den Apparat sehen?«

»Ungefähr fünf Schritte von hier entfernt«, sie zeigte dabei in Richtung der Tür, »jedes Fenster im Gang von Schloß Adlershorst führt auf den Innenhof.«

Smith öffnete die Tür, sah prüfend den Gang hinauf und hinunter und trat an eins der gegenüberliegenden Fenster. Schaffer war sofort neben ihm.

Das Kommen und Gehen des Mondes beeinträchtigte die Sicht im Hof nicht im geringsten. Zwei große Bogenlampen beleuchteten die verbarrikadierten Torflügel. Eine dritte befand sich am anderen Ende des Hofes über dem Haupteingang zum Schloß. In einer Höhe von etwa drei Metern waren an der Ost- und der Westmauer vier Sturmlaternen verteilt. Aus etwa einem Dutzend Fenstern an der Ost- und Nordseite des Schlosses fiel Helligkeit in den Hof. Das meiste Licht aber lieferte ein großer Scheinwerfer, der so aufgestellt war, daß er den Hubschrauber beleuchtete und damit auch die zum Schutz über den Hubschrauber gelegte Plane. Man konnte eine Gestalt im grünen Overall und einer Schirmmütze erkennen, die am Motor beschäftigt war. Smith berührte Schaffers Arm, und sie kehrten wieder in das Zimmer zurück, in dem Mary auf sie wartete, wobei sie die Tür erneut sorgfältig verschlossen.

»Das scheint mir eine ganz einfache Sache zu sein«, meinte Schaffer, »dafür zu sorgen, daß diese kleine Motte nicht mehr aufsteigt. Ich gehe zum Hauptportal, dort überwältige ich die vier Wachtposten, dann erwürge ich die vier Dobermänner, danach erledige ich zwei oder drei weitere Typen – bewaffnete Typen natürlich . . ., die die ganze Zeit im Hof zu patrouillieren scheinen, es folgt die Überwältigung von etwa zwanzig Soldaten, die gerade gegenüber in einer Art von Kantine Bier trinken; zu guter Letzt mache ich den Burschen am Hubschrauber fertig und dann die Maschine unbrauchbar. Ich meine, diese Kleinigkeit fällt doch dann gar nicht mehr ins Gewicht, oder?«

»Es wird uns schon irgend etwas einfallen«, beruhigte Smith ihn.

»Ich möchte fast wetten, daß Ihnen bereits irgend etwas

eingefallen *ist*«, antwortete Schaffer mißmutig, »genau das habe ich befürchtet.«

»Wir vergeuden hier unsere Zeit. Den brauchen wir nicht mehr.« Smith faltete den Plan zusammen, gab ihn Mary und runzelte die Stirn, als sie ihn in ihre Handtasche steckte. »Du solltest wirklich langsam Bescheid wissen. Die Lilliput: die sollst du an dir selbst tragen und nicht in der Handtasche. Hier«, er gab ihr die Mauserpistole, die er Oberst Weissner abgenommen hatte. »Die tust du in die Handtasche, und die Lilliput versteckst du irgendwo an dir, los.«

»Wenn ich wieder in meinem Zimmer bin, gerne«, zierte sie sich.

»All diese neugierigen Yankee-Lieutenants, die hier herumlungern, was?« Schaffer schüttelte traurig den Kopf. »Ich danke Gott dafür, daß ich ein anderer Mensch geworden bin.«

»Er strebt jetzt nach Höherem«, erklärte Smith. Er sah auf seine Uhr. »Wir brauchen genau dreißig Minuten.«

Sie gingen vorsichtig durch die Tür und dann forsch und ohne den Versuch zu machen, sich zu verbergen, den Gang hinunter. Smith hatte den Rucksack, in dem sich die Maschinenpistole, das Seil, die Handgranaten und der Sprengstoff befanden, lässig in der Hand. So marschierten sie unverfroren an einem bebrillten Soldaten, der einen Aktenstoß, und einem Mädchen, das ein beladenes Tablett trug, vorüber, ohne irgendwelche Aufmerksamkeit zu erregen. Am Ende des Ganges kamen sie an die Freitreppe, die sie drei Stockwerke hinunterführte, bis sie auf der Höhe des Innenhofes angekommen waren. Ein kurzer, breiter Gang, an dessen Seiten sich je eine Tür befand, brachte sie zu dem Haupteingang, der auf den Hof hinausführte.

Smith öffnete das Tor und sah nach draußen. Das Bild, das sich ihm bot, entsprach leider nur allzusehr der ausführlichen Beschreibung, die Schaffer vor kurzem zum besten gegeben hatte: Viel zu viele Wachtposten und Hunde störten den Seelenfrieden der beiden. Der Mechaniker im Overall arbeitete noch immer an der Maschine. Smith schloß leise die Tür und wandte seine Aufmerksamkeit der ihm am nächsten liegenden rechten zu. Sie war verschlossen. Er sagte zu Schaffer: »Passen Sie mal auf, daß niemand gerade den Flur herunterkommt.«

Schaffer ging. Sobald er am Ende des Ganges angelangt war, holte Smith sein Bündel Dietriche hervor. Der dritte Schlüssel paßte, und die Tür gab nach. Er machte Schaffer ein Zeichen, zu ihm zu kommen.

Nachdem sie die Tür hinter sich wieder verschlossen hatten, sahen sie sich in dem Raum um. Er wurde durch das vom Hof hereinscheinende Licht für ihre Zwecke ausreichend erhellt. Offensichtlich befanden sie sich auf der Feuerwache von Schloß Adlershorst. An den Wänden hingen Trommeln mit aufgerollten Schläuchen, Asbestanzüge, Schutzhelme, Feueräxte, auf Rädern angebrachte Handpumpen und Sauerstoffzylinder. Eine ganze Anzahl weiterer kleiner Zylinder für die Bekämpfung von Öl- und elektrischen Bränden nahmen den meisten Platz ein.

»Das ist ja ideal«, murmelte Smith.

»Könnte gar nicht besser sein«, stimmte Schaffer zu, »sagen Sie, wovon reden Sie eigentlich?«

»Wenn wir jemanden hierherbringen«, erklärte Smith, »dann wird er doch wohl kaum entdeckt werden, es sei denn, es bricht irgendwo wirklich ein Feuer aus? Habe ich recht? Na also.« Er nahm Schaffer beim Arm und führte ihn zum Fenster. »Der Bursche dort bei dem Hubschrauber, würden Sie nicht sagen, daß er so ungefähr ihre Figur hat?«

»Ich bin mir nicht sicher«, gab Schaffer zurück, »und falls Sie tatsächlich denken, was ich glaube, daß Sie es denken, dann will ich dessen auch gar nicht so sicher sein.«

Smith schloß die Holzläden vor dem Fenster, ging zur Tür und knipste das Licht an.

»Haben Sie eine bessere Idee?«

›Geben Sie mir doch Zeit«, maulte Schaffer.

»Ich kann Ihnen nicht etwas geben, was wir nicht haben. Ziehen Sie Ihre Jacke aus, und richten Sie Ihre Luger schußbereit auf den Eingang. Ich bin in einer Minute zurück.«

Smith öffnete die Tür, trat schnell hinaus, ohne sie wieder hinter sich abzuschließen. Er ging durch das Tor und die paar Schritte weiter auf den Hof. Bei der kleinen Leiter, die in das Innere des Hubschraubers führte, hielt er an und sah zu dem Mann hinauf, der über ihm arbeitete – ein großer, drahtiger Kerl mit einem schmalen, intelligenten Gesicht, der im Augenblick recht kummervoll dreinschaute. Wenn er gezwungen gewesen wäre, bei dieser Eiseskälte mit bloßen Händen und Metall-Werkzeugen hier draußen zu arbeiten, hätte er sicher ebenso kummervoll ausgesehen, vermutete Smith.

»Sind Sie der Pilot?« fragte Smith.

»Kaum zu glauben, was?« sagte der Mann im Overall bitter. Er legte einen Schraubenzieher fort und blies in die Hände. »Zu Hause in Tempelhof habe ich zwei Mechaniker für diese Maschine, einen schwäbischen Landwirt und einen Hufschmied aus dem Harz. Wenn ich weiter am Leben bleiben möchte, mache ich lieber meine Arbeit selbst. Was wollen Sie denn?«

»Ich nichts. Generalfeldmarschall Rosemeyer ist am Telefon.«

»Der Generalfeldmarschall?« Der Pilot hob erstaunt die Augenbrauen. »Ich habe doch erst vor fünfzehn Minuten mit ihm gesprochen.«

»Irgendein Gespräch ist gerade von der Reichskanzlei in Berlin durchgekommen. Es scheint sich um etwas Dringendes zu handeln.« Smith's Stimme klang jetzt ein wenig ungeduldig. »Sie beeilen sich besser. Dort durch das Eingangstor und dann gleich die erste Tür rechts.«

Smith trat zur Seite, um den Piloten herunterklettern zu lassen, und blickte sich beiläufig um. Ein Wachtposten mit einem Dobermann an der Leine stand keine zehn Meter von ihm entfernt, ohne ihm besondere Aufmerksamkeit zu schenken. Sein verkniffenes, bläuliches Gesicht verschwand beinahe in dem hochgeschlagenen Kragen, und die Hände waren tief in den Manteltaschen vergraben, der gefrorene Atem hing schwer in der Luft. Der war viel zu sehr mit seinen eigenen Nöten beschäftigt, um seine Zeit mit sinnlosen Verdächtigungen zu vergeuden. Smith drehte sich um und folgte dem Piloten durch den Toreingang, während er unmerklich seine Lugerpistole aus der Tasche nahm und sie beim Lauf packte.

Smith hatte eigentlich nicht vorgehabt, den Piloten von hinten mit dem Pistolenkolben niederzuschlagen, aber er hatte keine andere Wahl. Sobald der Pilot durch die Seitentür getreten war und dort in einer Entfernung von einem Meter Schaffers Pistole auf sich gerichtet sah, die genau auf seine Brust zeigte, hoben sich seine Schultern ... das war die Vorbereitung, das wußte Smith, nicht für Widerstand oder einen Kraftakt, sondern für einen Hilferuf. Schaffer fing ihn auf, als er nach vorn fiel, und ließ ihn zu Boden gleiten.

In großer Eile öffneten sie den Reißverschluß des Overalls, fesselten und knebelten den Bewußtlosen und legten ihn in einen Winkel der Feuerwache. Man konnte wirklich nicht behaupten, daß der Overall Schaffer wie ein Maßanzug paßte, aber das tun Overalls ja sowieso nur ganz selten. Schaffer vertauschte die Mütze des Piloten mit seiner eigenen und zog den Schirm soweit wie möglich ins Gesicht. Dann ging er.

Smith machte das Licht wieder aus und stieß die Holzläden auf. Er öffnete das eine Fenster und hielt sich, die Pistole in der Hand, so im Schatten, daß man ihn von draußen nicht sehen konnte. Schaffer kletterte bereits die Sprossen der Leiter zum Hubschrauber hinauf. Der Wachtposten war jetzt nur ein paar Schritte von ihm entfernt. Er hatte die Hände aus den Taschen genommen und bearbeitete seinen Körper mit den Armen, um sich zu wärmen.

Dreißig Sekunden später kletterte Schaffer die Leiter bereits wieder herunter und hielt in seiner linken Hand irgendein Maschinenteil. Als er unten angekommen war, besah er sich das Teil noch einmal genauer und schüttelte angewidert den Kopf. Mit einer halb grüßenden Bewegung zum Wachtposten, der sich überhaupt nicht um ihn kümmerte, wandte er sich um und ging wieder auf den Toreingang zu. Noch ehe er wieder im Feuerwachraum eintraf, hatte Smith die Holzläden geschlossen und das Licht angemacht.

»Das war wirklich schnelle Arbeit«, lobte Smith.

»Die Furcht verlieh ihm Flügel«, zitierte Schaffer säuerlich, »wenn ich nervös bin, bin ich immer schnell. Haben Sie die schauerlichen Reißzähne von dem grauenhaften Biest da draußen gesehen?« Er betrachtete das mitgebrachte Maschinenteil noch einmal mit Vergnügen, warf es zu Boden und zertrat es mit dem Absatz. »Die Verteilerkappe. Ich wette, daß sie in ganz Bayern keinen Ersatz dafür finden. Nicht für diese Maschine. Und nun nehme ich an, daß meine nächste Aufgabe darin besteht, das Double für den Mann in der Telefonzentrale zu machen.«

»Nein. Wir wollen ja schließlich Ihre thespische Berufung nicht überbeanspruchen.«

»Meine was?« fragte Schaffer argwöhnisch. »Das hört sich wie eine ziemlich gemeine Bemerkung an.«

»Ihre schauspielerischen Fähigkeiten. Den einzigen Menschen, den Sie heute abend noch zu doubeln haben werden, ist ein gewisser Lieutenant Schaffer von der OSS, den ahnungslosen Amerikaner in der Fremde.«

»Das sollte mir nicht zu schwerfallen«, meinte Schaffer bitter. Er bedeckte mit dem Overall, den er sich gerade ausgezogen hatte, den bewußtlosen Piloten. »Es ist ja schließlich eine kalte Nacht. So, nun los zur Telefonzentrale.«

»Jetzt nicht, aber bald. Vorher möchte ich gern noch feststellen, wie weit die da oben mit unserem alten Carnaby-Jones gekommen sind. Wollen doch mal nachsehen.«

Zwei Stockwerke höher und etwa in der Mitte des Hauptganges hielt Smith vor einer Tür an. Auf ein Nicken von ihm griff Schaffer nach dem Lichtschalter. Bis auf einen schwachen Schimmer von beiden Enden des Ganges her war es jetzt vollkommen dunkel. Smith öffnete die Tür vorsichtig, nur etwa dreißig Zentimeter weit, beide Männer schlüpften durch den Spalt, und Smith schloß sie schnell und leise wieder.

Der Raum – wenn man einen riesigen Saal überhaupt als Raum bezeichnen konnte – war fünfundzwanzig Meter lang und zehn Meter breit. Drei große Kronleuchter leuchteten hell und warm am oberen Ende, dadurch lag der Teil, in dem sich jetzt Smith und Schaffer aufhielten, fast völlig im Dunkeln.

Sie standen nicht etwa auf dem Boden des Raumes, sondern auf einer Plattform, etwa drei Meter über dem Boden. Es handelte sich um eine massive, geschnitzte Eichengalerie, die ursprünglich für einen kleinen Chor vorgesehen war. Diese Empore nahm, in einer Breite von zehn Metern, eine Seite ganz ein und lief dann noch bis zu einem Drittel an den beiden anderen Seiten entlang. Auf ihr befanden sich einige Reihen hölzerner Bänke und eine Orgel, direkt neben dem Eingang, durch den sie gerade getreten waren. Der größte Teil der Orgelpfeifen war auf der anderen Seite der Tür zu sehen. Wer immer sich dieses Schloß gebaut hatte, schien eine Vorliebe für Musik, besonders für Chor- und Orgelmusik, gehabt zu haben. Vielleicht hatte er auch nur geglaubt, er hätte sie. Von der Mitte der Galerie und direkt in Richtung auf die hinter ihnen liegende Tür führte eine kunstvoll geschnitzte Holztreppe zu dem Raum, der der ›Goldene Saal‹ genannt wurde, hinunter.

Eine treffende Bezeichnung, weiß Gott, dachte Smith. Alles hier war aus Gold, vergoldet oder schimmerte golden. Der riesige Teppich, der den ganzen Boden bedeckte, war goldfarben, seine Dicke hätte einen Eisbären vor Neid grün werden lassen. Die schweren Barockmöbel mit geschnitzten, sich windenden Schlangen und Wasserspeierköpfen waren vergoldet, die riesigen Sofas und Sessel mit verstaubtem Goldlamé überzogen.

Vor dem Kamin saßen behaglich drei Männer, die den Eindruck erweckten, als wären sie mitten in einer freundschaftlichen Unterhaltung nach dem Abendessen mit Kaffee und Kognak, der ihnen – wie konnte es anders sein – auf einem goldenen Servierwagen von Anne-Marie gebracht wurde. Anne-Marie hatte, genau wie die Eichentäfelung, einen Fehler begangen, und das war enttäuschend: Statt eines Abendkleides aus Goldlamé trug sie eins aus weißer Seide, das allerdings, zugegebenermaßen, sehr gut zu ihren blonden Haaren und der Sonnenbräune paßte. Sie sah aus, als wollte sie gerade in die Oper gehen.

Den Mann, der mit dem Rücken zu Smith saß, hatte dieser noch nie gesehen, aber da er die beiden anderen sofort erkannte, war ihm klar, um wen es sich hier handeln mußte: um den Obersten Paul Kramer, den stellvertretenden Chef des deutschen Geheimdienstes, von dem die britische Abwehr behauptete, daß er der hervorragendste und intelligenteste Kopf des deutschen Geheimdienstes wäre. Smith wußte, daß es sich bei ihm um den Mann handelte, dem seine größte Aufmerksamkeit gelten mußte und den man zu fürchten hatte. Oberst Kramer stand in dem Ruf, niemals einen Fehler zweimal zu begehen ... und niemand konnte sich erinnern, wann er jemals den ersten Fehler begangen hatte.

Während Smith ihn beobachtete, bewegte sich Oberst Kramer, goß sich etwas Kognak aus der Flasche mit altem Napoleon, die neben ihm stand, in sein Glas und sah dabei zuerst den Mann zu seiner Linken an, einen großen, älteren, aber noch immer gutaussehenden Mann in der Uniform eines Generalfeldmarschalls des Heeres – der in diesem Augenblick ein ziemlich mürrisches Gesicht machte –, und dann den Mann zu seiner Rechten, einen sehr distinguiert aussehenden Typ mit eisgrauem Haar, in der Uniform eines Generalleutnants der Armee der Vereinigten Staaten von Amerika. Ohne eine Rechenmaschine war es einfach unmöglich festzustellen, welcher der beiden Generale mehr Orden auf der Brust trug.

Kramer nippte an seinem Kognak und sagte mit ernster Stimme: »Sie machen die ganze Angelegenheit für mich sehr schwierig, General Carnaby. Wirklich äußerst schwierig.«

»Aber die Schwierigkeiten machen Sie sich doch nur selber, mein lieber Kramer«, antwortete Cartwright Jones leichthin, »Sie und auch Feldmarschall Rosemeyer hier ...

es *gibt* doch überhaupt keine Schwierigkeiten.« Er wandte sich zu Anne-Marie und lächelte sie an: »Meine Liebe, würden Sie mir wohl bitte noch etwas von diesem augezeichneten Kognak geben. Ich kann Ihnen nur versichern, meine Herren, daß wir in unserem Hauptquartier bei SHAEF nichts Ebenbürtiges zu bieten hätten. Obwohl Sie sich hier in Ihrem Alpenschlupfwinkel etwas abseits vorkommen mögen, auf alle Fälle haben Sie es verstanden, Ihren Lebensstandard aufrechtzuerhalten.«

Im Halbdunkel der Galerie stieß Schaffer Smith mit dem Ellbogen an.

»Wie kommt es denn, daß der alte Carnaby-Jones hier herumsitzt und Kognak säuft?« fragte er mit leichter Mißbilligung in der Stimme. ›Warum drehen die ihn nicht durch den Wolf oder haben ihn wenigstens mit Scopolamine vollgestopft, und er erzählt ihnen jetzt schweißgebadet seine ganze Geschichte?«

»Psst!« Der Rippenstoß, den er von Smith erhielt, ließ ihn sofort verstummen.

Cartwright Jones lächelte Anne-Marie dankend zu, als sie ihm etwas Kognak nachschenkte, dann trank er einen kleinen Schluck, seufzte befriedigt und fuhr fort: »Oder haben Sie vergessen, Feldmarschall Rosemeyer, daß auch das Deutsche Reich die Konvention von Den Haag unterschrieben hat?«

»Ich habe es nicht vergessen«, antwortete der Generalfeldmarschall, offensichtlich peinlich berührt, »und wenn es nach mir ginge ... General Carnaby, meine Hände sind gebunden ... ich erhalte meine Befehle direkt aus dem Führerhauptquartier.«

»Und Sie können dem Führerhauptquartier alles mitteilen, worauf es ein Anrecht hat«, meinte Carnaby-Jones ungerührt, »ich bin General ... um genau zu sein, Generalleutnant ... George Carnaby von der Armee der Vereinigten Staaten von Amerika.«

»Und Sie sind außerdem der Chef-Koordinator der Planungskommission für die Errichtung einer ›Zweiten Front‹, fügte Rosemeyer mürrisch hinzu.

»Der »Zweiten Front‹?« fragte Carnaby-Jones interessiert. »Was ist denn das?«

Generalfeldmarschall Rosemeyer sagte daraufhin mit sehr ernster Stimme: »General Carnaby, ich habe getan, was ich konnte. Sie müssen mir glauben. Ich habe das Führerhauptquartier sechsunddreißig Stunden hingehalten. Ich habe das Oberkommando überzeugt – oder vielmehr zu überzeugen *versucht,* daß allein die *Tatsache* Ihrer Gefangennahme die Alliierten dazu zwingen wird, alle ihre Invasionspläne zu ändern. Aber das scheint denen noch nicht zu genügen. Darf ich Sie damit zum letztenmal auffordern, mir ...«

»Ich bin Generalleutnant George Carnaby«, unterbrach ihn Carnaby-Jones ruhig, »von der Armee der Vereinigten Staaten von Amerika. Das ist alles, was Sie von mir erfahren.«

»Ich habe nichts anderes erwartet«, seufzte Rosemeyer müde, »wie könnte sich auch ein hoher Berufsoffizier anders verhalten? Ich fürchte, die Angelegenheit geht jetzt in die Hände von Oberst Kramer über.«

Carnaby-Jones trank wieder einen Schluck Kognak und sah dann Kramer nachdenklich an: »Unser Oberst scheint auch nicht gerade sehr glücklich über das Ganze zu sein.«

»Das bin ich auch nicht«, gab Kramer zu, »aber die Sache liegt auch nicht in meiner Hand. Auch ich habe meine Befehle auszuführen. Anne-Marie wird sich um den Rest kümmern.«

»*Diese* charmante junge Dame«, Carnaby-Jones lächelte ungläubig, »als eine Meisterin der Daumenschrauben?«

»Eine Meisterin der Injektionsspritze«, sagte Kramer kurz, »sie war früher Krankenschwester. Staatlich geprüft.« Es läutete, und Kramer nahm den Telefonhörer ab, der Apparat stand direkt neben ihm auf einem kleinen Tisch. »Ja? Aha! Sie sind doch sorgfältig durchsucht worden? Sehr gut. Jetzt, sofort.« Er sah auf Carnaby-Jones. »Ja, ja, ja, jetzt kommt eine recht interessante Gesellschaft hier herauf, General Carnaby. Wirklich sehr interessant. Fallschirmjäger.

Eine Rettungsmannschaft . . . für Sie. Ich bin sicher, daß Sie sich sehr freuen werden, einander kennenzulernen.«

»Ich habe wirklich nicht die leiseste Ahnung, wovon Sie sprechen«, sagte Carnaby-Jones uninteressiert.

»Die Rettungsmannschaft haben wir schon gesehen«, flüsterte Smith Schaffer zu, »und wir werden diese Bekanntschaft ohne Zweifel bald vertiefen. Also los, kommen Sie.«

»Was denn? Jetzt?« Schaffer deutete mit dem Daumen auf Carnaby-Jones. »Gerade jetzt, wenn die sich des alten Jungen da unten annehmen wollen?«

»Sie sehen immer alles von Ihrem proletarischen Standpunkt, Leutnant!« flüsterte Smith. »Die sind doch zivilisiert. Erst werden sie noch in Ruhe ihren Kognak austrinken. Erst *dann* beginnt man mit der Arbeit.«

»Sie haben schon recht«, sagte Schaffer bedauernd, »ich komme eben doch nur aus Montana.«

Genauso leise, wie sie gekommen waren, verließen die beiden die Galerie wieder und schlossen die Tür hinter sich. In dem fahlen Schimmer an den Enden des Ganges konnten sie sehen, daß die Luft rein war. Smith knipste das Licht wieder an. Mit schnellem Schritt gingen sie durch den Gang und eine Treppe hinunter. Dort wandten sie sich nach links und hielten vor einer Tür an, auf der ein Schild mit der Aufschrift *Telefonzentrale* angebracht war.

»Telefonzentrale«, las Schaffer laut.

Smith nickte mit ironischer Bewunderung und legte ein Ohr an die Tür. Dann kniete er sich hin und schaute durch das Schlüsselloch. Noch immer in dieser Stellung, drückte er die Türklinke leise herunter. Sollte er ein Geräusch verursacht haben, dann wurde es durch eine Stimme, die offensichtlich telefonierte, übertönt. Die Tür war verschlossen. Langsam ließ Smith den Griff wieder los, richtete sich auf und schüttelte den Kopf.

»Was für ein mißtrauischer Haufen«, beschwerte sich Schaffer, »los, die Nachschlüssel.«

»Der Telefonist würde uns hören. Probieren wir es an der nächsten Tür.«

Die nächste war nicht verschlossen. Sie gab sofort nach. Das Zimmer lag in völliger Dunkelheit und schien leer zu sein.

»Einen Moment, bitte«, sagte eine eisige Stimme hinter ihnen.

Schnell, jedoch nicht zu schnell, drehten sich Schaffer und Smith um. Einen knappen Meter von ihnen entfernt stand ein Soldat, den Karabiner im Anschlag. Seine Augen betrachteten aufmerksam und argwöhnisch die beiden Männer und blieben auf dem Rucksack in Smith's Hand hängen. Smith starrte den Mann an und hob befehlend den Finger an die Lippen.

»Dummkopf!« flüsterte Smith wütend durch zusammengebissene Zähne. »Ruhe! Engländer!«

Er wandte sich ungeduldig ab und blickte angestrengt durch die noch immer halboffene Tür. Seine erhobene Hand befahl absolute Ruhe. Einige Sekunden später richtete er sich völlig auf und trat ein wenig zur Seite, wobei er die Lippen zusammenpreßte und Schaffer vielsagend ansah. Schaffer übernahm seine Stellung und blickte hinaus. Smith konnte beobachten, wie im Gesicht des Soldaten das Mißtrauen der Neugierde wich. Auch Schaffer richtete sich jetzt auf und sagte ganz leise: »Was um Himmels willen machen wir denn jetzt?«

»Das weiß ich auch nicht«, flüsterte Smith besorgt zurück, »Oberst Kramer will sie lebend haben. Aber . . .«

»Was ist los?« wollte der Soldat, plötzlich ebenfalls flüsternd, wissen. Durch die Nennung des Namens von Oberst Kramer war sein letzter Argwohn verschwunden. »Um wen geht es denn?«

»Sind Sie noch immer da?« fragte Smith gereizt. »Also gut, los, kommen Sie schon, und sehen Sie raus. Aber ein bißchen schnell!«

Die Augen des Soldaten glänzten bereits vor Neugierde, vielleicht träumte er auch schon von einer kommenden Beförderung. Er ging auf Zehenspitzen auf Schaffer zu, der bereitwillig Platz machte und ihn so an seinen Platz treten ließ.

Die Läufe von zwei Lugerpistolen, die sich fast gleichzeitig in seine Schläfen bohrten, machten seinen Träumen von einem schnellen militärischen Vorwärtskommen ein jähes Ende. In Windeseile wurde er herumgedreht und in den Raum gestoßen. Bis er sich wieder aufgerappelt hatte und an der Wand stand, war die Tür zu, das Licht an, und zwei Pistolen richteten sich drohend auf ihn.

»Was Sie da auf unseren Waffen sehen, sind Schalldämpfer«, erklärte Smith ruhig, »wenn Sie nicht den Helden spielen, wird auch nicht geschossen. Für das Vaterland zu sterben ist noch zu verstehen, aber sein Leben völlig grundlos zu verspielen ist etwas, was man nur mit Dummheit bezeichnen kann. Legen Sie sich auf den Boden, und falten Sie die Hände auf dem Rücken.«

Wie Smith sich überzeugte, befanden sie sich in einem kleinen Zimmer, dessen Wände von metallenen Regalen und Aktenschränken eingenommen wurden. Offensichtlich eine Art Archiv. Die Chancen, daß sich jemand hierher verirrte, waren nicht sonderlich groß, und außerdem hatten sie in ihrer jetzigen Situation gar keine andere Wahl. Smith wartete, bis Schaffer den Gefangenen gefesselt und geknebelt hatte, und legte dann seine Pistole beiseite, um Schaffer zu helfen, den Mann an zwei eisernen Metallstützen festzubinden. Danach ging er zum Fenster, öffnete es vorsichtig und sah hinaus.

Trotz des leichten Schneefalls konnte er unten im Tal die Lichter des Dorfes und den schwachen Widerschein des noch immer schwelenden Bahnhofes erkennen. Dann blickte Smith nach rechts. Das erleuchtete Fenster der Telefonzentrale befand sich in unmittelbarer Nähe. Unterhalb des Fensters lief ein schweres, metallverkleidetes Kabel, das an einem fast ebenso dicken Seil befestigt war, an der Schloßmauer nach unten, bis es in der Dunkelheit verschwand.

»*Ist* es das?« Schaffer stand jetzt neben ihm.

»Genau. Geben Sie mir mal unsere Leine her.«

Smith schob sich mit den Beinen in eine Sitzschlinge, kletterte dann über das Fensterbrett und ließ sich langsam hinunter, bis seine Arme völlig gestreckt waren, während Schaffer das andere Ende des Seils um den Fuß eines der Regale gewunden hatte und sich noch zusätzlich mit seinem Körper dagegenstemmte, um das Gegengewicht zu halten. Smith ließ jetzt das Fensterbrett los und wurde von Schaffer ruckweise nach unten gelassen, bis er sich zweieinhalb bis drei Meter unterhalb des Fensters befand. Dann benutzte er seine eine freie Hand und beide Füße, um sich damit von der Mauer abzustoßen, und begann hin und her zu pendeln, wobei ihn Schaffer, soweit möglich, bei jedem Schwung unterstützte. Beim fünften Versuch erwischten die Finger seiner linken Hand Kabel und Seil. Schaffer ließ sofort ein wenig Leine nach, und Smith konnte sich nun mit beiden Händen dort festhalten. Er kletterte die paar Meter bis zum über ihm liegenden Fenster hoch. Er war fast sicher, daß es sich bei dem Kabel, das seine Hände umklammerten, um die zentrale Telefonleitung handelte, aber eben doch nur *fast* sicher, und er hatte keine Lust, mit seinem Messer eventuell ein Starkstromkabel durchzuschneiden.

Er riskierte einen prüfenden Blick durch das Fenster und sah den Telefonisten, der ihm den Rücken zukehrte, angeregt telefonieren. Daraufhin zog er sich noch etwa einen halben Meter hoch und erkannte, daß ein Kabel, das in seinen Ausmaßen aufs Haar dem glich, an dem er sich gerade festhielt, unterhalb des Fensterbrettes in die Telefonzentrale bis zum Klappenschrank führte, darin verschwand und an keiner anderen Stelle des Zimmers wiederauftauchte. Er ließ sich daraufhin wieder etwas herunter, ergriff das Kabel mit der linken Hand, hielt es fest, schob mit der rechten sein Messer zwischen Kabel und Seil und begann zu sägen. Nachdem er die Klinge etwa zwölfmal hin und her gezogen hatte, war es durch.

Er steckte das Messer wieder in die Scheide und hievte sich nochmals zum Fenster hoch. Der Telefonist war noch immer schwer beschäftigt, aber er sprach nicht mehr, sondern drehte wie wild die Kurbel, die sich an der einen Seite des Klappenschrankes befand. Nachdem er eine Weile ohne jedes Ergebnis dieser Beschäftigung nachgegangen war, gab er es auf, saß einfach da und starrte seine Vermittlungsstelle an, wobei er hilflos den Kopf schüttelte. Smith gab Schaffer ein Zeichen, ließ das Kabel wieder los und schwang sich in seine alte Stellung unterhalb des anderen Fensters an der Schloßmauer zurück.

Innerhalb der letzten zehn Minuten hatte Mary mindestens zehnmal auf ihre Armbanduhr geblickt. Jetzt machte sie die erst halbgerauchte Zigarette aus, an der sie nervös gezogen hatte, stand von ihrem Stuhl auf und öffnete ihre Handtasche. Sie vergewisserte sich, daß die Mauserpistole in der Tasche entsichert war, schloß die Tasche wieder und ging durch das Zimmer. Sie hatte schon die Hand auf der Klinke, bereit, das Zimmer zu verlassen, als es klopfte. Einen Augenblick zögerte sie und sah kurz auf ihre Handtasche, verzweifelnd nach einer Möglichkeit suchend, sie verschwinden zu lassen. Aber es war bereits zu spät, irgend etwas verschwinden zu lassen. Die Tür öffnete sich, und ein strahlend lächelnder Hauptmann von Schlettersdorff stand im Türrahmen.

»Fabelhaft, mein Fräulein!« Er warf einen kurzen Blick auf die Handtasche und lächelte erneut, »ich habe aber wirklich Glück! Da bin ich ja gerade noch zur rechten Zeit gekommen, um Sie zu begleiten.«

»Mich zu begleiten ...« Sie unterbrach sich und lächelte nun ihrerseits. »Ich habe wirklich nichts Besonderes vor. Das kann schon warten. Sie wollten mich sprechen, Herr Hauptmann?«

»Aber selbstverständlich.«

»Weswegen?«

»›Weswegen‹, fragt sie! Wegen nichts! Das heißt, wenn Sie sich selbst als ›nichts‹ bezeichnen wollen. Ich wollte Sie einfach sehen. Ist das ein Verbrechen? Sie sind das hübscheste Mädchen, das wir je hier gesehen haben ...« Und wieder lächelte er; dieser Mann, der nur aus Lächeln zu bestehen schien, ergriff ihren Arm. »Kommen Sie, und lassen Sie sich mal ein wenig bayerische Gastfreundschaft zeigen. Kaffee gefällig? Wir haben hier eine ehemalige Waffenkammer, die wir in ein erstklassiges Café verwandelt haben . . .«

»Aber . . . aber mein Dienst?« fragte Mary, unsicher geworden. »Ich muß mich bei der Sekretärin vom Herrn Oberst melden . . .«

»Ach, die! Die lassen Sie mal ruhig warten!« In von Schlettersdorffs Stimme lag ausgesprochener Unmut: »Wir beide haben miteinander viel wichtigere Dinge zu besprechen.«

»Haben wir das?« Es war einfach unmöglich, sich seinem bezwingenden Lächeln zu entziehen und nicht automatisch zurückzulächeln, »was denn zum Beispiel«?

»Düsseldorf!«

»Düsseldorf?«

»Aber selbstverständlich! Schließlich handelt es sich dabei auch um meine Heimatstadt.«

»Düsseldorf ist auch Ihre Heimatstadt!« Wieder lächelte sie ihn an, und als kleine Zugabe drückte sie leicht seinen Arm. »Wie klein ist doch die Welt! Das *wird* uns beiden aber Spaß machen.«

Während sie gemeinsam fortgingen, fragte sie sich, wie es einem möglich war, nach außenhin zu lächeln und zu lächeln, während man sich innerlich wie gestorben vorkam.

## *7. Kapitel*

Zum zweitenmal innerhalb von fünfzehn Minuten hielten Smith und Schaffer vor der Tür an, die zu dem vergoldeten Gestühl im ›Goldenen Saal‹ führte.

Diesmal blieben Smith und Schaffer nicht im hinteren Teil der Empore stehen. Langsam und vorsichtig schlichen sie zum Anfang der Treppe, die in den ›Goldenen Saal‹ hinunterführte. Dort setzten sie sich auf die vorderste der Eichenbänke, jeder auf einer Seite des Ganges der Empore. So waren sie noch immer im Halbdunkel verborgen und konnten unmöglich von unten gesehen werden.

Der Vorrat von Oberst Kramers Kognak V.S.O.P. Napoleon schmolz zusehends zusammen, stellte Smith fest. Der Oberst, Generalfeldmarschall Rosemeyer, Cartwrigth Jones und Anne-Marie hatten Gesellschaft bekommen: Carraciola, Thomas und Christiansen. Die drei waren nicht mehr gefesselt und standen auch nicht mehr unter schwerer Bewachung. Im Gegenteil, es waren nirgendwo Wachtposten zu sehen, und die Männer saßen gemütlich nebeneinander auf der großen, mit Goldlamé überzogenen Couch. Jeder hielt ein Glas Kognak in der Hand, und in jedem Glas befand sich eine beachtliche Menge der goldbraunen Flüssigkeit. Sogar Anne-Marie hatte mittlerweile mit einem Drink in der Hand an der Party teilgenommen. Das Ganze machte den Eindruck, als hätte man sich hier zu einer improvisierten Feier zusammengefunden.

Kramer hob seinen Schwenker und prostete den Männern auf der Couch zu.

»Auf Ihr Wohl, meine Herren, auf Ihr ganz spezielles.« Er drehte sich zu Rosemeyer um. »Das hier sind drei der besten Leute in ganz Europa, Herr Generalfeldmarschall.«

»Ich nehme an, daß es solche Leute geben muß«, erwiderte der leicht angeekelt, »auf jeden Fall kann kein Zweifel an ihrem Mut bestehen.« Er beugte sich vor und warf sein Glas mit voller Kraft in den Kamin. Es zerbarst, und für einen kurzen Augenblick loderten die Flammen hoch. »So trinke *ich* auf das Wohl von erfolgreichen Doppelagenten.«

Schaffer beugte sich zu Smith hinüber und flüsterte: »Ich dachte, Sie hätten gesagt, er sei ein schlechter Schauspieler?«

»Niemand hat ihm jemals zuvor für einen einmaligen Auftritt fünfundzwanzigtausend Dollar gezahlt«, gab Smith leicht gequält zurück.

»Aber, aber, Herr General, das war bestes venezianisches Glas«, Oberst Kramer schüttelte leicht bedauernd den Kopf und lächelte, als er fortfuhr: »Aber es ist verständlich, daß man sich aufregt, wenn sich herausstellt, daß die heroischen

Retter in Wirklichkeit, nun, sagen wir einmal, mit der Gegenseite sympathisieren ...«

»Doppelagenten!« In seiner Verachtung schien Cartwrigth Jones das Wort beinahe auszuspucken.

Und wieder lächelte der Oberst Kramer nachsichtig und sprach jetzt die drei Männer auf der Couch direkt an:

»Und wie sollte es zurückgehen, meine Herren? Ist das genauso gut organisiert worden wie die Herreise?«

»Das ist so ungefähr das einzige, was uns der zugeknöpfte Soundso gesagt hat«, antwortete Carraciola verbittert, »ein Mosquitobomber soll uns mitnehmen. Bei Salen, einem kleinen Dorf nördlich von Frauenfeld in der Schweiz. Etwas nördlich von Salen liegt ein kleiner Zivilflugplatz.«

Schaffer beugte sich erneut über den Gang und flüsterte anerkennend: »Sie sind aber wirklich ein ganz schrecklicher Lügner, Boß.«

»Also Salen«, sagte Oberst Kramer, »der Flugplatz ist uns gut bekannt. Wir wissen genau, daß die Schweizer ein besonderes Talent dafür haben, beide Augen zuzumachen, wenn es in ihre Pläne paßt. Aus Gründen, die wiederum uns ins Konzept passen, protestieren wir nur selten dagegen. In Salen ereignen sich die seltsamsten Dinge ... Na, egal. Eine kurze Meldung nach London. Arrangieren Sie unseren Rückflug und so weiter. Dann mit einem Hubschrauber bis zur Grenze – das ist doch viel bequemer, als den Weg zu Fuß zurückzulegen, meine Herren –, danach geht es mit dem Schlauchboot über den Rhein, und von dort ist es nur noch ein kleiner Spaziergang. Sie werden, ehe Sie es sich versehen, wieder in Whitehall sein und dort die Überstellung von General Carnaby nach Berlin melden.«

»Zurück nach London?« Thomas schüttelte ablehnend den Kopf. »Das glauben Sie doch selbst nicht, Herr Oberst. Nicht, solange Smith und der Yankee sich noch auf freiem Fuß befinden. Was passiert denn, wenn die herausfinden, was hier gespielt wird? Was passiert, wenn die beiden nicht geschnappt werden? Was passiert, wenn es denen gelingt, eine Nachricht nach London durchzugeben ...?«

»Wofür halten Sie uns eigentlich?« antwortete Kramer müde. »Sie werden bei dieser Gelegenheit ebenfalls von dem bedauerlichen Tod Ihres Anführers berichten. Im selben Augenblick, in dem wir das noch warme Sprechfunkgerät entdeckten, haben wir die Bluthunde im Lager eingesetzt. Ihr ach so fabelhafter Major Smith war der letzte Mann, der das Gerät bediente, und er hat ganz klare Spuren hinterlassen. Die Hunde haben diese an der Ostseite des Tals entdeckt und bis zu einer Garage weiterverfolgt. Von dort aus führten sie zu der Talstation der Drahtseilbahn.«

»Die Kabine?« Thomas schien es kaum glauben zu können.

»Die Kabine, sehr richtig. Unser Major Smith ist entweder ein äußerst dummer oder ein äußerst gefährlicher Mann ... ich muß zugeben, daß ich nichts über ihn weiß. Und dort, an der unteren Station der Drahtseilbahn, haben unsere Bluthunde die Witterung verloren. Die Trainer haben mit ihren Tieren die Talstation umkreist und waren dann auch noch mit ihnen in der Kabine selbst. Trotz allem – nichts! Unsere Freunde scheinen sich dort ganz einfach in Luft aufgelöst zu haben.«

»Und dann hatte ein Mann die geniale Idee, sich diese ›Luft‹ mal etwas genauer anzusehen. Er kletterte auf das Dach der Talstation, und – Wunder über Wunder – dort fand er deutliche Anzeichen dafür, daß dort oben zwei Männer herumgekrochen waren. Danach war es nur logisch, das Dach der Kabine selbst einer Untersuchung zu unterziehen und – was soll ich Ihnen sagen ...«

»Sie sind hier oben!« stieß Christiansen hervor.

»Und sie werden nie mehr hier herauskommen«, Oberst Kramer lehnte sich bequem in seinem Sessel zurück, »seien Sie unbesorgt, meine Herren. Jeder Ausgang ist blockiert ... einschließlich der Schloß-Station der Drahtseilbahn. Wir haben die Wachtposten draußen verdoppelt, und der Rest unserer Leute hat gerade mit einer genauen Durchsuchung des Schlosses vom Keller bis zum Dach begonnen.«

Im Halbdunkel der Empore sahen Smith und Schaffer einander nachdenklich an.

»Ich weiß nicht«, sagte Thomas unsicher, »der Bursche ist ein verdammt listiger Teufel . . .«

Kramer hob die Hand.

»Fünfzehn Minuten. Das garantiere ich Ihnen.« Nun wandte er sich wieder an Cartwright Jones. »Ich möchte nicht behaupten, daß ich mich über das, was jetzt kommt, freue, Herr General, aber ich fürchte, wir sollten mit unserer . . . hm . . . medizinischen Behandlung langsam anfangen, meinen Sie nicht auch?«

Jones starrte Carraciola, Christiansen und Thomas an und sagte dann sehr langsam und klar: »Ihr verdammten Schweine!«

»Es widerspricht meinen Grundsätzen völlig, General Carnaby«, erklärte Generalfeldmarschall Rosemeyer bedrückt, »aber wenn wir ohne Gewaltanwendung nicht weiterkommen . . .«

»Grundsätze? Sie machen mich krank!« Cartwright Jones stand auf und stieß einen unterdrückten Schrei aus. »Zum Teufel mit euch allen! Die Konvention von Den Haag! Prinzipien! Offiziere und Herren des verdammten Dritten Reiches!« Er zog seine Uniformjacke aus, krempelte einen Ärmel hoch und setzte sich wieder in seinen Sessel.

Für einen Augenblick herrschte unbehagliches Schweigen. Dann nickte Oberst Kramer Anne-Marie zu, die ihr Glas abstellte, um dann zu einer Seitentür des goldenen Raumes zu gehen. Es war allen Anwesenden klar, daß Anne-Marie die Situation durchaus nicht als unbehaglich empfand: In ihrem Lächeln lag die freudige Erwartung der Dinge, die nun folgen würden, das heißt, soweit sie sich so etwas in der Gegenwart von Generalfeldmarschall Rosemeyer und Oberst Kramer erlauben konnte.

Wieder sahen Smith und Schaffer einander an, aber nicht mehr nachdenklich, sondern entschlossen, zwei Männer, die genau wußten, was sie zu tun hatten, und auch bereit waren, ihren Auftrag durchzuführen. Vorsichtig und leise erhoben sie sich und machten ihre Maschinenpistolen schußbereit. Dann gingen sie langsam die Treppe hinunter, wobei sich jeder so weit wie nur möglich an seiner Seite des geschnitzten Treppengeländers entlang bewegte, um auf diese Weise ein eventuelles Knarren der Treppenstufen zu vermeiden.

Als Anne-Marie das Zimmer wieder betrat, hatten sie gerade die Hälfte der Treppe hinter sich und lösten sich aus dem Halbdunkel. Anne-Marie brachte ein kleines glänzendes Metalltablett herein, auf dem eine kleine Glasfeile, eine Phiole mit einer fast farblosen Flüssigkeit und eine Spritze für intravenöse Einspritzungen lagen. Sie stellte es auf ein Tischchen in der Nähe von Cartwrigth Jones und feilte die Spitze der Ampulle durch.

Mittlerweile hatten Smith und Schaffer das Ende der Treppe erreicht und schritten auf die Gruppe zu, die um den Kamin herumsaß. Sie waren jetzt ganz aus dem Schatten herausgetreten und klar sichtbar für jeden, der sich die Mühe machte, den Kopf in ihre Richtung zu drehen. Aber keiner der Anwesenden machte sich die Mühe, alle saßen sie regungslos auf ihren Plätzen und starrten gebannt auf das, was sich da vor ihnen abspielte, mit verschiedenartigen Gesichtsausdrücken, aber alle fasziniert. Anne-Marie hatte inzwischen die Spritze aufgezogen und hielt sie gegen das Licht, um sie nochmals zu kontrollieren. Smith und Schaffer gingen weiter, ihre Schritte wurden von dem schweren goldfarbenen Teppich völlig verschluckt.

Vorsichtig und mit beinah dienstlicher Miene – nur das Lächeln umspielte noch immer ihre Lippen – betupfte Anne-Marie eine Stelle in der Armbeuge mit einem in Alkohol getränkten Wattebausch, und dann, während sich alle Zuschauer fast unmerklich in ihren Sitzen vorbeugten, ergriff sie mit der einen Hand den Unterarm von Cartwright Jones und mit der anderen die Spritze. Jetzt brauchte sie nur noch eine geeignete Vene.

»Das wäre wirklich nur eine Verschwendung von erstklassigem Scopolamine«, sagte Smith, »Sie werden aus ihm sowieso nichts herausbekommen.«

Für einen Augenblick herrschte ohrenbetäubende Stille, die Spritze fiel lautlos zu Boden, und dann fuhren alle gleichzeitig herum und starrten den zwei näher kommenden Gestalten entgegen, deren Maschinenpistolen langsam hin und her schwenkten. Wie vorauszusehen, war Oberst Kramer der erste, der sich von dem Schrecken erholte und reagierte. Unendlich langsam begann seine linke Hand sich auf einen Knopf in der Nähe seines Sessels hinzubewegen.

»Aber nicht doch, Herr Oberst«, tadelte Smith kopfschüttelnd.

Widerwillig zog Kramer seine Hand von dem Knopf zurück.

»Andererseits«, sagte Smith jovial, »warum eigentlich nicht? Klingeln Sie ruhig, wenn Sie durchaus wollen.«

Kramer sah ihn aus zusammengekniffenen Augen leicht verwirrt und voller Argwohn an.

»Wie Sie vielleicht schon festgestellt haben, Herr Oberst«, fuhr Smith fort, »ist meine Waffe nicht auf Sie gerichtet. Sie zielt auf ihn ...«, er schwang seine Maschinenpistole in Richtung auf Carraciola ... »auf ihn ...«, die Waffe zeigte jetzt auf Thomas ... »auf ihn ...«, sie richtete sich auf Christiansen ... »und auf ihn ...« Jetzt wirbelte er plötzlich herum und bohrte den Lauf seiner Schmeisser Schaffer in die Rippen. »Werfen Sie die Waffe weg! Los!«

»Die Waffe?« Er starrte ihn fassungslos an.

Smith trat schnell einen Schritt vor, und ohne dabei seine eigene MP loszulassen, riß er den Lauf der anderen hoch und rammte den Kolben in Schaffers Magengegend. Der stieß einen Schrei aus und fiel, beide Hände auf seinen Bauch pressend, nach vorn. Aber eine Sekunde später richtete er sich, offensichtlich unter großen Schmerzen, langsam wieder auf. Er starrte Smith haßerfüllt an, wobei ihm vor Wut fast die Augen aus den Höhlen traten, dann nahm er den Riemen seiner Maschinenpistole von der Schulter, und die Schmeisser fiel auf den Teppich.

»Setzen Sie sich dorthin!« Mit dem Lauf seiner Waffe deutete Smith auf einen Sessel, der zwischen Generalfeldmarschall Rosemeyer und der Couch stand, auf der die drei Männer saßen.

Schaffer schwankte leicht und stieß mühsam hervor: »Sie verdammter, lausiger, dreckiger, verräterischer . . .«

»Das sagen sie alle. Sie sind nicht mal originell.« Die Verachtung in seiner Stimme wurde zur Drohung: »Los, dort rüber!«

Schaffer schleppte sich zu dem ihm zugewiesenen Sessel und rieb sich die schmerzende Magengegend, dann sagte er: »Sie . . . und wenn ich hundert Jahre alt werden müßte . . .«

»Falls Sie je hundert Jahre alt werden sollten, was ich zu bezweifeln wage, werden Sie gar nichts tun«, versetzte Smith geringschätzig, »um Ihren Jargon zu gebrauchen: Sie sind ein Stümper, ein Versager und noch dazu ein recht zweitklassiger!« Damit setzte sich Smith bequem in den Sessel, der neben Oberst Kramer stand. »Ein amerikanischer Einfaltspinsel«, erklärte er abfällig, »ich habe ihn nur mitgebracht, um der Sache etwas Lokalkolorit zu geben.«

»Ich verstehe«, sagte Oberst Kramer, dabei war es ganz klar, daß er *nicht* verstand. Etwas unsicher geworden, fuhr er fort: »Wenn Sie uns bitte eine Erklärung geben würden . . .«

Smith wischte diese Bemerkung mit einer Handbewegung beiseite.

»Alles zu seiner Zeit, mein lieber Kramer, alles zu seiner Zeit. Wie ich schon zu unserer lieben Anne-Marie gerade gesagt hatte . . .«

»Woher wissen Sie denn, daß sie Anne-Marie heißt?« unterbrach ihn Kramer scharf.

Smith lächelte lediglich überlegen, überging ihn einfach und fuhr fort: »Wie ich schon sagte, wäre Scopolamine eine absolute Verschwendung. Alles, was man damit erreichen könnte, wäre, wie Sie alle sehr genau wissen, die Wahrheit über unseren Freund hier zu erfahren, und die ist, daß es sich bei ihm nicht um den Generalleutnant George Carnaby, den Chef-Koordinator des Planungsstabes für die Errichtung der ›Zweiten Front‹, handelt, sondern um einen gewissen Cartwright Jones, einen amerikanischen Schauspieler, dem man genau fünfundzwanzigtausend Dollar dafür bezahlt hat, daß er General Carnaby doubelt«, er sah zu Cartwright Jones hinüber und machte eine angedeutete Verbeugung, »meine herzliche Gratulation, Mr. Jones. Sie haben wirklich einen außerordentlich überzeugenden General Carnaby abgegeben. Eigentlich schade, daß Sie jetzt für den Rest des Krieges in einem Konzentrationslager verschwinden werden.«

Kramer und Rosemeyer waren aufgesprungen, und die anderen hatten sich in ihren Sitzen vorgebeugt. Auf allen Gesichtern lag der gleiche Ausdruck fassungsloser Verwirrung. Wäre Cartwright Jones der erste Besucher von einem anderen Planeten auf der Erde gewesen, hätte er unmöglich von den Anwesenden mit ungläubigerem Erstaunen angestarrt werden können.

»Ja, ja, ja«, meinte Smith leicht amüsiert, »das war doch mal eine nette kleine Überraschung, was?« Er tippte Kramer auf den Arm und deutete auf Carraciola, Thomas und Christiansen. »Finden Sie das nicht auch eigenartig, mein lieber Kramer? Die drei scheinen genauso erstaunt zu sein wie Sie! Komisch, nicht?«

»Stimmt das?« Generalfeldmarschall Rosemeyers Stimme klang heiser, als er sich an Jones wandte. »Stimmt das, was er sagt? Wollen Sie nicht bestreiten . . .«

Mit einer Stimme, die kaum noch zu hören war, flüsterte Jones: »Wie . . . woher in Gottes Namen . . . wer *sind* Sie, Sir?«

»Nur ein Fremder in der Nacht«, sagte Smith und machte eine vage Handbewegung. »Ganz zufällig vorbeigekommen. Vielleicht werden Sie von den Alliierten nach dem Krieg noch ausgezahlt werden. Ich würde an Ihrer Stelle allerdings nicht zu fest damit rechnen. Wie Sie wissen, ist es nach internationalem Recht erlaubt, einen feindlichen Soldaten, der in Zivil angetroffen wird, zu erschießen, eventuell gilt das auch im umgekehrten Fall.« Smith räkelte sich und hob höflich die Hand vor den Mund, um ein Gähnen zu verbergen. »Und jetzt, meine liebe Anne-Marie, würden Sie mir bitte – Ihr Einverständnis natürlich vorausgesetzt, mein lieber Oberst Kramer – auch ein Glas des sicherlich ausgezeichneten Kognaks geben? Wissen Sie, wenn man sich bei dieser Kälte an dem Kabinendach einer Drahtseilbahn festhalten muß, dann schadet das dem Kreislauf ganz erheblich.«

Einen Augenblick zögerte das Mädchen und blickte dabei auf Kramer und Rosemeyer, bei denen sie weder Zustimmung noch Ablehnung entdecken konnte, zuckte mit den Schultern, goß Kognak in ein Glas und reichte es Smith, der genüßlich den Duft einsog, dann einen kleinen Schluck nahm und sich nochmals vor Jones verbeugte.

»Meine Gratulation, Sir. Sie sind wirklich ein Kenner, zumindest, was Kognak betrifft.« Nach einem weiteren Schluck wandte er sich wieder an Kramer und meinte bedauernd: »Wenn ich daran denke, daß Sie einen so ausgezeichneten Kognak an Feinde des Dritten Reiches verschwendet haben.«

»Hören Sie nicht auf ihn, Herr Oberst, hören Sie bloß nicht auf ihn!« schrie Carraciola plötzlich wild. »Das ist alles Bluff! Er versucht nur . . .«

Smith richtete jetzt den Lauf seiner Maschinenpistole auf die Brust von Carraciola und sagte leise: »Halten Sie den Mund, oder ich werde Sie zum Schweigen bringen, Sie verdammter Verräter. Sie werden schon noch Ihre Chance bekommen . . . und *dann* wird es sich schon herausstellen, wer hier blufft.« Er legte die Maschinenpistole wieder auf sein Knie zurück und fuhr müde fort: »Herr Oberst, es macht mir einfach keinen Spaß, weiterzureden und dabei auch noch gezwungen zu sein, dieses schäbige Trio in Schach halten zu müssen. Haben Sie einen Wachtposten, auf den Sie sich absolut verlassen können? Ich meine einen Mann, der auch hinterher den Mund hält?«

Er lehnte sich wieder in seinem Sessel zurück, nippte erneut an seinem Kognak und ignorierte völlig die haßerfüllten Blicke seiner vier ehemaligen Kollegen. Kramer sah ihn einen langen Augenblick sinnend an, dann nickte er nachdenklich und griff zum Telefon.

Das Arsenal von Schloß Adlershorst – jetzt in eine Kaffeestube verwandelt – paßte sich in allem sehr gut den anderen Räumen des Schlosses an: Ebenfalls eine Kulisse aus einem mittelalterlichen Traum oder Alptraum, je nach dem individuellen Geschmack. Es war ein großer, mit dunklem Holz getäfelter Raum mit einem Steinfußboden, riesigen, rohbehauenen und rauchgeschwärzten Deckenbalken. An den Wänden hingen alte verrostete Ritterrüstungen, alte verrostete Waffen, alle möglichen Kriegswerkzeuge und Wappen, einiges davon vielleicht sogar echt.

»Na, was habe ich Ihnen gesagt?« sagte von Schlettersdorff stolz. »Und die Qualität des Kaffees entspricht der der Einrichtung!«

Wenn das stimmte, dachte Mary sarkastisch, mußte er nach Schierling schmecken. Sie fragte: »Was wollten denn diese Leute eben? Sie schienen irgend etwas zu suchen?«

»Vergessen Sie die ruhig. Konzentrieren Sie sich jetzt lieber ganz auf von Schlettersdorff.«

»Aber Sie haben doch mit ihnen gesprochen. Was wollten sie?«

»Sie behaupten, wir hätten Spione im Schloß!« Von Schlettersdorff warf den Kopf zurück und lachte schallend, wobei er kräftig auf den Tisch schlug. »Stellen Sie sich das vor! Spione auf Schloß Adlershorst! Im Gestapohauptquartier! Die müssen auf Besenstielen hereingeritten sein. So, und was habe ich gerade von Düsseldorf erzählt?« Er unterbrach sich, als er sah, daß ihre Kaffeetasse leer war. »Ich bitte vielmals um Entschuldigung, mein Fräulein, Sie trinken doch sicherlich noch eine Tasse.«

»Nein, danke. Ich muß jetzt wirklich gehen.«

Wieder lachte von Schlettersdorff und legte dabei eine Hand auf ihren Arm.

»Gehen? Wohin denn? Hier auf Schloß Adlershorst kann man nirgendwohin gehen. Unsinn, Unsinn«, er drehte sich um und rief: »Fräulein! Noch zwei Kaffee, und diesmal zwei Kirschwasser dazu.«

Während er bestellte, sah Mary ganz schnell auf die Armbanduhr, und Verzweiflung huschte über ihr Gesicht, aber als von Schlettersdorff sich ihr wieder zuwandte, lächelte sie ihn freundlich an und sagte: »Sie erzählten von Düsseldorf . . .«

Der Versammlung im ›Goldenen Saal‹ hatte sich mittlerweile eine weitere Person zugesellt, ein großer, kaltblütig aussehender Feldwebel mit harten Augen, der seinen Karabiner in zwei furchterregend kräftigen Händen hielt. Er stand hinter der Couch, auf der Carraciola, Thomas und Christiansen saßen, und widmete ihnen, abgesehen von einem gelegentlichen Blick auf Schaffer, seine ganze Aufmerksamkeit. Er strahlte beeindruckende Sicherheit aus.

»So gefällt mir das Ganze schon sehr viel besser«, meinte Smith anerkennend. Er stand auf, ließ seine Maschinenpistole auf dem Teppich liegen und trat zu dem Tischchen, um sich noch einen Kognak einzuschenken. Von dort ging er zum Kamin hinüber und stellte sein Glas auf den Sims.

»Was jetzt kommt, dauert nur ein paar Minuten«, sagte Smith mit leiser und unheilvoller Stimme. »Anne-Marie, holen Sie drei neue Ampullen mit Scopolamine und . . .«, er lächelte ihr zu, ». . . ich brauche *Sie* wohl kaum daran zu erinnern, daß Sie auch drei neue Spritzen mitbringen müssen!«

»Oberst Kramer!« schrie Carraciola verzweifelt. »Das ist doch der reine Wahnsinn! Wollen Sie diesem Kerl da erlauben, daß er . . .«

»Wache!« Smith's Stimme klang unerbittlich hart. »Wenn der Mann noch einmal seinen Mund aufmacht, bringen Sie ihn zum Schweigen!«

Augenblicklich stieß der Feldwebel den Lauf seines Karabiners ziemlich unsanft in Carraciolas Rücken. Carraciola gehorchte und schwieg, aber er schäumte vor Wut und ballte die Fäuste, bis die Knöchel weiß hervortraten.

»Wofür halten Sie eigentlich Generalfeldmarschall Rosemeyer und Oberst Kramer?« fragte Smith mit schneidender Stimme. »Für leichtgläubige Idioten? Für kleine Kinder? Für unfähige Kerle Ihres eigenen Kalibers, die sich einbilden, mit einer so einfältigen Maskerade heil davonzukommen?

Das Scopolamine wird erst dann angewandt werden, *nachdem* ich selbst meine Vertrauenswürdigkeit bewiesen und Ihren Schwindel aufgedeckt habe. Anne-Marie?«

Anne-Marie lächelte und schickte sich an, den Raum zu verlassen. Schließlich hatte sie nicht jede Nacht Gelegenheit, gleich drei Injektionen mit Scopolamine auf einmal machen zu dürfen. Sie hielt an und wandte sich mit fragend hochgezogenen Augenbrauen um, als Smith sie nochmals ansprach.

»Einen Augenblick, Anne-Marie.« Smith stand an den Kamin gelehnt, das Kognakglas in der Hand, und blickte vor sich hin. Und dann stieg jäh ein Lächeln in sein Gesicht, ein Lächeln, das offensichtlich einer plötzlich aufkeimenden Idee entsprang, die ihm außerordentlich zu gefallen schien. »Aber ja, natürlich«, sagte Smith mehr zu sich selbst, »bitte, meine Liebe, bringen Sie doch auch drei Notizblocks mit, ja?«

»*Drei* Notizblocks?« fragte Oberst Kramer verwundert. Seine Augen blickten wachsam. »Und nur *drei* Ampullen? Sie behaupten doch schließlich, daß wir *vier* Staatsfeinde hier haben.«

»Nur drei, die wirklich wichtig sind«, sagte Smith leicht ungeduldig. »Der Amerikaner?« Die Tatsache, daß er Schaffer nicht einmal eines Blickes würdigte oder sich auch nur bemühte, etwas Verachtung in seine Stimme zu legen, zeigte unmißverständlich, was er von diesem Mann hielt. »Der weiß ja noch nicht einmal, was für einen Wochentag wir heute haben. Also dann«, er nahm eine Zigarre aus der Kiste auf dem Tisch, schnitt die Spitze ab, zündete sie an und nahm noch einen Schluck Kognak: »Sind wir also fair und beseitigen erst mal alle Zweifel an meiner Vertrauenswürdigkeit. Erst einige Hinweise, dann der Beweis. Nach bester alter Juristenmanier.

Erstens: Warum habe ich darum gebeten, daß ein Wachtposten gerufen wird, und meine Waffe abgelegt?« Hier machte er eine Pause und fuhr sarkastisch fort. »Aber das ist doch ganz klar! Weil ich meine Chancen unbedingt verschlechtern wollte. Zweitens: Warum habe ich Oberst

Weissner und seine Leute nicht getötet, als sie sich in meiner Hand befanden? – Natürlich immer vorausgesetzt, daß es sich bei mir tatsächlich um einen Feind des Dritten Reiches handelt – das hätte ich doch heute abend ganz leicht tun können, nicht wahr?«

»Ich werde Ihnen sagen, warum Sie das nicht zugelassen haben, verdammt noch mal«, sagte Carraciola hinterhältig, »weil Sie genau wußten, daß man die Schüsse hören würde!«

Smith seufzte, hob die Klappe einer Tasche an seiner Uniformjacke, zog eine automatische Pistole hervor und schoß. Das Geräusch, das die Kugel bei ihrem Einschlag verursachte, war kaum hörbar: Sie drang, nur wenige Zentimeter von Carraciolas rechter Schulter entfernt, mit einem leisen ›plopp‹ in die Couch. Smith warf die mit einem Schalldämpfer versehene Lugerpistole nachlässig in einen Sessel und lächelte Carraciola fragend an.

»Sie sind Deutscher?« Die Augen von Oberst Kramer waren noch immer aufmerksam auf ihn gerichtet, leichtes Erstaunen lag in seiner Stimme.

»Johann Schmidt, zu Ihren Diensten«, dem folgte eine knappe Verbeugung und ein zackiges Zusammenreißen der Hacken, »Captain John Smith vom Black-Watch-Regiment.«

»Ihrem Akzent nach zu schließen, kommen Sie aus dem Rheinland?«

»Aus Heidelberg, Herr Oberst.«

»Aber – das ist ja auch *meine* Heimatstadt.«

»Tatsächlich?« Smith lächelte interessiet. »Dann bin ich überzeugt, daß wir einen gemeinsamen Freund haben dürften.«

Einen Augenblick schienen die Augen von Oberst Kramer in weite Ferne zu schweifen, und er sagte weich und ohne jeden Zusammenhang: »Die Säulen Karls des Großen.«

»O ja, und der Springbrunnen im Innenhof des schönen alten Friedrichbaus«, erinnerte sich Smith ergriffen. Er sah Kramer an, und seine Stimme wechselte von Ergriffenheit zu einem gespielten Vorwurf: »Wie konnten Sie nur, lieber Herr Oberst! Aber lassen Sie mich fortfahren. Drittens:

Warum habe ich wohl diesen großen Aufwand getrieben mit der Versenkung des Wagens von Oberst Weisser? Weil ich *wußte,* daß diese drei Verräter es niemals wagen würden, ihr wahres Gesicht zu zeigen, solange sie nicht fest davon überzeugt waren, daß ich nicht mehr lebte. Sagen Sie selbst, wäre ich – immer angenommen, ich sei ein Verräter – wohl hierher zurückgekommen, wenn ich wußte, daß das Spiel verloren war? Weshalb, warum und wofür hätte ich das wohl tun sollen?« Er lächelte müde und nickte Jones zu. »Nur um einen *anderen* Verräter zu befreien?«

Kramer gestand nachdenklich: »Langsam fange ich an, mich dafür zu interessieren, was unsere drei Freunde hier wohl zu sagen haben werden.«

»Ich werde ihnen gleich *jetzt* mitteilen, was ich, verdammt noch mal, zu sagen habe!« Christiansen war aufgesprungen und ignorierte den Wachtposten mit dem Karabiner, der hinter ihm stand, sein Gesicht war wutverzerrt. »Der Kerl hält Sie zum Narren, er hält uns alle zum Narren! Er ist ein verdammter Lügner, und sie erkennen einfach nicht, wie er Sie einwickelt. Das Ganze ist ein . . . Lügennetz von Anfang bis Ende . . .«

»Das genügt!« schnitt ihm Oberst Kramer mit gebieterisch erhobener Hand das Wort ab, seine Augen glitzerten hart, und seine Stimme klirrte vor Kälte: »Sie reiten sich mit jedem Wort tiefer rein. Alles, was ich bis jetzt von diesem Offizier gehört habe, leuchtet mir völlig ein. Feldwebel Hartmann«, er sprach jetzt zu dem Wachtposten, der immer noch mit der Waffe im Anschlag hinter der Couch stand, »glauben Sie, daß Sie im Bedarfsfalle jeden dieser drei Männer zum Schweigen bringen können, ohne daß es gleich für immer ist?«

Hartmann zog aus seiner Gesäßtasche einen kleinen Lederknüppel und wand sich die Schlaufe um das Handgelenkt.

»Sie wissen, daß ich das kann, Herr Oberst.«

»In Ordnung. Bitte, fahren Sie fort, Hauptmann Schmidt.«

»Danke sehr. Ich war noch nicht ganz fertig«, Smith war

danach zumute, sich noch einen Kognak zu genehmigen, sozusagen einen Glückwunschkognak, oder andererseits, Christiansen einen Orden zu verleihen, weil dieser ebenso zielsicher wie ahnungslos die verwundbare Stelle in Kramers Panzer erwischt hatte: seine Eitelkeit. Ein Mann seines Formats konnte es nicht ertragen, von einem, der ihn schon zum Narren gehalten *hatte,* daran erinnert zu werden, daß man ihn zum Narren halten *konnte.* »Aus dem gleichen Grund bin ich auf dem Dach der Kabine der Drahtseilbahn aufs Schloß gekommen – die hätten es nie gewagt, sich so offen zu stellen, wenn sie gewußt hätten, daß ich hier oben war und noch dazu *lebendig*! Übrigens, Herr Oberst, ist Ihnen noch nicht aufgefallen, daß es absolut unmöglich ist, vom Dach der oberen Station ohne ein Seil und einen Verbündeten hier herein ins Schloß zu gelangen?«

»Verdammt noch mal!« Unmittelbar nachdem Christiansen ihm vor Augen geführt hatte, daß er nicht unfehlbar war, erlitt Kramers Selbstvertrauen einen zweiten empfindlichen Schlag. »Ich hätte nicht gedacht, daß . . .«

»Von Schlettersdorff«, warf Smith hin, »den Befehl erhielt er direkt aus Berlin.« Er stellte sein Glas wieder auf den Kaminsims zurück und machte ein paar Schritte auf die drei Spione zu: »Jetzt sagen Sie mir doch mal, weshalb wußte *ich* wohl, daß Jones Jones ist und nicht General Carnaby? Warum wußten *Sie* es denn *nicht*? Und wenn ich nicht der bin, für den ich mich ausgebe, dann erklären Sie mir doch in drei Teufels Namen, was ich hier zu suchen habe? Vielleicht haben Sie dafür eine plausible Begründung parat?«

Die drei Männer starrten ihn in verstocktem Schweigen an.

»Ja, vielleicht haben sie die wirklich«, sagte Oberst Kramer ironisch. Er hatte sich erhoben und stand nun neben Smith. Stumm blickte er auf die drei Männer hinab, die seltsame Ausdruckslosigkeit seines Gesichts war entnervender als jeder Wutanfall. Schließlich sagte er: »Hauptmann Schmidt, ich bin der Ansicht, wir sollten es genug sein lassen.«

»Noch nicht ganz, Herr Oberst.«

»Ich verlange keine weiteren Beweise«, beharrte Kramer.

»Ich habe Ihnen aber absolute Beweise versprochen – bis jetzt haben Sie lediglich Hinweise bekommen. Der stellvertretende Chef des deutschen Geheimdienstes muß einen Beweis bekommen, der unangreifbar ist. Sie werden diesen Beweis in drei Teilen erhalten. Herr Oberst, darf ich Sie gehorsamst bitten, mir meine nächste Frage mit einem klaren Ja oder Nein zu beantworten. Kennen Sie oder kennen Sie nicht den Namen unseres Chefagenten in Großbritannien?« Kramer nickte. »Dann würde ich vorschlagen, diese drei doch danach zu fragen.«

Die drei Männer auf der Couch sahen einander an und dann Smith. Sie schwiegen. Thomas fuhr sich mit der Zunge über die trockenen Lippen, eine Bewegung, die Kramer nicht entging. Smith zog ein kleines rotes Notizbuch aus der Tasche seiner Uniformjacke und löste ein Gummiband, das das Buch zusammenhielt. Er riß die Mittelseite heraus, wand das Gummiband wieder um das Buch und steckte es zurück in seine Tasche. Dann schrieb er etwas auf das Papier und gab es Kramer weiter, der nur kurz darauf blickte und erneut nickte. Smith nahm ihm den Zettel wieder ab und warf ihn in den Kamin, wo er im Feuer zu Asche zerfiel.

»Weiter«, fuhr Smith fort, »Sie haben hier auf Schloß Adlershorst den stärksten Sender in ganz Zentraleuropa . . .«

»Sie sind wirklich ganz außerordentlich gut informiert, Hauptmann Schmidt«, stellte Kramer trocken fest.

»Wenn Sie gestatten, Herr Oberst, bleiben wir bitte bei Smith. Ich lebe diesen Smith, ich atme Smith, ich *bin* Smith. Bitte, lassen Sie eine Verbindung mit dem Hauptquartier von Generalfeldmarschall Kesselring in Norditalien herstellen, und verlangen Sie den Chef des militärischen Geheimdienstes.«

Kramer fragte herzlich: »Meinten Sie vorhin *ihn*, als Sie einen gemeinsamen Freund erwähnten?«

»Einen alten Studenten der Universität Heidelberg«, nickte Smith, »Herrn Oberst Wilhelm Wilner.« Er lächelte: »Willi-Willi.«

»Das wissen Sie auch? Dann ist es wirklich nicht mehr nötig, ihn anzurufen.«

»Admiral Canaris hätte es vielleicht ganz gern.«

»Sie kennen sogar meinen Chef?« Kramers Stimme wurde immer herzlicher.

»Meine Eitelkeit drängt mich, mit Ja zu antworten, Bescheidenheit und Wahrheitsliebe zwingen mich allerdings, zuzugeben, daß das nicht ganz stimmt«, antwortete Smith mit entwaffnender Ehrlichkeit, »ich arbeite lediglich für ihn.«

»Ich bin bereits überzeugt. Ich hege keinerlei Zweifel mehr«, ließ sich plötzlich Generalfeldmarschall Rosemeyer vernehmen, »aber tun Sie ruhig, worum er Sie ersucht, Oberst.«

Kramer tat, wie ihm geheißen. Er telefonierte mit der Funkzentrale, legte wieder auf und wartete geduldig. Smith lehnte sich behaglich in seinen Sessel zurück, in der einen Hand das Kognakglas, in der anderen die Zigarre, ein Bild zuversichtlicher Gelassenheit. Falls Schaffer und die drei Männer auf der Couch zuversichtlich oder gelassen waren, so konnte man dies jedenfalls nicht in ihren Gesichtern lesen. Hinter ihnen stand in hoffnungsvoller Wachsamkeit der Feldwebel, der nur darauf lauerte, seine Kenntnisse in der Handhabung des kleinen Knüppels durch Übung zu festigen. Falls Rosemeyer oder Jones überhaupt etwas dachten, so hielten sie das streng geheim: Ihre ausdruckslosen Mienen verrieten nichts. Anne-Marie, die sich nicht ganz darüber im klaren war, was hier eigentlich gespielt wurde, stand unentschlossen herum, und noch immer lag das erwartungsvolle Lächeln auf ihrem Gesicht. Sie war die einzige, die sich während der Wartezeit überhaupt bewegte, und das auch nur, weil Smith mit dem Zeigefinger auf sein schon wieder leeres Kognakglas deutete. Er war mittlerweile bei allen Anwesenden im Ansehen so hoch gestiegen, daß sie diesen unausgesprochenen Befehl ohne jedes Zögern befolgte, reichlich nachschenkte und ihm das Glas mit gewinnendem Lächeln reichte. Smith lächelte genauso gewinnend zurück.

Aber während der ganzen, unendlich lang erscheinenden Periode des Wartens sprach niemand auch nur ein einziges Wort.

Das Telefon läutete.

Kramer nahm den Hörer ab, und nach ein paar Worten, die er offensichtlich mit der Vermittlungsstelle wechselte, sagte er: »Oberst Wilhelm Wilner. Mein lieber Freund Willi-Willi. Wie geht es dir?« Nachdem die Begrüßungsformalitäten vorüber waren, fuhr Kramer fort: »Wir haben einen Agenten hier, der behauptet, dich zu kennen. Einen Hauptmann Johann Schmidt alias Captain John Smith. Hast du jemals ... ach so, du kennst ihn. Das ist gut, sehr gut!« Nach kurzer Pause fügte Kramer hinzu: »Könntest du ihn mir beschreiben?«

Er hörte angestrengt zu und betrachtete Smith, während die Stimme weiter blechern aus dem Hörer tönte. Plötzlich bat er Smith zu sich, der sofort aufstand und zu Kramer hinüberging.

»Bitte, Ihre linke Hand«, forderte ihn Kramer auf, nahm sie in seine freie Hand und teilte seinem Gesprächspartner mit: »Jawohl, die Kuppe des kleinen Fingers fehlt ... und auf dem rechten Unterarm hat er was?« Smith entblößte ohne weitere Aufforderung den rechten Unterarm. »Jawohl, ja, zwei parallele Narben, etwa drei Zentimeter voneinander entfernt ... Was sagst du ...? ... Ich soll ihm sagen, daß er ein Verräter ist?«

»Sagen Sie, daß er ein Abtrünniger ist«, grinste Smith.

»Und du bist ein Abtrünniger«, gab Kramer weiter, »Chambertin, sagst du. Ah, fabelhaft. Ich danke dir vielmals. Auf Wiedersehen, alter Junge.« Er legte auf.

»Wir haben beide eine Vorliebe für französische Weine«, erklärte Smith entschuldigend.

»Unser bester Agent im Mittelmeerraum«, wunderte sich Oberst Kramer, »und ich hatte noch nicht von Ihnen gehört.«

»Vielleicht ist das auch ein Grund dafür, daß er noch immer unser bester Agent ist«, meinte Rosemeyer trocken.

»Ich habe eben bis jetzt Glück gehabt«, Smith hob lässig

die Schultern und fragte dann triumphierend: »Also, wie sind meine Referenzen?«

»Absolut einwandfrei«, antwortete Kramer, »bei Gott, absolut einwandfrei.«

»Eben«, versetzte Smith grimmig. »Und nun wollen wir doch einmal den Leumund unserer Freunde hier überprüfen. Sie wissen, daß Christiansen, Thomas und Carraciola – und ich meine hier den echten Christiansen, Thomas und Carraciola – die in England für uns arbeiten . . .«

»Wovon reden Sie denn um Himmels willen?« schrie Christiansen. Er war erneut aufgesprungen, sein Gesicht verzerrte sich vor Wut. »Der echte Christiansen . . .«, seine Augen verdrehten sich, als ihn Hartmanns Knüppel genau hinterm Ohr traf, und er sank zu Boden.

»Ich hatte ihn gewarnt«, Kramer schüttelte zornig den Kopf, »ich hoffe, Sie haben ihn nicht zu hart erwischt, Feldwebel?«

»In zwei Minuten ist er wieder da, Herr Oberst.«

»Gut. Ich bin sicher, mein lieber Schmidt, daß Sie jetzt ohne weitere Unterbrechungen fortfahren können.«

»Smith, wenn ich bitten darf«, verbesserte Smith. »Wie ich schon sagte, unsere echten Agenten waren bei der britischen Spionageabwehrabteilung beschäftigt. Sie sorgten dafür, daß es dem deutschen Geheimdienst gelang, tief in das Netz der britischen Spionage einzudringen und außerdem ein eigenes Netz innerhalb Frankreichs und der Niederlande aufzubauen, abgesehen von den erstklassigen Spionen, die bereits in England tätig waren . . . Hierbei handelt es sich um einen hervorragenden Spionagering, was Admiral Canaris bestens bekannt ist.«

»Das ist zwar nicht mein Gebiet«, warf Kramer ein, »aber darüber bin ich selbstverständlich unterrichtet.«

Smith's Stimme schnitt wie ein Messer durch den Raum: »Aufstehen, ihr Verräter, und rüber zum Tisch! Feldwebel, helfen Sie dem Mann dort auf die Beine, er scheint wieder zu sich zu kommen.«

Fassungsloses Nichtbegreifen auf den Gesichtern, gingen

Carraciola und Thomas zu dem ihnen angewiesenen Tisch und setzten sich. Kurz darauf gesellte sich der noch immer leicht benommene Christiansen zu ihnen. Der Feldwebel blieb so lange bei ihm, bis er sicher war, daß er nicht vom Stuhl fallen würde, und trat dann so weit zurück, daß er alle drei wieder im Schußfeld seines Karabiners hatte.

Smith knallte die Notizblöcke, die ihm Anne-Marie gebracht hatte, auf den Tisch. Danach holte er sein eigenes, mit dem Gummiband zusammengehaltenes Notizbuch hervor und legte es auf den Teewagen neben Oberst Kramer.

»Wenn sie wirklich diejenigen sind, als die sie sich ausgeben«, sagte Smith ruhig, »dann müßten sie doch in der Lage sein, die Namen und Anschriften oder Kontakte unserer Agenten in England aufzuschreiben und außerdem auch die derjenigen unserer Leute auf dem Kontinent, die inzwischen die Plätze der britischen Agenten eingenommen haben. Meinen Sie nicht auch, lieber Oberst?« Hier machte er eine bedeutende Pause. »Und dann werden wir diese Namen und Kontakte von *ihren* Listen mit den *echten* Namen und Kontakten in meinem Notizbuch vergleichen.«

»Das ist eine glänzende Idee«, begeisterte sich Kramer, »ein Beweis mit einem Schlag. Einfach meisterhaft, mein lieber Hauptmann Schmidt ... ich wollte sagen, Captain Smith.« Er lächelte ein wenig gezwungen. »Ich fürchte, ich bin etwas durcheinander heute abend, aber erklären Sie mir, Hauptmann«, und hierbei deutete er auf das neben ihm liegende Notizbuch, »dieses Verzeichnis unserer Agenten und Kontakte ... ich meine, daß Sie das so herumtragen. Bedeutet das nicht einen Verstoß gegen jede Sicherheitsvorkehrung, an die wir gebunden sind?«

»Da haben Sie völlig recht, Herr Oberst. Aber diese Vorkehrungen können durchaus von demjenigen wiederaufgehoben werden, der sie angeordnet hat. Glauben Sie etwa, daß ich es wagen würde, so etwas ohne besonderen Befehl zu tun? Ich bin sicher, daß sich Admiral Canaris jetzt in seinem Büro in Berlin aufhält.« Smith machte eine auffordernde Bewegung zum Telefon.

»Aber für wen halten Sie mich denn«, Kramer lächelte und wandte sich davon wieder den drei Männern am Tisch zu: »Sie haben gehört, was von Ihnen verlangt wird.«

»Ich kann mir nicht helfen, aber irgend etwas stimmt hier ganz und gar nicht . . .«, begann Carraciola verzweifelt.

»Da haben Sie vollkommen recht«, unterbrach ihn Oberst Kramer grob.

»Ich *bezweifle* ja die Richtigkeit der Angaben von Captain Smith nicht«, Carraciola war wirklich vollkommen durcheinander, »jetzt nicht mehr. Aber irgendwo hat jemand einen fürchterlichen Fehler begangen . . .«

»Sie sind diejenigen, die ihn begangen haben«, schnauzte Smith.

»Los, fangen Sie an zu schreiben«, befahl Oberst Kramer, »Feldwebel Hartmann.«

»Herr Oberst?« Der Feldwebel trat vor, seinen Lederknüppel einsatzbereit in der Hand. Die drei Männer beugten die Köpfe über die Notizbücher und begannen zu schreiben.

## *8. Kapitel*

In der Waffenkammer befand sich jetzt kaum noch jemand. Vor ein paar Minuten waren zwei Feldwebel hereingekommen und hatten fast alle Leute von ihren Kaffeetassen weg zu einem Sonderauftrag abkommandiert. Murrend waren die Männer verschwunden. Mary brauchte nicht zu rätseln, um was für einen Sonderauftrag es sich handelte. Vielleicht zum zwanzigstenmal sah sie verstohlen auf ihre Armbanduhr und fuhr sich über die Stirn. Dann lächelte sie von Schlettersdorff erschöpft an.

»Es tut mir wirklich leid, Herr Hauptmann, aber ich muß gehen. Wirklich. Ich habe fürchterliche Kopfschmerzen.«

»Das tut mir aber leid, meine liebe Maria«, sein übliches Lächeln war einem Ausdruck echter Besorgnis gewichen, »das hätten Sie mir schon früher sagen müssen. Sie sehen wirklich angegriffen aus. Kein Wunder, erst die lange Reise vom Rheinland hierher und jetzt noch der viele Schnaps . . .«

»Ich fürchte, ich bin es nicht gewohnt«, antwortete Mary entschuldigend, »aber es wird mir gleich bessergehen, wenn ich mich erst einmal hingelegt habe.«

»Selbstverständlich, aber gewiß. Kommen Sie, meine Liebe, lassen Sie sich von mir zu Ihrem Zimmer begleiten.«

»Nein, nein!« Ihr fiel auf, daß sie diese Worte etwas zu entschieden ausgesprochen hatte, sofort lächelte sie wieder und berührte seine Hand. »Das schaffe ich schon allein, wirklich, Sie müssen sich nicht bemühen.«

»Hauptmann von Schlettersdorff weiß immer, was er zu tun hat«, sein Gesicht war ernst, aber freundlich, der Klang der Stimme war befehlend, aber nicht ohne Humor, und Mary wußte, daß es keinen Ausweg gab. »Ich bestehe darauf, Sie zu begleiten. Also kommen Sie.«

Er nahm sie stützend beim Arm und führte sie aus der Waffenkammer.

Arm in Arm gingen sie durch den Gang, der von dem in eine Kaffeestube verwandelten Arsenal auf den mittleren Block des Schlosses zuführte. Der Gang lag jetzt, im Gegensatz zu vorhin, als sie hergekommen waren, völlig menschenleer vor ihnen. Plötzlich blieb von Schlettersdorff stehen, blickte durch ein Fenster auf den Innenhof und sagte: »Also das ist ja doch wirklich eigenartig!«

»Was denn?«

»Der Hubschrauber«, sagte von Schlettersdorff nachdenklich, »laut Dienstvorschrift müssen Hubschrauber, die zum Oberkommando der Wehrmacht abgestellt sind, dauernd in Einsatzbereitschaft gehalten werden. Bei der Maschine dort sehe ich, daß die Motorhaube abmontiert und die Stelle mit einer Zeltplane bedeckt worden ist. Das würde ich nicht unbedingt mit dauernder Einsatzbereitschaft bezeichnen. Meinen Sie nicht auch?«

»Ich nehme an, daß Hubschrauber genauso wie auch andere Flugzeuge von Zeit zu Zeit repariert und überprüft werden müssen«, ihre Kehle war plötzlich wie ausgetrocknet, und sie wünschte nur, daß von Schlettersdorff sie nicht so fest an sich drücken würde – sie war überzeugt, daß er ihren wilden Herzschlag spüren mußte, »was ist denn daran so Besonderes?«

»Ich finde es eigenartig, daß niemand an der Maschine zu arbeiten scheint, auch als wir vor etwa einer halben Stunde hier vorbeikamen, war niemand da«, sagte von Schlettersdorff, »ich finde es einfach unerhört, daß der persönliche Pilot des Herrn Generalfeldmarschalls einfach fortgeht und seine Arbeit halb fertig liegenläßt.«

»Wäre es auch unerhört, wenn er ein Maschinenteil ausgebaut hätte und es im Schutz der dicken Mauern im Inneren des Schlosses reparierte?« fragte Mary scheinheilig. »Oder haben Sie vielleicht heute noch nicht auf das Thermometer gesehen?«

»Ich benehme mich langsam schon genauso albern wie unser Hexen jagender Kommandant«, meinte von Schlettersdorff bedauernd. Er ging kopfschüttelnd mit ihr weiter. »Was Sie hier vor sich sehen, ist ein armes Opfer der Gefahren, denen man ausgesetzt ist, wenn man zu lange in dem Geschäft tätig ist.«

Er hatte vor der Tür ihres Zimmers haltgemacht und nahm ihre Hand in die seine. »Gute Nacht, meine liebe Maria. Sie sind wirklich ein ganz bezauberndes Wesen!«

»Gute Nacht«, lächelte sie zurück, »und herzlichen Dank.«

»Wir müssen einander unbedingt noch sehr viel besser kennenlernen«, sagte von Schlettersdorff beim Abschied. Er öffnete die Tür für sie, verbeugte sich und küßte ihr die Hand. Dann machte er die Tür leise wieder hinter ihr zu und rieb sich nachdenklich das Kinn. »Sehr viel besser, meine liebe Maria«, murmelte er, »in der Tat, sehr viel besser.«

Carraciola, Thomas und Christiansen saßen über ihre Notizbücher gebeugt und schrieben wie die Wilden. Zumindest zwei von ihnen: Christiansen hatte sich noch nicht ganz von dem Schlag auf den Kopf erholt, und das Schreiben bereitete ihm Schwierigkeiten. Kramer hatte sich mit Smith etwas von den anderen abgesondert und sprach leise auf ihn ein, dabei beobachtete er die drei leicht amüsiert, aber auch ein wenig beunruhigt.

»Die scheinen ja auf einmal von irgendwoher ganz außerordentlich inspiriert worden zu sein«, sagte er bedächtig.

»Die Aussicht auf ein offenes Grab wirkt manchmal außerordentlich inspirierend«, gab Smith zynisch zurück.

»Ich fürchte, ich kann Ihnen nicht ganz folgen?«

»Wissen Sie nicht, was mit diesen drei Kerlen nach Ablauf der nächsten fünfzehn Minuten geschehen wird?«

»Ich bin müde«, sagte Oberst Kramer, und so klang es auch. »Bitte, keine weiteren Wortspiele, Hauptmann Schmidt.«

»Captain Smith. In fünfzehn Minuten werden die drei Männer tot sein. Und das wissen sie genau. Sie versuchen Zeit zu schinden: Wenn man nur noch so kurz zu leben hat, bedeutet jede zusätzliche Minute, einen kleinen Sieg über die Ewigkeit. Drei ruinierte Berufsspieler wagen verzweifelt ihren letzten Einsatz.«

»An Ihnen ist ein Dichter verlorengegangen, Captain Smith«, brummte Kramer verdrossen. Etwa eine Minute lang ging er im Saal auf und ab, schon nicht mehr daran interessiert, die drei schreibenden Männer am Tisch zu beobachten. Dann baute er sich plötzlich vor Smith auf. »Also gut«, sagte er erschöpft, »Sie haben mich jetzt lange genug hingehalten. Ich gebe es zu, daß ich nicht mehr mitkomme. Aber jetzt mal heraus damit, was, in drei Teufels Namen, wird denn hier eigentlich gespielt?«

»Mein lieber Herr Oberst, wie stets ist es die Einfachheit, die das wahre Genie ausmacht. In diesem Fall handelt es sich um Admiral Rolland, den Chef des militärischen Geheimdienstes. Und glauben Sie mir, er ist ein Genie.«

»Also schön, er ist ein Genie«, Oberst Kramers Stimme verriet Ungeduld, »und was weiter?«

»Carraciola, Thomas und Christiansen wurden vor genau drei Wochen entdeckt und geschnappt. Wie Sie selbst wissen, handelte es sich bei ihnen um Agenten, die nur im nordwestlichen Teil von Europa eingesetzt wurden und folglich hier unbekannt waren.«

»Wir kannten sie vom Hörensagen.«

»Das schon, aber nicht persönlich. Admiral Rolland kombinierte nun folgendermaßen: Wenn er drei perfekt informierte Leute ausschickte, die die Plätze unserer geschnappten Männer einnähmen, und wenn man ihnen ferner einen absolut plausiblen Grund für eine Mission gäbe, würden sie ohne Zweifel von Ihnen als Persona grata und ehrenwerte Gäste vollkommen unvoreingenommen akzeptiert werden. Und damit wäre es ihnen möglich gewesen, innerhalb des Schlosses völlig sicher und ungehindert zu arbeiten.«

»Und?«

»Nun, begreifen Sie nicht, Herr Oberst?« jetzt war es an Smith, ungeduldig zu werden. »Admiral Rolland wußte, daß, falls General Carnaby . . .«, hier unterbrach er sich und warf einen vernichtenden Blick auf Carnaby-Jones, »oder vielmehr dieser Betrüger dort, der sich als General Carnaby maskiert hat, hierhergebracht würde, man selbstverständlich seinen deutschen Gegenspieler hierherschicken würde, um ihn zu vernehmen.« Smith lächelte. »Selbst in England hat es sich mittlerweile herumgesprochen, daß der Prophet zum Berg pilgern muß und nicht der Berg zum Propheten. Die Wehrmacht muß sich an die Gestapo wenden und nicht umgekehrt.«

»Reden Sie schon weiter!«

»Der Chef des Oberkommandos der Wehrmacht, Generalsfeldmarschall Julius Rosemeyer, wäre für die Alliierten ebenso unbezahlbar gewesen wie Generald Carnaby für uns.«

»Der Generalfeldmarschall!« flüsterte Oberst Kramer betroffen, wobei seine Augen durch den Saal auf Rosemeyer fielen. »Eine Entführung!«

»Durch Ihre vertrauenswürdigen Agenten dort«, knurrte Smith wütend, »und es hätte ihnen durchaus gelingen können.«

»Mein Gott! Ist es denn die Möglichkeit! Das ist ja ... das ist ja einfach teuflisch!«

»Das kann man wohl sagen!« bekräftigte Smith aufgebracht. »Ich bin absolut Ihrer Meinung!«

Kramer drehte sich abrupt um, ging quer durch den Saal auf den Generalfeldmarschall zu und ließ sich in den neben ihm stehenden Sessel fallen. Die beiden sprachen vielleicht zwei Minuten sehr leise miteinander, wobei ihre Blicke ab und zu Smith streiften. Es war, wie Smith feststellen konnte, hauptsächlich der Oberst, der sprach, während über das Gesicht des Generalfeldmarschalls die Reaktionen zuckten. Smith kam zu dem Schluß, daß Kramer seine Sache offensichtlich recht gut machte: Selbst eine Großaufnahme im Film hätte nicht besser verdeutlichen können, welchen Gemütsbewegungen Rosemeyer unterworfen wurde, sein Ausdruck wechselte von Neugierde zu Verwunderung, Erstaunen und schließlich zu bestürztem Erkennen der Situation. Nach einigen Sekunden des Schweigens erhoben sich beide Herren und gingen gemeinsam auf Smith zu. Der Generalfeldmarschall war, wie Smith auffiel, ein wenig bleicher als sonst, und als er zu sprechen begann, war es durchaus nicht notwendig, ein besonders feines Gehör oder viel Fantasie zu besitzen, um das leichte Zittern in seiner Stimme zu bemerken.

Er sagte: »Das ist wirklich eine ganz unglaubliche Geschichte, Captain Smith. Aber das war vorauszusehen. Es konnte gar nicht anders sein. Es ist die einzige Erklärung, die alle Fakten folgerichtig miteinander verbindet«, hier versuchte er zu lächeln, »es schockt einen doch ganz gehörig, wenn man feststellen muß, daß man selbst der Schlüssel zu einer bis dahin nicht zu entziffernden Geheimschrift ist. Ich bin bis in alle Ewigkeit tief in Ihrer Schuld, Captain Smith.«

»Deutschland ist auf ewig Ihr Schuldner«, fügte Oberst Kramer hinzu, »Sie haben dem Reich einen unschätzbaren Dienst erwiesen. Wir werden das nicht vergessen. Ich bin ganz sicher, daß der Führer Sie persönlich in einer geeigneten Weise dafür auszeichnen wird.«

»Meine Herren, Sie sind wirklich zu gütig«, murmelte Smith beschämt, »meine Pflicht zu erfüllen, ist mir Belohnung genug.« Er deutete ein Lächeln an. »Vielleicht wird unser Führer mir einen Erholungsurlaub von zwei bis drei Wochen gewähren ... nach den letzten vierundzwanzig Stunden muß ich zugeben, daß meine Nerven nicht mehr ganz das sind, was sie vorher waren. Aber, wenn mich die Herren jetzt entschuldigen wollen ... ich habe meinen derzeitigen Auftrag noch nicht bis zum Ende durchgeführt.«

Er trat hinüber an den Tisch, wo die drei Männer, über ihre Blöcke gebeugt, eifrig schrieben, und begann, das Kognakglas in der Hand, langsam hinter ihren Stühlen auf und ab zu gehen. Von Zeit zu Zeit besah er sich das Niedergeschriebene und lächelte zynisch. Keinem im Saal, mit Ausnahme der drei Schreibenden, entging dieses Lächeln noch dessen Bedeutung. Er blieb hinter Thomas stehen, schüttelte ungläubig den Kopf und sagte nur: »Mein Gott!«

»Mein Gott!«

»Machen wir doch Schluß jetzt«, forderte Rosemeyer ungeduldig.

»Wenn der Herr Generalfeldmarschall gestatten wollen, lassen Sie uns diese Charade bis zum bitteren Ende spielen.«

»Haben Sie dafür besondere Gründe?«

»Sogar ganz besondere Gründe, Herr Generalfeldmarschall«, gab Smith zurück.

Schnell, aber nicht zu eilig, entfernte sich von Schlettersdorff von Marys Zimmertür, seine Schritte hallten auf dem steinernen Fußboden. Sobald er um die Ecke des Ganges gebogen war, begann er zu rennen.

Er erreichte den Innenhof und lief auf den Hubschrauber zu: Niemand zu sehen. Eilig erklomm er die paar Sprossen und blickte durch die mit Plexiglas verkleidete Kanzel des Piloten. Dann kletterte er wieder aus der Maschine und rief den nächsten Posten an, der auf ihn zustolperte, einen Dobermann an der Leine hinter sich herzerrend.

»Schneller«, schnauzte von Schlettersdorff, »haben Sie den Piloten gesehen?«

»Nein, Herr Major«, antwortete der Wachtposten nervös. Er war ein älterer Mann, der schon längst keinen Dienst an der Front mehr tun konnte und vor der Gestapo eine heillose Angst hatte. »Schon sehr lange nicht mehr.«

»Was verstehen Sie unter sehr lange?« fragte von Schlettersdorff schroff.

»Ich weiß nicht. Ich wollte vielmehr sagen«, fügte der Wachtposten hastig hinzu, »eine halbe Stunde. Länger. Ich würde sagen, etwa eine dreiviertel Stunde, Herr Major.«

»Verdammt noch mal«, fluchte von Schlettersdorff, »so lange. Sagen Sie, gibt es hier irgendwo einen Raum, den der Pilot als Werkstatt benützt, wenn er etwas reparieren muß?«

»Jawohl, Herr Major«, der Wachtposten war froh, endlich eine positive Antwort geben zu können, »dort drüben, Herr Major. Der frühere Getreideschuppen.«

»Ist er jetzt da drin?«

»Das weiß ich nicht, Herr Major.«

»Das sollten Sie aber«, gab von Schlettersdorff eisig zurück, »es ist Ihre Aufgabe, die Augen offenzuhalten. Also stehen Sie hier nicht herum, Mensch! Los, überzeugen Sie sich, aber dalli!«

Der alte Mann lief los, während von Schlettersdorff ärgerlich den Kopf schüttelte, weil es ihn wurmte, vor dem alten Soldaten die Geduld verloren zu haben. Er überquerte den Hof und befragte die Wachtposten am Tor. Bei ihnen handelte es sich um drei kräfige, junge Elitesoldaten, denen im Gegensatz zu dem alten Wachtposten garantiert nichts entging. Aber auch dort erhielt er negative Antworten auf seine Fragen.

Er schlenderte zum Hubschrauber zurück und fing dabei den alten Wachtposten ab, der vom Getreideschuppen herübergelaufen kam.

»Da ist niemand drin, Herr Major«, er war völlig außer Atem und sich bewußt, der Überbringer einer wahrscheinlich schlechten Nachricht zu sein. »Der Schuppen ist leer.«

»Das habe ich mir schon gedacht«, nickte von Schlettersdorff. Er klopfte dem alten Mann auf die Schulter und lächelte. »Es liegt kein Verschulden von Ihnen vor, mein Freund. Halten Sie nur weiter auf Ihrem Posten aus.«

Ohne sich zu sehr zu beeilen, ging er jetzt auf das Hauptportal des Schlosses zu, wobei er einen Bund mit Hauptschlüsseln aus der Tasche zog. Schon bei seinem ersten Versuch erwischte er den richtigen. Als die Tür zu seiner Rechten aufschwang, fiel sein Blick auf den noch immer bewußtlosen Piloten. Neben ihm lag die zerschmetterte Verteilerkappe. Er war noch immer mit seinem Overall zugedeckt, was einen stummen, aber nicht minder beredten Beweis dafür lieferte, wie es zu der Zertrümmerung der Verteilerkappe gekommen war, ohne daß dieser Vorgang irgend jemandem aufgefallen war. Von Schlettersdorff griff sich eine große Stablampe von der Wand, durchschnitt die Fesseln des Piloten, nahm ihm den Knebel aus dem Mund und ließ ihn liegen. Dann trat er auf den Flur hinaus. Die Tür hatte er sperrangelweit offengelassen: Der Gang wurde stark benutzt, und irgend jemand würde sicherlich in Kürze vorbeikommen.

Von Schlettersdorff rannte die Treppe hinauf, die zu den Schlafräumen führte, dann ging er – wieder langsamer und gelassen – an der Tür von Marys Zimmer vorbei, bis zu der fünften Tür dahinter. Auch hier benützte er einen seiner Hauptschlüssel und trat ein, wobei er im Zimmer das Licht anknipste. Er ging zum Fenster hinüber, öffnete es und nickte vor sich hin, als er feststellte, daß fast der ganze Schnee vom Sims gewischt war. Dann knipste er die große Stablampe an und leuchtete direkt nach unten. Knapp zwanzig Meter unter ihm befand sich das Dach der oberen Station der Drahtseilbahn, und die dort deutlich sichtbaren Spuren und Fußabdrücke sprachen Bände.

Plötzlich stutzte er, als er bemerkte, daß das eiserne Bettgestell eigenartigerweise vor die Schranktür geschoben worden war. Er zog es fort, die Schranktür schwang von selbst auf, und ohne daß er auch nur einen Finger zu rühren brauchte, rollte ihm eine gefesselte und geknebelte Gestalt vor die

Füße. Er hatte das alles ganz genau vorausgesehen. Nach den Geräuschen zu schließen, die aus der Kehle des geknebelten Mannes drangen, war er wieder zu sich gekommen. Von Schlettersdorff durchschnitt seine Fesseln, entfernte den Knebel und verließ das Zimmer. Es gab für ihn im Augenblick tatsächlich Wichtigeres zu tun, als einem jungen Oberleutnant das Händchen zu halten, der unter gräßlichem Stöhnen und Kopfschütteln langsam sein Bewußtsein wiedererlangte.

Draußen im Gang hielt er vor Marys Tür an und legte sein Ohr daran, um zu lauschen. Er konnte kein Geräusch hören. Nun beugte er sich hinunter und versuchte, durch das Schlüsselloch zu sehen. Im Zimmer war es dunkel. Er klopfte und erhielt keine Antwort. Jetzt holte er wieder einen seiner Hauptschlüssel hervor und öffnete die Tür: Von Mary keine Spur.

»Nun sieh mal einer an«, murmelte von Schlettersdorff, »das ist doch wirklich außerordentlich interessant.«

»Fertig?« fragte Smith.

Thomas nickte. Christiansen und Carraciola blickten finster vor sich hin. Aber alle drei hatten sich in ihren Stühlen zurückgelehnt, und offensichtlich waren sie alle drei mit ihrer Arbeit zu Ende gekommen. Smith trat hinter sie und langte über ihre Schultern nach den Notizblöcken. Dann legte er sie auf den kleinen Tisch, der neben Oberst Kramer stand.

»Der große Augenblick ist gekommen«, sagte Smith ruhig, »ich würde sagen, daß ein Exemplar genügen dürfte.«

Fast widerstrebend nahm Oberst Kramer das oberste und begann zu lesen. Langsam blätterte er die Seiten um. Smith hatte mittlerweile sein Glas ausgetrunken und schlenderte gemächlich, als ob ihn das alles nichts anginge, zu der Kognakflasche hinüber. Er schenkte sich nach und verschloß danach sorfältig die Flasche mit dem Metallverschluß, dann trat er ein paar Schritte in den Saal und blieb stehen, keinen Meter von dem Feldwebel mit dem Karabiner entfernt.

Nachdem er einen Schluck getrunken hatte, wandte er sich an Oberst Kramer: »Genügt das?«

Kramer nickte.

»Wollen Sie es dann bitte mit meinem Original vergleichen?«

Wieder nickte der Oberst: »Wie Sie ja selbst gesagt haben, jetzt kommt der große Augenblick.«

Er nahm das rote Notizbuch von Smith entgegen, streifte das Gummiband ab und schlug das Heft auf. Die erste Seite war leer. Auch die nächste. Und die übernächste ... Er stutzte verwirrt, dann blickte er hoch, und seine Augen suchten Smith.

Der ließ in diesem Moment sein Kognakglas fallen, während er sich gleichzeitig mit einer blitzschnellen Bewegung nach rechts drehte: Seine stahlharte Handkante traf den Nakken des Feldwebels. Der Wachtposten brach zusammen, als ob eine Brücke über ihm zusammengestürzt wäre. Die Gläser, die auf einem Tisch in seiner Nähe standen, klirrten, als er niederfiel.

Die Fassungslosigkeit war von Oberst Kramers Gesicht verschwunden. Plötzliches Begreifen der bitteren Wahrheit beherrschte jetzt seine Züge.

Seine Hand streckte sich nach dem Alarmknopf aus.

»Aber, aber, nicht doch! Sie wollen doch nicht etwa auf den Knopf drücken!« Der Schlag, der den Wachtposten niedergeworfen hatte, war nichts gegen die beißende Ironie in Schaffers Stimme. Er lag der Länge nach auf dem Fußboden, wohin er sich im gleichen Augenblick, als Smith in Aktion getreten war, geworfen hatte, um die Schmeisser an sich zu bringen, deren Lauf jetzt genau auf das Herz von Oberst Kramer gerichtet war. Zum zweitenmal an diesem Abend zog der Oberst seine Hand von dem Knopf zurück.

Smith hatte inzwischen den Karabiner des Wachtpostens an sich genommen, ging damit durch den Saal und vertauschte ihn gegen seine mit dem Schalldämpfer versehene Lugerpistole. Schaffer, dessen Waffe noch immer auf Kramer gerichtet war, hatte sich erhoben und starrte Smith an.

»Ein zweitklassiger Stümper«, sagte er beleidigt, »ein einfältiger Amerikaner. Das haben Sie doch von mir gesagt. Ich bin so dumm, daß ich noch nicht einmal weiß, was wir für einen Wochentag haben, war es nicht so?«

»Das war alles, was mir im Augenblick eingefallen ist«, entschuldigte sich Smith.

»Das macht es ja nur noch schlimmer«, beschwerte sich Schaffer, »und außerdem, mußten Sie mich wirklich so echt zusammenschlagen?«

»Das war doch nur wegen des Lokalkolorits. Was beschweren Sie sich eigentlich? Es hat doch funktioniert, oder etwa nicht?« Er war inzwischen zu dem Tisch neben Oberst Kramer getreten und hatte dort die drei Notizblöcke an sich genommen. Er verstaute sie äußerst sorgfältig in einer Innentasche seiner Uniformjacke. Dabei meinte er zu Schaffer: »In Ihrem eigenen Interesse haben Sie hoffentlich nichts ausgelassen ... So, und jetzt wird es Zeit, daß wir uns auf den Weg machen. Sind Sie bereit, Mr. Jones?«

»Und beeilen Sie sich ein wenig«, fügte Schaffer hinzu, »wir müssen nämlich noch die richtige Straßenbahn erwischen, oder vielmehr die Drahtseilbahn.«

»Also, ich muß zugeben, daß ich mich überhaupt nicht mehr auskenne«, Cartwright Jones' Stimme klang genauso verwirrt, wie er aussah, »Schauspielerei? Offensichtlich verstehe ich nicht das geringste davon.«

»Ist das alles, was Sie wollen?« fragte Oberst Kramer, der sich bereits wieder völlig unter Kontrolle hatte, er war ruhig, höflich und ganz geschäftsmäßig. »Diese Notizbücher? Nur diese Notizbücher?«

»Nun ja, fast nur. Da sind eine ganze Anzahl interessanter Namen und Adressen aufgezeichnet. Das wird eine schöne Märchenstunde für unsere M.I. 6.«

»Ich verstehe«, Kramer nickte zu dieser Feststellung, »dann sind also diese Männer tatsächlich die, für die sie sich ausgeben?«

»Sie standen schon seit Wochen unter Verdacht. Geheime Informationen von größter Wichtigkeit waren verraten worden, und falsche – und absolut wertlose – Informationen erreichten uns. Es hat uns etwa zwei Monate gekostet, bis wir in der Lage waren, die Stellen ausfindig zu machen, wo unsere Geheiminformationen verraten wurden und wo die falschen Informationen herkamen. In allen Fällen handelte es sich um eine oder mehrere Abteilungen, die von diesen drei Männern kontrolliert wurden. Wir waren uns aber darüber vollkommen im klaren, daß wir niemals in der Lage sein würden, die Leute zu überführen – wir waren uns nicht einmal sicher, ob es sich dabei um mehr als einen Verräter handelte und wer von den dreien es war – und außerdem hätte uns auch eine Überführung des Schuldigen nichts genutzt, wenn wir nicht auch die örtlichen und die auf dem Festland bestehenden Kontakte der Männer kannten. Deshalb ... nun ja ... deshalb haben wir uns eben das hier ausgedacht!«

»Sie wollen damit doch wohl sagen, daß *Sie* sich das ausgedacht haben, Captain Smith, nicht wahr?« kam die rein rhetorische Frage von Rosemeyer.

»Was macht das für einen Unterschied?« meinte Smith wegwerfend.

»Das stimmt. Jetzt ist es schon egal. Aber etwas anderes ist durchaus wesentlich«, der Generalfeldmarschall lächelte schwach, »als Oberst Kramer Sie fragte, ob die Notizbücher alles wären, was Sie wollten, da antworteten Sie ihm ›fast alles‹. Das bedeutet, daß es noch etwas anderes gibt, was Sie interessiert. Haben Sie vielleicht die Absicht, zwei Fliegen mit einer Klappe zu schlagen? Wollen Sie mich vielleicht einladen, Sie zu begleiten?«

»Falls Sie das wirklich annehmen sollten, Herr Generalfeldmarschall«, antwortete Smith unfreundlich, »dann wäre es höchste Zeit, daß Sie Ihren Feldmarschallstab an jemand anderen abtreten. Ich habe durchaus nicht die Absicht, Sie an Händen und Füßen zu fesseln, um Sie dann auf meinem Rücken über die Alpen zu schleppen. Die einzige Möglichkeit, die ich hätte, diesen Plan durchzuführen, wäre, Sie mit vorgehaltener Pistole zu zwingen, und ich befürchte, daß es sich bei Ihnen um einen Ehrenmann handelt, dem seine persönliche Sicherheit und sein Leben nicht halb so wichtig sind wie die Treue zu seinem Vaterland. Wenn ich jetzt meine Pistole auf Sie richten und Ihnen die Wahl lassen würde, mir entweder zu folgen oder niedergeschossen zu werden, so gibt es niemanden in diesem Saal, der auch nur den geringsten Zweifel hegt, daß Sie seelenruhig sitzen blieben. Das bedeutet, daß sich unsere Wege hier trennen.«

»Ich muß mich bei Ihnen für Ihr Kompliment bedanken und Ihnen außerdem bestätigen, daß Sie durchaus logisch zu denken verstehen«, Rosemeyer lächelte, ein kleines, bitteres Lächeln, »ich wünschte nur, ich hätte vor ein paar Minuten genauso logisch gedacht, als wir über genau das gleiche Thema gesprochen haben.«

»Vielleicht war es ganz gut, daß Sie das nicht getan haben«, gab Smith zu.

»Aber . . . aber Oberst Wilner?« fragte Kramer. »Er ist immerhin der Chef des Geheimdienstes bei Generalfeldmarschall Kesselring. Bei ihm kann es sich doch nicht . . .«

»Seien Sie ganz beruhigt. Willi-Willi gehört nicht zu unseren bezahlten Leuten. Was er Ihnen gesagt hat, hielt er für die reine Wahrheit. Für ihn bin ich wirklich der beste Doppelagent in Italien. Ich habe ihm im Lauf der letzten zwei Jahre eine Menge falscher, nutzloser und überholter Informationen geliefert. Wollen Sie ihn das bitte wissen lassen?«

»Bei ihm handelt es sich um so eine Art von Dreifachagenten, verstehen Sie?« ließ sich Schaffer geduldig erklärend vernehmen, »das ist noch eins besser als doppelt.«

»Ja, und Heidelberg?« fragte Kramer.

»Dort besuchte ich für zwei Jahre die Universität, mit – nun, sagen wir – freundlicher Unterstützung unseres Außenministeriums.«

Kramer schüttelte den Kopf: »Aber ich verstehe noch immer nicht . . .«

»Es tut mir leid, aber wir müssen jetzt gehen.«

»In Wirklichkeit sind wir schon gar nicht mehr hier«, sagte Schaffer, »lesen Sie alles Weitere in den bald erscheinenden Kriegsmemoiren von Pimpernell Schaffer . . .«

Er unterbrach sich, als die Tür des Saales aufflog. Dort stand Mary, und die Mauserpistole in ihrer Hand zitterte nicht im geringsten. Mit einem Seufzer der Erleichterung ließ sie sie sinken.

»Du hast dir ja ganz schön Zeit gelassen, ehe du hier aufgetaucht bist, was?« sagte Smith streng. »Wir haben schon angefangen, uns deinetwegen Sorgen zu machen.«

»Das tut mir leid, aber ich konnte einfach nicht früher. Von Schlettersdorff . . .«

»Aber ich bitte Sie, meine Gnädigste«, winkte Schaffer mit einer großartigen Geste ab, »schließlich war der gute Schaffer hier.«

»Das neue Mädchen, das heute abend angekommen ist!« flüsterte Kramer benommen. »Die Cousine von dem Mädchen aus dem . . .«

»Niemand anderer«, sagte Smith, »sie hat mir sehr dabei geholfen, unseren gemeinsamen Freund Willi-Willi in den letzten Jahren bei guter Laune zu halten. Und *sie* war es, die uns heute abend die Tore zum Schloß geöffnet hat.«

»Boß«, Schaffers Stimme klang leicht bedrückt, »ich möchte sie ja nicht hetzen, aber . . .«

»Ich komme schon«, Smith lächelte zu Rosemeyer hinüber, »Sie hatten vollkommen recht, ich wollte nicht nur die Notizbücher mitnehmen. Ich brauchte noch Gesellschaft. Aber im Gegensatz zu Ihnen, Herr Generalfeldmarschall, bedeutet den Herrschaften, die ich mitzunehmen gedenke, ihr Leben außerordentlich viel, aber dafür ist ihnen der Begriff ›Ehre‹ ein unverständliches Fremdwort. Und deshalb werden sie uns auch jetzt begleiten.« Seine Pistole deutete auf Carraciola, Thomas und Christiansen. »Los, ihr drei, aufstehen. Ihr werdet uns begleiten.«

»Uns begleiten?« wiederholte Schaffer ungläubig. »Nach England?«

»Dort erwartet sie ein Prozeß wegen Hochverrats. Es ist schließlich nicht meine Aufgabe, den Henker zu spielen . . . Gott allein weiß, wie viele Hunderte und Tausende Menschenleben auf ihr Konto gehen. Ganz zu schweigen von

Torrance-Smythe und Sergeant Harrod.« Carraciola gefror unter seinem Blick. »Ich werde es wohl nie erfahren, aber ich glaube, daß Sie der Kopf der Bande waren. Sie haben Sergeant Harrod dort oben in den Bergen umgebracht. Wenn Sie in der Lage gewesen wären, sich das Buch mit dem Chiffrierschlüssel anzueignen, hätten Sie unser gesamtes Netz in Süddeutschland erledigen können. Das wäre schon eine tolle Sache gewesen, denn an unsere Organisation hier unten sind Sie nie herangekommen. Das Chiffrierbuch war eine Falle, die nicht zuschnappte ... Und Sie haben auch den alten Smithy auf dem Gewissen. Sie verließen die Gaststätte heute abend ein paar Minuten nach mir, und er ist Ihnen gefolgt. Aber er konnte mit einem Mann Ihres Kalibers nicht fertig werden ...«

»Lassen Sie Ihre Waffen fallen!« Die Stimme von Schlettersdorff war ruhig, kalt und befehlend. Niemand hatte das behutsame Öffnen der Tür gesehen und gehört. Er stand jetzt etwa einen Meter von Mary entfernt und hielt in seiner rechten Hand eine kleinkalibrige, automatische Pistole. Smith drehte sich um, seine Lugerpistole zielte auf den Eingang. Er zögerte für den Bruchteil einer Sekunde, weil Mary sich genau in der Schußlinie befand. Von Schlettersdorffs übliche Höflichkeit war plötzlich einer kaltblütigen Berechnung der Situation gewichen, er nahm keinerlei Rücksicht. Es gab einen kleinen Knall, die Kugel aus seiner Waffe durchschlug den Ärmel von Marys Jacke kurz über dem Ellenbogen, und Smith stieß einen Schmerzensschrei aus, als er nach seiner blutenden Hand griff, während seine eigene Waffe gegen irgendein Möbelstück im Saal geschleudert wurde. Mary versuchte sich umzudrehen, aber von Schlettersdorff war zu schnell und zu stark. Er sprang vorwärts und umschlang sie mit dem Arm. Seine Hand umklammerte ihr Handgelenk mit der Mauserpistole, gleichzeitig drückte er sie nach hinten. Sie versuchte, sich freizumachen. Von Schlettersdorff preßte ihr Handgelenk fester, sie schrie gequält auf, und die Waffe fiel zu Boden. Von Schlettersdorff schien von alledem nichts zu bemerken, sein rechtes Auge blickte starr in der Richtung seines Pistolenlaufes – und dieses Auge war der einzige verwundbare Punkt, der nicht von Marys Körper verdeckt wurde.

Schaffer ließ seine Waffe fallen.

»Sie hätten es nicht versuchen sollen«, sagte von Schlettersdorff zu Smith, »das war wirklich sehr dumm von Ihnen ... allerdings hätte ich in Ihrer Situation wahrscheinlich genauso dumm reagiert.« Er sah jetzt auf Kramer. »Es tut mir leid, daß ich erst jetzt komme, Herr Oberst. Aber es schien mir, als ob unsere junge Dame hier sehr ungeduldig und aufgeregt war. Übrigens weiß sie wirklich sehr schlecht über ihre Heimatstadt Düsseldorf Bescheid. Und *außerdem* hat sie noch nicht gelernt, daß man sich nicht die Hand halten lassen darf, wenn man Lügen erzählt ... und das scheint sie die meiste Zeit über zu tun.« Er ließ das Mädchen los und drehte sie zu sich herum, wobei er sie anlächelte: »Wirklich eine ganz entzückende Hand, meine Liebe ... und über was für einen abwechslungsreichen Puls Sie verfügen.«

»Ich verstehe kein Wort von dem, was Sie da reden, und es ist mir auch ganz egal.« Kramer stieß einen langen und genüßlichen Seufzer aus, dem man die Erleichterung anmerkte. »Gut gemacht, mein Junge, wirklich sehr gut gemacht. Mein Gott, eine Minute später und ...« Er erhob sich aus seinem Sessel und ging auf Schaffer zu, wobei er darauf achtete, sich aus der Feuerlinie von Schlettersdorffs zu halten, und durchsuchte ihn nach versteckten Waffen, fand keine, tat das gleiche bei Smith, mit gleichem Resultat. Danach gab er Smith ein weißes Taschentuch, damit dieser die Blutung eindämmen konnte. Jetzt blickte er zögernd auf Mary: »Nun, ich kann mir zwar nicht vorstellen, wie sie oder ob sie ... aber ... könnte ja sein. Anne-Marie?«

»Selbstverständlich, Herr Oberst. Es wird mir ein Vergnügen sein. Wir haben uns ja bereits kennengelernt, und sie weiß über meine Methode Bescheid. Ist es nicht so, meine Liebe?« Mit einem geradezu wolfsähnlichen Grinsen ging Anne-Marie auf Mary zu und schlug ihr hart ins Gesicht. Mary schrie vor Schmerz auf und taumelte gegen die Wand, wo sie hinkauerte. Ihre Augen waren weit aufgerissen. Fahle Blässe lag auf ihrem Gesicht, und sie drückte ihre Handflächen stützend gegen die Wand. Aus einem Mundwinkel lief Blut. »Nun?« wollte Anne-Marie wissen. »Haben Sie eine Waffe bei sich?«

»Anne-Marie!« In Oberst Kramers Zügen mischten sich Protest und Abscheu. »Müssen Sie wirklich . . .«

»Ich weiß schon, wie man solche billigen Schnüfflerinnen wie die hier zu behandeln hat!« Sie wandte sich jetzt wieder Mary zu und sagte: »Ich fürchte, die Herren sehen nicht gern dabei zu, wie ich meine Ziele zu erreichen pflege. Los, dort hinein!«

Sie zog Mary an den Haaren zu der kleinen Seitentür, durch die sie sie mit aller Gewalt stieß. Man konnte fast gleichzeitig hören, wie Marys Körper zu Boden fiel und sie erneut aufschrie. Dann verschloß Anne-Marie die Tür hinter sich.

Etwa zehn Sekunden lang waren ganz klar die Geräusche von Schlägen und unterdrückten Schreien zu hören. Von Schlettersdorff scheuchte durch eine Bewegung mit seiner Pistole Smith und Schaffer beiseite, trat weiter in den Saal und setzte sich auf die Lehne eines großen Sessels, zuckte zusammen, als er den Lärm im Nebenzimmer hörte, und sagte sarkastisch zu Oberst Kramer: »Ich bin irgendwie davon überzeugt, daß die junge Dame es vorgezogen hätte, von mir durchsucht zu werden. Man sollte eben wirklich nicht im falschen Moment höflich sein.«

»Ich fürchte auch, daß Anne-Maries Begeisterung manchmal mit ihr durchgeht«, gab Kramer, offensichtlich angewidert, zu.

»Manchmal?« Wieder zuckte von Schlettersdorff zusammen, als weitere Geräusche durch die Tür drangen: Ein Körper wurde gegen die Wand geschleudert, ein Schmerzensschrei ertönte, ein Stöhnen, dann war plötzlich alles still. »Ich würde sagen, immer dann, wenn es sich bei dem anderen Mädchen um eine genauso schöne und junge Person wie sie handelt.«

»So, jetzt ist es vorbei«, seufzte Kramer, »jetzt ist endlich alles vorbei.« Dann sah er auf Smith und Schaffer. »Wir werden erst noch Ihre Hand verarzten und dann . . . nun, eins muß man Schloß Adlershorst lassen: Wenn es über etwas reichlich verfügt, dann über Verliese.« Er unterbrach sich, und in gleichem Maße, wie sich seine Augen weiteten, sank sein Körper langsam in sich zusammen, während er vorsichtig zu von Schlettersdorff sagte: »Hauptmann von Schlettersdorff, Sie sind für mich ein zu wertvoller Mann, als daß ich Sie verlieren möchte. Ich fürchte, daß wir unsere Sympathie an die falsche Person verschwendet haben. Hinter Ihnen richtet sich ein Pistolenlauf in einer Entfernung von einem guten Meter genau auf Ihren Rücken.«

Von Schlettersdorff senkte hilflos seine Waffe und drehte sich um, wobei er über seine Schulter direkt in die Mündung einer Lilliput 0,21 Automatik blickte. Die Hand, die sie hielt, war beängstigend ruhig, die dunklen Augen glitzerten kalt und wachsam. Abgesehen von der geplatzten Lippe, die noch immer ein wenig blutete, und dem zerzausten Haar machte Mary einen außerordentlich appetitlichen Eindruck.

»Es ist einfach die Pflicht der Eltern«, ließ sich Schaffer belehrend vernehmen, »ihre Töchter bei dem Bemühen, die hohe Kunst des Judo zu erlernen, zu unterstützen.« Während er sprach, hatte er dem nicht gerade geistreich dreinschauenden von Schlettersdorff die Waffe aus der Hand genommen, seine eigene Schmeisser wieder aufgehoben und war dann zur Tür gegangen, die er energisch verschloß. »Es laufen einfach zu viele Leute hier herum, die dann womöglich auch noch hereinkommen, ohne vorher anzuklopfen.« Auf seinem Weg zurück zu den anderen warf er einen kurzen Blick in das Nebenzimmer, stieß einen anerkennenden Pfiff aus und grinste Mary an: »Es ist doch ganz gut, daß meine Liebe einer anderen gehört. Ich muß zugeben, daß ich nicht gern mit Ihnen verheiratet wäre, wenn Sie mal die Geduld verlieren. Da drin finden Sie alles, was eine Erste-Hilfe-Station haben muß. Verbinden Sie erst mal den Major, so gut Sie können. Ich werde inzwischen auf die hier aufpassen.« Er richtete den Lauf der Schmeisser auf die Anwesenden und lächelte fast verschämt: »Und *wie* ich aufpassen werde!«

Und er paßte auf sie auf. Während Mary die verletzte Hand von Smith in dem kleinen Zimmer verarztete, in dem vor wenigen Augenblicken Anne-Marie die Schlappe ihres Lebens erlitten hatte, brachte Schaffer seine sechs Schäfchen auf einer der großen Couchs unter und postierte sich in der Nähe des Kamins. Dort goß er sich etwas Kognak ein, den er genüßlich trank, wobei er nicht vergaß, von Zeit zu Zeit seinen Gefangenen ein aufmunterndes Lächeln zu schenken.

Smith und Mary kamen aus dem kleinen Zimmer, Mary trug ein mit einem Tuch bedecktes Tablett. Smith sah bleich aus, seine rechte Hand war unter einem unförmigen Verband verschwunden. Schaffer schaute Mary fragend an.

»Sieht nicht gerade rosig aus«, meinte sie, ebenfalls ein wenig blaß, »Zeigefinger und Daumen sind zerschmettert. Ich habe ihn, so gut es ging, verbunden, aber eigentlich ist das ein Fall für einen Chirurgen.«

»Wenn es mir gelungen ist, Marys Erste Hilfe zu überleben«, philosophierte Smith, »dann überlebe ich alles Weitere leicht. Wir haben außerdem ein etwas dringenderes Problem zu lösen.« Dabei klopfte er auf seine Uniformjacke. »Diese Namen und Adressen hier. Es kann ein bis zwei Stunden dauern, bis wir die nach England durchgegeben haben, und weitere ein bis zwei Stunden, bis die Leute hinter Schloß und Riegel sind.« Er wandte sich jetzt an die Leute, die auf der Couch zusammengepfercht saßen. »Sie *könnten* sie in viel kürzerer Zeit erreichen und sie warnen. Aus diesem Grunde müssen wir uns Ihres Schweigens für ein paar Stunden vergewissern.«

»Wir könnten das auch ein für allemal regeln, Boß«, schlug Schaffer vor.

»Das wird nicht notwendig sein. Wie Sie selbst gesagt haben, dieser kleine Nebenraum ist ein fabelhaft ausgerüsteter Verbandsraum.« Er nahm jetzt das Tuch von dem Tablett – Ampullen und Spritzen kamen zum Vorschein. Er nahm mit der linken Hand ein Fläschchen auf und hielt es gegen das Licht. »Nembutal. Sie werden kaum den Einstich spüren.«

Kramer starrte ihn böse an: »Nembutal? Ich will *verdammt* sein, wenn ich das zulasse!«

Im Brustton der Überzeugung erwiderte Smith: »Sie werden *tot* sein, wenn Sie es *nicht* tun!«

## *9. Kapitel*

Smith blieb vor einer Tür mit der Aufschrift FUNKZENTRALE stehen, seine erhobene Hand gebot absolutes Schweigen. Dabei sah er die drei bedrückten Gefangenen scharf an und sagte: »Versuchen Sie ja nicht, irgend jemandem ein Warnzeichen zu geben oder Alarm zu schlagen. So wild darauf, Sie unbedingt mit nach England zu nehmen, bin ich nun auch wieder nicht. Lieutenant Schaffer, ich finde, wir sollten diesen Leuten doch noch etwas weniger Bewegungsfreiheit geben.«

»Das sollten wir vielleicht«, stimmte ihm Schaffer zu. Er trat nacheinander hinter jeden der drei Männer, öffnete die obersten Knöpfe ihrer Uniformjacken, zog sie ihnen so weit den Rücken herunter, bis sich die Schultern in Höhe der Ellenbogen befanden, und sagte dann im sanften Ton: »So, das sollte ihre Hände davor bewahren, Dummheiten zu machen, zumindest für eine gewisse Zeit.«

»Ihre Hände schon, aber nicht ihre Füße. Lasse sie auf keinen Fall zu nahe an dich heran«, befahl Smith Mary, »sie haben nichts mehr zu verlieren. Ich bin bereit, Lieutnant.«

»Also, dann los.« Vorsichtig und leise öffnete Schaffer die Tür zur Funkzentrale. Ein großer, hell erleuchteter, aber äußerst einfach möblierter Raum, dessen zwei wichtigste Einrichtungsgegenstände ein großer, stabiler Tisch in der Nähe des Fensters an der gegenüberliegenden Wand und ein Funkgerät waren. Der riesige, metallisch glänzende Apparat nahm fast die ganze Tischplatte ein. Zwei Stühle und ein Ablageschrank vervollständigten das kärgliche Mobiliar. Kein Teppich bedeckte die nackten Dielen.

Vielleicht wurde ihnen diese Tatsache zum Verhängnis. Während Schaffer die erste Hälfte seines Weges durch den Raum zurücklegte, saß der Funker mit dem Rücken zu ihnen und rauchte eine Zigarette, während er hingebungsvoll der melodischen österreichischen Schrammelmusik lauschte, die aus seinem großen Gerät drang. Plötzlich – entweder durch leises Knarren des Holzfußbodens oder durch einen sechsten Sinn aufmerksam geworden – fuhr er herum und sprang auf. Genauso schnell, wie er sich bewegte, dachte er auch: Noch während er bereitwillig die Hände über dem Kopf hob, bewegte er sich ein wenig nach rechts und verlagerte dabei das Gewicht auf seinen rechten Fuß. Im gleichen Augenblick ertönte draußen im Gang das schrille Läuten einer Alarmglocke. Schaffer hechtete nach vorn und donnerte seine Maschinenpistole auf den Kopf des Funkers, der gegen den Tisch taumelte und dann bewußtlos zusammenbrach. Aber Schaffer war zu spät gekommen. Die Alarmglocke läutete penetrant weiter.

»Das ist genau das, was ich brauche«, fluchte Smith verbittert, »verdammt noch mal, genau das hat mir noch gefehlt!« Er rannte auf den Gang. Dort sah er sofort die schrille Alarmglocke in einem Glaskasten und schlug wütend mit dem Griff seiner Waffe dagegen. Das Glas zerbrach, die Splitter rieselten zu Boden, und das Läuten hörte ebenso unvermittelt auf, wie es begonnen hatte.

»Rein hier, los!« Smith deutete auf die geöffnete Tür zur Funkzentrale. »Alle, schnell!« Er trieb sie vor sich her ins Zimmer, sah sich um, bemerkte, daß eine Seitentür zu einem anderen Raum führte, und sagte zu Mary: ›Fix! Was ist dahinter? Schaffer!«

»Horatio hält die Stellung«, murmelte Schaffer, er durchquerte das Zimmer und postierte sich an der Tür der Funkzentrale. »Ich muß schon sagen, das hätte nicht passieren brauchen, Boß.«

»Eine ganze Menge hätte auf dieser Welt nicht zu passieren brauchen«, entgegnete Smith müde. Dann sah er zu Mary hinüber. »Nun?«

»Es sieht aus wie ein Lagerraum für Funkersatzteile.«

»Jones und du, ihr nehmt die drei Leute mit da hinein, und wenn sie auch nur zu atmen wagen, dann tötet sie.«

Jones betrachtete argwöhnisch die Pistole, die er vorsichtig in der Hand hielt, und sagte: »Ich bin leider kein Soldat, Sir.«

»Ich habe eine Überraschung für Sie«, gab Smith zurück, »ich auch nicht.«

Er ging eilig auf das Funkgerät zu, setzte sich auf den davorstehenden Stuhl und begann, das scheinbare Durcheinander von Knöpfen, Hebeln und Skalen zu studieren. Genau zwanzig Sekunden lang saß er da und betrachtete das komplizierte Gerät.

Schaffer fragte von der Tür her: »Wissen Sie, wie man so einen Kasten bedient, Boß?«

»Wirklich ein fabelhafter Zeitpunkt, um mich das zu fragen«, meinte Smith, »wir werden es bald herausfinden, meinen Sie nicht?« Er hatte mittlerweile den Apparat auf ›Senden‹ eingestellt, Ultrakurzwelle eingeschaltet, jetzt stellte er seine eigene Sendefrequenz ein. Dann legte er einen Hebel um und nahm das Mikrophon auf.

»Broadsword ruft Danny Boy«, rief er, »Broadsword ruft Danny Boy. Können Sie mich hören? Können Sie mich hören?«

Niemand hörte ihn, jedenfalls ließ niemand verlauten, daß er ihn hörte. Smith veränderte minimal die Einstellung der Sendefrequenz und versuchte es erneut. Und noch einmal. Und noch einmal. Als er es gerade zum sechsten oder siebten Male probierte, bellte an der Tür eine Maschinenpistole auf. Er wirbelte herum. Schaffer lag der Länge nach auf dem Boden, von der Mündung seiner Schmeisser stieg eine kleine Rauchwolke hoch.

»Ein paar Neugierige, Boß«, stieß er entschuldigend hervor, »ich glaube nicht, daß ich jemanden getroffen habe, aber ich garantiere für eine Steigerung ihrer Herzmuskeltätigkeit.«

»Broadsword ruft Danny Boy«, sagte Smith eindringlich und erregt, »Broadword ruft Danny Boy. Warum um Himmels willen antworten die denn nicht?«

»Danny Boy ruft Broadsword«, die Stimme aus dem Lautsprecher klang so ruhig und laut und klar, so völlig ohne alle Störungen, als käme sie aus dem angrenzenden Zimmer, »Danny Boy . . .«

»Eine Stunde, Danny Boy«, unterbrach Smith, »eine Stunde. Haben Sie verstanden? Ende.«

»Verstanden. Haben Sie es, Broadsword?« Die Stimme war ohne jeden Zweifel die von Admiral Rolland. »Ende.«

»Ich habe es«, sagte Smith, »ich habe alles.«

»Alle Ihre Sünden sind vergeben. Mutter Machree wird Sie abholen. Sie fährt gerade los.«

Ein erneuter Feuerstoß war zu hören, als Schaffer wieder seine Maschinenpistole in Tätigkeit setzte. Die Stimme von Admiral Rolland kam fragend aus dem Lautsprecher. »Was war denn das?«

»Statische Geräusche«, sagte Smith. Er machte sich nicht die Mühe, den Apparat auszuschalten. Er stand auf, trat drei Schritte zurück und schoß eine zwei Sekunden dauernde Salve aus seiner MPi. Sein Gesicht verzog sich schmerzhaft, als der Rückstoß seine verletzte Hand traf. Niemand würde jemals wieder dieses Funkgerät benutzen können. Dann sah er prüfend auf Schaffer hinunter, aber nur ganz kurz: Das Gesicht des Amerikaners war zwar nachdenklich, aber trotzdem entspannt und keineswegs beunruhigt. Es gab sicherlich Menschen, die in einer solchen Situation hilfreiche Worte nötig haben, Worte des Zuspruchs und des Trostes, aber Schaffer gehörte bestimmt nicht zu dieser Sorte. Smith ging schnell zum Fenster und öffnete die untere Hälfte mit seiner linken Hand.

Smith stellte fest, daß sie sich hier an der Ostseite des Schlosses befanden, also an der Seite, die am weitesten von der oberen Station der Drahtseilbahn entfernt war. Der untere Teil des ›vulkanischen Pfropfens‹ war kaum zu erkennen und lag so tief, daß man unmöglich sehen konnte, ob da unten noch immer die Wachtposten mit ihren Dobermännern patrouillierten, und was ihre derzeitigen Überlebenschancen anging, so war das auch vollkommen unwichtig. Smith zog sich vom Fenster zurück, holte das Nylonseil aus dem Rucksack und knotete mit seiner linken Hand das eine Ende fest um den metallenen Fuß des Funkgerätes, dann warf er den Rest des Seiles über das Fensterbrett in die Nacht hinaus. Nun säuberte er sorgfältig den Sims von der Schneekruste und kratzte auch noch den Schnee bis einen Meter unterhalb des Fensterbrettes ab. Jemand mußte schon ein ungewöhnlich kritisches Auge haben, um festzustellen, daß hier kein ziemlich reger und emsiger Verkehr stattgefunden hatte. Er fragte sich flüchtig, ob das Seil wohl bis auf den Boden reichen würde, und schob den Gedanken genauso schnell beiseite, wie er aufgetaucht war: Auch das spielte im Augenblick keine Rolle.

Er ging hinüber zu Schaffer, der immer noch mit gespreizten Beinen im Türeingang lag. Wie er mit großer Zufriedenheit feststellen konnte, befanden sich Schlüssel und Schloß an der Innenseite der Tür, und beide waren, wie alles hier oben auf Schloß Adlershorst, äußerst massiv und von guter, solider Qualität. Er sagte zu Schaffer: »Es wird Zeit, daß wir die Tür zumachen.«

Schaffer stand auf, zielte sorgfältig auf die Glühbirne, die den Gang erhellte, und feuerte einen Schuß ab. Die Beleuchtung im Flur ging aus.

Smith und Schaffer zogen sich in den Raum zurück, schlossen lautlos die Tür hinter sich und drehten ebenso lautlos den Schlüssel im Schloß herum. Dann benutzte Schaffer den Lauf seiner Schmeisser, um den Schlüssel so zu verbiegen, daß es unmöglich war, ihn von draußen aus dem Schloß herauszustoßen.

Sie warteten. Mindestens zwei Minuten verstrichen, dann vernahmen sie aufgeregtes Stimmengewirr, zunächst noch leise und dann langsam lauter werdend, und zugleich das

Getrampel schwerer Stiefel, die den Gang herunterdröhnten. Sie entfernten sich beide schnell von der Tür und traten in den Nebenraum, in dem die Funkersatzteile lagen. Die Tür ließen sie einen winzigen Spalt offen, so daß ein schwacher Lichtstrahl aus der Funkzentrale hereindrang. Smith sagte leise: »Mary, du und Mr. Jones hierher zu Thomas. Jeder eine Pistole an seine Schläfe.« Er selbst nahm sich Christiansen vor, ließ ihn niederknien und bohrte ihm den Lauf seiner Maschinenpistole in den Nacken. Schaffer hatte inzwischen Carraciola an die Wand gedrängt und drückte den Lauf seiner Maschinenpistole genau gegen dessen Lippen. Am anderen Ende der MPi lächelte Schaffer fröhlich vor sich hin, wobei seine Zähne in der fast völligen Dunkelheit provozierend weiß schimmerten. Die Stille, die in dem kleinen Raum herrschte, war vollkommen.

Das halbe Dutzend Männer, die sich jetzt außerhalb der Funkzentrale befanden, hatte keinerlei Ähnlichkeit mit dem Wachtposten, den von Schlettersdorff vorhin im Schloßhof befragt hatte. Bei ihnen handelte es sich um Elitesoldaten des Alpenkorps, um rücksichtlose Männer, die rücksichtlos ausgebildet worden waren. Keiner von ihnen machte den Versuch, die Türklinke oder das Türschloß zu berühren. Die beinahe maschinenähnliche Perfektion, mit der sie die Tür aufsprengten, ohne dabei auch nur eine Sekunde lang ihr Leben in Gefahr zu bringen, war offensichtlich das Ergebnis eines ausgezeichneten Trainings, in dem genau solche Situationen geprobt worden waren.

Auf das Zeichen des kommandierenden Oberleutnants trat ein Gebirgsjäger vor und entleerte mit zwei diagonalen Bewegungen das Magazin seiner Maschinenpistole in die Türfüllung. Ein zweiter benutzte seine MPi, um mit ihr einen sauberen Kreis in das Holz zu schießen, dann trat er auf die Stelle zu und schlug mit dem Kolben gegen den Kreis, der nach hinten in den Raum fiel. Ein dritter, der zwei Handgranaten in der Hand hielt, warf diese genau durch die Öffnung, während ein vierter das Schloß herausschoß. Die beiden flachen Explosionen der Granaten erfolgten fast gleichzeitig, und Rauch strömte durch das Loch in den Gang.

Die Tür wurde aufgestoßen, und die Männer drangen in die Funkzentrale ein. Es war jetzt nicht mehr nötig, Vorsicht walten zu lassen ... die Menschen, die sich in dem kleinen Raum befunden hatten, als die beiden Handgranaten explodierten, würden jetzt tot sein. Für einen Augenblick herrschte völliges Durcheinander, und alle warteten, bis der heftige Durchzug den blauen, beißenden Rauch vertrieben hatte. Dann, als der Oberleutnant den Grund für den starken Luftstrom im Schein seiner Taschenlampe erkannte, rannte er zu dem offenen Fenster. Er hielt kurz an, als er das befestigte Seil entdeckte, das draußen in der eisigen Dunkelheit verschwand. Er lehnte sich hinaus, rieb sich die tränenden Augen und blickte, seine Taschenlampe nach unten richtend, hinunter. Der Strahl der Lampe reichte etwa bis zur Hälfte des ›vulkanischen Pfropfens‹. Es war nichts zu erkennen. Mit seiner freien Hand ergriff er das Seil und zog kräftig daran: Es war so leicht, daß es sofort nachgab. Einen Augenblick lang betrachtete er im Schein seiner Taschenlampe den abgekratzten Schnee auf dem Fensterbrett, dann drehte er sich um.

»Verdammt noch mal!« schrie er. »Sie sind entkommen. Sie sind schon unten! Los, zum nächsten Telefon!«

»Nun schau einer an! Befriedigt lauschte Schaffer den sich schnell entfernenden Schritten nach. Dann nahm er den Lauf seiner Maschinenpistole von Carraciolas Mund und lächelte anerkennend: »Das war aber ein braver Junge.« Die Mündung seiner Waffe jetzt gegen den Rücken von Carraciola gepreßt, folgte er Smith in den vollkommen verwüsteten Raum, der einmal die Funkzentrale gewesen war, und sagte nachdenklich: »Sie werden nicht lange brauchen, um zu merken, daß dort unten im Schnee keine Fußspuren zu finden sind.«

»Sie werden sogar noch schneller merken, daß dieses Seil hier verschwunden ist«, versetzte Smith, der es schnell, den Schmerz in der rechten Hand vergessend, wieder durch das offene Fenster einholte. »Das werden wir noch brauchen. *Und* wir müssen hier unbedingt noch etwas Verwirrung stiften.«

»Ich bin schon genügend verwirrt«, meinte Schaffer.

»Nehmen Sie sich vier oder fünf Plastikbomben, jede mit verschieden langen Zündschnuren. Die werfen Sie vom Gang aus in die Zimmer, die auf diesem Flur liegen.«

»Die Verwirrungen sind schon unterwegs.« Schaffer holte einige Plastikbomben aus dem Rucksack und schnitt die daran hängenden Zündschnüre in verschiedene Längen, dann drückte er die chemischen Zünder ein und sagte: »Betrachten Sie die Angelegenheit als bereits erledigt«, und verließ den Raum.

Die ersten drei Türen, zu denen er kam, waren verschlossen, und er vergeudete weder Zeit noch die kostbare Munition seiner schallgedämpften Lugerpistole, um sie zu öffnen. Aber die nächsten fünf Türen gaben nach. Die ersten drei Zimmer waren alles Schlafräume, dort brachte er seine Sprengladungen in einer Fruchtschale aus Meißner Porzellan, in einer Offiziersschirmmütze und unter einem Kissen an, im vierten Raum, einem Badezimmer, wurde die Bombe hinter dem WC versteckt, und im fünften, einem Lagerraum, versteckte er seine Überraschung oben in einem Regal zwischen einigen äußerst brennbar aussehenden Pappkartons.

In der Zwischenzeit hatte Smith die anderen durch die ehemalige Funkzentrale, deren noch immer raucherfüllte Luft die Augen tränen und die Kehle trocken werden ließ, in die etwas klarere Luft des Ganges geführt und wartete dort auf die Rückkehr Schaffers. Plötzlich wurde sein Gesicht nachdenklich, als sein Blick auf eine Ansammlung von Feuerlöschgeräten fiel: Ein großer Wasserstoff-Feuerlöscher, mit Sand gefüllte Eimer und eine große Feueraxt . . . das alles stand auf einer kleinen Plattform im Gang.

»Sie *lassen* aber nach, Major Smith«, meinte Mary, ihre Augen waren rotgerändert, und fahle Blässe lag auf ihrem tränenverschmierten Gesicht, aber sie konnte ihm noch immer zulächeln, »hatten Sie nicht eben von ›Verwirrung stiften‹ gesprochen? Ich hatte genau die gleiche Idee, und dabei bin ich doch nur ein schwaches Weib.«

Smith lächelte zurück. Es war nur ein halbes Lächeln, aber so, wie ihn seine Hand schmerzte, hatte er das Gefühl, sich die andere Hälfte einfach nicht leisten zu können. Er schritt auf die Tür zu, die neben der Plattform mit den Feuerlöschgeräten lag, und drückte die Klinke herunter. Über dem Türstock befand sich die Aufschrift ›Aktenablage‹. Eine solche Tür war, wie nicht anders zu erwarten, verschlossen. Er nahm seine Lugerpistole in die linke Hand und drückte den Lauf gegen das Schloß, feuerte einmal und trat ins Zimmer.

Das Schild hatte nicht zuviel versprochen: Regale über Regale, bis an die Decke mit Akten und Papieren vollgestopft. Smith ging zum Fenster und öffnete es weit, um den Durchzug zu verstärken, dann warf er einen Haufen loser Papiere auf den Boden und zündete sie mit einem Streichholz an. Das Feuer griff sofort um sich, und in Sekundenschnelle schlugen die Flammen hoch.

»Das hier hatten Sie wohl noch vergessen, was?« Schaffer war zurückgekehrt, den großen Wasserstoff-Feuerlöscher auf den Armen. Er trug ihn zum offenen Fenster. »Vorsicht da unten! Paßt auf eure Köpfe auf!«

Damit warf er den schweren Feuerlöscher hinaus. Im Raum war das Feuer mittlerweile so stark geworden, daß es Schaffer Mühe machte, die Tür wiederzufinden. Als er heraustaumelte, mit rauchgeschwärztem Gesicht, zierten Brandflecke seine Uniform, und die Haare waren angesengt. Von unten konnte man jetzt den tiefklingenden Ton einer Glocke hören, die immer heftiger zu läuten begann. »Um Himmels willen, was ist denn jetzt schon wieder los«, jammerte Schaffer, »ist das etwa die Feuerwehr?«

»So ungefähr«, meinte Smith bitter, »verdammt noch mal, warum habe ich bloß vorher nicht daran gedacht? Jetzt wissen sie genau, wo wir sind.«

»Meinen Sie, daß dieses Feuer uns verraten hat?«

»Was denn sonst? Also los.«

Sie rannten, die Gefangenen vor sich hertreibend, den

Gang entlang und liefen dann eine breite Treppe hinunter und waren gerade auf dem Weg zur nächsten, als sie laute Stimmen und das Klappern von Stiefeln vernahmen: Soldaten, die vom Schloßhof nach oben stürmten.

»Schnell! Dahinter!« Smith deutete auf einen durch einen Vorhang verdeckten Alkoven. »Beeilt euch! Ach, du lieber Gott, ich habe noch etwas vergessen!« Er drehte sich um und verschwand in der Richtung, aus der sie gekommen waren.

»Was zum Teufel hat er . . .« Schaffer unterbrach sich, als er sah, daß die Soldaten schon beinahe bei ihnen angelangt waren, drehte sich um und stieß dem ihm am nächsten stehenden Gefangenen grob den Lauf seiner Schmeisser in die Rippen, »los, in den Alkoven dort, aber dalli«, im Halbdunkel hinter dem Vorhang vertauschte er seine Maschinenpistole mit der schallgedämpften Luger, »und lassen Sie sich bloß nicht einfallen, den Vorhang auch nur zu berühren! Bei dem Lärm, den die Glocke da unten macht, würde man Sie nicht einmal sterben hören.«

Niemand berührte den Vorhang. Männer in Schaftstiefeln, die schwer nach Atem rangen, rannten ganz nahe an ihnen vorbei. Sie rasten die gleiche Treppe hinauf, die Smith und die anderen gerade heruntergekommen waren. Dann hielten die Schritte abrupt an. Die nächsten Worte ließen deutlich werden, daß der Trupp beim Feuer angekommen war und die Leute erst jetzt in vollem Umfang erkannten, welche Aufgabe sie zu erfüllen hatten.

»Alarm! Feldwebel, gehen Sie sofort zum Telefon!« Das war die Stimme des Oberleutnants, der die Männer, die in die Funkzentrale eingedrungen waren, befehligt hatte. »Feuerlöschkommando her! Schläuche und Wasserstofflöschgeräte. Wo um Gottes willen ist denn Oberst Kramer? Unteroffizier! Suchen Sie sofort den Herrn Oberst.«

Der Unteroffizier gab keine Antwort, aber das Stakkato der Stiefelabsätze, als er die Treppe hinunterjagte, war Antwort genug. Er lief an dem Alkoven vorbei und die nächste Treppe hinab, bis der Lärm seiner Schritte in dem Schrillen der Alarmglocke unterging. Schaffer riskierte es, kurz durch den Vorhang zu spähen, gerade in dem Augenblick, als Smith auf Zehenspitzen angelaufen kam.

»Wo zum Teufel sind Sie denn gewesen?« Schaffers Stimme war leise, aber wütend.

»Kommen Sie, los, kommen Sie schon! Raus hier!« befahl Smith. »Nein, Jones, nicht die Treppe! Wollen Sie unbedingt in ein ganzes Regiment von Gebirgsjägern hineinlaufen? Den Gang hier entlang zum Westflügel. Wir müssen die kleinen Nebentreppen benutzen. Um Himmels willen, beeilen Sie sich. In ein paar Sekunden wird hier ein Betrieb sein wie auf dem Piccadilly Circus.«

Schaffer lief neben Smith her durch den Flur, und als er jetzt sprach, hatte er seine vorher so zornige Stimme wieder absolut unter Kontrolle: »Also, nun sagen Sie doch schon, wo zum Teufel sind Sie denn gewesen?«

»Bei dem Mann, den wir in dem Raum neben der Telefonzentrale festgebunden hatten. Die Aktenablage befindet sich direkt über diesem Raum. Das fiel mir gerade noch ein. Ich habe ihn losgeschnitten und auf den Gang hinausgeschleift. Er wäre dort drin lebendig verbrannt.«

»Das haben Sie tatsächlich getan?« wunderte sich Schaffer. »Manchmal denken Sie wirklich an die unwesentlichsten Dinge, finden Sie nicht auch?«

»Das kommt auf den Standpunkt an. Ich bin überzeugt, daß unser Freund, der jetzt dort hinten im Gang liegt, Ihre Ansicht kaum teilen dürfte. So, hier rechts die Treppe hinunter und dann geradeaus. Mary, du weißt, welche Tür ich meine.«

Mary wußte es. Fünfzehn Schritte vor dem Treppenabsatz hielt sie an. Smith warf einen schnellen Blick aus dem Fenster auf der linken Seite des Flurs: Schon waren die Flammen in den Fenstern des nordöstlichen Turmes des Schlosses zu sehen. Unten im Hof rannten einige Dutzend Soldaten herum, die meisten von ihnen offensichtlich ohne Sinn und Zweck. Nur ein Mann rannte nicht hin und her: Der Hubschrauberpilot, der seinen Overall wieder angezogen hatte. Er stand regungslos, tief über den Motor seiner Maschine gebeugt. Während Smith ihn weiter beobachtete, hob er plötzlich seinen rechten Arm und schüttelte die Faust in Richtung auf den brennenden Turm.

Smith wandte sich ab und sagte zu Mary: »Bist du sicher, daß das hier das richtige Zimmer ist? Genau zwei Stockwerke tiefer als das, durch das wir hereingekommen sind?«

Mary nickte: »Ganz bestimmt, das ist es.«

Smith drückte die Klinke herunter. Verschlossen. Jetzt war keine Zeit mehr für Nachschlüssel und ähnliche Finessen: Er drückte den Lauf seiner Lugerpistole gegen das Türschloß.

Der Unteroffizier, den der Oberleutnant fortgeschickt hatte, um Oberst Kramer zu suchen, sah sich vor das gleiche Problem gestellt, als er die Türklinke zum ›Goldenen Saal‹ niederdrückte. Als Smith und die anderen von dort fortgegangen waren, hatte Schaffer vorsorglich abgeschlossen und den Schlüssel später durch ein offenes Fenster in den Hof geworfen. Der Unteroffizier klopfte höflich an. Keine Antwort. Er klopfte nochmals, diesmal stärker. Das Resultat blieb das gleiche. Jetzt drückte er die Klinke herunter und warf sich mit der Schulter gegen die Tür, doch alles, was er damit erreichte, war, daß ihn seine Schulter schmerzte. Daraufhin schlug er mit dem Kolben seiner Maschinenpistole gegen das Holz, aber die Tischler, die einstmals Schloß Adlershorst mitgebaut hatten, waren erstklassige Fachleute gewesen, und wieder ereignete sich nichts. Er zögerte, dann nahm er seine Waffe in die Hand und jagte eine Salve durch das Schloß, wobei er betete, daß Oberst Kramer nicht gerade in einem Sessel schlief, der sich in gleicher Linie mit dem Schlüsselloch befand.

Oberst Kramer schlief tatsächlich, aber durchaus nicht in gleicher Linie mit dem Schlüsselloch. Er lag auf dem goldenen Teppich ausgestreckt, und jemand hatte ihm freundlicherweise ein Kissen unter den Kopf geschoben. Langsam betrat der Unteroffizier den ›Goldenen Saal‹, wobei seine Augenbrauen fast seinen Haaransatz berührten und sein Gesicht vor fassungslosem Erschrecken beinahe auseinanderfiel. Generalfeldmarschall Rosemeyer lag neben dem Obersten. Von Schlettersdorff und ein Feldwebel saßen mit herabhängenden Köpfen zusammengesunken in zwei Sesseln, während Anne-Marie – eine etwas unordentliche und verkratzte Anne-Marie – auf einem der großen, mit Goldlamé bezogenen Sofas lag.

Wie in Trance und ohne etwas zu begreifen, ging der Unteroffizier auf Oberst Kramer zu und kniete sich neben ihm nieder. Dann begann er, ihn zuerst vorsichtig und respektvoll und dann kräftiger zu schütteln. Nach einiger Zeit wurde ihm klar, daß er die Schultern des Obersten die ganze Nacht lang schütteln konnte, ohne das geringste Ergebnis zu erzielen.

Und dann, unvermittelt und zum erstenmal, fiel ihm auf, daß keiner der Männer eine Jacke trug und alle Anwesenden, einschließlich Anne-Marie, ihre linken Ärmel bis zum Ellenbogen aufgekrempelt hatten. Jetzt sah er sich langsam im Saal um und erstarrte plötzlich, als sein Blick auf das Tablett mit den Ampullen, Nadeln und Spritzen fiel. Ganz langsam veränderte sich der Gesichtsausdruck des Unteroffiziers, und aus Nichtbegreifen wurde Begreifen. Dann rannte er hinaus, als gelte es, den bestehenden olympischen Rekord im Einhundertmeterlauf zu brechen.

Schaffer befestigte das Nylonseil an dem eisernen Bettgestell, kontrollierte den Knoten und öffnete den unteren Fensterladen, danach ließ er das Seil hinunter und starrte ziemlich unglücklich ins Tal. Am Rande des Dorfes leuchtete ein dunkelroter Klumpen: die ehemalige Eisenbahnstation. Die Lichter im Ort selbst waren weithin und deutlich sichtbar. Unmittelbar unter sich und zu seiner Rechten konnte er vier Wachtposten ausmachen, jeder mit einem Hund . . . Kramer hatte das also nicht nur so hingesagt, daß die Posten verdoppelt worden waren. Warum er ohne Schwierigkeiten diese Einzelheiten erkennen konnte, wurde ihm klar, als er jetzt durch den lautlos fallenden Schnee nach oben blickte: Der

Mond war gerade hinter einer großen, schwarzen Wolkenwand hervorgetreten und segelte über ein erschreckend breites Stück wolkenlosen Himmels. Man konnte sogar die Sterne sehen.

»Ich fürchte, daß ich dort draußen ziemlich auffallen werde, Boß«, beschwerte sich Schaffer, »und außerdem treibt sich da unten ein ganzes Wolfsrudel herum.«

»Es würde auch keinen Unterschied machen, wenn sie eine ganze Batterie von Scheinwerfern auf das Fenster gerichtet hätten«, entgegnete Smith kurz, »jetzt nicht mehr. Wir haben keine andere Wahl. Also los!«

Schaffer nickte achselzuckend und glitt hinaus. Im Moment, als er das Seil ergriff, hielt er einen Augenblick inne: Vom Ostflügel des Schlosses kam der gedämpfte Ton einer Explosion.

»Das war die erste«, konstatierte Schaffer befriedigt, »das war die Schale mit Meißner Frucht ... oder vielmehr die Meißner Fruchtschale.« Sogleich fügte er besorgt hinzu: »Ich hoffe nur, daß niemand die Toilette gerade dann benutzt, wenn es dort losgeht.«

Smith öffnete den Mund, um eine ungeduldige Bemerkung zu machen, aber Schaffer war bereits verschwunden. Schon nach fünf Metern stand er auf dem Dach der oberen Station der Drahtseilbahn. Smith kletterte mühsam über das Fensterbrett, dort wickelte er das Seil um seinen rechten Unterarm, verlagerte das Gewicht auf den linken und sah Mary an. Sie lächelte ihm aufmunternd zu. Carnaby-Jones bewachte die Gefangenen zwar mit seiner Pistole, aber er machte ein Gesicht, als befürchtete er, sie würde ihn jeden Moment beißen.

Smith traf mit Schaffer auf dem Dach der oberen Station zusammen. Beide Männer gingen in die Hocke, um das Risiko zu verringern, von unten gesehen zu werden. Die ersten drei Meter des Daches, das aus der Mauer herausragte, waren ganz gerade, dann fiel es in einem Winkel von dreißig Grad scharf ab. Smith betrachtete nachdenklich die Kante und sagte: »Wir wollen nicht wieder erleben, was uns das letztemal hier draußen passiert ist. Es wäre gut, wenn wir einen festen Haken in die Schloßmauer schlagen würden. Oder auch in das Dach. Irgend etwas, woran wir das Seil befestigen können.«

»Haken brauchen wir nicht. Schauen Sie sich das mal an.« Mit bloßen Händen kratzte Schaffer den verkrusteten Schnee vom Dach ab und legte ein Drahtnetz frei, unter dem ein paar schwere Eisenstangen zu sehen waren, die eine große, dicke Glasplatte kreuzweise überspannten. »Ich glaube, man nennt diese Dinger Himmelslichter oder so ähnlich. Diese Stangen machen doch einen soliden Eindruck, finden Sie nicht auch?«

Er ergriff eine der Stangen und zog mit beiden Händen kräftig daran: Die Stange bewegte sich nicht. Smith griff jetzt zusätzlich mit seiner linken Hand zu, und sie zogen gemeinsam daran: Die Stange blieb fest liegen. Schaffer grinste zufrieden und ließ die Nylonleine durch die Stange gleiten und versicherte sich, daß der Knoten, den er machte, nicht aufgehen konnte. Smith setzte sich auf das Dach und ergriff das Seil mit der gesunden Hand. Schaffer riß sie unsanft weg.

»Kommt nicht in Frage!« Er hob Smith's rechte Hand hoch: Die dicke Bandage war bereits vollkommen verschmutzt und blutdurchtränkt. »Sie können sich Ihren Orden ein andermal verdienen. Diesmal würden Sie es niemals schaffen. Diesmal bin ich dran.«

Er nahm den Rucksack ab, der um seinen Hals gehangen hatte, und kroch bis zu der Stelle, wo sich das Dach nach unten neigte, dann ergriff er das Seil und ließ sich hinunter. Als er sich der unteren Kante des Daches näherte, drehte er sich unendlich vorsichtig um, bis er mit dem Kopf nach unten hing. Ganz langsam, Zentimeter um Zentimeter, glitt er weiter, das Seil fest zwischen die Beine geklemmt. Und endlich konnte er über den Rand nach unten spähen.

Wie er feststellte, befand er sich genau über einem der Kabel. Etwa siebzig Meter unter ihm, diesmal zu seiner Linken, sah er, wie sich Wachmannschaften mit Dobermännern ihren Weg durch den tiefen Schnee bahnten, wobei sie so schnell wie möglich den Haupteingang zum Schloßhof zu erreichen versuchten. Offensichtlich war Großalarm gegeben worden.

Schaffer ließ sich noch weitere gefährliche fünfzehn Zentimeter hinunter, bis Kopf und Schultern über die Dachkante ragten. Jetzt waren nur noch zwei Dinge wesentlich: Erstens, gab es einen Mechaniker auf der oberen Plattform der Station oder einen Wachtposten, und zweitens, falls es so etwas gab, konnte er sich mit der einen Hand so lange am Seil festhalten, bis er mit der anderen seine Lugerpistole herausgeholt und den Mann erledigt hatte. Schaffer reckte den Hals und blickte hinab.

Dort befand sich weder ein Mechaniker noch ein Wachtposten. Alles, was Schaffer ausmachen konnte, war eine Kabine der Drahtseilbahn, schwere Maschinen und eine Reihe von Bleisäure-Batterien. Sonst nichts. Kein Anlaß zur Beunruhigung.

Aber dann erblickte er etwas, was ihn nicht gerade fröhlich stimmte: Es gab für ihn nur einen Weg, um in die Station selbst zu gelangen. Es war leider nicht möglich, sich an dem Seil auf den Boden herunterzulassen, und zwar aus dem ganz einfachen Grund, weil es sich bei dem Dach um eins der für die Alpen typischen überhängenden Dächer handelte, das gute zwei Meter über die Plattform der Station herausragte. Der einzige Weg zur Plattform bestand für ihn darin, sich an das Kabel der Drahtseilbahn zu hängen, um sich dann von dort wieder zur Plattform hochzuhanteln. Schaffer vergeudete keine Zeit damit zu überlegen, ob er dieser Situation auch körperlich gewachsen war. Er *mußte* ihr ganz einfach gewachsen sein. Es gab keine andere Möglichkeit, hineinzukommen.

Vorsichtig und unter großen Anstrengungen zog sich Schaffer wieder an der Leine hoch, bis er sich etwa einen Meter vom Ende des Daches entfernt befand. Dann lockerte er den Klammergriff, mit dem seine Beine das Seil festgehalten hatten, und schwang sich um einhundertundachtzig Grad herum, bis sein Gesicht wieder bergaufwärts gerichtet war und die Beine über das Dachende baumelten. Er blickte nach oben. Smith's zusammengekauerte Gestalt zeigte die ungeheure Anspannung, während seine ausdruckslosen Züge wie aus Stein gemeißelt schienen. Schaffer hob eine Hand und bildete mit Daumen und Zeigefinger einen Kreis, dann ließ er sich über den Dachrand gleiten, bis seine tastenden Füße das Kabel fanden.

Er ließ sich noch weiter herunter, bis er auf dem Kabel saß, jetzt wechselte er seinen Griff vom Seil zum Kabel und schwang sich nach unten, bis er mit Händen und Füßen daran hing und direkt in den Mond schaute. Schaffer fand, daß dieser Anblick bei weitem dem vorherigen vorzuziehen war, als er dauernd das Dorf im Tal vor Augen hatte und mit ihm die Möglichkeit, siebzig Meter tief abzustürzen. Er begann, sich hochzuziehen.

Fast hätte er es nicht geschafft. Bei sechs Griffen, mit denen er sich hochzog, rutschte er jedesmal wieder fünf herunter. Das Kabel war mit einem schlüpfrigen Gemisch aus Öl und Glatteis bedeckt, und nur dadurch, daß er seine Fäuste so zusammenballte, bis seine Unterarme zu schmerzen begannen, war es ihm möglich, überhaupt voranzukommen. Daß das Kabel auch noch in einem Winkel von fünfundvierzig Grad anstieg, machte den Aufstieg beinahe unmöglich. Diese Art der Fortbewegung würde für den zur Zeit praktisch einarmigen Smith glatten Selbstmord bedeutet haben, und auch für Mary und Carnaby-Jones wäre sie unmöglich gewesen. Einmal, nachdem er ungefähr vier Meter zurückgelegt hatte, sah Schaffer kurz nach unten und überlegte, was für Chancen er hätte, wenn er sich jetzt einfach fallen ließe. Er kam zu dem Schluß, daß er sich entweder beide Beine brechen oder – falls er auch nur etwas unglücklich stürzen sollte – wie eine Rakete in die Tiefe sausen würde. Wie sich Schaffer später erinnerte, war es diese letzte Möglichkeit, kombiniert mit dem Ausblick auf den Abhang, der steil zum Tal abfiel, was ihm in diesem Augenblick mehr geholfen hatte, als ein Paar zusätzliche Arme es vermocht hätten. Etwa zehn Sekunden später, schwitzend und keuchend wie ein Langstreckenläufer kurz vor dem Zusammenbruch, zog er sich auf das Dach der Kabine der Drahtseilbahn.

Dort lag er erst mal eine Minute lang, bis das Zittern in seinen Armen etwas nachließ und sein Puls und sein Atem zu etwas geworden waren, was man beispielsweise bei einem Mann mit hohem Fieber als normal bezeichnen würde. Dann ließ er sich ruhig und erschöpft von dem Kabinendach herunter, nahm seine Luger heraus, entsicherte sie und durchsuchte noch einmal die Station, um ganz sicherzugehen, daß sich bestimmt niemand außer ihm dort befand. Eigentlich eine völlig überflüssige Vorsichtsmaßnahme, sagte ihm seine Vernunft, denn jede verborgene Person hätte ihn sowohl sehen als auch hören müssen, als er hereingekommen war, aber Instinkt und Training saßen tiefer als die Vernunft. Es war niemand da. Er sah hinter die Zugmaschinen, die elektrischen Motoren und die Batterien: Die Station gehörte ihm ganz allein.

Als nächstes mußte er dafür sorgen, daß sich an dieser Situation auch nichts ändern würde. Die schwere Eisentür am unteren Ende des steilen Tunnels, der zum Schloßhof hinaufführte, stand weit offen. Er trat in den Tunnel und stieg vorsichtig die steilen Stufen empor, bis er zu dem Ausgang gelangte, der im Schloßhof mündete. Auch hier stand, wie unten, die eiserne Tür offen. Schaffer bewegte sich so weit vor, wie er es im Schatten des Tunnels wagen konnte, und betrachtete aus seiner Deckung, was sich da vor ihm abspielte.

Im Schloßhof herrschte noch immer – wie auch schon vorhin, als sie es vom Gang aus beobachtet hatten – absoluter Hochbetrieb, nur lag in dem vorher wilden Durcheinander jetzt so etwas wie System. Schreiende und gestikulierende Gestalten überwachten das Ausrollen von Schläuchen und deren Anschluß an Hydranten. Verschiedene Gruppen trugen Eimer mit Sand und Feuerlöschern. Sogar das Haupttor stand offen und war unbewacht, was hieß, daß man selbst diese Leute zu anderen Arbeiten herangezogen hatte. Dennoch wäre wohl kaum jemand auf die Idee gekommen, durch das weit geöffnete Portal fliehen zu wollen. Höchstens ein Selbstmörder würde versucht haben, auf seiner Flucht quer über einen Hof zu rennen, auf dem sechzig bis siebzig Gebirgsjäger herumliefen.

Links von Schaffers Beobachtungsposten stand noch immer der Hubschrauber verloren und nutzlos herum. Der Pilot war nirgendwo zu sehen. Plötzlich erfolgte eine große Explosion, die im Hof mehrfach widerhallte. Schaffer blickte hoch, um festzustellen, wo der Knall hergekommen war, sah gewaltige Rauchwolken aus einem der oberen Fenster im Ostflügel des Schlosses aufsteigen und fragte sich flüchtig, welches seiner Ablenkungsmanöver es wohl diesmal gewesen war. Aber er verschwendete nicht viel Zeit an diese Überlegung. Instinktiv wandte er den Kopf plötzlich nach rechts, sein Gesicht drückte höchste Spannung aus. Die Leute, die er vorhin mit ihren Hunden auf dem Weg nach oben gesehen hatte, Wachtposten mit Dobermännern, kamen gerade durch das Haupttor. Die heftig schnaufenden Männer schienen von ihrem Marsch durch den knietiefen Schnee recht erschöpft. Schaffer zog sich augenblicklich langsam und leise zurück: Mit deutschen Soldaten konnte er fertig werden oder ihnen ausweichen, aber Dobermännern war er nicht gewachsen. Er machte die schwere Eisentür zu, wobei er darauf achtete, auch nicht das leiseste Geräusch zu verursachen, dann schob er die zwei dicken Eisenstangen, die als Sperre dienten, davor, rannte durch den Tunnel hinab und verschloß hier ebenfalls die untere Stahltür, ließ auch noch die Vorhängeschlösser zuschnappen und schob den Schlüssel in seine Tasche.

Er blickte hoch, als plötzlich mit lautem Klirren Glas zerbrach und unmittelbar danach Splitter herunterregneten. Automatisch folgte der Lauf seiner Lugerpistole dem Blick.

»Stecken Sie Ihre Kanone weg«, sagte Smith irritiert. Schaffer konnte kaum das Gesicht erkennen, das sich an die Eisenstangen preßte, »wen haben Sie denn erwartet . . . Kramer und seine Leute?«

»Das sind nur meine Nerven«, erklärte Schaffer kühl, »Sie

haben ja nicht gerade eben das durchgemacht, was Lieutenant Schaffer passiert ist. Wie geht's denn da oben?«

»Carraciola und seine Freunde liegen mit dem Gesicht nach unten auf dem Dach und frieren sich langsam zu Tode, während Mary sie mit der Maschinenpistole bewacht. Jones ist noch immer oben. Er weigert sich, auch nur seinen Kopf herauszustrecken. Er sagt, er wird so leicht schwindelig. Ich habe aufgehört, mit ihm zu streiten. Wie sieht es denn bei Ihnen aus?«

»Alles ruhig. Falls sich irgend jemand mit dem Gedanken an die Drahtseilbahn befaßt, so ist davon jedenfalls nichts zu merken. Beide Türen zum Hof sind von innen verschlossen. Beide Türen sind außerdem aus Eisen, und selbst wenn irgend jemand neugierig werden sollte, ist doch anzunehmen, daß sie den Betreffenden eine ganze Weile aufhalten. Übrigens, Boß, der Weg, auf dem ich hierherkam, ist ausschließlich für Vögel vorgesehen. Und ich meine ausschließlich. Was Sie brauchen, sind Flügel. So wie Ihre Hand aussieht, könnten Sie das nie schaffen. Mary und der alte Herr könnten es nicht einmal versuchen, und der Rest . . . na, was kümmert mich schon Carraciola und der Rest.«

»Was für Kontrollen gibt es denn an den Maschinen?« wollte Smith wissen.

»Einen Augenblick«, Schaffer ging hinüber, um nachzuschauen, »einen kleinen Hebel mit der Aufschrift ›normal‹ und ›Notfall‹ . . .«

»Gibt es dort unten Batterien?« unterbrach ihn Smith.

»O ja, jede Mennge.«

»Dann stellen Sie den Hebel auf ›Notfall‹ . . . es könnte immerhin sein, daß sie uns vom Schloß aus den Hauptstrom abstellen.«

»O. k. Schon gemacht; dann sind hier noch Knöpfe für ›Start‹ und ›Halt‹, eine große mechanische Handbremse und eine Gangschaltung mit der Aufschrift ›Vorwärts‹, dazwischen liegt der Leerlauf.«

»Starten Sie den Motor«, befahl Smith. Schaffer drückte auf den Startknopf, und ein Generator lief heulend an, innerhalb von zehn Sekunden hatte er ungefähr seine normale Leistung erreicht. »Jetzt lassen Sie langsam die Bremse los und legen den Vorwärtsgang ein. Wenn das funktioniert, halten Sie die Kabine wieder an und probieren den Rückwärtsgang aus.«

Schaffer ließ die Bremse los und schaltete in den Vorwärtsgang, indem er den Hebel langsam über einige eingebaute Verzögerungen ganz nach vorn durchdrückte. Die Kabine bewegte sich zuerst langsam und dann, als sie die Plattform verlassen hatte, schneller vorwärts. Nach ein paar weiteren Metern hielt Schaffer sie an und brachte sie wieder in ihre Ausgangsposition zurück. Er sah zu Smith hinauf: »Geht doch fabelhaft, was?«

»Lassen Sie sie so weit nach vorn laufen, bis sie etwa zur Hälfte über das Dach hinausragt. Dann werden wir uns an dem Seil herunterlassen, bis wir auf der Kabine landen, und dann können Sie uns mit dem Rückwärtsgang wieder hereinholen.«

»Tolle Idee! Das muß von dem vielen Fisch kommen, den Ihr Inselbewohner immer eßt. Soll ja bekanntlich die Intelligenz fördern«, sagte Schaffer anerkennend und ließ den Motor anlaufen.

»Zuerst kommen Carraciola, Thomas und Christiansen herunter«, kündigte Smith an, »ich halte es nämlich für besser, wenn sich keiner von uns mit denen zusammen auf dem Dach der Kabine befindet. Glauben Sie, daß Sie die so lange bändigen können, bis wir eintreffen?«

»Sie heben wirklich nicht die Moral eines Ihnen unterstellten Offiziers, indem Sie ihn beleidigen«, antwortete Schaffer mißgelaunt.

»Ich wußte nicht, daß bei Ihnen überhaupt noch Moral vorhanden ist, die man beleidigen könnte. Während Sie das hier erledigen, werde ich noch einmal nach oben gehen und versuchen, unsere ›Julia‹ zu überreden, sich uns doch noch anzuschließen.« Er trat Carraciola nicht gerade sanft in die Seite. »Los, Sie zuerst. An dem Seil dort hinunter und dann auf das Dach der Kabine.«

Carraciola rappelte sich auf die Knie hoch, und dann schaute er über die Kante des Daches auf das tief unten liegende Dorf hinab.

»Mich bekommen Sie niemals da runter. Jedenfalls nicht lebend«, er schüttelte entschieden den Kopf. Dann starrte er Smith an, in seinen schwarzen Augen stand der blanke Haß, »na, los doch, schießen Sie doch schon! Töten Sie mich hier auf der Stelle.«

»Ich werde Sie töten, falls Sie einen Fluchtversuch unternehmen sollten«, sagte Smith, »das wissen Sie doch ganz genau.«

Carraciola glitt an dem Seil hinunter, bis zuerst seine Füße und dann die Hände die große Stahlklammer auf dem Dach der Kabine spürten. Smith deutete mit seiner Pistole auf Thomas. Thomas machte sich wortlos auf den Weg. Zehn Sekunden später folgte ihm Christiansen. Smith beobachtete, wie die Kabine sich wieder in Richtung auf die Station bewegte, dann sah er nach oben zum Fenster, aus dem das Seil hing.

»Mr. Jones?«

»Ich bin noch immer hier«, man konnte das Zittern in der Stimme von Carnaby-Jones hören, aber er riskierte es nicht einmal, aus dem Fenster herauszusehen.

»Ich hoffe nur, nicht mehr lange«, sagte Smith ernst. »Die anderen werden bald bei Ihnen sein, Mr. Jones. Sie müssen jeden Augenblick eintreffen. Ich hasse es, Ihnen das sagen zu müssen, aber ich kann nicht anders. Es ist meine Pflicht, Sie zu warnen und darüber aufzuklären, was mit Ihnen als feindlichem Spion geschehen wird. Man wird Sie foltern, Mr. Jones . . . aber nicht etwa in der üblichen herkömmlichen Art, daß man etwa Ihre Zähne herausbricht und Ihre Fußnägel abreißt. Unvorstellbare Qualen warten auf Sie, die ich unmöglich hier in der Gegenwart von Miß Ellison beschreiben kann . . . und dann enden Sie in den Gaskammern. *Falls* Sie bis dahin alles überlebt haben sollten.«

Mary ergriff seinen Arm: »Würden sie . . . würden sie wirklich so etwas tun?«

»Um Himmels willen, nein!« Smith starrte sie echt überrascht an. »Warum um alles in der Welt sollten sie denn?« Er erhob seine Stimme erneut: »Sie werden schreiend in Agonie sterben, Mr. Jones, einer Agonie, die Sie sich nicht einmal in Ihren wildesten Alpträumen vorstellen können. Und es wird sehr lange dauern, bis Sie endlich tot sind. Stunden. Vielleicht auch Tage. Sie werden schreien, die ganze Zeit über werden Sie schreien.«

»Was um Gottes willen soll ich denn tun?« Die verzweifelte Stimme dort oben zitterte nicht mehr, sie vibrierte jetzt wie eine gebrochene Matratzenfeder: »Was *kann* ich denn tun?«

»Sie können sich an diesem Seil hinunterlassen«, sagte Smith grob, »drei Meter, drei kurze Meter, Mr. Jones, mein Gott, das könnten Sie sogar beim Stabhochsprung noch schaffen.«

»Ich kann es nicht«, Jones weinte fast, »ich kann es ganz einfach nicht.«

»O doch, Sie können es«, drängte Smith, »fassen Sie jetzt endlich das Seil an, schließen Sie die Augen, klettern Sie aus dem Fenster, und lassen Sie sich hinunter. Kneifen Sie die Augen zu. Wir fangen Sie schon auf.«

»Ich kann es nicht! Ich bringe es nicht fertig!«

»O mein Gott!« rief Smith verzweifelt. »O mein Gott! Jetzt ist es zu spät.«

»Es ist zu . . . was um Himmels willen meinen Sie denn damit?«

»Im Gang geht das Licht an«, verkündete Smith mit vor Erregung heiserer Stimme, »und jetzt hinter dem Fenster, und jetzt hinter dem nächsten. Sie werden Sie bald haben, Mr. Jones, sie kommen immer näher. O mein Gott, wenn sie Ihnen die Kleider vom Leibe reißen und Sie auf dem Foltertisch festschnallen . . .«

Zwei Sekunden später war Carnaby-Jones aus dem Fenster geklettert und glitt an dem Nylonseil hinunter. Er hielt die Augen ganz fest geschlossen. Mary raunte ehrfürchtig: »Du bist wirklich der ungeheuerlichste Lügner, den es je gegeben hat.«

»Schaffer sagt mir das auch andauernd«, gab Smith zu, »ihr könnt unmöglich *beide* unrecht haben.«

Die Kabine, auf deren Dach sich die drei Männer krampfhaft an der Stahlklammer festhielten, kam langsam in der oberen Station zum Halten. Einer nach dem anderen ließen sie sich, unter der Regie von Schaffer und seiner Lugerpistole, soweit wie möglich an den gestreckten Armen herunterhängen und sprangen dann den letzten Meter. Der Nachzügler Thomas schien schlecht auf dem Boden aufzukommen. Er stieß einen kleinen Schrei aus und taumelte zur Seite. Als er zu stürzen schien, schossen seine Hände hervor und griffen nach den Fußgelenken von Schaffer. Um das Gleichgewicht zu wahren, warf er die Arme in die Luft, und noch ehe er in der Lage war, sie wieder herunterzubringen, wurde er von Christiansen in guter alter Rugbymanier unterlaufen, und ihm blieb die Luft weg. Er torkelte rückwärts und schlug mit dem Rücken gegen einen der dort stehenden Generatoren, und zwar mit solcher Wucht, daß ihm das bißchen Atem, das er noch besaß, auch noch genommen wurde. Eine Sekunde später hatte sich Christiansen bereits seine Pistole angeeignet und bohrte ihren Lauf brutal in seine nach Luft ringende Kehle.

Carraciola befand sich bereits an der unteren Eisentüre und rüttelte wie wild daran. Jetzt sah er das schwere Vorhängeschloß, das durch die eine Eisenschlaufe lief. Er drehte sich um und lief auf Schaffer zu, wobei er Christiansen und damit den Pistolenlauf beiseite schob. Er packte Schaffer an der Gurgel.

»Das Vorhängeschloß. Wo ist der Schlüssel zu diesem verdammten Vorhängeschloß?« Eine menschliche Stimme kann kaum das Zischen einer Schlange nachahmen, Carraciola schaffte es ganz gut. »Diese Türe ist von innen verschlossen worden. Sie sind der einzige, der das getan haben kann. *Wo ist der Schlüssel?*«

Schaffer setzte sich mühsam auf und versuchte vergeblich, Carraciolas Hand zur Seite zu drücken. »Ich kriege keine Luft!« Sein Stöhnen, sein stoßweiser Atem unterstützten diese Feststellung. »Ich kriege keine Luft. Ich ... ich glaube, ich muß mich übergeben.«

»Wo ist der verdammte Schlüssel?« wollte Carraciola wissen.

»O Gott, ist mir schlecht!« Schaffer erhob sich mühsam in eine kniende Stellung, er hielt den Kopf gesenkt, und aus seiner Kehle drangen krächzende Laute. Er schüttelte den Kopf hin und her, als wolle er die Benommenheit auf diese Weise loswerden, dann hob er ihn wieder mühsam, seine Augen schienen nichts zu erkennen. Er stotterte: »Was wollen Sie? Was haben Sie eben gesagt?«

»Den Schlüssel!« Wenn es nicht unbedingt erforderlich gewesen wäre, absolute Stille zu bewahren, hätte Carraciola einen Wutschrei ausgestoßen. Er schlug Schaffer etwa ein halbes Dutzend mal schnell hintereinander mit der flachen Hand hart ins Gesicht. »Wo ist der Schlüssel?«

»Langsam, langsam!« Thomas fiel Carraciola in den Arm. »Seien Sie doch kein so verdammter Idiot. Sie wollen doch, daß er redet, oder?«

»Der Schlüssel, ja, der Schlüssel.« Schaffer stand zitternd auf und schwankte auf schwachen Beinen mit noch immer halbgeschlossenen Augen hin und her. Sein Gesicht war aschgrau, und Blut floß aus beiden Mundwinkeln. »Da bei den Batterien, ich glaube, ich habe ihn dort hinten bei den Batterien versteckt. Ich weiß es nicht genau. Ich kann nicht denken. Nein, warten Sie.« Die Worte kamen stoßweise und unter größten Anstrengungen aus seinem Mund. »Nein, doch nicht. Ich wollte, aber dann habe ich es doch nicht getan.« Er durchsuchte seine Taschen, fand endlich den Schlüssel, zog ihn hervor und hielt ihn in die Richtung, in der er Carraciola vermutete. Carraciola, ein Siegerlächeln auf dem Gesicht, streckte seine Hand aus, aber noch ehe er den Schlüssel ergreifen konnte, richtete sich Schaffer auf, und mit aller ihm noch zur Verfügung stehenden Kraft warf er ihn an der offenen Seite der Station hinaus, wo er in der Tiefe verschwand. Carraciola starrte dem entschwindenden Schlüssel eine Weile absolut ungläubig nach, dann verließ ihn ganz plötzlich die Beherrschung: Mit wutverzerrtem Gesicht packte er Schaffers am Boden liegende Maschinenpistole und schlug damit auf den Kopf und das Gesicht des Amerikaners ein. Schaffer stürzte wie ein gefällter Baum zu Boden.

»Nun ja«, sagte Thomas eisig, »nachdem wir uns jetzt endlich Luft gemacht haben, können wir ja vielleicht damit anfangen, das Schloß aufzuschießen.«

»Sie können sich ja gern durch Rückschläger umbringen lassen ... die Tür ist aus Eisen, Mann.« Carraciola schien jetzt, nachdem er sich abreagiert hatte, wieder der alte zu sein, ruhig und überlegen. Er machte eine Pause, und dann lächelte er vor sich hin: »Woran zum Teufel denken wir eigentlich? Man muß mit Köpfchen an die Sache herangehen. Falls wir wirklich durch diese Tür gelangen würden, hätten wir wahrscheinlich als erstes eine Ladung von Maschinengewehrkugeln im Bauch. Vergessen Sie nicht, daß die einzigen Menschen, die wissen, wer wir wirklich sind, im Augenblick voll des köstlichen Nembutals im Schloß liegen und in Anbetracht der großzügig bemessenen Dosis noch eine ganze Zeitlang ohne Bewußtsein bleiben werden. Für den Rest der Garnison sind wir Unbekannte – und für die paar Leutchen, die uns ankommen sahen, Gefangene. Also wird man uns auf jeden Fall als Feinde betrachten.«

»Und was nun?« fragte Thomas ungeduldig.

»Wie ich schon sagte, müssen wir das hier mit Köpfchen erledigen. Wir werden mit dieser Kabine ins Dorf fahren und wieder unser Köpfchen benutzen: Wir werden nämlich den alten Weissner anrufen und ihn bitten, oben auf Schloß Adlershorst Bescheid zu geben, wo sich Smith aufhält. Sollte es Smith trotzdem gelingen, mit der anderen Kabine ins Tal herunterzukommen, werden wir den Oberst bitten, ihm einen würdigen Empfang zu bereiten. Dann gehen wir ins Lager – die müssen doch über eine Funkmöglichkeit verfügen – und setzen uns mit jemandem in Verbindung, und Sie wissen auch schon mit wem. Hat der Plan irgendeine schwache Stelle?«

»Nirgends«, grinste Christiansen zufrieden, »und danach leben wir alle weiter wie in alten Zeiten. Also los, worauf warten wir denn noch?«

»Sie beide verschwinden schon mal in die Kabine.« Carraciola wartete, bis sie seinem Befehl gefolgt waren, dann ging er auf die Plattform zurück, bis er sich direkt unter dem zerschossenen Oberlicht befand, und rief: »Boß!« In seiner Hand lag die mit Schalldämpfer versehene Lugerpistole von Schaffer.

Oben auf dem Dach zuckte Smith zusammen und gab den zitternden Carnaby-Jones – seine Augen waren noch immer ängstlich geschlossen – in Marys Obhut. Er machte zwei Schritte auf das Oberlicht zu und hielt plötzlich inne. Es war Colonel Wyatt-Turner gewesen, der von Smith behauptet hatte, er habe eine eingebaute Radarstation für drohende Gefahren, und die Stimme von Carraciola hatte in diesem Augenblick eben diese Radaranlage mit einer Klarheit und Präzision in Betrieb gesetzt, die selbst Decca (britische Firma, die als erste das Radarkontrollsystem entwickelt hat) hätte vor Neid erblassen lassen.

»Schaffer?« rief Smith leise. »Lieutenant Schaffer? Sind Sie da unten?«

»Hier bin ich, Boß.« Unverkennbar der Akzent des mittleren Westens, Schaffers Tonfall täuschend nachgeahmt. Smith's Radargerät schlug auf das stärkste aus, und wäre es an Warnglocken angeschlossen gewesen, hätte das Klingeln Smith für den Rest seines Lebens taub gemacht. Er ließ sich auf alle viere hinunter und kroch lautlos weiter. Jetzt konnte er den Boden der Plattform erkennen. Das erste, was er sah, war eine Reihe von Batterien, dann eine schlaff herunterhängende Hand und dann langsam den Rest des zusammengesunkenen Körpers von Leutnant Schaffer. Ein paar Zentimeter weiter – er ahnte es mehr, als er es sah – erschien ein langer Finger, der in seine Richtung zeigte. Blitzschnell warf er sich zur Seite. Der Luftzug, den der abgegebene Schuß mit sich brachte, fuhr durch sein Haar. Unten fluchte jemand in wütender Enttäuschung.

»Das war die letzte Chance Ihres Lebens, Carraciola«, sagte Smith. Von dort, wo er lag, konnte er gerade Schaffers Gesicht sehen – besser gesagt, die blutige Masse, die einmal Schaffers Gesicht gewesen war. Er vermochte nicht zu erkennen, ob der Mann da unten noch lebte oder nicht. Er sah eher tot aus.

»Schon wieder haben Sie sich geirrt. Es ist nur die Vertagung eines kommenden Vergnügens. Wir verlassen Sie gleich, Smith. Ich werde jetzt den Motor in Gang setzen. Wollen Sie, daß wir Schaffer erledigen ...? Christiansen hat seine Maschinenpistole genau auf ihn gerichtet. Also, machen Sie keine Dummheiten.«

»Wenn Sie auch nur einen Schritt zum Armaturenbrett hin machen«, drohte Smith, »kommen Sie in meine Schußlinie, und dann sind Sie ein toter Mann. Ich mache Sie fertig, Carraciola. Schaffer ist tot. Ich kann sehen, daß er tot ist.«

›Der ist alles andere als tot. Ich habe ihm lediglich mit dem Gewehrkolben ein bißchen auf den Kopf geklopft.«

»Ich mache Sie fertig«, wiederholte Smith stur.

»Verdammt noch mal, ich sage Ihnen doch, daß er nicht tot ist«, Carraciola wurde langsam nervös.

»Ich werde Sie umbringen«, sagte Smith ruhig, »und wenn es mir nicht gelingt, dann werden es die ersten Soldaten, die durch die Tür dort kommen, auf jeden Fall tun. Haben Sie schon gesehen, was wir auf Ihrem herrlichen Schloß Adlershorst gemacht haben? ... es steht in hellen Flammen. Können Sie sich nicht vorstellen, was für Befehle ergangen sind? ... ohne Anruf sofort schießen. Auf jeden Fremden ist sofort zu schießen ... und nicht nur auf die Beine ...! Sie sind ein Fremder, Carraciola.«

»Verdammt noch mal, wollen Sie mir endlich zuhören?« Die Stimme klang jetzt schon fast verzweifelt. »Ich kann es Ihnen beweisen. Er *lebt*! Was können Sie von dort oben alles erkennen?«

Die Alarmanlage in Smith's Kopf beruhigte sich allmählich. Er sagte: »Ich kann Schaffers Kopf sehen.«

»Dann beobachten Sie ihn einmal genau.« In diesem Augenblick schlug eine Kugel aus der schallgedämpften Luger dicht neben Schaffers Kopf ein. Einen Augenblick später begab sich Carraciola ganz offen in das Blickfeld von Smith. Er blickte zu ihm hinauf und direkt in den Lauf der Maschinenpistole, die genau auf ihn gerichtet war. Er winkte ab: »Die werden Sie nicht brauchen.« Er beugte sich über Schaffer, mit der einen Hand hielt er ihm die Nase zu, mit der anderen verschloß er ihm den Mund. Innerhalb von Sekunden begann der bewußtlose Mann nach Luft zu ringen, die nicht kommen wollte, dann rollte er den Kopf hin und her, und seine Hände tasteten zitternd nach seinem Gesicht. Carraciola trat einen Schritt zurück, sah zu Smith hoch und sagte: »Vergessen Sie nicht, Christiansen hat noch immer seine Maschinenpistole auf ihn gerichtet.«

Jetzt ging Carraciola, ohne sich weiter um Smith zu kümmern, zum Armaturenbrett hinüber und stellte den Generator an, dann löste er den Bremshebel und legte den Gang ein, wobei er den Schaltknüppel ganz nach vorn durchdrückte. Mit einem wilden Satz sprang die Kabine vorwärts. Carraciola rannte los und sprang durch die offene Tür hinein, die krachend hinter ihm zufiel.

Oben auf dem Dach legte Smith seine jetzt nutzlos gewordene Schmeisser beiseite und kam mühsam auf die Beine. Sein verbissenes Gesicht verriet die Bitterkeit, die ihn erfüllte.

»So, das wäre das«, sagte Mary. Ihre Stimme klang unnatürlich ruhig. »Das ist das Ende. Das absolute Ende der Operation Overlord . . . und unseres. Falls das überhaupt noch wichtig ist.«

»Für mich ist es wichtig«, Smith zog seine schallgedämpfte, automatische Pistole aus der Tasche und nahm sie in seine gesunde Hand, »paß du mir hier gut auf unseren Jüngsten auf.«

## *10. Kapitel*

»Nein!« Ungefähr zwei Sekunden lang, die längsten zwei Sekunden ihres bisherigen Lebens, hatte Mary überhaupt nicht begriffen, was Smith beabsichtigte. Als sie es schließlich begriff, schrie sie beschwörend: »Nein! Nein! Um Himmels willen, nein!«

Smith ignorierte den flehenden Aufschrei ebenso wie die verzweifelt nach ihm greifende Hand und bewegte sich auf das Ende des flachen Teils des Daches zu. An der Kante war gerade das vordere Stück der Kabine sichtbar geworden, der Kabine, in der sich drei fröhlich grinsende Männer befanden, die einander ausgelassen auf den Rücken schlugen.

Smith rannte über das spiegelglatte Dach, und als er am Ende angekommen war, sprang er. Die Kabine war bereits zwei bis zweieinhalb Meter von ihm entfernt und ebenso tief unter ihm. Hätte sie sich nicht von ihm fortbewegt, wäre er todsicher mit gebrochenen Beinen gelandet. So jedoch kam er mit einem großen Krach auf dem Dach auf. Der Aufprall ließ die Kabine wild hin und her schaukeln. Seine Füße hatten keinen Halt auf der eisglatten Fläche, und es gelang ihm nicht, mit seiner verwundeten Hand die Stahlklammer zu erreichen, so daß er in letzter Verzweiflung mit der linken Hand zupackte, wodurch er gezwungen wurde, seine Lugerpistole loszulassen. Sie schlitterte über das Dach und verschwand in Richtung Tal. Smith schlang jetzt beide Arme um die Stahlklammer und bemühte sich, wieder etwas Luft in seine fast leeren Lungen zu pumpen: Der Sprung hatte ihn den letzten Atem gekostet.

Auf ihre Art waren die drei Männer in der Kabine genauso verblüfft wie Smith selbst. Das Lächeln auf ihren Gesichtern war plötzlich eingefroren, und der Arm, mit dem Christiansen zur oberen Station hinaufgedeutet hatte, blieb nach dem Aufprall regungslos in der Luft. Wie nicht anders anzunehmen, war es Carraciola, der sich als erster von der Überraschung erholte. Er riß Christiansen die Schmeisser aus der Hand und richtete sie gegen das Dach.

Die Kabine hatte sich mittlerweile etwa fünfzehn bis zwanzig Meter vom Schloß entfernt, und sie begann, wie ein Pendel in dem starken Wind im Nachthimmel zu schwingen. Durch den Aufprall, den Schmerz in der Hand und den Blutverlust geschwächt, hielt sich Smith krampfhaft, aber noch immer benommen an der Stahlklammer fest. Sein Körper lag schräg auf dem Dach. Ihm war schlecht, und er fühlte sich erschöpft, vor seinen Augen tanzten graue Nebelschwaden.

In diesem Augenblick, nur Zentimeter von seinem Körper entfernt, schlug eine Salve aus einer Maschinenpistole ein und durchlöcherte das Kabinendach. Im Nu waren die Nebelschwaden vor seinen Augen verschwunden, so schnell, wie Smith selbst es nie für möglich gehalten hätte. In dem Magazin einer Maschinenpistole befanden sich noch erheblich mehr Patronen, als abgefeuert worden waren. Die Männer würden also eine oder zwei Sekunden lang warten, ob sich ein Körper vom Kabinendach löste und an ihnen vorbei ins Tal stürzte – bei dem starken Pendeln konnte man nach vorn oder nach rückwärts geschleudert werden – und wenn sie den Absturz nicht sahen, würden sie erneut mit der Schießerei beginnen. Aber wohin würden sie das nächste Mal zielen? Welchen Teil des Daches würden sie sich aussuchen? Würde der Schütze einfach wild drauflosballern, oder würde er systematisch vorgehen? Das war unmöglich vorauszusehen. Vielleicht befand sich gerade in diesem Augenblick der Lauf der Maschinenpistole nur einige Zentimeter von seinem Genick entfernt. Dieser Gedanke allein genügte, um Smith zu veranlassen, sich schnell herumzurollen und über die frischen Einschußlöcher zu legen. Es war nicht anzunehmen, daß der Schütze noch einmal in genau die gleiche Richtung feuern würde, aber auch diese Spekulation bedeutete ein Wagnis, denn der Schütze konnte natürlich genauso denken wie Smith. Er hatte aber offensichtlich doch andere Berechnungen angestellt, denn die nächste Salve schlug einen Meter entfernt von Smith am Ende des Daches ein.

Indem er sich an der Stahlklammer festhielt, richtete er

sich so weit auf, bis er praktisch am Kabel selbst hing. Auf diese Art verringerte er die Möglichkeit, getroffen zu werden, um mindestens achtzig Prozent. Dann bewegte er sich geräuschlos, die Hände nicht von dem Kabel lösend, vorwärts, bis er ganz vorn auf dem Dach stand.

Die Schwingungen der Kabine wurden bei jedem erneuten Pendeln immer stärker. Er stand alles andere als sicher, und er mußte sich hauptsächlich auf seinen gesunden linken Arm verlassen. Das Schaukeln war aber keineswegs rhythmisch oder beruhigend, die Kabine schien zu springen und auszubrechen, sie benahm sich wie ein tanzender Derwisch wenige Sekunden vor dem totalen Zusammenbruch. Die Belastung seines linken Armes war unerträglich, und er hatte das Gefühl, als ob seine Schultermuskeln zerreißen würden, aber Schultermuskeln kann man wieder zusammenflicken, was man bei Verletzungen, die von einer aus unmittelbarer Nähe abgefeuerten Maschinenpistole herrühren, nicht behaupten kann. Es schien Smith, daß seine jetzige Position relativ sicher war, denn jeder normale Mensch, der hier oben am Leben bleiben wollte, hätte seine Arme um die Drahtklammer geschlungen und sich flach auf das Dach gepreßt. Also erwartete er nicht, daß er da, wo er jetzt stand, getroffen würde.

Seine Überlegungen zahlten sich aus. Es folgten noch drei weitere Salven – keine davon kam auch nur in seine Nähe – und dann trat Ruhe ein. Smith wußte, daß er zu der verhältnismäßigen Sicherheit der Stahlklammer zurückkehren mußte, und zwar bald. Er war völlig ausgepumpt. Der Griff seiner linken Hand um das Kabel begann schwächer zu werden, was ihn veranlaßte, den der rechten Hand zu verstärken, und dabei durchfuhr ihn der Schmerz wie ein elektrischer Schock, der von der Hand in den Arm und von da in seinen Kopf stieg und ihn noch mehr schwächte. Zurück zu der Stahlklammer! Sofort! Er betete, daß das Magazin der Maschinenpistole jetzt leergeschossen war.

Und dann, aber aus einem ganz anderen Grund, wurde ihm klar, daß er gar keine Wahl hatte und sein Gebet nicht erhört worden war: Die vordere Tür der Kabine öffnete sich, und ein Kopf und eine Hand wurden sichtbar. Der Kopf gehörte Carraciola, und die Hand hielt die Maschinenpistole. Carraciola blickte nach oben, und als er sich vorbeugte, sah er Smith sofort. Er lehnte sich noch weiter heraus, dann schwenkte er die Maschinenpistole, bis der Kolben auf seiner Schulter lag, und drückte ab.

Die Umstände machten ein genaues Zielen unmöglich, aber bei einer so kurzen Entfernung war ein genaues Zielen ungefähr das Unwichtigste. Smith hatte bereits das Kabel losgelassen und warf sich mit einem Schwung rückwärts, als die erste Kugel sein linkes Schulterstück wegriß. Die zweite streifte die linke Schulter, und er spürte ein kurzes Brennen, während der Rest des Feuerstoßes harmlos über seinen Kopf hinwegging. Er fiel schwer auf das Dach und streckte die Arme blind nach der Stahlklammer aus, fand sie und hielt sich verzweifelt daran fest. Das war alles, was er jetzt an Deckung zwischen sich und Carraciola bringen konnte.

Denn Carraciola ging aufs Ganze, er war versessen darauf, ihn umzubringen, und zwar auf seine Art. Er hatte noch immer die Maschinenpistole in der Hand. Es konnten nur noch ganz wenige Patronen übrig sein. Bestimmt war es nicht seine Absicht, auch nur eine einzige davon nutzlos zu verschwenden. Während Smith ihn beobachtete, stieg Carraciola auf einmal ohne die geringste Anstrengung einen Meter in die Höhe – das wurde ihm auf einfachste Weise durch Thomas und Christiansen ermöglicht, die ihn mit vereinten Kräften hochstemmten -, er schob jetzt seinen Oberkörper auf das Dach der Kabine, seine Beine hingen frei an der Seite herunter. Eine selbstmörderische Stellung, dachte Smith, vorübergehend erleichtert. Carraciola hatte einen tödlichen Fehler begangen: Da er auf der glatten Eisfläche keinen festen Halt für seine Hände hatte, mußte er beim ersten Ruck der Kabine unweigerlich in den Abgrund geschleudert werden. Aber Smith's Erleichterung hielt nur ganz kurze Zeit vor, denn Carraciola hatte keinen Fehler begangen. Er hatte etwas gewußt, was Smith nicht geahnt hatte, nämlich wo er einen sicheren Halt für seine Hand auf dem Dach finden konnte. In Sekundenschnelle griffen seine Finger zu – und hakten sich in einem Loch fest, das eine der vielen Kugeln in das Kabinendach geschlagen hatte. Jetzt zog er sich langsam ganz herauf und kniete sich hin, wobei seine Zehen sich um die Dachkante krallten.

Smith suchte mit seiner verwundeten Hand in seinem Beutel, den er über die linke Schulter geschlungen hatte, verzweifelt nach einer Handgranate, während er sich gleichzeitig so weit nach hinten lehnte, wie das der Griff um die Stahlklammer zuließ. Bei dieser Entfernung konnte ihm eine Handgranate genausoviel Schaden zufügen wie Carraciola. Seine Beine glitten nach hinten, bis die Füße über das Ende der Kabine herausragten, und im gleichen Augenblick schrie er vor Schmerzen laut auf. Er fühlte plötzlich einen ungeheuren Druck auf seinen Beinen, etwa zwischen Knöchel und Knie, einen Druck, der ihm die Haut wegzureißen und die Knochen zu brechen schien. Jemand hatte seine Beine umschlungen, und dieser Jemand schien die Absicht zu verfolgen, sie vom Rest seines Körpers zu trennen. Smith drehte den Kopf, aber alles, was er erkennen konnte, waren ein Paar Hände, die seine Fußgelenke umklammerten und deren Knöchel im Mondlicht weiß schimmerten. Ein Mann allein konnte diesen infernalischen Druck nicht ausüben, dachte Smith. Wahrscheinlich wurde er von seinem Kameraden an den Hüften festgehalten, entweder um den Druck zu verstärken, oder um den anderen abzusichern, falls Smith plötzlich fallen sollte. Der Grund spielte eigentlich keine Rolle, denn das Resultat blieb das gleiche. Er versuchte, seine Beine anzuziehen, aber wenn ein Gewicht von über zweihundert Pfund an einem hängt, ist jede Art der Bewegung von vornherein ausgeschlossen.

Smith riskierte einen Blick nach vorn, aber Carraciola hatte sich nicht von der Stelle gerührt. Die Kabine befand sich jetzt etwa auf halbem Weg zwischen der oberen Station und dem Hauptpfeiler, und die Schwingungen hatten ihr größtes Ausmaß erreicht. Carraciola, noch immer auf den

Knien, klammerte sich in Todesangst verzweifelt fest. Smith gab seine Idee auf, nach einer Handgranate zu suchen, sie hätte ihm in seiner jetzigen Position sowieso nichts genützt. Er zog sein Messer aus der Scheide und ergriff es mit den drei gesunden Fingern der rechten Hand. Dann drehte er sich herum und versuchte, damit auf die Hände einzustechen, die ihm so unerträgliche Schmerzen bereiteten. Es fehlten ihm bis zu der Stelle gute dreißig Zentimeter.

Seine Beine schienen zu brechen, sein linker Arm schien zu brechen, er fühlte, wie sein Griff um die Stahlklammer sich langsam lockerte. Es blieben ihm nur noch Sekunden, er hatte nichts mehr in der Welt zu verlieren. Jetzt nahm er die Klinge zwischen seinen gebrochenen Daumen und die übrigen Finger, drehte sich um und warf das Messer so kraftvoll und exakt, wie seine kaputte Hand und sein vor Schmerzen umnebeltes Hirn es zuließen. Im gleichen Moment, in dem sich der Druck auf seinem Knöchel noch mehr verstärkte, ertönte ein Schmerzensschrei von der Kabinentür her. Unmittelbar darauf ließ der Druck nach. Eine Sekunde später starrte Christiansen, den Thomas mit Mühe und Not in die Kabine zurückgezogen hatte, völlig geistesabwesend auf das Messer, das sein rechtes Handgelenk durchbohrt hatte.

In diesem einen Augenblick hatte Smith gewonnen und doch verloren. Jedenfalls sah es absolut so aus, denn jetzt war er unbewaffnet. Carraciola hatte geduldig abgewartet, bis der Moment zum Handeln gekommen war, und seine Chancen kalkuliert. Er warf sich vorwärts, bis seine Hände die Stahlklammer sicher umspannten. Jetzt richtete er sich langsam auf, den linken Arm um die Leitstange geschlungen, das linke Bein fest am Ende der Klammer verankert. Smith blickte direkt in die Mündung der Maschinenpistole.

»Ich habe nur noch eine Patrone übrig«, ein beinahe freundliches Lächeln ging über Carraciolas Gesicht, »Sie verstehen, ich muß deshalb absolut sicher sein.«

Vielleicht war er doch noch nicht verloren, dachte Smith, vielleicht hatte er doch noch eine Chance. Durch den Druck auf seine Beine abgelenkt, war es ihm bisher entgangen, daß man sich inzwischen trotz der Eisglätte leichter auf dem Dach halten konnte: Das Pendeln der Kabine war viel schwächer geworden. Carraciola schien diese Veränderung noch nicht aufgefallen zu sein, oder falls er es bemerkt hatte, war ihm jedenfalls der Grund dafür nicht klar. Mit größter Anstrengung brachte sich Smith dazu, seinen Blick, der bis dahin wie hypnotisiert auf den Lauf der Maschinenpistole konzentriert gewesen war, auf einen Punkt über Carraciolas Schulter zu richten. Der Träger des ersten Betonpfeilers war noch fünf Meter von der Kabine entfernt.

»Ja, das ist Pech, Smith«, Carraciola betrachtete nachdenklich den Lauf seiner Waffe, »aber es trifft uns eben alle einmal. Ich treffe Sie schon noch irgendwann, irgendwo wieder.«

»Vorsicht, hinter Ihnen«, rief Smith.

Carraciola konnte ein mitleidiges Lächeln nicht unterdrücken, daß jemand bei ihm diesen alten Trick anzuwenden versuchte. Smith blickte noch ein zweites Mal über Carraciolas Schulter, zuckte zusammen und sah weg. Das Lächeln verschwand jäh von Carraciolas Gesicht, so, als ob ein Licht ausgeschaltet worden wäre. Irgendein sechster Sinn oder ein plötzliches Verstehen ließ ihn sich umdrehen und über die Schulter blicken. Er stieß einen angstvollen Schrei aus. Es war der letzte Ton, den er von sich geben sollte: Der stählerne Arm des Betonpfeilers schlug in seinen Rücken. Sein Rückgrat und sein fest verankertes Bein brachen zu gleicher Zeit mit einem Krachen, das man hundert Meter weit hören konnte. Eine Sekunde später wurde er vom Dach der Kabine gefegt, aber zu diesem Zeitpunkt war er bereits tot. An der offenen rückwärtigen Tür standen Thomas und Christiansen, ihre Gesichter spiegelten fassungslosen Unglauben wider, als sie den zerbrochenen Körper an sich vorbei in die Dunkelheit stürzen sahen.

Zitternd wie ein altersschwacher Mann und fast traumwandlerisch, zog sich Smith langsam schmerzverkrümmt nach vorn, bis er sich, einen Arm und ein Bein um die Stahlklammer geschlungen, hinsetzen konnte. Noch immer völlig benommen und wie in Zeitlupe drehte er sich um und blickte in das Tal hinunter. Die ihm entgegenkommende Kabine passierte gerade den untersten Betonpfeiler. Mit etwas Glück würde seine Kabine als erste am mittleren Pfeiler ankommen. Mit etwas Glück. Nicht daß Glück noch irgendeine Rolle spielte, es gab für ihn gar keine Alternative. Er mußte tun, was zu tun war, und Glück war dabei so ziemlich das letzte, worauf er sich verlassen durfte.

Aus seinem Beutel holte er zwei Pakete mit plastischem Sprengstoff und befestigte sie an den beiden äußeren Enden der Stahlklammer und dem Kabinendach, wobei er sich versicherte, daß die mit Teer bestrichenen Zünder freilagen und leicht zu erreichen waren. Dann richtete er sich auf und lehnte sich mit dem Rücken an die Stahlklammer, sicherte sich aber zusätzlich noch mit beiden Armen und Beinen ab und bereitete sich darauf vor zu warten, bis die Kabine bei dem mittleren Pfeiler ankäme. Dort hätte sie dann zwei Drittel ihrer Fahrt zurückgelegt; sie schaukelte wieder merklich heftiger, als die Entfernung zwischen den beiden Pfeilern größer wurde.

Smith wußte, daß es töricht von ihm war, sich so hinzusetzen. Es schneite im Augenblick nicht, der Vollmond stand fahl an einem leeren Himmel und überflutete das Tal mit einem geisterhaften Licht. In seiner jetzigen Position mußte Smith sowohl vom Schloß aus als auch von der unteren Talstation her deutlich sichtbar sein, aber ganz abgesehen davon, daß er daran zweifelte, ob ein Verstecken überhaupt noch Sinn hatte, wußte er gleichzeitig, daß er gar nicht in der Lage war, etwas zu unternehmen. Er hatte einfach nicht mehr die Kraft, sich mit seinem gesunden, aber stark strapazierten Arm an der Stahlklammer festzuhalten und sich flach auf dem Dach auszustrecken, wie Schaffer und er es auf dem Weg zum Schloß hinauf getan hatten.

Er fragte sich, wie es wohl Schaffer gehen mochte, aber er konnte kein echtes Interesse dafür aufbringen, was wahrscheinlich mit seiner völligen Erschöpfung, dem hohen Blutverlust und der eisigen Kälte zusammenhing. Er fragte sich auch, was wohl aus den anderen beiden geworden war, dem älteren Herrn und dem Mädchen, die da oben auf dem Dach der Schloßstation kauerten, und er fragte sich auch, wie es den beiden Männern in der Kabine zumute sein mochte. Aber Mary und Carnaby-Jones waren unfähig, irgend etwas zur Rettung beizutragen, und die Chancen, daß Christiansen und Thomas noch einmal einen Angriff auf das Dach starten würden, hielt er für äußerst gering. Schließlich hatte Carraciola immerhin eine Maschinenpistole bei sich gehabt, und sie hatten gesehen, was aus ihm geworden war. Blieb also nur Schaffer. Er war jetzt derjenige, auf den es ankam.

Schaffer fühlte sich genauso zerschlagen wie Smith, wenn auch aus ganz anderen Gründen. Er erwachte langsam und schmerzhaft aus einem ganz abscheulichen Traum, und noch in diesem Traum spürte er einen salzigen Geschmack in seinem Mund, und wie von ganz weit her hörte er undeutlich eine sanft drängende, weibliche Stimme seinen Namen rufen, wieder und wieder. Unter normalen Umständen hätte Schaffer jede weibliche Stimme begrüßt, drängend oder nicht, aber jetzt wünschte er, daß diese Stimme endlich aufhören würde, denn das alles gehörte zu dem scheußlichen Traum, und in diesem Traum hatte jemand seinen Kopf in zwei Stücke gespalten, und er wußte, daß der Schmerz nicht weggehen würde, bis er aufwachte. Stöhnend versuchte er, sich mit den Händen vom Boden hochzustemmen. Es dauerte lange, es dauerte eine Ewigkeit, denn irgend jemand hatte anscheinend einen Brückenpfeiler über seinen Rücken gelegt. Aber endlich brachte er es doch fertig, er streckte die Arme aus, der Kopf baumelte scheinbar haltlos dazwischen hin und her. Er fühlte sich irgendwie nicht richtig an, er fühlte sich überhaupt nicht wie ein Kopf an, denn abgesehen davon, daß ein großes Fleischermesser darin zu stecken schien, hatte man ihn offenbar auch noch mit Watte ausgestopft, die an den Enden grau und ausgefranst war. Schaffer schüttelte den Kopf, um etwas Klarheit in seine Gedanken zu bringen, aber das war ein großer Fehler, denn jetzt fiel die obere Kopfhälfte herunter. Jedenfalls kam es ihm so vor, als die bunten Lichter vor seinen Augen seltsame Formen zu bilden begannen, wie in einem Kaleidoskop. Die grellen Farben drohten ihn erblinden zu lassen. Er öffnete die Augen, und die bunten Muster verflüchtigten sich. Verschwommen nahm er den Fußboden wahr, und als er sich weiter zu konzentrieren versuchte, erkannte er auf dem Fußboden die Umrisse von Händen. Seinen eigenen Händen.

Er war wach, aber bei seinem bösen Traum schien es sich um einen zu handeln, der noch weiterging, selbst nachdem man aufgewacht war. Er hatte noch immer den salzigen Geschmack im Mund – der kam von dem Blut im Speichel –, sein Kopf fühlte sich noch immer so an, als ob er bei der geringsten Erschütterung davonrollen würde, und noch immer war da diese weiche, drängende weibliche Stimme.

»Lieutenant Schaffer! Lieutenant Schaffer! Wachen Sie auf, Lieutenant, wachen Sie auf! Können Sie mich hören?«

Schaffer kam zu dem Schluß, daß er diese Stimme kannte, er wußte nur nicht mehr, woher. Es mußte vor sehr langer Zeit gewesen sein. Er drehte seinen Kopf, um festzustellen, von wo denn die Stimme käme – sie schien irgendwo über ihm zu schweben –, und schon war das bunte Kaleidoskop wieder vor seinen Augen, wobei die Muster jetzt sogar noch schneller rotierten. Schaffer entschied daraufhin, daß sowohl Kopfschütteln als auch Kopfdrehen ab sofort unterbleiben müßten. Ganz langsam brachte er den Kopf in die Ausgangsstellung zurück, rappelte sich ebenso langsam auf die Knie hoch und kroch dann auf allen vieren auf eine nur undeutlich sichtbare Maschine zu, um sich daran mühsam aufzurichten.

»Lieutenant! Lieutenant Schaffer! Ich bin hier oben.«

Schaffer drehte sich um und hob den Kopf in beinahe grotesk anmutendem Zeitlupentempo, und diesmal tanzten statt der ganzen Milchstraße nur noch zwei Sterne vor seinen Augen hin und her. Er erkannte jetzt auch die Stimme aus grauer Vorzeit – sie gehörte Mary Ellison –, und er glaubte sogar ihr bleiches, besorgtes Gesicht zu erkennen, das von oben auf ihn herunterblickte, aber er war sich nicht ganz sicher, die Augen funktionierten noch nicht einwandfrei. Er fragte sich verwundert, was sie denn da oben machte. Sie schien durch ein zerschlagenes und vergittertes Oberlicht auf ihn herabzublicken. Es kam ihm so vor, als ob sein Gehirn mit der Geschwindigkeit und Aufnahmefähigkeit eines Menschen arbeitete, der in einem Strom von dickem Sirup flußaufwärts schwimmt.

»Geht es Ihnen ... ich meine, sind Sie wieder in Ordnung?« fragte Mary.

Schaffer überlegte sich die Antwort auf diese blödsinnige Frage äußerst sorgfältig. »Ich nehme an, daß ich wieder auf den Damm komme«, sagte er zurückhaltend, »was ist passiert?«

»Sie haben Sie mit Ihrer eigenen Maschinenpistole zusammengeschlagen.«

»Das stimmt.« Schaffer nickte und wünschte im gleichen Augenblick, es unterlassen zu haben. Vorsichtig befühlte er die Beule an seinem Hinterkopf. »Ins Gesicht. Ich muß mir den Kopf angeschlagen haben, als ...« Er brach ab und drehte sich langsam zur Tür um: »Was war das?«

»Ein Hund. Es klang, als ob ein Hund gebellt hätte.«

»Das stimmt, genau das habe ich mir auch gedacht«, seine Stimme klang benommen und undeutlich, wie betrunken taumelte er zu der unteren eisernen Tür und legte das Ohr daran. »Hunde«, verkündete er, »viele Hunde. Und außerdem Hammerschläge. Es hört sich an wie in einem Bergwerk.« Er schlurfte vom Tor hinüber bis zur Mitte der Plattform, noch immer schwankte er hin und her. »Sie sind jetzt auf der richtigen Spur und werden uns bald haben. Wo ist denn der Major?«

»Den anderen nach«, gab Mary tonlos zurück, »er ist auf das Dach der Kabine gesprungen.«

»Was Sie nicht sagen«, Schaffer hörte sich das an, als ob es das normalste und alltäglichste auf der Welt sei, »und wie ist es ihm dabei ergangen?«

»Wie es ihm dabei ergangen ...« Jetzt war auf einmal wieder Leben in ihrer Stimme, Betroffenheit und Wut über Schaffers offensichtliche Roheit. Sie nahm sich sehr zusammen, als sie weitersprach: »Es hat ein Kampf stattgefunden, und jemand ist vom Kabinendach gestürzt. Allerdings weiß ich nicht, wer.«

»Das war einer von denen«, sagte Schaffer überzeugt.

»Einer von denen . . . wie können Sie das behaupten?«

»Die Majore Smith dieser Erde fahren nicht über ein Klippenende. Zitat der zukünftigen Mrs. Schaffer. Und die Majore Smith dieser Erde fallen auch nicht von Kabinendächern von Drahtseilbahnen. Zitat des zukünftigen Ehemannes der zukünftigen Mrs. Schaffer.«

»Sie erholen sich zusehends«, bemerkte Mary kalt, »aber ich glaube auch, daß Sie recht haben. Es sitzt noch immer jemand oben auf dem Kabinendach, und dabei dürfte es sich ja wohl kaum um einen von denen handeln, nicht wahr?«

»Woher wissen Sie denn, daß da oben noch jemand sitzt . . .«

»Weil ich ihn erkennen kann«, erwiderte sie ungeduldig, »wir haben hellstes Mondlicht. Sehen Sie doch selbst.«

Schaffer bemühte sich, selbst zu sehen, und wischte sich mit dem schmerzenden Unterarm über die schmerzenden Augen. »Ich muß Ihnen etwas verraten, mein Liebling«, sagte er, »ich kann nicht einmal die verdammte Kabine entdecken.«

Die Kabine war jetzt etwa drei Meter von dem mittleren Pfeiler entfernt. Smith, der aufrecht dagestanden hatte, bückte sich, um die beiden Sprengkörper zu zünden, richtete sich, das Kabel mit der linken Hand festhaltend, wieder auf und bezog auf der Innenseite des Kabinendaches Stellung. Im allerletzten Augenblick löste er seinen Griff und streckte beide Arme nach vorn, um die Wucht des bevorstehenden Zusammenpralls mit dem Pfeiler abzuschwächen. Die aufsteigende Kabine, die auf dem anderen Kabel lief, war jetzt beinahe genauso weit von dem mittleren Pfeiler entfernt wie die, auf der er stand. Es schien unmöglich, daß er es noch rechtzeitig schaffen würde.

Der Aufprall gegen den Querträger vertrieb den Gedanken sofort aus seinem Kopf und die Luft aus seinen Lungen. Hätte er nicht seine Arme als Puffer benutzt, hätte er sich, dessen war Smith sicher, zumindest einige Rippen gebrochen. Er konnte zwar im Moment nicht atmen, aber er zwang sich, den Schmerz und das Bedürfnis seiner Lungen nach Sauerstoff zu ignorieren, und schwang seine Beine hoch, bis sie auf dem unteren Querpfeiler ruhten, dann hielt er sich mit den Händen an der oberen Verstrebung fest und zog sich schnell auf die andere Seite hinüber. Zumindest seine Hände und Füße bewegten sich schnell, aber die ganze Eisenkonstruktion war von einer so dicken Eisschicht überzogen, daß vor allem seine Füße kaum einen Halt fanden. Er hatte sich noch nicht weiter als bis zur Mitte des Pfeilers vorgearbeitet, als die aufsteigende Kabine bereits unter ihm durchzuschweben begann. Zum erstenmal in dieser Nacht war Smith für den hellen Mondschein dankbar. Er machte noch zwei schlitternde Schritte und ließ sich dann zu der eisgepanzerten Kabine hinunter, die in dem blassen Mondlicht glitzerte.

Er erwischte das Kabel mit der linken Hand und schlang gleichzeitig seinen rechten Arm darum, das Kabel aber erwischte ihn ebenfalls: Er hatte zwar Hand und Arm richtig plaziert, aber bei seinem unsicheren Sprung war er gestolpert und das Kabel mit einem Ruck unter sein Kinn geschnellt, der ihm das Genick zu brechen drohte. Seine Beine schwangen hin und her, beim zweiten Schwung berührten sie das Kabinendach, und er ließ sich, soweit sein linker Arm das gestattete, hinunter. Er löste seinen Griff von dem Kabel und fiel auf alle viere. Sofort tastete er blind, aber erfolgreich nach dem Stahlbügel, den er fest umklammerte. Lange Sekunden verharrte er in dieser knienden Stellung. Er mußte sich fürchterlich übergeben, unerträgliche Schmerzen und die fast völlige Leere seiner Lungen überwältigten ihn. Dann, ganz langsam, kam er wieder zu sich und lag mit dem Gesicht nach unten auf dem Dach, als die Kabine, da sie sich mittlerweile immer weiter von dem mittleren Pfeiler entfernt hatte, wieder stärker zu pendeln begann. Er hätte es nicht für möglich gehalten, daß er selbst im Zustand totaler Erschöpfung noch immer genügend physische Kraft und Willen zum Überleben aufbringen konnte, um sich auf der spiegelglatten Eisfläche an dem glitschigen Stahlbügel festzuklammern.

Wieder verstrichen endlose Sekunden, und ganz langsam kehrten die Kräfte in seinen Körper zurück. Mühsam setzte er sich auf, dann drehte er sich um und blickte ins Tal hinunter.

Die Kabine, die er erst vor kurzem verlassen hatte, war jetzt keine fünfzig Meter mehr von dem untersten Pfeiler entfernt. Thomas kauerte auf dem Boden neben Christiansen, der damit beschäftigt war, seine verletzte Hand notdürftig zu verbinden. Sowohl die vordere als auch die hintere Tür standen seit dem Angriff auf Smith offen. Daß sich keiner der beiden in der Zwischenzeit nach vorn oder nach hinten gewagt hatte, um sie zu schließen, war ein weiterer Beweis für den Respekt wenn nicht gar die Furcht, die sie vor Smith empfanden.

Vom Dach der Kabine her leuchtete plötzlich ein greller Blitz auf, ein magnesiumweißes Licht, dem unmittelbar darauf zwei laute Explosionen folgten, die so schnell nacheinander eintraten, daß sie sich kaum voneinander unterscheiden ließen. Die beiden hinteren Halterungen wurden glatt abgerissen, und die Kabine, die jetzt nur noch vorn einen Halt hatte, kippte wild hin und her, bis das hintere Ende ganz nach unten hing.

Im Innern verschob sich dadurch der Neigungswinkel des Bodens von waagrecht auf etwa dreißig Grad. Christiansen rutschte unaufhaltsam auf die offene Tür zu. Verzweifelt versuchte er, sich seitlich festzuhalten ... aber er benutzte dazu unglücklicherweise seine verletzte Hand. Ohne einen Laut von sich zu geben, glitt er hinaus, und genauso geräuschlos verschwand er in der Tiefe.

Thomas – mit zwei gesunden Händen und schnellerer Reaktionsfähigkeit – war es, für den Augenblick jedenfalls, gelungen, sich zu retten. Er sah nach oben und beobachtete, wie die beiden vorderen Halterungen sich zu biegen und zu brechen begannen, denn für diese Belastung waren sie nicht vorgesehen, langsam lösten sich die Schrauben. Thomas kämpfte sich nach oben, bis er in der vorderen Tür stand. Mittlerweile hatte sich die Kabine um wenigstens fünfundvierzig Grad geneigt, und das obere Ende berührte beinahe das Kabel. Thomas griff mit beiden Händen zu und umfaßte das Kabel. Er war gerade von der Kabine freigekommen, als sich auch die vorderen Halterungen lösten und das Metall protestierend kreischte, bevor die Kabine, sich immer wieder überschlagend, in die Tiefe stürzte.

Trotzdem das Kabel, als die gewohnte Belastung plötzlich wegfiel, wild auf und ab schwang, war es Thomas gelungen, sich festzuhalten. Er drehte sich um und sah, daß der Führungsarm des unteren Pfeilers sich keinen Meter von ihm entfernt befand. In diesem Augenblick verließen ihn alle physischen und geistigen Kräfte, und das nackte Grauen stand auf seinem Gesicht, die Lippen waren vor Entsetzen ganz zurückgezogen. Die Knöchel der Hände glänzten elfenbeinfarben. Und dann, ganz plötzlich, gab es keine Hände mehr, nur noch den Führungsarm des Pfeilers und ein leeres Kabel und einen langen, verhallenden Schrei in der Nacht.

Als sich seine Kabine der oberen Station näherte, beugte sich Smith weit nach vorn, um nicht an den Überhang des Daches anzustoßen. Von dort, wo er sich zusammengekauert hatte, war es unmöglich, den Ostflügel von Schloß Adlershorst zu sehen, aber nach den dicken Rauchsäulen zu urteilen, die der Wind über das Tal trieb, schien die Macht des Feuers noch immer ungebrochen. Wieder einmal hatten sich Wolken vor den Mond geschoben, und das konnte sowohl eine gute als auch eine schlechte Bedeutung haben. Eine gute, weil es ihnen Deckung gab, eine schlechte, weil dadurch die Flammen auf dem Schloß noch mehr auffielen. Es konnte nur noch eine Frage der Zeit sein, überlegte Smith, bis jemand im Dorf oder im Lager durch das Feuer oder die Rauchwolken aufmerksam gemacht wurde. Oder, dachte er grimmig, durch die immer häufigeren Explosionen, die vom Schloß selbst herkamen. Er fragte sich, was wohl der Grund für diese Explosionen sein mochte. Schaffer hatte auf keinen Fall Zeit gehabt, für so viel ›Zerstreuung‹ zu sorgen.

Die Kabine glitt unter dem Dach der oberen Station hindurch, und Smith seufzte erleichtert auf, als er die Gestalt erkannte, die am Armaturenbrett stand. Schaffer. Ein ziemlich mitgenommener Schaffer allerdings, ein leicht schwankender Schaffer, ein Schaffer, dessen eine Gesichtshälfte völlig blutverkrustet war, ein Schaffer, dem es, dem seltsam starren Blick und verzweifelt angestrengten Gesichtsausdruck nach, schwerfiel, seine Augen auf einen bestimmten Punkt zu konzentrieren. Aber auf alle Fälle *war* es Schaffer, und das war schon mehr, als Smith zu hoffen gewagt hatte. Er fühlte seine Energie zurückkehren, er hatte sich bis dahin nie ganz klargemacht, wieviel es für ihn bedeutete, sich auf den Amerikaner verlassen zu können: Mit Schaffer an seiner Seite mußte schon allerhand passieren, um sie jetzt noch aufzuhalten.

Smith sah nach oben, als das Dach der oberen Station in Sicht kam. Mary und Carnaby-Jones waren noch immer da, flach gegen die Schloßmauer gepreßt. Er hob eine Hand zum Gruß, bekam aber keine Antwort. Menschen, die von den Toten auferstanden, lächelte Smith bitter, wurden eben nicht mit freundlichem Winken begrüßt.

Trotz der Schwierigkeiten, die seine Augen ihm bereiteten, und trotz seiner offenkundigen Benommenheit bediente Schaffer die Hebel am Armaturenbrett mit unfehlbarer Sicherheit. Mit einem leicht kratzenden Schleifen schaltete er auf ›Leerlauf‹ und zog die Bremse an. Die Kabine kam, genau zur Hälfte unter dem Dach der oberen Station, zum Halten. Zuerst ließ sich Mary und dann Jones an dem Nylonseil herunter, Jones hielt die Augen fest geschlossen. Keiner von ihnen sprach ein Wort, auch dann noch nicht, als Schaffer sie in die Station hereinbrachte und sie vom Dach herunter auf die Plattform rutschten.

»Tempo, Tempo!« Smith riß die hintere Tür der Kabine

auf. »Hinein mit euch!« Er fuhr herum, als er das wütende Gebell von Hunden vernahm, dem schwere Hammerschläge folgten, die gegen die untere Eisentür donnerten. Die obere war offensichtlich bereits geöffnet worden, und jetzt wurde die zweite bearbeitet.

Mary und Schaffer, der hinter ihr dreingestolpert war, befanden sich bereits in der Kabine. Jones jedoch hatte sich nicht vom Fleck gerührt. Er stand, Smith's Maschinenpistole in der Hand, und lauschte dem Hämmern gegen die Tür. Sein Gesicht war ausdruckslos. »Ich tauge sicher nicht für Artistenkunststücke in schwindelnder Höhe«, sagte er entschuldigend. »Aber das hier ist etwas ganz anderes.«

»Los, rein mit Ihnen«, zischte Smith.

»Nein«, Jones schüttelte den Kopf. »Sie hören es doch. Sie werden jede Minute durch sein. Ich bleibe.«

»Um Himmels willen«, schrie Smith verzweifelt.

»Ich bin immerhin zwanzig Jahre älter als Sie.«

»Nun ja, da ist nichts zu machen«, nickte Smith verständnisvoll, streckte Jones die rechte Hand hin und sagte: »Alles Gute, Mr. Jones.« Im gleichen Augenblick griff er mit der linken Hand zu und zerrte den völlig verblüfften Mann in die Kabine. Smith huschte zum Armaturenbrett zurück, drückte den Schalthebel bis zum Anschlag durch, löste die Handbremse und rannte hinter der Kabine her, die sich bereits in Bewegung gesetzt hatte.

Als sie aus dem Schutz des Daches der Station herausfuhren, schien der Kampf gegen die untere Tür mit doppelter Kraft fortgesetzt zu werden. Smith überlegte kurz und kam zu dem Schluß, daß es auf Schloß Adlershorst wohl kaum Schneidbrenner und Schweißapparate geben dürfte, aber das spielte auch gar keine Rolle: Selbst die besten Vorhängeschlösser konnten auf die Dauer einem so massiven Angriff nicht standhalten. Nachdenklich schloß Smith die rückwärtige Tür der Kabine. Schaffer saß, die Ellenbogen auf die Knie und den Kopf in die Hände gestützt, in einer Ecke. Mary kniete auf dem Boden, hatte den Kopf von Jones in den Schoß genommen und sah auf den gutaussehenden Mann mit silbernen Haaren hinab. Er konnte ihren Gesichtsausdruck nicht erkennen, aber er war sicher, daß sie sich darauf vorbereitete, ihm einen Vortrag über das unmögliche Verhalten von brutalen Kerlen zu halten, die ältliche und kraftlose amerikanische Schauspieler einfach zusammenschlugen. Es vergingen ungefähr zwei Minuten, ehe sich Carnaby-Jones rührte, und als er es tat, bewegte sich auch Mary und sah zu Smith auf. Zu seiner Verwunderung lag ein – wenn auch etwas gezwungenes – Lächeln auf ihrem Gesicht.

»Alles in Ordnung«, sagte sie, »ich habe langsam bis zehn gezählt, das war für mich die einzige Möglichkeit.« Hier machte sie eine Pause, und das Lächeln verschwand. »Ich dachte, daß du . . .«

»Da warst du nicht die einzige. Also, nach dieser Sache lasse ich mich pensionieren. In den letzten fünfzehn Minuten habe ich alles Glück aufgebraucht, das mir im ganzen Leben zusteht. Übrigens, du siehst auch nicht gerade strahlend aus.«

»Mir ist auch gar nicht strahlend zumute.« Ihr Gesicht war bleich und angestrengt, während sie sich bemühte, in der wild schaukelnden Kabine nicht das Gleichgewicht zu verlieren. »Falls es dich interessieren sollte: Ich bin seekrank! Diese Art zu reisen sagt mir ganz und gar nicht zu.«

Smith klopfte gegen das Dach: »Möchtet du es vielleicht einmal dort oben versuchen?« fragte er mitleidig. »Ich garantiere dir, daß du dich danach nie mehr über diese erstklassige Reisemöglichkeit beschweren wirst. Aha! Da kommt schon der mittlere Pfeiler, wir haben schon fast die Hälfte des Weges hinter uns.«

»*Erst* die Hälfte«, eine Pause trat ein, »was passiert, falls sie die Tür dort oben durchbrechen?«

»Dann legen sie den Rückwärtsgang ein, und wir fahren wieder nach oben.«

»Nichts zu machen?«

»Nichts zu machen!«

Carnaby-Jones setzte sich langsam auf und blickte verständnislos um sich, bis ihm klar wurde, wo er sich befand, dann rieb er sich vorsichtig das Kinn und sagte zu Smith: »Das war ein lausiger Trick.«

»Da haben Sie ganz recht«, gab Smith zu, »es tut mir leid.«

»Mir nicht«, lächelte Jones unsicher, »irgendwie glaube ich, daß ich wirklich nicht zum Helden geschaffen bin.«

»Ich auch nicht, mein Freund, ich auch nicht«, pflichtete ihm Schaffer bedauernd bei. Er nahm die Hände vom Kopf und sah sich langsam um. Seine Augen glänzten nach wie vor glasig und gehorchten ihm noch immer nicht so recht, aber langsam kehrte die Farbe in seine rechte Wange zurück, die nicht mit Blut verkrustet war. »Unsere drei Freunde. Was ist aus unseren drei Freunden geworden?«

»Tot.«

»Tot?« Schaffer stöhnte und schüttelte den Kopf. »Das müssen Sie mir mal erzählen. Aber nicht jetzt.«

»Er weiß gar nicht, was ihm entgeht«, grinste Smith herzlos, »er hat einfach kein Gefühl für die Dramatik der ganzen Angelegenheit, aber vielleicht ist das gut so. Hält die Eisentür da oben noch stand, oder geben die Vorhängeschlösser schon nach? Läuft vielleicht schon jemand zum Armaturenbrett? Ist er . . .«

»Hör auf!« Marys Stimme klang scharf und schrill, mit einem leicht hysterischen Unterton. »Hör auf, so zu reden!«

»Verzeihung«, sagte Smith zerknirscht. Er beugte sich vor und berührte ihre Schulter. »Ich wollte nur die Spannung ein wenig lockern. Hier ist schon der letzte Pfeiler. In etwa einer Minute sind wir da, und dann haben wir es hinter uns.«

»Dann haben wir es hinter uns«, echote Schaffer bitter. »Warten Sie nur, bis ich mit der Speisekarte in der Hand im Savoy-Grill sitze. *Dann* habe ich es hinter mir.«

»Ich verstehe einfach nicht, wie es Menschen geben kann, die an nichts anderes denken als an ihren Magen«, tadelte Smith. In diesem Augenblick mußte er an seinen eigenen denken und feststellen, daß dieser nicht gerade einen positiven Eindruck machte. Aber das tut wohl keiner, der sich wie ein solider Eisenklumpen anfühlt, wie ein Eisenklumpen, der noch dazu von außen mit einer eisigen Hand zusammengepreßt wird. Das Herz schlug langsam, schwer und schmerzhaft gegen seine Rippen, und das Sprechen machte ihm Mühe, denn seine geschwollene und trockene Zunge schien den ganzen Mund auszufüllen. Plötzlich wurde ihm bewußt, daß er sich unwillkürlich nach hinten gelehnt hatte und sich für den Augenblick wappnete, in dem die Kabine mit einem Ruck zum Halten kommen würde, um dann wieder zum Schloß hinaufzufahren. Ich werde jetzt noch bis zehn zählen, nahm er sich vor, und wenn wir bis dahin nicht angehalten worden sind, werde ich noch bis neun zählen, und dann ... und dann fiel sein Blick auf Marys totenblasses, angstverzerrtes Gesicht. Sie schien auf einmal um fünfzehn Jahre gealtert, und plötzlich schämte er sich. Er setzte sich neben sie und zog sie an sich. »Es wird schon alles wieder gut werden«, sagte er voller Überzeugung. Ganz plötzlich fiel ihm das Sprechen wieder leicht. »Onkel John hat es doch gerade gesagt, nicht wahr? Warte nur ab, du wirst schon sehen.«

Sie sah zu ihm auf und versuchte zu lächeln: »Hat denn Onkel John immer recht?«

»Immer«, sagte Smith bestimmt.

Weitere zwanzig Sekunden verstrichen. Smith stand auf, ging zu der vorderen Tür der Kabine und sah hinunter. Wenn sich auch der Mond im Augenblick hinter einer Wolkenbank verkrochen hatte, so konnte man doch die Konturen der Talstation erkennen. Er drehte sich um und blickte in die erwartungsvollen Gesichter der anderen.

»Es sind nur noch gute dreißig Meter bis zur Talstation«, verkündete Smith, »in einer Minute werde ich die vordere Tür öffnen. Also nur noch ein paar Sekunden. Zu dem Zeitpunkt befinden wir uns noch etwa fünf Meter über dem Boden. Höchstens sechs Meter. Sobald die Kabine anhält, springen wir. Die Schneedecke da unten ist mindestens einen Meter dick. Das sollte unseren Fall genügend abbremsen, um Knochenbrüche zu vermeiden.«

Schaffer öffnete den Mund, um eine seiner unpassenden Bemerkungen von sich zu geben, überlegte es sich aber dann und stützte erneut den Kopf in die Hände. Smith hatte jetzt die vordere Tür geöffnet und versuchte, den eisigen Wind, der hereinfegte, zu ignorieren. Er blickte steil nach unten und mußte feststellen, daß er bei seiner Einschätzung der Entfernung zwischen Kabine und Boden etwas zu optimistisch gewesen war. Die Entfernung betrug mindestens zwanzig Meter, eine Entfernung, die genügte, um selbst bei dem größten Optimisten bedenkliche Visionen gebrochener Glieder aufkommen zu lassen. Aber sofort verscheuchte er diesen Gedanken wieder, denn es galt jetzt, einer noch viel bedenklicheren Tatsache die Stirn zu bieten: In der Ferne heulten Sirenen auf, und von weitem näherten sich Scheinwerfer der Talstation. Schaffer hob den Kopf. Die Betäubung war verschwunden, auch wenn der Schmerz noch da war.

»Verstärkung von links«, kündigte er an, »das stand aber wirklich nicht auf dem Programm, Boß. Der Funk ist hin, das Telefon ist hin, der Hubschrauber ist hin . . .«

»Die sind eben altmodisch«, Smith deutete auf das Fenster über der rückwärtigen Tür, »sie benutzen Rauchsignale.«

»Verdammt noch mal«, Schaffer starrte hinaus, »ich muß schon sagen, dafür, daß der Kasten aus Stein ist, brennt er wirklich ausgezeichnet!«

Schaffer übertrieb keineswegs. Für Stein brannte es geradezu hervorragend. Das ganze Schloß Adlershorst brannte jetzt lichterloh, und die Rauchschwaden waren mittlerweile zu einer unbedeutenden Begleiterscheinung geworden. Es war von einer Flammenwand umgeben, die es fast den Blikken entzog, einer haushohen Flammenwand, die beinah schon bis zur Spitze des nordöstlichen Turmes reichte. Wie es da auf dem ›vulkanischen Pfropfen‹ thronte, halb in die Gebirgslandschaft eingebettet und sich scheinbar gegen die nur schwach wahrzunehmenden Ausläufer der Weiß-Spitze anlehnend, beleuchtete das brennende Schloß das gesamte Tal und verdrängte dabei fast ganz den jetzt wieder scheinenden Mond mit seinem fahlen Licht. Das alles war eine fantastische Szene aus einem ebenso fantastischen Märchen.

»Ich hoffe nur, daß sie hoch versichert sind«, sagte Schaffer. Er war jetzt ebenfalls aufgestanden und blickte auf die Talstation hinunter. »Wie weit ist es noch, Boß? Und wie weit ist es runter?«

»Zehn Meter, vielleicht auch nur acht, und dann fünf Meter hinunter.« Die Scheinwerfer der ersten Wagen glitten in diesem Augenblick über die noch immer schwelenden Trümmer des Talbahnhofs. »Wir haben es geschafft, Leutnant Schaffer, oder?«

»Wir haben es geschafft«, Schaffer fluchte und taumelte, als die Kabine plötzlich mit einem Ruck zum Stehen kam, »jedenfalls beinahe.«

»Alles raus!« schrie Smith, »alles raus!«

»Hier hören Sie die Stimme des Ordnungshüters«, rief Schaffer, »alle zurücktreten, ich habe noch zwei gesunde Hände.« Er schob Smith beiseite und hielt sich auch schon am Boden der Türschwelle mit der linken Hand fest, zog Mary zu sich heran und wechselte schnell den Griff von ihrer Hüfte zu ihrem Handgelenk und ließ sie aus der vorderen Tür hinunter, soweit sein linker Arm reichte. Als er seinen Griff löste, betrug ihre Fallstrecke nicht einmal mehr einen Meter. Innerhalb von drei Sekunden hatte er Carnaby-Jones auf die gleiche Weise hinausbugsiert. Die Kabine schaukelte bereits bedrohlich und begann wieder nach oben zu steigen. Kurzerhand packte Schaffer Smith, um ihn aus der Kabine zu befördern. Einen Augenblick zuckte er schmerzhaft zusammen, als das Gewicht von gut zweihundert Pfund an seinem Arm hing, und dann glitt er selber über die Schwelle. Einen Augenblick lang hing er mit beiden gestreckten Armen daran, dann ließ er sich die schon wieder mehr als zwei Meter betragende Distanz in den nachgiebigen Schnee fallen. Er schwankte leicht, aber bald hatte er sein Gleichgewicht wieder.

Schon stand Smith bei ihm. In der Zwischenzeit hatte er ein Paket plastischen Sprengstoffs aus seinem Beutel geholt und die Zündschnur abgerissen. Er drückte es Schaffer in die Hand: »Sie haben doch einen gesunden rechten Arm, nicht wahr?«

»Ich habe einen gesunden rechten Arm, Boß. Bei Pferden passe ich, aber bei Baseball sage ich immer ja.« Schaffer zielte kurz, dann warf er das Sprengstoffpaket durch die Tür der langsam entschwindenden Kabine. »Richtig so?«

»Richtig so. Los, weiter«, Smith drehte sich um und ergriff Mary beim Arm, während Schaffer Carnaby-Jones vor sich hertrieb, und rannte an der Seite der Talstation vorbei, um in den Schutz eines der nächstgelegenen Häuser zu gelangen. Sie schafften es, nur wenige Sekunden bevor ein Stabswagen, dem mehrere Laster voller Soldaten folgten, vor der Talstation schlitternd zum Stehen kam. Die Soldaten kletterten von den Lastwagen herunter und folgten einem Offizier, unzweifelhaft Oberst Weissner, die Stufen zur Station hinauf.

Das Schloß brannte jetzt noch stärker als zuvor, offenbar war das Feuer völlig außer Kontrolle geraten. Plötzlich erfolgte die dumpfe Explosion, und unmittelbar darauf schlugen Flammen aus der aufsteigenden Kabine. Etwa auf halbem Wege zum ersten Pfeiler schwang sie in großem Bogen über dem Tal hin und her, wobei das Feuer vom Wind angefacht wurde, bis sie weiter nach oben stieg und der rote Schein mit dem von Schloß Adlershorst verschmolz.

Im Schutz des Hauses zusammengekauert, berührte Schaffer Smith's Arm: »Sind Sie ganz sicher, daß Sie nicht auch noch rasch die Talstation niederbrennen wollen?«

»Also los jetzt«, sagte Smith, »zur Garage.«

## *11. Kapitel*

Colonel Wyatt-Turner beugte sich im Sitz des Kopiloten vor, preßte das Gesicht gegen die Seitenscheibe und starrte ziemlich unglücklich nach unten. Der Mosquito-Bomber – nichts als Maschine und Sperrholz – war, wie er nur zu gut wußte, das schnellste Kampfflugzeug der Welt, aber trotzdem – auf so etwas Schnelles war er nicht gefaßt gewesen.

Bei einem normalen Flug wird man nicht vom Geschwindigkeitsrausch erfaßt, aber in diesem Fall war ja der Wing Commander Carpenter auch nicht mit einem normalen Flug beauftragt worden. Was Wyatt-Turner betraf, so betrachtete er diese Art des Fliegens als höchst anormal und außerdem als lebensgefährlich. Carpenter gab gerade eine ganz besonders kunstvolle Kostprobe seines Könnens als Tiefflieger, wobei er flach über Felder dahinjagte, Baumgruppen zu streifen und kleine Hügel, die ihm im Wege standen, zu überspringen schien, und das alles gefiel Wyatt-Turner nicht im geringsten. Was ihm noch weniger gefiel, war das ungeheure Tempo, mit dem ihr Schatten über den Boden huschte, und am allerwenigsten gefiel ihm das Fliegen in jenen Augenblicken, in denen das Flugzeug und sein Schatten einander beinahe zu berühren schienen. Mit großer Anstrengung brachte er sich dazu, seine Gedanken von dem abzulenken, was seiner Meinung nach unweigerlich passieren mußte, wenn sich diese beiden Dinge einmal berühren würden, wandte seinen angstvoll faszinierten Blick ab und sah auf seine Armbanduhr.

»Noch fünfundzwanzig Minuten.« Er betrachtete die entspannte Gestalt neben sich im Pilotensitz, das weltverachtende Gesicht, das in einem so seltsamen Gegensatz zu dem herrlichen roten Knebelbart stand. »Können Sie den Zeitplan einhalten?«

»Ich kann das schon«, sagte Carpenter überzeugt. »Wichtig ist: Können die es auch?«

»Das weiß der Himmel. Ich sehe nicht, wie sie das machen sollten. Sowohl der Admiral als auch ich sind davon überzeugt, daß sie auf Schloß Adlershorst in der Falle sitzen. Außerdem muß sich mittlerweile die ganze Umgebung in einen Truppenübungsplatz verwandelt haben. Was für eine Chance *können* sie da noch haben?«

»Und deshalb sind Sie mitgeflogen?«

»Ich habe sie auf diese Mission geschickt«, sagte Wyatt-Turner mit tonloser Stimme. Er sah wieder aus seinem Seitenfenster und schreckte zurück, als der Schatten des Flugzeugs mit der Maschine zu verschmelzen schien, während sie über einen Eichenwald flogen. Er meinte vorwurfsvoll: »Müssen Sie denn wirklich so verdammt nahe am Boden fliegen?«

»Denken Sie an die feindlichen Radarstationen, alter Freund«, sagte Carpenter beruhigend, »hier unten zwischen den Büschen sind wir erheblich sicherer.«

Mary und Jones hinter sich, schlich Smith an der Rückseite der Häuser an der Ostseite der Dorfstraße entlang, während Schaffer sie nach hinten deckte. Vorsichtig gingen sie über den Hof, zwischen dem Schrott und den Autoersatzteilen hindurch, die hier überall herumlagen. Dann standen sie vor dem großen Tor von Sulz' Garage. Smith hatte gerade seinen Bund mit den Nachschlüsseln herausgezogen, als sich der eine der beiden Türflügel leise nach innen öffnete und Heidi erschien. Sie starrte sie an, als ob sie gerade vom Himmel gefallen wären, dann blickte sie zu dem brennenden Schloß hinauf, und anschließend schaute sie Smith fragend an.

»Ich habe alles hier, und zwar schwarz auf weiß«, sagte er und klopfte auf seine Uniformjacke, »los, in den Bus!«

Smith wartete, bis alle in der Garage versammelt waren, und schloß dann die Tür. Er ging zu einem kleinen, vergitterten Fenster an der Vorderseite der Halle und sah aufmerksam hinaus.

Auf der Straße wimmelte es von Soldaten, die meisten von ihnen waren unbewaffnet. Sie hatten die Lokale verlassen, um das brennende Schloß Adlershorst zu bewundern. Aber ganz in der Nähe befand sich eine Menge bewaffneter Soldaten: Zwei Wagenladungen standen etwa dreißig Meter von der Garage entfernt ganz abgesehen von den drei Lastwagen, die am Ende der Dorfstraße bei der Talstation der Drahtseilbahn standen. Etwas weiter unten, direkt vor dem ›Wilden Hirschen‹, parkte eine Motorradpatrouille. Aber das einzige wirkliche Hindernis auf ihrem Fluchtweg war ein kleiner Stabswagen mit Besatzung, der unmittelbar vor dem Tor von Sulz' Garage geparkt hatte. Smith betrachtete den Wagen nachdenklich und kam zu dem Schluß, daß dieses Hindernis sich beseitigen ließ. Er trat vom Fenster zurück und ging zu der schweren Doppeltür, um sich zu vergewissern, daß die vier Bolzen nach wie vor gelockert waren.

Mary und Carnaby-Jones saßen bereits im Wagen. Als Heidi ihnen folgen wollte, hielt Schaffer sie an den Schultern zurück, küßte sie und lächelte. Sie blickte ihn überrascht an.

»Na, freuen Sie sich denn nicht, mich wiederzusehen?« wollte Schaffer wissen. »Ich habe da oben wirklich *Schreckliches* durchgemacht. Wissen Sie, meine Liebe, daß ich dabei beinahe draufgegangen wäre!«

»Sie sehen nicht mehr so überwältigend aus wie vor zwei Stunden.« Sie lächelte ihm zu und berührte zart die Wange, auf der Carraciola mit seiner Maschinenpistole sein blutiges Zeichen hinterlassen hatte. Während sie in den Bus stieg, sagte sie über die Schulter: »Und genauso lange kenne ich Sie jetzt.«

»Zwei Stunden! Ich bin heute nacht um zwanzig Jahre gealtert. Und das, meine liebe Lady, ist eine wirklich sehr lange Wartezeit für einen Freier. Ach, du lieber Himmel!« Er beobachtete mit ergebener Verzweiflung, wie sich Smith in den Fahrersitz zwängte und den Motor startete. »Jetzt kommen die nächsten zwanzig Jahre. Flach auf den Boden mit euch!«

»Und was ist mit Ihnen?« wollte Heidi wissen.

»Mit mir?« Schaffers Überraschung schien echt zu sein. Er schlug die Frontscheibe mit dem Kolben seiner Maschinenpistole ein, drehte sich, die Hand am Abzug, schnell um und kniete sich hin. »Ich bin der Schaffner. Das wäre gegen die Vorschriften.«

Smith drückte mit dem Mittelfinger seiner blutigen, bandagierten Hand auf den Starterknopf, und der schwere Dieselmotor sprang sofort an. Smith fuhr im Rückwärtsgang an. In seinem Weg standen zwei Wagen, die tadellos in Schuß waren, ein Mercedes-Benz und ein Opel. Als Smith – dessen Gesichtsausdruck nicht einmal zeigte, daß er sie überhaupt bemerkt hatte – das hintere Ende der Garage erreicht hatte, konnte man das, was von ihnen übrig war, nur noch auf einen der Schrotthaufen im Hof werfen. Smith hielt an, legte den ersten Gang ein und ließ die Kupplung mit einem Ruck los. Der Bus machte einen gewaltigen Satz und beschleunigte rasch.

Mit der Spitze des großen Schneepflugs zielte Smith genau auf den Spalt zwischen den beiden großen Torflügeln, die so wenig Widerstand leisteten, als wären sie aus braunem Packpapier. Mit einem splitternden Krachen, das die Planken wie Streichhölzer durch die Luft wirbeln ließ, brauste der Autobus aus der Garage. Als sie auf die Menschenmassen zufuhren, die sich auf der Dorfstaße drängten, riß Smith das Steuer scharf nach rechts.

So bevölkert die Straße auch sein mochte, die Fußgänger, die Kopf an Kopf die Einäscherung des Schlosses bewundert hatten, waren zumindest durch den Lärm des Dieselmotors des Autobusses so rechtzeitig gewarnt worden, daß sie sich zur Seite werfen konnten, als der Bus durch das Tor brach und auf sie zudonnerte. Für den Stabswagen gab es allerdings keine Fluchtmöglichkeit. Ehe noch einer der beiden Männer, die vorn in dem Wagen saßen – ein Feldwebel, dessen Hände leicht auf dem Lenkrad lagen, und ein Major, in dessen einer Hand der Hörer eines Feldtelefons lag, während die andere eine lange, dünne Zigarre mit langer Asche hielt –, sich richtig bewußt war, was eigentlich geschah, wurde ihr Wagen bereits hochgehoben und auf dem Schneepflug davongetragen. Auf eine Entfernung von fünfzehn, ja vielleicht sogar zwanzig Metern wurde der Stabswagen mitgeführt – er balancierte gefährlich auf der breiten Schaufel des Schneeräumers –, ehe er seitlich herunterfiel. Wie durch ein Wunder landete er auf allen vier Rädern. Der völlig verwirrte Major hielt noch immer den Telefonhörer in der einen Hand und die Zigarre in der anderen. Nicht einmal die Asche hatte er in der Zwischenzeit verloren, was für die Qualität der Zigarre sprach.

Ein Stück weiter, vor der Weinstube ›Zum Wilden Hirsch‹, stand eine Gruppe von Gebirgsjägern mit Motorrädern und starrte ungläubig die Straße herauf. Ihre erste Reaktion und sofortige Schlußfolgerung war die, daß entweder

Sepp Salzmann, der äußerst beliebte Fahrer des Postomnibusses, verrückt geworden war, oder daß sich das Gaspedal verklemmt hatte. Sie wurden sehr schnell korrigiert: Das jeweilige Schalten war deutlich zu hören, und dann sahen sie für den Bruchteil von Sekunden Smith, der, über das Lenkrad gebeugt, an ihnen vorbeibrauste, und Schaffer, der neben ihm kniete, und den Lauf der Maschinenpistole, der aus dem zertrümmerten Beifahrerfenster ragte. Dann wurden die Scheinwerfer des Omnibusses eingeschaltet, und sie konnten nichts mehr erkennen. Aber sie hatten bereits genug gesehen. Auf ein schnelles Kommando von ihrem Feldwebel sprangen die Gebirgsjäger auf ihre Motorräder und traten die Gaspedale durch.

Aber auch Smith hatte genug gesehen, er ließ ein warnendes Hupsignal erschallen, drosselte die Geschwindigkeit und lenkte den Wagen auf die rechte Straßenseite. Seine Absicht war unmißverständlich, und die Entscheidung der Motorpatrouille, in diesem Falle persönliche Sicherheit einem glatten Selbstmord vorzuziehen, wurde von den Leuten ebenso schnell wie automatisch getroffen: Sie ließen ihre Motorräder Motorräder sein und rasten die rettenden Stufen zum ›Wilden Hirschen‹ hinauf.

Es gab eine Reihe donnernder Schläge, vermischt mit dem Knirschen mißhandelten Metalls, als der Schneepflug die Motorräder erfaßte und sie auf seiner großen Schaufel vor sich herschob. Als Smith den Postbus wieder in der Mitte der Straße in eine gerade Richtung gebracht hatte, rutschten einige von ihnen von dem abgeschrägten Blatt des Schneepfluges herunter und krachten mit großem Getöse gegen den Bürgersteig. Daß diese Metallklumpen noch vor kurzer Zeit Motorräder gewesen waren, darauf wäre niemand gekommen. Zwei von ihnen blieben jedoch nach wie vor auf der Schaufel liegen.

Der Postomnibus beschleunigte weiter, als Smith jetzt das Gaspedal bis zum Anschlag durchtrat. Die Scheinwerfer blitzten – er wechselte ständig zwischen Fern- und Abblendlicht –, und so leerten sich auch die Straßen vor ihm entsprechend. Die beste Wirkung erzielte er jedoch mit der Fanfare, bei deren Klang auch die letzten paar Fußgänger den Sprung auf den sicheren Bürgersteig taten.

Im Gebirge hat ein alpiner Postomnibus die absolute Priorität über alle sonstigen Fahrzeuge auf der Straße, und sein durchdringendes Dreiklanghorn ist das Symbol seiner unantastbaren Autorität, seines über jeden Zweifel erhabenen Vorrechts über alles andere auf der Straße zu jeder Zeit. Das Erklingen dieser Fanfare – ganz gleich, ob zu diesem Zeitpunkt der Postomnibus in Sicht ist oder nicht – ist das Signal für alle anderen Fahrzeuge oder Fußgänger, anzuhalten oder sich so weit wie möglich auf der rechten Straßenseite zu halten, ein Signal, das augenblicklich und automatisch befolgt wird, denn seine Bedeutung wird der Bevölkerung dieser Alpengegend von Kindheit an eingeimpft. Vielleicht hätte ein Zauberstab die Dorfstraße noch besser und schneller leerfegen können, aber kaum *viel* besser und schneller: Fußgänger und Fahrzeuge drückten sich auf einmal so nah an den Straßenrand, als ob von den Häuserwänden eine magnetische Anziehungskraft ausginge. Die Skala der Gefühle, die die Gesichter ausdrückten, reichte von Erstaunen bis zu fassungslosem Nichtbegreifen. Feindseligkeit war nirgendwo zu erkennen, dafür ging alles viel zu schnell, der Verstand hatte mit diesem Tempo nicht Schritt halten können. Der Postbus hatte mittlerweile das Ende der Dorfstraße erreicht, und bis jetzt war noch nicht ein einziger Schuß abgefeuert worden.

Bei der scharfen Linkskurve am Ortsausgang rutschten die letzten beiden Motorräder von der Schaufel des Schneepfluges und krachten gegen eine niedrige Steinmauer. Noch zwei ›Leichen‹ für den Autofriedhof hinter Sulz' Garage, dachte Smith, einen Moment lang abgelenkt. Vor ihm lag jetzt die fast schnurgerade Straße, die an den dunklen Wassern des Blausees entlangführte. Das Dreiklanghorn wog ihm im Augenblick mindestens zwei Maschinengewehre auf.

»Fällt Ihnen denn gar keine andere Melodie ein?« fragte

Schaffer ungehalten. Er fröstelte in dem eisigen Wind, der durch das eingeschlagene Fenster hereindrang, und setzte sich auf den Boden, um wenigstens ein bißchen geschützt zu sein. »Lassen Sie es mich wissen, wenn Sie mich brauchen. Ich würde sagen, dieser Fall dürfte nach etwa zwei Kilometern eintreten.«

»Warum nach etwa zwei Kilometern?«

»Die Lagertore. Der Bursche in dem Stabswagen hatte ein Feldtelefon.«

»Hatte er, hatte er wirklich?« Smith sah kurz auf ihn herunter. »Und warum haben Sie ihn dann nicht erschossen?«

»Ich bin ein neuer Mensch geworden, Boß«, seufzte Schaffer, »etwas Wunderbares ist gerade in mein Leben getreten.«

»Abgesehen davon, Sie hatten auch gar keine Gelegenheit dazu.«

»Abgesehen davon, wie Sie sehr richtig bemerkt haben, hatte ich auch keine Gelegenheit dazu.« Schaffer drehte sich um und blickte durch das Heckfenster, um festzustellen, ob sie verfolgt wurden, aber die Straße hinter ihnen war leer. Trotzdem, bemerkte Schaffer, war der Ausblick nicht uninteressant: Schloß Adlershorst – jetzt vollkommen in Flammen eingehüllt, ein rötlichweißes Inferno, das die unberührte Schneefläche in einem Umkreis von tausend Metern in gespenstisches Licht tauchte – war dem Untergang geweiht. Der Wunschtraum eines Brandstifters, der Alptraum eines Feuerwehrmannes. Bald würde der einst so eindrucksvolle Bau nur noch eine ausgebrannte Ruine sein, ein rauchgeschwärzter Schandfleck in einer lieblichen Märchenlandschaft.

Schaffer riß sich von dem Anblick los, und seine Augen suchten die drei anderen Personen im Wagen. Die hatten sich jedoch unter den Sitzen so versteckt, daß sie nicht zu sehen waren. Er fluchte, als der stark schwankende Omnibus ins Schleudern geriet und ihn gegen die rechte vordere Tür warf, dann reckte er sich hoch und warf einen Blick auf den Geschwindigkeitsmesser.

»Der Herr sei unseren armen Seelen gnädig«, sagte er feierlich, »neunzig Meilen!«

»Kilometer«, korrigierte Smith geduldig.

»Ach so.« Schaffer spannte die Muskeln an, als er beobachtete, wie Smith's Fuß blitzschnell vom Gaspedal zur Bremse herüberwechselte, dann spähte er vorsichtig über den Rand des eingeschlagenen Fensters und stieß einen leisen Pfiff aus. Die Tore des Lagers waren keine zweihundert Meter mehr entfernt, Scheinwerfer tauchten sowohl das Wachgebäude als auch den dahinterliegenden Exerzierplatz in grelles Licht. Dutzende bewaffneter Soldaten liefen scheinbar planlos durcheinander. Aber Schaffer erkannte sehr bald, daß dieser Schein trog: Sie liefen auf Lastwagen und Stabsfahrzeuge zu, die sie eiligst bestiegen, und sie vergeudeten dabei keine Zeit.

»Da geht es ja zu wie in einem aufgestörten Ameisenhaufen«, bemerkte Schaffer, »ich möchte wissen . . .« Er brach ab, seine Augen weiteten sich ungläubig: am Wachgebäude vorbei rumpelte in diesem Augenblick ein riesiger Panzer auf die Straße, stoppte, drehte sich um hundertachtzig Grad und blockierte so die Durchfahrt. Der Geschützturm schwenkte herum, bis er genau auf die Scheinwerfer des ankommenden Omnibusses gerichtet war.

»Ach, du liebe Güte!« Schaffers erschrockenes Flüstern ging fast unter in dem Lärm des gedrosselten Dieselmotors. »Ein Tiger-Tank. Und das dort ist eine 88-mm-Kanone, Boß.«

»Ein Spielzeuggewehr ist es nicht, das steht fest«, pflichtete ihm Smith bei, »runter auf den Boden.« Er griff nach vorn und bewegte einen Hebel, worauf die Scheinwerfer in langsamem Rhythmus auf und ab zu blinken begannen. Dann blendete er die Hauptscheinwerfer ab und schaltete sie schließlich ganz aus, so daß er die letzten dreißig Meter nur noch mit dem Standlicht fuhr. Die ganze Zeit betete er, daß sein unverdächtiges Verhalten einen nervösen Finger davon abhalten würde, auf den Feuerknopf der wohl tödlichsten Panzerkanone zu drücken, die je entwickelt worden war.

Aus welchen Gründen auch immer, der Finger ließ den Knopf in Ruhe. Smith fuhr jetzt im Schrittempo, wendete am Wachgebäude rechts und hielt an. Er achtete darauf, seine verwundete rechte Hand nicht sehen zu lassen, kurbelte die linke Scheibe herunter und lehnte sich hinaus, wobei er den Ellenbogen aufstützte, als drei Wachtposten mit Maschinenpistolen, von einem Feldwebel angeführt, auf den Wagen zukamen.

»Schnell!« schrie Smith. »Ans Telefon! Einen Chirurgen zum Lazarett!« Er deutete mit seinem Daumen nach hinten über die Schulter. »Oberst Weissner. Er ist zweimal von den Burschen getroffen worden. Lungenschüsse. Verdammt noch mal, was *stehen* Sie denn da noch herum!«

»Aber ... aber der Postomnibus!« protestierte der Feldwebel. »Wir sind angerufen worden von ...«

»Bei Gott, der Kerl war betrunken!« Smith fluchte wie wild. »Morgen früh kommt er vors Kriegsgericht«, seine Stimme senkte sich drohend, »und Sie auch, wenn der Oberst stirbt! Also, wird's bald?«

Smith legte den ersten Gang ein und fuhr los, noch immer im Schrittempo. Der Anblick der Majorsuniform, die Tatsache, daß der Omnibus sich gemächlich in Richtung der Baracken bewegte, und nicht zu vergessen die Fanfare, die noch immer durchdringend und gebieterisch durch die Nacht tönte, hatten den Feldwebel überzeugt, und er rannte auf das nächste Telefon zu.

Noch immer im Kriechtempo fuhr Smith durch das Gewühl von Menschen und Wagen, vorbei an einer Kolonne in Lederuniformen steckender Gebirgsjäger auf Motorrädern, vorbei an Panzerfahrzeugen und Lastwagen, von denen sich einige bereits auf dem Weg zu den Toren befanden ... allerdings nicht so schnell, wie Smith es sich eigentlich gewünscht hätte. Direkt vor dem Postomnibus stand jetzt eine Gruppe von Offizieren, fast alles Stabsoffiziere, die sich erregt unterhielten. Smith fuhr noch langsamer und lehnte sich aus dem Fenster.

»Sie sind uns in die Falle gegangen!« rief er erregt. »Oben

im ›Wilden Hirschen‹. Sie haben Oberst Weissner als Geisel gefangengenommen. Um Himmels willen, beeilen Sie sich!«

Er unterbrach sich, als er plötzlich in einem der dort stehenden Offiziere den Hauptmann erkannte, zu dem er am gleichen Abend im ›Wilden Hirschen‹ als Major Bernd Himmler gesprochen hatte. Eine Sekunde später hatte auch dieser ihn erkannt, seine Kinnlade fiel herunter, und noch ehe er Zeit hatte, den Mund wieder zu schließen, trat Smith auch schon das Gaspedal voll durch, und der Omnibus raste dem südlichen Ausgang des Lagers zu, und Soldaten warfen sich nach rechts und links, um der Schaufel des Schneepfluges zu entgehen. Das Überraschungsmoment war so ungeheuer, daß der Bus mehr als dreißig Meter zurücklegen konnte, ehe die Heckscheibe durchlöchert und zerbrochen war, wobei sich das Klirren von Glas mit dem wilden Knattern der Schüsse vermischte, die von hinten auf sie abgefeuert wurden. Doch plötzlich riß Smith das Steuer herum und raste in ungeheurem Tempo durch den südlichen Eingang des Lagers und wieder auf die Hauptstraße, wo sie zumindest für den Augenblick vor den Scharfschützen auf dem Exerzierplatz etwas Ruhe hatten.

Aber sie waren, wie es schien, lediglich vom Regen in die Traufe gekommen. Vor dem einen Feind hatten sie sich vielleicht vorübergehend in Sicherheit gebracht – aber gegen einen anderen, bei weitem gefährlicheren und tödlicheren gab es überhaupt keinen Schutz. Smith hätte beinahe die Kontrolle über den Omnibus verloren, als etwas tief unterhalb der Fahrertür einschlug, von dort mit einem bösartigen Geheul weiter in die Nacht flog und etwa fünfzig Meter entfernt wie ein weißer Komet hoch in der Luft explodierte.

»Der Tiger-Tank«, schrie Schaffer, »die gottverdammte 88-mm-Kanone . . .«

»Bleiben Sie unten!« Smith kauerte sich neben dem Lenkrad zusammen, bis seine Augen nur noch einige Zentimeter über den unteren Rand der Windschutzscheibe blicken konnten. »Der Schuß lag zu tief. Der nächste . . .«

Der nächste schlug durch die Hintertür und trat oberhalb

der Windschutzscheibe wieder aus. Diesmal folgte keine Explosion.

»War das ein Blindgänger?« fragte Schaffer hoffnungsvoll. »Oder vielleicht ein Übungsgeschoß . . .«

»Von wegen Blindgänger!« Smith hatte sich jetzt wieder hinter das Lenkrad gesetzt und steuerte den Bus in wilden Schlangenlinien die Straße entlang, um dem Kanonenschützen das Zielen zu erschweren. »Das sind Panzerdurchschlaggeschosse, mein Junge, dafür gedacht, erst einmal eine fünf Zentimeter dicke Panzerplatte zu durchschlagen, ehe sie explodieren.« Er zuckte zusammen und bückte sich, so tief er konnte, als ein drittes Geschoß die meisten der linken Fenster hinausschlug und ein Regen von Glassplitter über Schaffer und ihm niederging. »Lassen Sie nur *ein* solches Geschoß das Chassis statt das dünne Metall der Karosserie treffen oder den Maschinenblock oder den Schneepflug . . .«

»Hören Sie auf!« bat Schaffer. »Ich lasse mich lieber überraschen.« Nach einer kurzen Pause fuhr er fort: »Der läßt sich aber Zeit, finden Sie nicht auch? Bereitet sich wohl jetzt auf den Blattschuß vor, wie?«

»Nein«, Smith hatte durch den Rückspiegel geblickt und brachte den Omnibus wieder auf einen geraden Kurs, »ich hätte niemals geglaubt, daß ich mich freuen würde, wenn mich ein paar Lastkraftwagen voller Gebirgsjäger verfolgten.« Er schaltete hinauf und trat das Gaspedal ganz durch. »Aber diesmal bin ich regelrecht glücklich darüber.«

Schaffer drehte sich um und sah durch die zerschlagene Heckscheibe: Er zählte mindestens drei Paar Scheinwerfer auf der Straße hinter ihnen, während zwei weitere jetzt das südliche Tor passierten. Dadurch wurde die Sicht des Kanonenschützen erfolgreich blockiert.

»Glücklich ist gar kein Ausdruck! Ich bin außer mir vor Freude! Tiger-Tanks sind eine Sache für sich, dagegen sind die niedlichen kleinen Lastwagen ja direkt Spielzeug!« Schaffer lief den Mittelgang des Ommibusses entlang, vorbei an Mary, Heidi und Carnaby-Jones, die sich alle jetzt hochrappelten und ziemlich mitgenommen aussahen. Hinten angekommen, besah er sich die Schachteln, die sich auf den rückwärtigen Sitzen befanden.

»Sechs Stück!« Er strahlte Heidi begeistert an. »Und wir haben Sie nur um zwei gebeten. Mein Schatz, Sie machen mich zum glücklichsten Menschen der Welt.« Er öffnete die hintere Tür und begann, den Inhalt der Kartons auf die Straße zu leeren. Ein paar Flaschen rollten auf dem harten Schnee zwar zur Seite, aber die meisten zerbrachen durch die hohe Geschwindigkeit des Omnibusses doch planmäßig bei ihrem Aufprall.

Der erste der Lastwagen befand sich etwa dreihundert Meter von ihnen entfernt, als er in das Scherbengebiet geriet. Von seinem Standort konnte Schaffer unmöglich erkennen, was sich im einzelnen ereignete, aber die Geräusche allein befriedigten ihn schon außerordentlich. Die Scheinwerfer des ersten Verfolgers begannen plötzlich wild hin und her zu schwanken, Bremsen kreischten, und trotz des Lärms, den der Dieselmotor machte, hörte man deutlich ein Krachen, als der zweite Wagen auf das vordere Fahrzeug prallte. Einen Augenblick schienen die Fahrzeuge ineinander verkeilt zu sein, dann gerieten beide außer Kontrolle, der erste stürzte kopfüber in den rechten Graben, der zweite rückwärts in den linken. Die Lichter beider Wagen erloschen kurz nach dem Zusammenprall, aber die Scheinwerfer des dritten nachfolgenden Lastwagens beleuchteten die Szene so hell, daß man genau erkennen konnte, daß die Straße völlig blockiert war.

»Ordentlich«, lobte Schaffer strahlend, »sehr ordentlich, Schaffer«, und dann rief er nach vorn zu Smith: »Das wird sie ganz schön aufhalten, Boß.«

»Und wie sie das aufhalten wird«, sagte Smith grimmig, »mindestens eine ganze Minute lang! Mit den paar Scherben kann man unmöglich Lastwagenreifen zum Platzen bringen, und es wird nicht lange dauern, bis sie die beiden Wagen aus dem Weg geräumt haben. Heidi?«

Heidi ging nach vorn, sie zitterte in dem eisigen Wind, der durch die zerschmetterten Vorder- und Seitenfenster hereinfegte: »Ja, Major?«

»Wie weit ist es noch von hier bis zu der Abzweigung?«
»Zwei Kilometer.«
»Und bis zu der Holzbrücke . . . wie heißt das Ding noch?«
»Noch mal einen Kilometer – bis ›Zur alten Brücke‹.«
»Also noch drei Minuten. Allerhöchstens!« Er lief nach hinten: »Noch drei Minuten, Lieutenant, können Sie das schaffen?«
»Aber klar doch!« Schaffer begann bereits, Pakete mit plastischen Sprengstoff zusammenzubinden. Er benutzte dazu durchsichtige Klebestreifen und ließ lange Zündschnüre aus den Paketen heraushängen. Er war gerade mit dem letzten fertig geworden, als er beinahe hinausgeschleudert wurde, da Smith mit einem Ruck das Steuer nach rechts riß und den Bus nun durch den Eichenwald jagte.
»Tut mir leid«, rief Smith, »aber beinahe wäre ich daran vorbeigefahren. Nur noch knappe zwei Kilometer, Leutnant.«
»Kein Grund zur Aufregung«, gab Schaffer fröhlich zurück. Er fischte sein Taschenmesser heraus und begann, die Zündstreifen so kurz wie möglich abzuschneiden. Dann erstarrte er plötzlich, als er aus dem ehemaligen Rückfenster blickte: Starke Scheinwerfer näherten sich mit großer Geschwindigkeit! Alle Fröhlichkeit war jetzt aus seiner Stimme verschwunden: »Nun, vielleicht gibt es doch Grund zur Aufregung. Ich habe schlechte Nachrichten für Sie, Boß.«
»Und ich habe einen Rückspiegel. Wie weit noch, Heidi?«
»Bis zur nächsten Ecke.«
Während sich Schaffer fieberhaft an den Zündschnüren zu schaffen machte, konzentrierte sich Smith darauf, den Postomnibus so schnell wie möglich um die nächste Ecke zu steuern, ohne dabei von der Straße abzukommen. Dann hatten sie die Kurve hinter sich, und die Brücke lag, nicht mehr als einhundert Meter entfernt, vor ihnen.

Normalerweise hätte er diese baufällige Konstruktion nicht einmal mit einem Fahrrad überquert, dachte Smith, geschweige denn mit einem sechs Tonnen schweren Omnibus. Wäre es ein Steg über einen friedlich dahinfließenden Bach gewesen, dann ja, vielleicht, aber hier handelte es sich um eine über fünfzehn Meter lange Brücke, bestehend aus losen Schwellen, die eine Schlucht von gut siebzig Metern Tiefe überspannte und durch Balken abgestützt wurde, Balken aus uraltem Holz, die, soweit er es beurteilen konnte, sogar unter dem Gewicht einer Tischplatte zusammengebrochen wären.

Mit einer Geschwindigkeit von über fünfzig Kilometern donnerte Smith auf dieses alte, einsturzreife Bauwerk zu. Vielleicht wäre es ratsamer gewesen, im Schneckentempo hinüberzurollen, aber Smith war der Ansicht, daß die einzige Chance, jemals die andere Seite zu erreichen, darin bestand, die einzelnen morschen Schwellen nur so kurz wie möglich zu belasten. Die schweren Schneeketten verbissen sich in die Planken und ließen sie gegeneinander rumpeln. Der Postomnibus sprang auf und ab wie auf einem Trampolin, während die Brücke schwankte wie die Kommandobrücke eines Zerstörers, der sich in einem schweren Sturm durch das offene Meer kämpfte. Ursprünglich hatte Smith beabsichtigt, in der Mitte der Brücke zu halten, aber als er sich auf ihr befand, sah er sich ungefähr der gleichen Schwierigkeit gegenüber wie ein Bergsteiger, der gegen eine herunterbrausende Lawine anzugehen versucht, um ein Edelweiß zu pflücken. Drei Meter vor dem Brückenende bremste er scharf und schlitterte etwa zwanzig Meter weiter, bis er, endlich wieder auf festem Grund, zum Stehen kam.

Schaffer hatte bereits die hintere Tür geöffnet, und noch ehe der Omnibus richtig hielt, stand er mit seinen beiden Sprengstoffpaketen auf dem Boden. Schon fünf Sekunden später befand er sich wieder auf der Brücke und rannte, ein Dutzend durcheinandergeworfener Schwellen überspringend, zu dem Pfeiler, auf dem das Hauptgewicht lastete. Er brauchte weniger als zwanzig Sekunden, um das eine Paket an der rechten Seite zu befestigen, die Brücke zu überqueren und die zweite Ladung links anzubringen. Er hörte das tiefe Brummen eines Motors und sah den Lichtkegel eines Scheinwerfers gerade um die Ecke leuchten, um die sie vor kurzem gefahren waren. Augenblicklich riß er die Feuersicherung von der Zündschnur, rannte auf die andere Seite und tat dort das gleiche, dann raste er zum Omnibus zurück. Smith hatte schon den ersten Gang eingelegt und fuhr bereits an, als sich Schaffer durch die Hintertür warf und von helfenden Händen hereingezogen wurde.

Schaffer setzte sich auf den Boden und ließ seine Beine aus der Tür baumeln. Er hatte sich gerade bequem zurechtgesetzt, als der Wagen der Verfolger um die Ecke bog. Er befand sich jetzt nur noch weniger als einhundert Meter von der Brücke entfernt und wurde immer schneller. Einen Augenblick lang fragte sich Schaffer verzweifelt, ob er die Zündschnüre auch kurz genug abgeschnitten hatte; er hatte nicht damit gerechnet, daß die Verfolger ihnen schon so dicht auf den Fersen waren. Und der angespannte und abwartende Gesichtsausdruck der zwei Mädchen und des Mannes neben ihm, den er mehr erahnte als sah, zeigte ihm, daß sie genau die gleichen Gedanken hatten.

Die beiden lauten, flachen Detonationen, denen der für plastischen Sprengstoff charakteristische grellweiße Blitz vorausging, erfolgten innerhalb einer Sekunde. Balken und Holzsplitter wurden über zehn Meter hochgewirbelt, segelten merkwürdig träge durch die Luft und stürzten mit genügend Wucht auf die bereits beängstigend schwankende Brücke zurück, um den Hauptstützpfeiler zusammenbrechen zu lassen. Wo eben noch ein Gerüst gestanden hatte, gähnte jetzt der Abgrund, auf dessen anderer Seite zwei Lichtkegel wie betrunken hin und her tanzten, als der Fahrer des Wagens das Steuer verzweifelt hin und her riß, um zu verhindern, daß er in den Abgrund stürzte. Sein Schicksal schien besiegelt, bis zu dem Augenblick, als er seitwärts die Straße entlangrutschte, gegen einen großen Felsen prallte, sich zweimal überschlug und dann keine zwei Meter vor der Schlucht zum Halten kam.

Schaffer schüttelte verwundert den Kopf, stand auf und schloß die hintere Tür. Er ließ sich auf einen der rückwärtigen Sitze sinken, zündete sich eine Zigarette an, warf das brennende Streichholz durch das zerschlagene Rückfenster und stellte fest: »Sie können sich wirklich glücklich schätzen, mich dabeizuhaben.«

»Zuerst diese Leistung, und dann auch noch so bescheiden«, meinte Heidi bewundernd.

»Eine seltene Kombination«, gab Schaffer zu, »Sie werden noch eine ganze Reihe weiterer Überraschungen feststellen können, während wir miteinander alt werden. Wie weit ist es jetzt noch bis zu diesem Flugplatz?«

»Etwa acht Kilometer. Also noch acht Minuten. Aber das ist der einzige Weg dorthin. Nachdem die Brücke gesprengt ist, brauchen wir uns nicht mehr zu beeilen.«

»Das mag schon sein. Aber Schaffer *hat* es eilig, von hier wegzukommen. Sagen Sie, meine Liebe, waren eigentlich *alle* diese Bierflaschen leer?«

»Die, die Sie weggeworfen haben, allerdings.«

»Ich verdiene Sie einfach nicht«, sagte Schaffer ehrfürchtig.

»Zumindest scheinen wir zuweilen der gleichen Meinung zu sein«, lächelte Heidi kokett.

Schaffer grinste, nahm zwei Bierflaschen und ging nach vorn, um Smith abzulösen, der ihm nur zu willig seinen Platz überließ, wobei der Omnibus weiterlief. An dem blutdurchtränkten Verband um Smith's Hand war kein weißer Fleck mehr zu sehen, und sein Gesicht hatte eine graue Färbung angenommen. Aber er sagte kein Wort.

Drei Minuten später waren sie aus dem Wald heraus und fuhren jetzt durch offenes Gelände. Fünf Minuten später lenkte Schaffer den Omnibus auf Heidis Anweisung durch ein enges Tor auf der linken Seite der Straße. Im Scheinwerferlicht lagen zwei kleine Flugzeughallen, eine schmale gesäuberte Rollbahn verlor sich in der Ferne, und schließlich stand da auch noch ein von einem Kugelhagel durchlöcherter Mosquito-Bomber mit verbogenem Fahrgestell.

»Ist das nicht ein herrlicher Anblick?« Schaffer machte eine Kopfbewegung in Richtung auf die beschädigte Maschine. »War das das Transportmittel für Carnaby-Jones?«

Smith nickte. »Es begann mit einem Mosquito-Bomber, und es wird auch – wir wollen es wenigstens hoffen – mit einem Mosquito-Bomber enden. Das hier ist der Flugplatz von Oberhausen, das Hauptquartier der bayerischen Bergwacht-Piloten.«

»Ein dreifaches Hurra auf die bayerischen Bergwacht-Piloten«, rief Schaffer und hielt den Omnibus neben der Rollbahn an, schaltete das Licht aus und zog den Zündschlüssel ab. Schweigend saßen sie in der Dunkelheit und warteten.

Colonel Wyatt-Turner blickte erneut durch das Seitenfenster und atmete erleichtert auf, als die Mosquito – das erste Mal in dieser Nacht – steil nach oben gezogen wurde. Sarkastisch meinte er: »Verlieren Sie Ihre Nerven, Wing Commander?«

»Die habe ich am 3. September 1939 verloren« (Kriegseintritt Großbritanniens), gab Carpenter fröhlich zurück, »ich muß jetzt hochgehen. Bei den vielen Büschen da unten kann ich sonst unmöglich etwaige Signale erkennen.«

»Sind Sie ganz sicher, auf dem richtigen Kurs zu fliegen?«

»Ohne jeden Zweifel. Das dort ist die Weiß-Spitze. Genau drei Minuten Flugzeit von hier.« Carpenter machte eine Pause und fuhr dann nachdenklich fort: »Sieht so aus, als ob die da unten ein Fest mit Feuerwerk veranstalten, was sagen Sie?«

Der Wing Commander übertrieb gewiß nicht. In weiter Ferne konnte man ganz schwach die Silhouette der Weiß-Spitze erkennen, das große Feuer, das etwa in halber Höhe des Berges brannte, war dagegen nicht zu übersehen. Ab und zu brachen große rote Flammenbälle, die wie gigantische Feuerwerkskörper aussahen, aus dem eigentlichen Herd heraus.

»Sprengstoff oder Munitionskisten, was da in die Luft geht«, meinte Carpenter versonnen, »das ist natürlich Schloß Adlershorst. Hatten einige Ihrer Leute vielleicht Streichhölzer in der Tasche?«

»Müssen sie wohl«, Wyatt-Turner starrte mit steinernem

Gesicht auf die entfernte Feuersbrunst, »das sieht schon toll aus.«

»Das kann man wohl sagen«, stimmte Carpenter zu. Er packte Wyatt-Turner am Arm und deutete nach vorn und nach hinten. »Aber da unten haben wir etwas, das noch viel toller aussieht, genauer gesagt das tollste, was ich je gesehen habe!«

Wyatt-Turner folgte dem ausgestreckten Finger: In einer Entfernung von weniger als drei Kilometern und vielleicht knappe zweihundert Meter unter ihnen blitzten im regelmäßigen Abstand von zwei Sekunden ein paar Scheinwerfer auf. Unter Aufbietung aller Willenskräfte gelang es ihm, den Blick abzuwenden und zu Carpenter hinüberzuschauen, aber nur einen kurzen Augenblick, und schon wurden seine Augen wieder magisch von den Blinkzeichen angezogen. Er starrte sie wie hypnotisiert an, und dann schüttelte er ungläubig den Kopf.

Schaffer hatte das Fernlicht eingeschaltet, und die Scheinwerfer tauchten die Rollbahn in grelles Licht. Der Motor des Postomnibusses lief wieder, als der schwarze gedrungene Körper des Mosquito-Bombers, die Luftbremsen ganz heruntergelassen, zur Landung ansetzte. Dann fuhr er an und beschleunigte schnell, als das Flugzeug über den Wagen hinwegdonnerte und Sekunden danach ohne das leiseste Zittern oder Springen sauber aufsetzte.

Innerhalb einer Minute hatte Schaffer den Omnibus nur wenige Meter von der inzwischen stillstehenden Maschine entfernt angehalten. Eine halbe Minute später, nachdem alle fünf sich sicher innerhalb der Mosquito befanden, hatte Carpenter den Bomber bereits um einhundertundachtzig Grad gedreht und trat hart auf die Bremsen, als er die Motoren auf höchste Touren brachte. Und schon befanden sie sich auf ihrem Weg, die Geschwindigkeit steigerte sich so schnell, daß sie bereits zweihundertfünfzig Meter vor dem Ende der Rollbahn vom Boden abhoben. Während der ersten Meile hielt Carpenter genau auf das brennende Schloß zu, das jetzt das ganz Tal rot beleuchtete, dann verschwand die sterbende Festung endgültig aus dem Blickfeld, als sich das Flugzeug mit einer Nord-West-Kurve auf den Heimweg machte.

## *12. Kapitel*

Wing Commander Carpenter zog die Maschine auf eine Höhe von knapp zweitausend Metern und hielt sie dort. Die Zeit des Versteckspielens war jetzt ein für allemal vorbei. Auf dem Heimweg hatte es Carpenter hauptsächlich darauf angelegt, daß ihn keine deutsche Radarstation lange genug anpeilen konnte, um auch nur annähernd sein Ziel vermuten zu können. Jetzt hingegen war es ihm vollkommen gleichgültig, ob jede Radarstation in ganz Europa seinen Kurs verfolgte und wußte, wohin die Reise ging. Er flog zurück nach England, seine Mission war erfüllt, und es gab in der ganzen Welt kein Kampfflugzeug, das ihn einholen konnte. Genüßlich zog Wing Commander Carpenter jetzt an seiner übelriechenden Bruyère-Pfeife. Er war restlos zufrieden.

Seine fünf neuen Passagiere fühlten sich nicht ganz so wohl. Ihnen fehlte vor allem Carpenters gutgepolsterter Pilotensitz. Das Innere des Mosquito-Bombers macht wirklich nicht die geringsten Konzessionen an die Komfortansprüche der Fluggäste. Es war farblos, eisig und eng – man benötigte nicht sehr viel Plaztz, um zweitausend Kilogramm, die maximale Bombenlast der Mosquito, zu transportieren –, und Sitzgelegenheiten gab es überhaupt nicht. Die drei Männer und die zwei Mädchen hockten unbequem auf dünnen Strohsäcken, und ihren Gesichtern konnte man nur zu gut ansehen, was sie über ihren Aufenthaltsort dachten. Colonel Wyatt-Turner, noch immer die Maschinenpistole auf den Knien, die er bei der Landung für den Fall, daß sich Schwierigkeiten ergaben und der Omnibus sich als eine deutsche Falle herausstellte, ergriffen hatte, saß schräg im Sitz des Kopiloten, um gleichzeitig mit Carpenter und den

Passagieren sprechen zu können. Er hatte ohne Widerrede oder besonderes Interesse Smith's Erklärung akzeptiert, daß sie die beiden Mädchen hatten mitnehmen müssen, um sie vor der Rache der Gestapo zu schützen. Colonel Wyatt-Turner hatte im Augenblick andere und wesentlichere Probleme im Kopf.

Smith sah von seiner blutenden Hand, die Mary im Augenblick unter Benützung des Erste-Hilfe-Kastens neu verband, auf und sagte: »Es war wirklich sehr nett von Ihnen, Sir, daß Sie sich persönlich hierher bemüht haben, um uns abzuholen.«

»Das war gar nicht nett von mir«, widersprach Wyatt-Turner offen, »es hat mich einfach nicht mehr in London gehalten ... ich *mußte* wissen, was los war. Schließlich bin *ich* es gewesen, der Sie alle dort hingeschickt hat.« Er saß einige Zeit da, ohne zu sprechen, dann fuhr er bedrückt fort: »Torrance-Smythe lebt nicht mehr, und Sergeant Harrod und jetzt, wie Sie mir sagen, auch noch Carraciola, Christiansen und Thomas. Alle tot. Ein hoher Preis, Smith, ein furchtbarer Preis. Meine besten Leute.«

»Alle, Sir?« fragte Smith leise.

»Ich werde alt«, Wyatt-Turner schüttelte müde den Kopf und strich sich mit der Hand über die Stirn, »haben Sie herausgefunden, welcher von ...«

»Carraciola.«

»Carraciola! Ted Carraciola? Das kann ich nicht glauben.«

»*Und* Christiansen«, die Stimme von Smith war noch immer ruhig und gelassen, »*und* Thomas.«

»Und Christiansen? Und Thomas?« Er blickte Smith teilnahmsvoll an. »Sie haben eine Menge durchgemacht, Major Smith. Es geht Ihnen offensichtlich nicht gut.«

»Es geht mir nicht so gut, wie es mir vor dieser Mission gegangen ist«, gab Smith zu, »aber ich fühlte mich ganz gut, als ich sie umbrachte.«

»Sie ... *Sie* haben sie umgebracht?«

»Ich habe in meinem Leben schon öfter Verräter getötet. Das wissen Sie ganz genau.«

»Aber ... aber Verräter! Alle drei. Unmöglich. Ich kann das einfach nicht glauben! Ich *will* es nicht glauben!«

»Dann werden Sie vielleicht dem hier glauben, Sir«, Smith zog eins der Notizbücher aus seiner Uniformjacke und hielt es Wyatt-Turner hin, »da drin finden Sie die Namen und Adressen oder Kontakte aller deutschen Agenten in Südengland und aller britischen Agenten in Nordwesteuropa, die von deutschen Agenten ersetzt worden sind. Sie werden Carraciolas Handschrift erkennen. Er hat das unter Zwang niedergeschrieben.«

Langsam, wie ein Träumender, griff Colonel Wyatt-Turner nach dem Notizbuch. Drei Minuten lang studierte er sorgfältig den Inhalt, wobei er langsam, fast widerwillig, die Seiten umblätterte, um dann schließlich das Buch mit einem schweren Seufzer niederzulegen.

»Das hier ist im Augenblick das wichtigste Dokument in ganz Europa, es ist das wichtigste Dokument, das ich jemals gesehen habe«, Wyatt-Turner atmete schwer. »Die Nation steht tief in Ihrer Schuld, Major Smith.«

»Ich danke Ihnen, Sir.«

»Oder vielmehr, sie wäre Ihnen sehr zu Dank verpflichtet gewesen. Es ist wirklich ein Jammer, daß die Nation leider keine Gelegenheit haben wird, Ihnen ihren Dank auszusprechen«, er nahm die Maschinenpistole vom Knie und richtete sie auf das Herz von Smith. »Sie werden doch nicht etwa eine Dummheit begehen wollen, was, Major Smith?«

»Was um Himmels willen ...« Carpenter hatte sich in seinem Sitz umgedreht und starrte vollkommen verwirrt und ungläubig auf Wyatt-Turner.

»Mein lieber Wing Commander, wollen Sie sich bitte auf Ihre Fliegerei konzentrieren«, Wyatt-Turner schwenkte den Lauf seiner Waffe andeutungsweise in seine Richtung, »vorläufig können Sie Ihren Kurs noch beibehalten. Innerhalb einer Stunde werden wir auf dem Flugplatz von Lille landen.«

»Der Bursche ist übergeschnappt«, flüsterte Schaffer fassungslos.

»Wenn das der Fall ist«, entgegnete Smith trocken, »dann muß das jedenfalls schon vor ein paar Jahren passiert sein. Meine verehrten Damen und Herren, darf ich Ihnen den gefährlichsten Spion Europas vorstellen. Sie sehen vor sich den erfolgreichsten Doppelagenten aller Zeiten.« Er machte eine Pause, um die Reaktion abzuwarten, aber die Stille wurde durch nichts unterbrochen. Die Enthüllung der Doppelagententätigkeit des Colonel Wyatt-Turner war zuviel, um sofort begriffen zu werden. Smith fuhr fort: »Colonel Wyatt-Turner, Sie werden heute nachmittag vor einem Kriegsgericht stehen, verurteilt werden, von dort wird man Sie in den Tower von London bringen, und von dort aus werden Sie wiederum mit einer schwarzen Binde vor den Augen morgen früh um acht Uhr herausgeführt und erschossen werden.«

»Sie wußten es?« Der sonst so selbstbewußte und redegewandte, allzeit beherrschte Wyatt-Turner sank in sich zusammen, und seine Stimme übertönte nur mit Mühe den Lärm der Flugzeugmotoren. »Sie wußten über mich Bescheid?«

»Ich wußte über Sie Bescheid«, nickte Smith, »aber wir wußten alle über Sie Bescheid, nicht wahr, Colonel? Drei Jahre, behaupteten Sie, seien Sie hinter den deutschen Linien gewesen, Sie hätten in der deutschen Wehrmacht gedient, und endlich wäre es Ihnen gelungen, bis in das Oberkommando der Wehrmacht vorzudringen. Das stimmt sogar. Mit Hilfe der Wehrmacht und dem Oberkommando! Aber als sich das Blatt wendete und Sie den Alliierten nicht länger falsche und irreführende Berichte über deutsche Vorstöße liefern konnten, gestattete man Ihnen, nach England zurückzugehen, um an die Deutschen die richtigen Pläne der Alliierten zu verraten ... und ihnen außerdem noch die Informationen zu geben, die sie benötigten, um *unsere* eigenen britischen Agenten in Nordwesteuropa aufzuspüren. Wie viele Millionen Schweizer Franken haben Sie eigentlich auf Ihrem Bankkonto in Zürich, Colonel?«

Wing Commander Carpenter starrte geradeaus durch die

Windschutzscheibe und sagte ganz leise: »Also ganz ehrlich, alter Junge, das ist doch alles Wahnsinn.«

»Versuchen Sie doch mal, mit der Wimper zu zucken, dann werden Sie sehen, was man mit einer Maschinenpistole alles machen kann«, schlug ihm Smith vor. Er wandte sich wieder an Wyatt-Turner. »Sie haben Admiral Rolland unterschätzt, fürchte ich. Er verdächtigte Sie und die drei Abteilungsleiter der Abteilung C seit Monaten. Nur in bezug auf Torrance-Smythe hat er sich leider geirrt.«

»Raten Sie ruhig noch weiter«, Wyatt-Turner hatte seine Haltung und den größten Teil seines Selbstbewußtseins wiedergefunden, »auf die Art und Weise vergeht wenigstens die Zeit, bis wir nach Lille kommen.«

»Zu Ihrem Unglück handelt es sich hier nicht um ein Ratespiel. Admiral Rolland hatte mich – und Mary – aus Italien zurückgerufen, er traute in London einfach niemandem mehr über den Weg. Wissen Sie, wie schnell sich Korruption ausbreitet? Aber diesmal hat es der Admiral ganz besonders schlau angefangen. Er erzählte Ihnen, daß er einen seiner Abteilungsleiter verdächtige, aber nicht wisse, welcher es sei. Als daraufhin General Carnaby seine Notlandung machte, unterbreitete er Ihnen den Vorschlag, diese Abteilungsleiter zu seiner Rettung auszuschicken . . . und außerdem sorgte er dafür, daß Sie selbst keinerlei Gelegenheit hatten, sich auch nur mit einem von ihnen privat zu unterhalten, ehe sie abflogen.«

»Das . . . also das war der Grund, warum ich dazugeholt worden bin?« Schaffer sah aus, als ob ihm gerade ein Sandsack auf den Kopf gefallen wäre. »Weil Sie niemandem trauen . . .«

»Wir wußten lediglich, daß M.I. 6 von gegnerischen Agenten durchsetzt war . . . nicht wahr, Colonel, Sie fühlten sich gar nicht wohl in Ihrer Haut, bis Rolland *Sie* bat, den Anführer des Unternehmens zu bestimmen. Sie suchten mich aus. Rolland wußte, daß Sie das tun würden. Sie hatten mich bis dahin niemals getroffen, aber Sie wußten durch den Chef von Generalfeldmarschall Kesselrings militärischer

Abwehr und Admiral Canaris, daß ich der oberste Doppelagent in Italien war. Zumindest glaubten Sie, das zu wissen. Admiral Rolland kannte als einziger die Wahrheit. Für Sie stellte ich die ideale Wahl dar. Admiral Rolland sorgte ebenfalls dafür, daß Sie auch keine Gelegenheit hatten, sich mit *mir* vorher noch zu unterhalten, aber Sie machten sich keine Gedanken. Sie konnten sicher sein, daß ich schon wissen würde, wie ich mich zu verhalten hätte«, Smith lächelte freudlos, »ich bin froh, sagen zu können, daß ich wirklich wußte, was ich zu tun hatte. Es muß heute nachmittag ein echter Schock für Sie gewesen sein, als er Ihnen erzählte, wer ich in Wirklichkeit bin.«

»Das wußten Sie? Das alles haben Sie gewußt?« Die wiedergefundene Selbstsicherheit Wyatt-Turners war erneut zusammengebrochen, seine Stimme klang jetzt ruhig, aber böse. Er hob seine Maschinenpistole ein wenig: »Was geht hier eigentlich vor, Major Smith?«

»Das ist alles so arrangiert worden, um Sie zum Handeln zu zwingen. Wir wußten alles über Sie ... Was uns noch fehlte, war der klare Beweis. Diesen Beweis habe ich heute abend erhalten. Oberst Kramer *wußte,* daß wir kommen würden, er *wußte,* daß wir hinter General Carnaby her waren.« Er nickte Jones zu. »Übrigens, darf ich Ihnen Mr. Cartwright Jones, einen begabten amerikanischen Schauspieler, vorstellen?«

»Wie bitte?« Die Worte kamen so mühsam aus dem Mund Wyatt-Turners, als ob ihm jemand die Kehle zudrückte.

»General Carnaby verbringt als Gast von Admiral Rolland ein ruhiges Wochenende auf dessen Landsitz in Wiltshire. Als sein Double hat Mr. Cartwright Jones ganz hervorragend gearbeitet. Er hat alle auf Schloß Adlershorst von dem ach so unglückseligen von uns arrangierten Flugzeugunglück überzeugt ... Mittlerweile wird Ihnen wohl klargeworden sein, daß es sich dabei um eine geplante Notlandung gehandelt hat.« Wyatt-Turner versuchte zu sprechen, aber er brachte keinen Ton heraus, seine Lippen bewegten sich lautlos, und alle Farbe war aus seinem sonst so roten Gesicht gewichen. »Und wie kam es, daß Oberst Kramer Bescheid wußte? Er wußte es, weil Sie Berlin informierten, sobald Admiral Rolland Sie in den Plan eingeweiht hatte. *Niemand außer Ihnen hatte die Gelegenheit dazu!* Und er wußte, daß wir heute abend im ›Wilden Hirschen‹ sein würden. Das wußte er, weil ich es Ihnen heute morgen per Funkspruch mitgeteilt hatte, und Sie verloren keine Zeit, diese wichtige Nachricht sofort weiterzugeben.«

»Sind Sie da ganz sicher?« fragte Heidi. »Hätte nicht einer der andern Männer – ganz gleich, ob Carraciola oder Christiansen oder Thomas –, nachdem er Torrance-Smythe getötet hatte, die Nachricht durchgeben können? Schließlich befindet sich direkt vor der Weinstube eine Telefonzelle.«

»Das weiß ich. Nein, keiner von denen hatte genug Zeit. Ich habe die Weinstube für genau sieben Minuten verlassen. Drei Minuten nachdem ich gegangen war, verließ Torrance-Smythe ebenfalls das Lokal ... um einem der drei zu folgen, die er gerade hatte hinausgehen sehen. Der alte Smithy war äußerst clever, und er wußte, daß irgend etwas faul war. Er ...«

»*Woher* wußte er das?« wollte Schaffer wissen.

»Das werden wir niemals sicher wissen. Ich glaube, es wird sich herausstellen, daß er ein hochbegabter Lippenableser war. Aber ganz egal, wie es auch gewesen sein mag, er erwischte den Mann, dem er gefolgt war, in der Telefonzelle vor der Weinstube ... und zwar noch ehe dieser Zeit gehabt hatte, Weissner oder Kramer zu erreichen. Dann gab es einen Kampf auf Leben und Tod. Als der Mörder die Leiche von Smithy hinter das Haus geschleppt hatte und zu der Telefonzelle zurückkehrte, war sie von jemand anderem besetzt. Den habe ich noch gesehen. Deshalb mußte der Mörder in die Weinstube zurückgehen. Es war Kramer, der Weissner die Information gegeben hatte ... und es war unser Colonel hier, der vorher Kramer Bescheid gesagt hatte.«

»Wirklich äußerst interessant«, in der Stimme Wyatt-Turners klang Spott durch, aber ein Spott, den die große Unsicherheit seines Ausdruckes Lügen strafte, »ich muß schon sagen, das Ganze fasziniert mich. Sind Sie jetzt endlich fertig, Major Smith?«

»Fertig«, sagte Smith zufrieden, »Sie mußten einfach hierherkommen, um uns abzuholen, nicht wahr, Colonel. Das war die letzte Tür, die für Sie noch offenstand. In meiner letzten Nachricht, die ich an Admiral Rolland über Funk durchgab, sagte ich ihm wörtlich, ›ich habe jetzt alles‹. Er hat Sie informiert, was das bedeutete: Alle wesentlichen Namen und alle dazugehörigen Anschriften und Kontakte. Wir hätten niemals durch Carraciola, Christiansen oder Thomas an Sie herankommen können . . . die standen Ihnen in M.I. 6. viel zu nahe, Sie waren viel zu vorsichtig, und die drei wußten niemals, für wen Sie in Wirklichkeit arbeiteten. Sie haben immer Zwischenträger benutzt – und alle diese Namen sind in dem Buch. Sie *wußten*, daß sie Sie verdächtigten und notfalls auch direkt bezichtigen würden – wenn sie die Wahl zwischen dem Galgen und einer Aussage hätten. Nun, in einem solchen Fall dürfte die Wahl ja nicht besonders schwer sein, finden Sie nicht auch, Colonel?«

Wyatt-Turner gab keine Antwort. Er wandte sich an Carpenter und sagte: »Halten Sie jetzt genauen Kurs auf den Flughafen von Lille.«

»Bemühen Sie sich nicht«, sagte Smith.

Wyatt-Turner zielte mit seiner Maschinenpistole auf Smith. »Können Sie mir einen guten Grund sagen, warum ich Sie nicht auf der Stelle erschießen soll?«

»Das kann ich allerdings«, nickte Smith, »warum, glauben Sie wohl, hat Sie Admiral Rolland bis zum Flughafen begleitet. Das hat er doch sonst noch nie getan.«

»Fahren Sie fort«, Wyatt-Turners Stimme war jetzt hart und abgehackt, aber in seinen Augen lag ein schmerzlicher Ausdruck, der Ausdruck plötzlicher Gewißheit von Niederlage und Tod.

»Um ganz sicher zu sein, daß Sie diese Maschinenpistole, und zwar diese ganz spezielle Maschinenpistole, mitnahmen. Sagen Sie, können Sie zwei parallele Kratzer an der Stelle sehen, wo der Kolben mit dem Lauf zusammentrifft?«

Wyatt-Turner starrte Smith eine ganze Weile an, und dann sah er schnell auf seine Waffe: Wo Lauf und Kolben zusammentrafen, befanden sich zwei tiefe parallele Kratzer. Wyatt-Turner blickte auf, sein Gesicht war jetzt verzerrt, und die Furcht in seinen Augen war der Verzweiflung gewichen.

»Ja, das stimmt schon«, sagte Smith, »ich selbst habe dort vor genau sechsunddreißig Stunden den Feuermechanismus abgefeilt.« Umständlich griff Smith jetzt unter seine Uniformjacke und zog Schaffers schallgedämpfte Lugerpistole heraus, die er vorhin an sich genommen hatte. Wyatt-Turner legte die Maschinenpistole auf Smith an, und aus einer Entfernung von weniger als einem Meter versuchte er, auf Smiths Kopf zu schießen. Immer und immer wieder betätigte er den Abzug, und jedesmal hörte man, wie sein Zeigefinger wieder zurückschnellte und ein trockenes und leeres Klicken folgte. Fassungslos betrachtete Wyatt-Turner seine Waffe, dann ließ er sie fallen, drehte sich schnell in seinem Sitz um, riß die Tür neben dem Sitz des Kopiloten auf und warf das Notizbuch in die Nacht hinaus. Dann drehte er sich wieder um und lächelte Smith höhnisch an:

»Das wichtigste Dokument in Europa habe ich das genannt, soviel ich mich erinnere.«

»Das haben Sie allerdings«, Smith drückte Schaffer seine Pistole in die Hand und holte aus seinem Uniformrock die zwei anderen Notizbücher hervor, »hier sind die Duplikate.«

»Die Duplikate«, das Lächeln war von dem knochigen Gesicht verschwunden, das jetzt wie versteinert schien. »Duplikate«, flüsterte er. Er sah alle Anwesenden der Reihe nach an, und schließlich blieb sein Blick an Smith hängen, der in der Zwischenzeit die Lugerpistole von Schaffer zurückerhalten hatte. Dann fragte er: »Werden Sie mich jetzt erschießen?«

»Nein.«

Wyatt-Turner nickte, und dann öffnete er die Seitentür so weit wie möglich: »Können Sie sich wirklich vorstellen, daß ich in den Tower gehe?« Er machte einen Schritt auf die Tür zu.

»Nein«, Smith schüttelte den Kopf, »nein, das kann ich eigentlich nicht.«

»Achtung, Stufe!« sagte Schaffer. Seine Stimme war kalt und leer, das Gesicht wie aus Stein gemeißelt.

»So, jetzt wird es allmählich Zeit, daß wir uns melden«, meinte Smith, während er die Tür wieder schloß und sich unter großen Schmerzen in den Sitz des Kopiloten zwängte, wobei er Mary anblickte, »ich nehme an, daß der Admiral sich langsam Sorgen um uns zu machen beginnt.«

»Es wird Zeit, daß wir uns melden«, wiederholte Mary mechanisch. Sie starrte Smith an wie einen Geist. »Wie kannst du nur so dasitzen ... gerade nachdem ... wie kannst du nur so *ruhig* sein?«

»Weil das alles für mich keine Überraschung war, Dummchen. Ich *wußte*, daß er sterben würde.«

»Natürlich, du wußtest es ... natürlich, natürlich«, murmelte sie vor sich hin.

»Also, jetzt höre mir gefälligst einmal zu«, fuhr Smith absichtlich grob fort, während er ihre Hand ergriff, »du bist dir doch bewußt, was das alles bedeutet, nicht wahr?«

»Ob ich weiß, was das alles bedeutet?« fragte sie mit aschgrauem Gesicht.

»Du und ich, wir sind absolut erledigt«, erklärte ihr Smith geduldig, »fix und fertig. In Italien, in Nordwesteuropa. Sie werden mir nicht einmal mehr gestatten, als Soldat zu kämpfen, weil ich, sollte ich in Gefangenschaft geraten, trotzdem als Spion erschossen werden würde.«

»Ja und?«

›Das bedeutet, daß für uns der Krieg ein für allemal vorüber ist, begreifst du das?« Er preßte ihre Hand, und sie lächelte, immer noch ein wenig erschrocken. »O. k., Wing Commander, darf ich bitte an Ihre Radioanlage.«

»Also so hat er sich aus der Affäre gezogen«, Admiral Rolland, den Telefonhörer in der Hand, stand in seinem Londoner Hauptquartier neben dem großen Funkgerät. Er sah in diesem Augenblick sehr alt und müde aus. »Wahrscheinlich ist es am besten so, Smith. Und Sie haben alle Informationen, die Sie haben wollten?«

Smith's Stimme kam krächzend durch den Hörer. »Alle, Sir.«

»Ausgezeichnet, fabelhaft! Ich habe bereits die gesamte Polizei im Land in Alarmbereitschaft versetzen lassen. Sobald das Buch in meinen Händen ist . . . für Sie wartet ein Wagen auf dem Flugplatz. Wir sehen uns in etwa einer Stunde.«

»Jawohl, Sir. Da wäre noch etwas, Sir, eine Kleinigkeit. Ich möchte gern heute früh heiraten.«

»Sie wollen *was*?« Graue, buschige Augenbrauen hoben sich einer weißen Haarmähne entgegen.

»Ich möchte gern heute früh heiraten, Sir«, wiederholte Smith langsam und geduldig, »und zwar Miß Mary Ellison.«

»Aber das können Sie nicht«, protestierte Admiral Rolland, »heute früh! Unmöglich! Da gibt es solche Sachen wie Geburtsurkunden, kirchliches Aufgebot, Genehmigungen, und außerdem haben die Standesämter heute geschlossen . . .«

»Nach allem, was ich für Sie getan habe«, unterbrach ihn Smith vorwurfsvoll.

»Das ist ja Erpressung, Sir. Sie wollen die Dankbarkeit eines alten Mannes ausnutzen. Das ist absolute Erpressung!« Admiral Rolland legte erregt den Hörer auf, dann lächelte er müde und nahm ein anderes Telefon zur Hand: »Vermittlung? Geben Sie mir die Urkundenfälschungsabteilung.«

Wing Commander Carpenter, genüßlich ein Pfeifchen schmauchend, neben seinem Ellenbogen einen Becher mit frischem Kaffee, den er sich aus seiner Thermosflasche eingegossen hatte, war wieder ganz der alte. Smith unterhielt sich leise mit Mary, während Jones mit geschlossenen Augen vor sich hin döste. Etwas weiter hinten saß Schaffer, den Arm um Heidis Schulter gelegt, was sie offensichtlich nicht im mindesten störte.

»Also alles klar«, sagte Schaffer, »heute abend gehen wir in diese Kneipe . . .«

»Du hast doch eben gesagt, daß wir in den Grill-Room vom Savoy Hotel gehen werden«, erinnerte ihn Heidi.

»Eine Rose hat viele Namen ... also, wir gehen in diese Kneipe, und dann essen wir als erstes einmal Gänseleberpastete, dann geräucherten Lachs und dann ein Stück vom besten Aberdeen-Angus (berühmte schottische Hammelart) ...«

»Aberdeen-Angus!« Heidi sah ihn belustigt an. »Du hast wohl vergessen, daß wir noch Krieg haben, was? Du hast vergessen, daß strenge Rationierung herrscht, was? Ich nehme an, daß wir eher ein Pferdesteak zu essen bekommen werden.«

»Liebling«, Schaffer nahm ihre Hände in die seinen und sprach dringlich und ernst auf sie ein, »Liebling, bitte nimm nie wieder in meiner Gegenwart dieses Wort in den Mund. Ich bin auf Pferde absolut allergisch.«

»Wieso, ißt du sie denn?« Heidi sah ihn sehr erstaunt an. »In Montana?«

»Nein, ich falle von ihnen herunter«, meinte Schaffer nachdenklich, »überall.«